Sybille Baecker

Mordsbrand

Sybille Baecker

Mordsbrand

Ein Baden-Württemberg-Krimi

Silberburg-Verlag

Sybille Baecker wurde 1970 im Emsland geboren, studierte BWL in Münster und Neu-Ulm und war mehrere Jahre als Pressereferentin eines Sportfachverbandes in Stuttgart tätig. Heute lebt und arbeitet sie als Schriftstellerin in Ammerbuch. Durch ihre Krimiserie mit dem Tübinger Kommissar und Whiskyfreund Andreas Brander wurde sie zur Fachfrau für »Whisky & Crime« – sodass auch ihre Lesungen immer wieder von Whiskyverkostungen begleitet werden.

Für Frank

1. Auflage 2014

Umschlaggestaltung: Christoph Wöhler, Tübingen.
Coverfoto: © trait2lumiere – iStockphoto.
Lektorat: Michael Raffel, Tübingen.
Druck: CPI books, Leck.
Printed in Germany.

ISBN 978-3-8425-1320-4

Besuchen Sie uns im Internet
und entdecken Sie die Vielfalt unseres Verlagsprogramms:
www.silberburg.de

Prolog

Er erwachte mit Schmerzen. Dunkelheit umgab ihn. Nur ein fahler Lichtstrahl fiel durch einen schmalen Spalt. Der Boden unter ihm war kalt. Kalt war auch die Luft. Kalt und feucht. Seine Glieder waren steif und verkrampft, Magen und Speiseröhre brannten, das Hämmern in seinem Kopf war so quälend, als wollte er zerspringen. Er konnte kaum die Augen öffnen, erkannte nur schemenhaft Wände. Seine Kehle war völlig ausgetrocknet, der Geschmack in seinem Mund erbärmlich, als hätte er in einen stinkenden Kadaver gebissen. Übelkeit stieg in ihm auf. Er krümmte sich. Da war etwas neben ihm, etwas Hartes. Holz. Er tastete. Ein Stuhl. Er wollte sich hochziehen, schaffte es nur auf alle Viere. Wieder ein Beben, sein Leib krampfte und zitterte zugleich. Er kroch mühsam ein kleines Stück vorwärts, erbrach sich. Tränen schwammen in seinen Augen. Er konzentrierte sich auf den schmalen Lichtstrahl, der auf den Boden fiel, spürte die eisigen Steine unter seinen Händen.

Er rang nach Luft, hörte Stimmen, Murmeln und schrilles Kreischen. In weiter Ferne und doch ganz nah. Er sah Farben, dunkles Flimmern vor seinen Augen, rot, braun, schwarz, wusste nicht, ob seine Lider geöffnet waren oder geschlossen. Die Erde drehte sich zu schnell, zog unter ihm hinweg. Wieder wurde sein Körper von einem unkontrollierbaren Zucken erfasst. Er kam nicht mehr auf die Beine. Stützte sich mühsam auf Hände und Knie. Lachte und weinte zugleich. Vielleicht laut. Vielleicht nur in seinem Kopf. Verzweifelt. Die Kälte kroch aus dem Boden in seinen Körper. Über die Finger in seine Arme, über die Füße die Beine entlang. Drang tiefer in ihn hinein. Das Zittern wurde stärker. Die Arme knickten weg. Er lag. Das Gesicht auf den harten Steinen. Das Atmen wurde schwer, sein Brustkorb wollte sich nicht mehr heben. Er versuchte sich hochzudrücken. Aber sein Wille erreichte Arme und Beine nicht mehr. Er war müde. So müde. Die Kälte kroch weiter. Er röchelte. Luft. Er brauchte Luft. Konnte nicht atmen. Ein kurzes, inneres Erzittern, ein letztes Aufbegehren, kaum sichtbar, bis die Kälte auch sein Herz erreichte.

Vorbei.

1

Mittwoch

Das Gebäude der Polizeidirektion Tübingen befand sich in einer Sackgasse. Kurz hinter dem roten Backsteingebäude des Regierungspräsidiums erhob sich der hohe Plattenbau aus den siebziger Jahren mit blasser blaugrauer Fassade und ausladender Antenne auf dem Dach. Die gelben Fensterrahmen verstärkten den Eindruck, vor einem verblichenen, hochkant gestellten Schwimmbad zu stehen. Gleich links neben dem hohen viereckigen Bau gab es einen kleinen Ableger, dreistöckig in ähnlich anmutendem Stil und mit überdimensionierter Antenne. Wahrlich keine Schönheiten.

Ein Kunstobjekt in Form einer modernen Pyramide in dezentem Grau stand im Zentrum der Einfahrt, trug jedoch nicht dazu bei, dem Ort eine einladendere Atmosphäre zu verleihen.

Das Büro von Kriminalhauptkommissar Andreas Brander lag in der ersten Etage. Der Fünfundvierzigjährige saß an seinem Schreibtisch, die Hände hinter dem Kopf verschränkt, und starrte grübelnd vor sich hin, während seine Kollegin Persephone Pachatourides ihrem Zorn mit griechischem Temperament verbalen Auslauf verschaffte. Energisch blies sie sich gerade eine ihrer schwarzen Locken aus dem Gesicht. Obwohl sie ein Jahr älter war als Brander, hatte sich noch kein graues Haar in ihrer Mähne hervorgewagt. Bei Brander selbst waren die kurzen Grauen lediglich deshalb kaum sichtbar, da er ohnehin nur noch eine geringe Haarpracht besaß.

Auf dem Besucherstuhl saß der Kollege Hendrik Marquardt, vornüber gebeugt, die gut trainierten Unterarme auf den Oberschenkeln abgelegt, und ließ die Knöchel seiner Finger knacken. Das Hemd spannte sich an den breiten Schultern.

Es war eine Frage der Zeit, wie lange sie in dieser Besetzung noch zusammenarbeiten würden. Zu wenig Zeit, fand Brander, während er versuchte, die Gedanken in seinem Kopf irgendwie zu sortieren, um nach den positiven Aspekten zu suchen und sich nicht ganz und gar in ohnmächtiger Wut zu verlieren. Vergeblich.

»Verdammt noch mal, Andi, jetzt sag du doch auch mal was!«, verlangte Peppi, während ihre Arme wild durch die Luft fuchtelten. »Sind wir Menschen oder Marionetten? Wie stellen die sich das vor? Welcher Stubenhocker hat sich diesen Scheiß ausgedacht?«

»Die werden sich schon was dabei gedacht haben«, gab Brander schwach von sich.

»Gar nichts haben die sich gedacht! Das waren doch irgendwelche Theoretiker, die von unserer Arbeit keinen blassen Schimmer haben. Hat mit dir mal jemand gesprochen? Hat dich irgendjemand irgendwann jemals gefragt, was du für sinnvoll hältst? Mich hat keiner gefragt. Aber das lass ich mit mir nicht machen!«

»Du bist Beamtin, du hast gar keine andere Wahl«, erinnerte Hendrik Marquardt die Kollegin an den Eid, den sie geschworen hatte. »Du wirst sowieso eine der ersten sein, die gehen darf. Du hast keine Familie, keine Kinder. Eine unabhängige Frau …«

»Ich habe eine Eigentumswohnung in Tübingen. Die habe ich mir nicht gekauft, um jeden Tag auf der B 27 stundenlang im Stau zu stehen.« Peppi schnaufte zornig. »Esslingen! Wenn ich in Esslingen arbeiten wollte, hätte ich mich dahin beworben!«

»So schlimm ist Esslingen ja nun auch wieder nicht«, versuchte Hendrik, ein wenig Optimismus zu verbreiten.

»Wir sprechen uns wieder, wenn du ein halbes Jahr zwischen Tübingen und Esslingen hin- und hergependelt bist. Du wirst dich freuen, wenn dein Kind bei der Tagesmutter wartet, während du auf der Aichtalbrücke im Stau stehst und die Aussicht auf die Alb genießt. Und du, Andi? Du hast dich extra von Stuttgart nach Tübingen versetzen lassen, weil Ceci hier arbeitet, und demnächst darfst du täglich nach Esslingen kutschieren. Da wärst du doch besser in Stuttgart geblieben. Von Entringen ist das doch noch eine viel elendere Fahrerei.« Peppi streckte die Hände zur Decke. »Ich könnte kotzen!«

Die Reorganisation der Polizei Baden-Württemberg hatte die Polizeidirektion Tübingen hart getroffen. Sie hatten mit Einschnitten gerechnet, nachdem erste Informationen im Rahmen einer Kick-off-Veranstaltung in Balingen an die Beamten gegeben worden waren, aber keiner von ihnen hatte damit gerechnet, dass die Veränderungen so gravierend sein würden. Insgeheim hatten sie alle gehofft, dass der Standort Tübingen verschont bleiben würde. Eine utopische Wunschvorstellung bei der Zielvorgabe, dass die insgesamt vierunddreißig Polizeidirektionen in Baden-Württemberg auf gerade mal zwölf Regionaldirektionen reduziert werden sollten.

An diesem Morgen hatten sie erfahren, dass ein Großteil der Kriminalpolizei Tübingen nach Esslingen umziehen würde. Wenn es wenigstens Reutlingen gewesen wäre, die Entfernung hätte man noch ohne großes Murren akzeptieren können. Aber Peppi hatte recht, für die Fahrt von Entringen nach Esslingen würde Brander täglich mindestens eine Stunde pro Weg im Auto sitzen, bei dem Verkehrsaufkommen in der Region waren anderthalb Stunden realistischer. Mit dem Fahrrad zur Arbeit zu fahren, konnte er vollends vergessen. Ein Umzug wäre zum gegenwärtigen Zeitpunkt nicht günstig. Zum einen hatte er vor einigen Jahren in Entringen eine Doppelhaushälfte gekauft, in der Cecilia und er sich sehr wohl fühlten. Zum anderen konnte er eine erneute Umstellung unmöglich der fünfzehnjährigen Nathalie zumuten, für die er und seine Frau seit wenigen Monaten die Pflegschaft übernommen hatten. Das Mädchen brauchte unbedingt Beständigkeit in seinem Leben.

»Es ist ja nicht nur die Fahrerei«, fuhr Peppi energisch fort. »Unsere Arbeit lebt doch davon, dass wir die Menschen hier kennen. Wenn es vorm *Top 10* eine Schlägerei gab, dann wissen wir, bei welchem unserer Pappenheimer wir an die Tür klopfen müssen, um herauszufinden, wer es war. Wie soll das denn funktionieren, wenn wir kaum noch vor Ort sind?«

»Erzähl das nicht uns, erzähl das denen da oben«, kam es seufzend von Hendrik.

»Jetzt macht euch mal nicht verrückt. Es ist doch noch nichts entschieden«, bemühte Brander sich, den eigenen Pessimismus zu vertreiben. »Ein kleiner Teil der Kripo bleibt schließlich hier.«

»Ja, und das sind ausgerechnet wir drei.« Peppi verzog grimmig den Mund. »Weißt du was? Ich gründe meine eigene Polizeidienststelle, und dann können die mich alle mal.«

Mit der Idee entlockte sie Hendrik ein Schmunzeln. »Polizeiposten Persephone Pachatourides. Ich würde mich glatt bei dir bewerben.« Er richtete sich auf, ließ die steifen Schultern kreisen. »Ich brauche jetzt erst einmal einen Kaffee. Darf ich der zukünftigen Polizeipostenleiterin eine Tasse mitbringen?«

»Ja, bitte. Schleim dich ruhig schon mal bei mir ein. Wer weiß, was noch alles kommt.«

* * *

Brander hatte pünktlich Feierabend gemacht. Der Frust vom Vormittag war geblieben, hatte sich wie ein Schwammtuch auf seine Gehirnzellen gelegt und alle anderen Gedanken aufgesaugt. Dienst nach Vorschrift, so gut es ging. Dann wechselte er Jeans und Hemd gegen atmungsaktive Radbekleidung, ließ Tübingen samt Polizeidirektion hinter sich und fuhr in Rekordzeit über die Landwirtschaftswege nach Entringen. Zu Hause angekommen fand er Nathalie, die im Wohnzimmer auf dem Sofa lag und durch das Fernsehprogramm zappte.

»Bist du allein?«, wunderte sich Brander.

»Cecilia ist einkaufen«, kam es mürrisch von dem Mädchen.

Cecilia. Anscheinend hatten die beiden sich gestritten, sonst hätte Nathalie von »Ceci« gesprochen. »Und sie hat dir erlaubt, hier abzuhängen und Fernsehen zu gucken?«

»Hmm …« Sie wagte nicht, ihm ins Gesicht zu sehen.

Und ich glaub noch an den Weihnachtsmann, dachte Brander schlecht gelaunt. »Hast du deine Hausaufgaben gemacht?«

»Hmm …« Der Blick blieb auf den Bildschirm geheftet.

Lüge Nummer zwei. Brander zwang sich zur Ruhe. Er hatte Sorgen, er war wütend und übellaunig, und jetzt log Nathalie ihn so naiv an, als wäre er ein Volltrottel, dem man auch sagen könnte, die Erde sei ein Zauberwürfel.

»Nathalie, würdest du mir bitte ins Gesicht sehen und meine Fragen noch einmal beantworten?«

Sie verdrehte genervt die Augen. »Ey, könnt ihr mich hier nicht einfach mal in Ruhe chillen lassen? Mann, ey!«

»Ey, kannst du vielleicht mal aufhören, mich anzulügen?«, konterte Brander.

»Oh, fuck. Lass doch nicht immer den Kackbullen raushängen. Solltest auch mal 'n bisschen chillen.«

Brander biss die Zähne zusammen, um nicht wütend loszuschreien. Sie hatten Regeln aufgestellt, und seit Tagen hatte Nathalie es sich anscheinend in den Kopf gesetzt, diese bei jeder sich bietenden Gelegenheit zu ignorieren. Er ging zum Fernsehapparat, schaltete das Gerät aus und wandte sich dem Mädchen wieder zu.

Nathalie hatte sich aufgerichtet, blickte ihn mit zusammengepressten Lippen und einer Mischung aus Trotz und Schuldbewusstsein an. »Sorry …«

»Für den Kraftausdruck ziehe ich dir zwei Euro vom Taschengeld ab, für die Lügerei übernimmst du am Wochenende ohne Murren den Spüldienst. Und jetzt machst du deine Hausaufgaben. Wenn ich geduscht habe, will ich sehen, wie weit du bist.«

Schmollend erhob sich die Fünfzehnjährige und schlurfte aus dem Zimmer. Brander konnte noch hören, wie sie im Flur ein übellauniges »Bootcamp Brander« von sich gab. Er seufzte mehr oder minder zufrieden. So schlecht hatte er die Situation doch gar nicht gemeistert.

Cecilia war überrascht, als sie wenig später nach Hause kam und ihren Mann im Badezimmer vorfand.

»Was machst du schon hier?«

»Hab früh Feierabend gemacht und unser Pflegel-Kind beim Fernsehgucken erwischt.« Er rubbelte sich mit dem Handtuch über die kurzen Haare.

»Sie ist heute unausstehlich«, seufzte Ceci. Sie trat zu ihm und drückte ihm einen Kuss auf die Wange. »Soll ich die Glatze noch ein bisschen polieren?«

»Vorsicht. Meine gute Laune tendiert gerade gegen null«, entgegnete Brander, dem an diesem Tag der Humor fehlte, über sein lichter werdendes Haupthaar zu lachen.

»Ist was passiert?«

»Stress bei der Arbeit.«

Cecilia sah ihn fragend an, aber er schüttelte nur den Kopf. Er wollte jetzt nicht über die Umbrüche in der Polizeidirektion reden.

2

Donnerstag

Brander schlief schlecht. Seine Sorgen ließen ihn nicht zur Ruhe kommen. Er wusste, dass es sinnlos war, sich mit Spekulationen um den Schlaf zu bringen, dennoch konnte er das Karussell in seinem Kopf nicht abstellen. Irgendwann fiel er in einen unruhigen Schlaf, aus dem er nur wenige Stunden später wieder erwachte. Es war viertel nach drei, und er war hellwach. Er horchte in die Dunkelheit. Es war so still, dass er das leise Brummen des Kühlschranks unten in der Küche hören konnte. Er stieg aus dem Bett und schlich aus dem Schlafzimmer. Eine Holzstufe knarrte unwillig unter seinen Füßen, verstimmt über die unzeitgemäße Störung. Er ging in die Küche, schloss die Tür und kochte Kaffee. Dann setzte er sich mit der Zeitung vom Vortag an den Küchentisch.

Er blätterte durch die Seiten, ohne auch nur einen einzigen Bericht zu erfassen. Um zehn vor vier schlurfte Cecilia in die Küche und sah ihn aus verschlafenen Augen müde an. Wortlos ließ sie sich neben ihn auf einen Stuhl nieder, nippte an seinem inzwischen kalt gewordenen Kaffee.

»Was ist los?«

»Nichts.«

Cecilia sank gegen seine Schulter und griff nach seiner Hand. »Sprich mit mir, sonst bringst du mich auch um meinen Schlaf.«

»Das glaub ich nicht. Du kannst immer schlafen«, neckte Brander sie, was sie zumindest veranlasste, einen Mundwinkel leicht zu heben.

Sie schloss die Augen. »Lenk nicht ab.«

Brander legte den Arm um ihre Schultern, genoss die Wärme ihres Körpers. Er neigte den Kopf, vergrub die Nase in ihren braunen Haaren und roch ihren vertrauten Duft.

»Die Polizeidirektion Tübingen wird aufgelöst.«

Jetzt war es raus. Laut ausgesprochen stand der Satz im Raum, wurde dadurch realer als am Vortag.

»Und was bedeutet das?«

»Genaues wissen wir noch nicht. Fest steht, dass ein Großteil der Kripo nach Esslingen kommt. Ein Teil der Landespolizeidirektion zieht nach Reutlingen.«

»Esslingen …« Cecilia gähnte. »Die haben einen schönen mittelalterlichen Weihnachtsmarkt.«

»Da freu ich mich jetzt schon drauf«, entgegnete Brander sarkastisch. Es war noch nicht einmal März.

Cecilia richtete sich wieder auf. »Ist es definitiv, dass du nach Esslingen kommst?«

»Nein, bis jetzt ist gar nichts definitiv.«

»Dann halten wir uns erst einmal an die Fakten. Ein Teil kommt nach Esslingen. Ein anderer Teil nach Reutlingen. Was bleibt in Tübingen? Die Kripo vor Ort abzuziehen ist das eine, aber irgendjemand muss die Arbeit ja weiterhin machen.«

»Eine abgespeckte Kriminalinspektion soll bleiben, und vermutlich soll ein Kriminaldauerdienst eingerichtet werden, sodass jederzeit Kollegen schnell vor Ort sein können.«

Cecilia saß eine Weile schweigend neben ihm und dachte über seine Worte nach.

»Was ist deine größte Sorge?«, fragte sie schließlich.

Brander leerte seine Tasse. »Ich weiß es nicht. Im Moment ist in meinem Kopf nur ein riesiger Gedankenwust, den ich nicht sortiert kriege. Ich fühle mich wohl in Tübingen. Ich habe ein starkes Team, mit dem ich sehr gut zusammenarbeite. Und vor allem sehe ich keinen Sinn in der ganzen Umstrukturierung. Ich kann mir einfach nicht vorstellen, dass unsere Arbeit durch diese Maßnahmen besser werden soll.«

Von irgendwoher drang eine Melodie an ihre Ohren.

»Dein Handy?«, fragte Cecilia.

»Ja.« Wo hatte er das verfluchte Ding hingelegt? Vier Uhr morgens. Das konnte nur seine Dienststelle sein.

Er stand auf, folgte dem Geräusch in den Flur zu seiner Radtasche. Als er sein Handy endlich herausgenommen hatte, war das Gespräch auf die Mailbox umgeleitet worden. Er drückte die Rückruftaste. Eine Minute später war die Nacht für ihn definitiv beendet.

»Ich muss zum Dienst. Brauchst du den Wagen?«

Cecilia verzog bedauernd das Gesicht. »Eigentlich …«

Brander winkte ab. Er könnte sich von einem Kollegen abholen lassen, oder er schwang sich einfach auf sein Fahrrad. Die Bewegung würde ihm guttun. Er wählte die Nummer seiner Kollegin. »Peppi, koordinier du bitte alles in der Dienststelle. Ich komme direkt zu der Scheune.«

Eilig zog er seine Radkleidung an.

* * *

Das Thermometer hatte ein Grad unter null angezeigt. Die Luft drang kühl in seine Lungen, dennoch geriet er ins Schwitzen, als er den Landwirtschaftsweg an den Bahnschienen entlang Richtung Tübingen fuhr. Zum Glück hatte er einen guten Scheinwerfer, der den Weg vor ihm breit ausleuchtete und vor gefrorenen Pferdeäpfeln warnte.

Als er Unterjesingen durchquerte, meinte er bereits den Geruch von verbranntem Holz zu riechen, was aber auch aus den Schornsteinen der Häuser kommen konnte. Am Ortsausgang entdeckte er in der Ferne die aufgestellten Scheinwerfer und Blaulichter der Feuerwehr auf dem Weg Richtung Schwärzloch. Dunst und Qualm hingen im dunklen Tal, die Luft wurde rauchiger, je näher Brander seinem Ziel kam. Die Feuerwehr hatte weiträumig abgesperrt. Ein junger Feuerwehrmann bremste ihn.

»Kripo Tübingen, Kriminalhauptkommissar Andreas Brander«, stellte er sich vor und wollte an der Absperrung vorbei.

Der Feuerwehrmann hielt ihn zurück. »Moment. Das kann ja jeder sagen.« Der Mann musterte Branders Radlerdress und Fahrrad.

Brander suchte in seiner Jacke nach dem Dienstausweis. »Andreas Brander. Rufen Sie einen von meinen Kollegen, die kennen mich.« Ungeduldig deutete er auf die zwei uniformierten Polizisten hinter dem Feuerwehrmann, im selben Moment fand er seinen Ausweis und hielt ihn dem Mann vor die Nase.

»In Ordnung. Ich wollte nur sichergehen …«

»Können Sie mir schon was sagen?«

»Meine Kollegen haben in der abgebrannten Scheune einen Toten gefunden. Das ist alles, was ich weiß.«

Brander schob sein Rad unter der Absperrung durch. Einige Meter entfernt hatte die Feuerwehr den Brandort mit mehreren Strahlern ausgeleuchtet. Vor wenigen Stunden hatte dort offensichtlich noch ein alter Holzbau gestanden. Der lehmige Boden um den zusammengefallenen Schuppen war von den Löscharbeiten schlammig und aufgeweicht. Verkohltes Holz lag kreuz und quer übereinander. Die Glut dampfte in der kühlen Morgenluft.

»Wo ist Ihr Einsatzleiter?«

»Drüben beim vorderen Löschfahrzeug.«

Brander folgte dem Fingerzeig des Feuerwehrmannes. Der Qualm biss ihm schon jetzt in die Augen und verursachte ein unangenehmes Kratzen im Hals. Er hustete und spuckte auf die Erde, während er sein Fahrrad abstellte und sich einen Weg über den teils gefrorenen, teils durchweichten Boden zu dem Einsatzleiter suchte. Nachdem er gerade beim Radfahren so ins Schwitzen gekommen war, kroch ihm nun die kalte Februarluft unter die Radkleidung und ließ ihn frieren.

Der Einsatzleiter war ein kräftiger Mann, etwas kleiner als Brander, mit zwei wachen blauen Augen, die ihn aufmerksam musterten. Vermutlich waren sie im gleichen Alter, schätzte Brander, Mitte, Ende vierzig.

»Hagen Sandberg«, stellte er sich dem Kommissar vor. »Der Notruf ging um zwei Uhr achtundfünfzig ein. Es hieß, eine Scheune sei explodiert und es gebe einen Mordsbrand.« Sandberg zog die Augenbrauen hoch. »Na ja, für den Brand hätte die Hälfte meiner Truppe gereicht. Wir hatten das Feuer schnell unter Kontrolle. Die größte Gefahr war eigentlich, dass die Flammen auf die Nachbarscheune übergreifen, aber wir waren rechtzeitig zur Stelle.«

»Wann haben Sie die Leiche entdeckt?«

»Die Scheune war zusammengefallen, und wir mussten die Balken auseinanderziehen, damit es nicht unterschwellig weiterbrennt. Dabei hat einer meiner Leute den Toten entdeckt. Er muss mitten in der Scheune gewesen sein.«

»Ich würde gern mit dem Mann sprechen, der den Toten entdeckt hat.«

»Dem geht's nicht so gut.«

»Ist er noch hier?«

»Ja, drüben beim DRK.«

Der junge Mann hatte keine Farbe im Gesicht. Selbst die Lippen waren weiß. Er saß im Heck des Krankenwagens, den Körper vorgebeugt, die Füße auf den Boden gestellt. Sein Atem ging stoßweise, und er starrte stumpf vor sich hin. Ein Sanitäter hatte ihm eine Decke um die Schultern gelegt und einen Thermosbecher mit heißem Tee in die Hand gedrückt. Er hielt den Becher mit beiden Händen umklammert.

»Riechen Sie das?«, fragte er, ohne Brander anzusehen. »Verbranntes Fleisch. Alles schwarz. Verkohlt … Keine Beine … keine …« Die Atmung wurde schneller, flacher.

»Ganz ruhig, atmen Sie tief durch, Herr …«, versuchte Brander den Mann zu beruhigen.

»Koch. Valerius Koch.«

»Herr Koch. Atmen Sie tief durch. Können Sie den Kopf heben? Schauen Sie mich an.« Brander stand vor ihm, hob die Hand in einer einladenden Geste. Es war besser, dass der

Mann zu ihm hochschaute, in ein lebendiges Gesicht, statt in den dunklen Matsch zu seinen Füßen.

Unter großen Mühen hob sein Gegenüber den Blick. Der Junge war noch keine zwanzig.

»So ist es gut«, lobte Brander. »Ich muss gar nicht viel von Ihnen wissen. Aber erst einmal müssen Sie atmen, okay? Tief einatmen, und dann die Luft wieder raus aus den Lungen.« Er machte es dem jungen Mann vor. Die flache Atmung war nicht ungewöhnlich bei Menschen, die unter Schock standen. Leider half dies jedoch nicht zur Verbesserung des Befindens, sondern konnte die Panik noch verstärken. Es dauerte einige Atemzüge, die Brander gemeinsam mit Koch durchführte, bis dieser schließlich tatsächlich ruhiger wurde. »Erzählen Sie mir, was Sie getan haben«, forderte Brander ihn auf.

»Die Scheune hat gebrannt. Wir haben gelöscht«, begann der Feuerwehrmann stockend. »Wir hatten den Brand unter Kontrolle. Dann ist die Scheune eingestürzt. Wir haben weiter gelöscht … Dann hat nichts mehr gebrannt … Um sicherzugehen, haben wir begonnen, das Holz auseinanderzuziehen. Und dann … unter dem Balken … ich hab es erst nicht erkannt. Ich wusste nicht, was es war.« Koch schüttelte langsam den Kopf. »Wir haben das freigeräumt. Da war nur der Körper … keine Beine … nur der Körper … Ich hab wohl aufgeschrien.« Es klang ein wenig beschämt.

»Das ist ganz normal. Sie haben ja nicht mit so etwas gerechnet. Sie haben den Körper also freigeräumt. Das heißt, Sie haben das verbrannte Holz zur Seite geschoben?«

»Ja.«

»Haben Sie irgendetwas an der Lage des Körpers verändert?«

»Nein … nein, den haben wir nicht angefasst. Der war ja tot. Mir wurde schwindelig. Ich musste da weg. Ich … es tut mir leid. Ich hab so was noch nie gesehen. Das ist gruselig.« Er schüttelte sich.

»Ja, das ist es wohl«, stimmte Brander mitfühlend zu. Er ahnte, dass der junge Feuerwehrmann dieses Bild nicht so schnell wieder aus seinem Kopf bekommen würde.

Brander hatte gerade das Gespräch beendet, als Manfred Tropper mit den Kollegen von der Kriminaltechnik am Brandort eintraf. Kurz darauf rollte der silberne Daihatsu der Rechtsmedizinerin Margarete Sailer zum Ort des Geschehens.

»Ich hab sie informiert«, erklärte Tropper, bevor Brander fragen konnte. »Sie schimpft immer mit mir, wenn sie erst von der Leiche erfährt, wenn sie auf ihrem Seziertisch liegt. Wir würden zu viele Spuren vernichten. Guten Morgen, Maggie.«

»Guten Morgen, Jungs«, grüßte diese gut gelaunt zurück. »Ist die Grillsaison also eröffnet?«

»So kann man es auch nennen.« Brander reichte der Ärztin die Hand.

»Ziemlich früh dieses Jahr. Wir starten eigentlich immer erst am achten März.«

»Was?«

»Die Grillsaison. Der achte März ist Internationaler Frauentag. Und an diesem Tag stehen unsere Männer draußen in der Kälte und grillen, und wir Frauen sitzen im warmen Wohnzimmer, schauen einen romantischen Film und lassen uns mit kulinarischen Köstlichkeiten vom Grill verwöhnen.«

»Wie kannst du jetzt ans Grillen denken?« Brander verzog das Gesicht.

»Na ja, mein Liebster lässt die Steaks ganz gern mal anbrennen. Das riecht ähnlich.«

»Maggie!«

Die Medizinerin lachte amüsiert, als sie Branders empörtes Gesicht sah. »Was hast du überhaupt für einen sexy Dress an? Da bleibt ja nichts verborgen.« Sie grinste anzüglich.

Tropper feixte.

»Nur für dich«, gab Brander zurück. »Könnten wir uns jetzt vielleicht auf unsere Arbeit konzentrieren?«

»Aber natürlich. Du solltest dich bei den Chippendales bewerben.«

Brander ersparte sich eine Antwort und deutete wortlos in Richtung des Brandopfers. Seine Finger waren steif von der Kälte.

Peppi und Hendrik stießen wenig später zu ihnen. Brander informierte die Kollegen über die Situation.

»Wer hat den Brand gemeldet?«, erkundigte sich Peppi, während sie den Kriminaltechnikern bei der Arbeit zusahen.

»Keine Ahnung.« Brander rieb sich fröstelnd über die Arme. Er hätte sich wärmer anziehen sollen.

»Weiß der Besitzer, ob da vielleicht hin und wieder ein Penner in seiner Scheune übernachtet hat?«, fragte Hendrik.

»Ich weiß nur das, was ich euch gerade gesagt habe. Kümmert euch darum. Ich fahr in die Dienststelle und zieh mir was Wärmeres an. Ich frier mir hier nämlich den Allerwertesten ab.«

»Na, das wäre aber schade«, ertönte es hinter ihm. Margarete Sailer gesellte sich mit rußverschmierter Kleidung und schwarzen Striemen im Gesicht zu der Runde. Auch in ihren kurzen Haaren hatte sich Asche verfangen.

»Hör auf mit deinen sexistischen Bemerkungen und verrate mir lieber, was du schon herausgefunden hast.«

»Sexistisch. Wir sind aber sensibel heute Morgen. Soll ich mal sexistisch werden?«

»Maggie, mir ist kalt, fasse dich bitte kurz!«

»Okay, okay. Viel kann ich euch noch nicht sagen. Das Opfer ist höchstwahrscheinlich männlich. Er ist verbrannt, das ist offensichtlich. Da sind Überreste von Reifen, die vermutlich relativ nah am Körper lagen. Die haben dafür gesorgt, dass lokal eine ziemlich hohe Brandtemperatur entstand, dadurch sind ein Großteil der Extremitäten, also Arme und Beine, fast völlig verbrannt. Aber der Torso scheint einigermaßen brauchbar. Wir haben eine Hälfte des Schädels gefunden. Er ist leider teilweise zertrümmert, was durch den Einsturz der Scheune verursacht sein könnte. Ob das Opfer bereits tot war oder durch Rauchgasvergiftung oder Feuer starb, kann ich noch nicht sagen. Ich schau, ob ich heute noch eine Obduktion dazwischenschieben kann. Ansonsten muss ich dich leider auf morgen vertrösten.«

»So schnell wie möglich, bitte.«

»Ja, ich weiß, es brennt.« Sie zwinkerte ihm grinsend zu und ließ ihn mit seinen Kollegen allein.

* * *

Der Kollege Karl-Heinz Borowski hatte sich krankgemeldet. Er hatte ohnehin schon seit längerem gesundheitliche Probleme durch einen Bandscheibenvorfall. Die Nachrichten vom Vortag über die zu erwartenden Umstrukturierungsmaßnahmen hatten sicher nicht zu einer Verbesserung beigetragen.

Brander hatte Peppi, Hendrik und die Kollegin Anne Dobler zu einer Besprechung in den Konferenzraum beordert.

»Wir wissen nicht viel zum gegenwärtigen Zeitpunkt: Das Opfer ist höchstwahrscheinlich männlich. Alter und Herkunft unbekannt. Todesursache unklar«, fasste Brander die spärlichen Informationen zusammen. »Erste Ergebnisse der Rechtsmedizin sind frühestens heute Abend zu erwarten, wahrscheinlich eher morgen. Habt ihr noch was Neues?«

»Die erste Meldung ging heute Nacht um zwei Uhr achtundfünfzig telefonisch ein, es folgten drei weitere Anrufe«, berichtete Peppi. »Jedoch ist der erste Anruf der markanteste, denn der Anrufer hat seinen Namen nicht genannt. Laut Protokoll war er männlich, klang relativ jung und aufgeregt. Und …«, die Kollegin lächelte süffisant, »… er hat vergessen, die Rufnummernunterdrückung einzuschalten. Wir haben seine Handynummer. Die Anfrage läuft schon.«

»Gut. Noch was?«

»Ich habe mit dem Besitzer der Scheune gesprochen, Tobias Rößner«, meldete sich Hendrik zu Wort. »Ihm ist nicht bekannt, dass irgendwelche Leute in seiner Scheune übernachtet hätten. Das Tor war mit einem einfachen Vorhängeschloss verriegelt. Einen Schlüssel hat er zu Hause verwahrt, einen zweiten hatte er in einem Blumenkübel, der hinter der Scheune stand, versteckt. Bisher wurden weder der Blumenkübel noch der Schlüssel entdeckt. Rößner selbst war vor drei Tagen, also am Montag, zum letzten Mal an der Scheune, da hat er nichts Ungewöhnliches feststellen können.«

»Wer wusste von dem Versteck des Schlüssels?«

»Laut Aussage von Rößner nur er, seine Frau und ein befreundeter Landwirt, der aber zurzeit seinen Urlaub auf den Kanaren verbringt.«

»Was war in der Scheune gelagert?«

»Ein Haufen alter Holzbretter, zwei ausgemusterte Kleiderschränke, ein paar alte Autoreifen.«

»Also nichts von größerem Wert«, resümierte Brander.

Hendrik nickte.

»Gibt es irgendein Anzeichen dafür, dass ein Kapitalverbrechen vorliegt?«

Peppi klickte grübelnd auf dem Knopf ihres Kugelschreibers herum. »Es könnte ein Obdachloser gewesen sein, der es sich in der Scheune gemütlich gemacht und ein Feuerchen entfacht hat, weil ihm kalt war. Er schläft ein, das Feuer brennt weiter, entzündet die Reifen, hohe Rauchentwicklung, der Qualm dringt in seine Lungen, er erstickt. Der Schuppen fackelt ab«, entwarf sie ein Szenario.

»Aber warum dann der anonyme Anruf?«, meldete sich Anne Dobler zu Wort. Die junge Kollegin war blass im Gesicht und dunkle Ringe zeichneten sich deutlich unter ihren Augen ab.

»Ja.« Brander nickte nachdenklich. »Beginnen wir zunächst einmal mit der Anwohnerbefragung.«

»Anwohnerbefragung? Da wohnt doch keiner«, warf Hendrik wenig begeistert ein.

»Schwärzlocher Hof, Ortsrand Tübingen, Ortsrand Unterjesingen«, präzisierte Brander seinen Auftrag. »Vielleicht hat irgendein Anwohner zufällig etwas mitgekriegt. Ein Betrunkener, der Richtung Scheune lief, ein Auto auf den Landwirtschaftswegen, Radfahrer – was weiß ich …«

Mühsame, monotone Routinearbeit. Er wandte sich Anne zu, die nicht den Eindruck erweckte, als wäre stundenlanges Von-Tür-zu-Tür-Laufen heute die richtige Arbeit für sie. »Wann musst du Louis von der Tagesmutter abholen?«

»Spätestens um vier, aber ich … entschuldigt …« Mit einer Hand vor den Mund stürmte die Kollegin aus dem Zimmer.

Brander sah fragend zu Hendrik. »Ist Anne krank?«

»Die Nachrichten von der Umstrukturierung schlagen ihr ein wenig auf den Magen. Sie hat die halbe Nacht auf dem Klo verbracht. Ich hab ihr gesagt, sie soll zu Hause bleiben, aber du kennst sie ja.« Der Neununddreißigjährige und seine sechs Jahre jüngere Kollegin lebten zusammen und hatten gemeinsam einen zweijährigen Sohn. Seit einem Dreivierteljahr arbeitete Anne wieder stundenweise an zwei Tagen in der Woche in der Kriminalinspektion 1 – eine Tatsache, die ihrem Lebensgefährten nicht besonders gut gefiel.

»Ich kann verstehen, dass es ihr schlecht geht. Für sie ist die Situation ja total beschissen. Bei zehn Wochenstunden wäre sie länger mit dem Auto unterwegs als im Dienst«, kam es von Peppi.

Hendrik verzog grimmig das Gesicht. »Ja, so kann unser geschätzter Herr Innenminister sein Ziel auch erreichen, mehr Beamte auf die Straße zu bekommen.«

»Und da sollst du motiviert Dienst schieben, anstandslos Überstunden machen und für Ordnung und Gerechtigkeit sorgen. Wenn ich könnte, würde ich zum Streik aufrufen. Dass Beamte nicht streiken dürfen, gibt es nur noch in Deutschland, oder? Das ist so eine …«

»Schluss mit dieser Diskussion«, unterbrach Brander die Frustreden seiner Kollegen. »Wir haben anderes zu tun.«

Peppi blies sich eine Haarsträhne aus dem Gesicht. »Du steckst wohl mit denen unter einer Decke?«

»Peppi!« Brander warf der Kollegin einen strengen Blick zu. Es gab Grenzen.

* * *

Drei Stunden später knallte Peppi Brander eine Mappe auf den Schreibtisch.

»Was ist das?«

»Mein Urlaubsantrag. Ich habe exakt einhundertelf Überstunden allein aus dem vergangen Jahr, die ich jetzt gern abfeiern möchte. Ich mache Feierabend. Wir sehen uns in drei Wochen wieder.«

Brander lehnte sich mit einen schweren Seufzer zurück. »Peppi, setz dich bitte.« Er deutete auf den Besucherstuhl neben seinem Schreibtisch. »Ich kann deinen Frust verstehen …«

»Kannst du das? Nein, das kannst du nicht. Du bist so tiefenentspannt, dich tangiert die ganze Reform überhaupt nicht. Du …«

»Mich tangiert die Situation genauso wie dich!«, unterbrach Brander die Kollegin energisch. »Denkst du, ich finde das alles nicht genauso zum Kotzen? Aber ich lasse es nicht ständig raus. Es ist doch überhaupt nichts entschieden. Wenn wir wissen, wie es weitergeht, können wir immer noch genug Frust schieben. Und jetzt bitte ich dich, reiß dich verdammt noch mal zusammen!«

Auf Peppis Gesicht erschien ein triumphierendes Lächeln. »Na, endlich mal eine Gefühlsregung. Schlag die Mappe auf. Darin sind die Informationen über unseren nächtlichen anonymen Brandmelder. Er heißt Leon Breitmayr, ist sechzehn Jahre alt und wohnt im Paul-Löffler-Weg. Fahren wir hin oder soll ich ihn einbestellen?«

Brander sah die Kollegin kopfschüttelnd an. »Du bist doch eine …«

»Eine hervorragende Ermittlerin, ich weiß. Und? Was machen wir?«

»Wir fahren hin.«

Der Paul-Löffler-Weg befand sich in einem Wohngebiet im Nordwesten Tübingens. Die schmale gewundene Straße war zugeparkt und alle paar Meter wies ein Schild darauf hin, dass hier entweder ein Privatparkplatz oder die Einfahrt Tag und Nacht freizuhalten sei. Peppi manövrierte den Dienstwagen in eine kleine Parklücke am Anfang der Straße.

»Paul Löffler, Tübinger Heimatforscher und Ehrenbürger«, las sie auf dem Straßenschild. »Kennst du Paul Löffler?«

»Nein.« Brander eilte den Weg entlang.

»Man lernt doch nie aus«, murmelte Peppi vor sich hin und folgte ihm die Straße entlang zu den Mehrfamilienhäusern, die sich dicht an den Hang drängten.

Ein Mann in Jeans und Sweatshirt öffnete die Tür. Kaffeeduft strömte ihnen aus der Wohnung entgegen, aus einem Zimmer ertönte das eingespielte Lachen einer Sitcom im Fernsehen.

»Kriminalpolizei Tübingen. Andreas Brander, das ist meine Kollegin Frau Pachatourides. Wir würden gern mit Herrn Leon Breitmayr sprechen«, stellte Brander sich vor.

»Kriminal…?« Der Mann riss überrascht die Augen auf und kratzte sich im Nacken. »Leon ist mein Sohn. Hat er etwas angestellt?«

»Wir haben nur ein paar Fragen an ihn. Ist er zu Hause?«

»Ja, er ist krank. Er ist ziemlich erkältet.« Vater Breitmayr führte sie durch den Flur ins Wohnzimmer, in dem der Sohn in Decken gehüllt mit glasigen Augen und roter Nase auf dem Sofa lag. Er hatte ein schmales Gesicht, und die Schultern und dünnen Arme ließen die schmächtige Gestalt des Heranwachsenden erahnen. Auf einem Flachbildschirm flimmerte eine amerikanische Serie, auf die auch Branders Pflegekind ganz versessen war.

»Leon, hier sind zwei Beamte von der Kriminalpolizei, die haben ein paar Fragen an dich.«

Der Schreck, der dem Jungen in die Glieder fuhr, war nicht zu übersehen, da nützte auch das eilig vors Gesicht gehaltene Taschentuch nichts.

Breitmayr stellte den Fernsehapparat aus. »Setzen Sie sich, bitte.«

Brander ließ sich auf einen Sessel dem Jungen gegenüber nieder, während Peppi es vorzog stehenzubleiben.

»Kann ich Ihnen etwas anbieten?«, kam es von Vater Breitmayr, der unschlüssig ebenfalls im Raum stehen geblieben war.

»Nein, danke. Leon, wir haben nur ein paar Fragen. Es geht um gestern Nacht.«

Die Augen des Jungen huschten nervös von Brander zu seinem Vater, der stirnrunzelnd auf seinen Sohn niedersah.

»Leon war zu Hause«, erklärte dieser.

»Wenn es Ihnen nichts ausmacht, würden wir ganz gern allein mit Ihrem Sohn sprechen.«

Breitmayr warf einen beunruhigten Blick auf seinen Jungen, dann verließ er das Wohnzimmer.

Brander wandte sich Leon wieder zu. »Du warst also zu Hause?«

»Ja ... also ...«, krächzte der Junge heiser. Seine Augen wanderten unsicher zwischen Brander und Peppi hin und her. »Nee, ich war unterwegs mit 'nem Kumpel.«

»Und dein Vater weiß nichts davon?«

Leon nickte.

»Hast dich gestern Nacht heimlich rausgeschlichen?«

»Nee, hab gesagt, ich wär um elf zu Hause gewesen. Vater hat Nachtschicht, da kriegt er das nicht mit.«

Das war doch mal eine ehrliche Antwort. »Und deine Mutter?«

»Wohnt nicht bei uns.«

»Du kannst dir denken, warum wir hier sind?«

Wieder ein Nicken. »Wegen dem Feuer. Meine Telefonnummer. Sie haben das zurückverfolgt.« Der Junge hustete und griff nach seiner Teetasse. Der Kaffee des Vaters stand daneben. Er würde ihn wohl kalt trinken müssen.

»Du hast die Feuerwehr darüber informiert, dass eine Scheune brennt. Warum hast du deinen Namen nicht genannt?«

Der Junge starrte in seine Tasse. »Weiß nicht.«

»Du sagst, du warst mit deinem Kumpel unterwegs. Was habt ihr da draußen zwischen den Feldern gemacht?«

»Nix.«

»Bisschen kalt, um nichts zu machen, oder? Hast du dich dabei so erkältet?«

»Wir haben Sterne geguckt, gequatscht.«

»Wie heißt dein Kumpel?«

»Max.«

»Max …?« Brander forderte mit einer Handbewegung den Nachnamen des Freundes.

»Maximilian Vöcking. Wir haben nix gemacht. Das gab 'nen Knall, dann hat's gebrannt, und wir haben die Feuerwehr angerufen. Ist das strafbar?«

»Warum hast du deinen Namen nicht am Telefon genannt?«

»Hab ich doch schon gesagt. Weiß nicht … nur so halt. War blöd, ich weiß.«

Brander fragte sich, was der Junge zu verbergen hatte. Er hatte nicht den Mut, ihm in die Augen zu sehen, drehte angelegentlich die Tasse zwischen seinen Händen.

»Wann habt ihr den Brand entdeckt?«

»Weiß nicht. So um drei vielleicht.«

»Ihr habt das Feuer entdeckt und sofort den Notruf abgesetzt?«

Der Junge bewegte den Kopf in einer leichten Kreisbewegung, die man mit viel Fantasie als ein halbherziges Ja interpretieren konnte.

Brander betrachtete Leon Breitmayr einen Moment lang schweigend, dann erklärte er: »Da war noch ein Mensch in der Scheune.«

Leon riss erschreckt die Augen auf. Er begann mit den Fingern seiner Rechten an seiner Unterlippe zu zupfen.

»Hast du das verstanden? Ein Mensch war in der Scheune.« Brander musterte den Jungen eindringlich.

»Das … das wusste ich doch nicht. Wir … haben nur das Feuer gesehen«, beteuerte Leon, seine heisere Stimme überschlug sich vor Aufregung. »Und was ist mit dem …?«

Spätestens am nächsten Tag würde es ohnehin in der regionalen Zeitung stehen. Brander fand es besser, die Information dem Jungen direkt zu geben und ihm dabei ins Gesicht zu sehen: »Der Mann ist tot.«

Leon schluckte hart und starrte zum Fenster. Ein paar Grünpflanzen standen auf der Fensterbank. Dahinter lag der kleine Garten noch im Winterschlaf.

»Hör zu, Leon«, mischte sich Peppi ein. »Wir denken ja nicht, dass du die Scheune in Brand gesteckt hast, aber wir müssen wissen, was du gesehen hast.«

»Ich hab nix gesehen. Die Scheune hat gebrannt, wir haben die Feuerwehr gerufen und sind weg. Wir wussten doch nicht …« Leon verstummte und rieb sich verstohlen mit den Handballen über die Augenwinkel.

»Habt ihr mit euren Handys Fotos von der brennenden Scheune gemacht?«, hakte Brander nach.

»Nein«, kam die zögerliche Antwort.

»Sicher?«

»War doch zu dunkel. Das wird dann eh nix.«

»Zeigst du mir mal dein Handy?«

»Warum das ’n? Ich hab keine Fotos gemacht!«

Die Tür wurde geöffnet und Vater Breitmayr erschien an der Schwelle. »Muss das sein? Ich weiß nicht, was Leon angestellt hat, aber Sie sehen doch, dass er krank ist.«

Brander erhob sich aus seinem Sessel. »Ihr Sohn könnte ein wichtiger Zeuge bei einem Brand sein.« Er wandte sich wieder dem Sofa zu. »Leon, ich möchte, dass du morgen um zehn Uhr zu mir in die Polizeidirektion kommst und deine Aussage machst.«

»Ich muss doch zur Schule.«

»Du bekommst von uns eine Entschuldigung. Und jetzt hätte ich gern noch die Adresse und Telefonnummer von deinem Kumpel.«

Leon Breitmayr gab ihm die Daten.

Sie erreichten Maximilian Vöcking weder persönlich noch telefonisch und hinterließen ihm eine Nachricht, dass er sich ebenfalls am nächsten Tag um zehn Uhr in der Polizeidirektion einfinden sollte.

»Was hältst du von dem Jungen?«, erkundigte sich Peppi, während sie den Wagen durch die Dreißigerzone kutschierte.

»Ich weiß nicht, irgendwas hat er zu verbergen.«

»Ich kann mir denken, was. Mit seinem Kumpel Sterne gucken und quatschen. Wie oft hast du das in deiner Jugend gemacht?«

»Ständig. Mach ich heut noch.«

»Klar.« Peppi lachte laut auf.

»Da gibt's gar nichts zu lachen. Eine sternenklare Nacht, ein guter Kumpel und dazu ein kräftiger Malt … perfekt.« Bei dem Gedanken seufzte Brander zufrieden.

Bis zum Abend erhielten sie weder Ergebnisse von den Kriminaltechnikern noch von der Rechtsmedizin. Als Brander sich mit dem Rad auf den Heimweg machte und an der abgebrannten Scheune vorbeikam, lag noch immer der Geruch von verbranntem Holz und Gummi in der Luft. Er ahnte, dass einiges an Arbeit vor ihnen lag. Vielleicht war es ganz gut so – es lenkte von den Sorgen um die bevorstehenden Veränderungen ab.

3

Freitag

Als Brander am nächsten Morgen in die Dienststelle kam, traf er Hendrik Marquardt im Flur. Obwohl der Kollege einer der Frühaufsteher der Abteilung war, sah er müde aus.

»Schlecht geschlafen?«, erkundigte sich Brander.

»Frag nicht.«

»Geht es Anne immer noch so schlecht?«

»Sie macht sich fürchterliche Sorgen wegen der Umstrukturierung. Sie isst kaum was und wenn, geht's gleich wieder retour. Und zu allem Überfluss hat Louis auch noch die halbe Nacht gespuckt.«

»Klingt eher nach einer Magen-Darm-Geschichte.«

Hendrik deutete ein Nicken an. »Ich hab die zwei heute Morgen erst einmal wieder ins Bett geschickt. Werd heute Mittag mal vorbeischauen.«

»Sag 'nen Gruß. Bist du gerade auf dem Sprung?«

»Ja, ich fahr mit den Kollegen raus zur Anwohnerbefragung. Bisher sind die Ergebnisse ziemlich mau.«

»Reicht ja, wenn einer was gesehen hat.«

Hendrik lachte trocken. »Optimist.«

In seinem Büro hatten in der Nacht die ersten Berichte der Kriminaltechniker den Weg auf seinen Schreibtisch gefunden. Brander blätterte flüchtig durch die Seiten. Dann machte er sich mit seiner Tasse auf den Weg in Richtung Kaffee-Ecke. Er ließ sich einen frischen Kaffee aus dem Automaten, ignorierte den Hinweis, dass der Satzbehälter darum bat, geleert zu werden, und marschierte stattdessen in Manfred Troppers Büro. Der Erkennungsdienstler saß mit gebeugtem Rücken vor seinem Monitor.

»Morgen, Andi«, grüßte er. »Hast du unsere Berichte schon gelesen?«

»Nur überflogen. Ich wollte deine persönliche Meinung hören, bevor ich damit zu Schmid gehe.«

»Na, der Herr Staatsanwalt wird doch wohl schon von seiner persönlichen Quelle informiert worden sein«, spielte Tropper auf die Beziehung zwischen Schmid und Peppi an, die mehr als nur Freundschaft war.

»Schmid war zwei Tage bei einer Fortbildung, der kommt erst heute zurück«, wusste Brander.

Tropper fuhr sich mit den hageren Fingern durch die grauen Haare. »Zum gegenwärtigen Zeitpunkt sind die Informationen in meinem Bericht größtenteils eher Mutmaßungen aus Erfahrungswerten. Laut Auskunft des Besitzers befand sich nichts Hochentzündliches in der Scheune, keine Maschinen, bei denen es einen Kurzschluss hätte geben können oder so was. Es gab kein Unwetter mit Blitzeinschlag, und es war unter null Grad in der Nacht. Also theoretisch nichts, was das Feuer hätte auslösen können. Unsere Brandexperten sind sich aber sicher, dass Brandbeschleuniger verwendet worden ist, sonst hätte die Scheune nicht so schnell lichterloh gebrannt.«

»Aber das ist im Moment nicht bewiesen?«

»Wir arbeiten daran. Was bemerkenswert ist, sind die vier Autoreifen, die unmittelbar um den Toten herum gelegen haben müssen. Lagen die da schon oder wurden sie da hingelegt? Und was ebenfalls interessant ist, sind die Faserspuren, die wir an der Stelle gefunden haben, an der der Tote lag. Die könnten von einem Teppich stammen.«

»Mit ›Teppich‹ meinst du tatsächlich einen Teppich oder eine Decke?«, hakte der Westfale Brander nach, da die Schwaben gern auch für eine Wolldecke das Wort »Teppich« benutzten.

»Da möchte ich mich im Moment noch nicht festlegen. Rößner sagt, dass es in der Scheune keinen Teppich und keine Decke oder ähnliches gab. Das heißt, der Tote hat es selbst mitgebracht, oder aber ein möglicher Täter hatte Decke und Benzin oder was auch immer dabei.«

Brander rieb sich über die Stirn. Teppich, Autoreifen, Feuer. Es gab eine Methode, die von kriminellen Organisationen hin und wieder verwendet wurde, um Leichen möglichst rückstandslos verschwinden zu lassen: Man wickelte den Toten in einen Teppich ein, bedeckte ihn zusätzlich mit Autoreifen, häufte Holz oder anderes brennbares Material an und steckte alles zusammen in Brand. Das Gummi der Reifen entwickelte eine so hohe Brandtemperatur, dass die Leiche bestenfalls vollkommen mit Haut und Knochen verbrannte. Mit etwas Glück fand man vielleicht noch einen Goldzahn in der Asche des Verstorbenen.

»Hat Maggie die Infos schon?«

»Ja, die Obduktion ist für heute Vormittag angesetzt. Ich fahre nachher rüber. Willst du mit?«

»Lass mal. Wie ich Maggie kenne, lädt sie dich hinterher auf eine Currywurst ins X ein.«

»Damit ist zu rechnen.« Tropper lächelte vor sich hin. »Ich mag ihren schwarzen Humor.«

»Sonst noch was?«

»Die chemischen Analysen laufen, und ein Brennstoff-Spürhund ist heute auch noch vor Ort. Ich bin mir sicher, dass wir etwas finden werden.«

* * *

Brander nahm ein Blatt aus seinem Schreibtisch und spitzte den Bleistift. Er skizzierte die Umrisse eines menschlichen Torsos, Ansätze von Armen und Beinen dazu. Anstelle der Extremitäten kamen die Autoreifen, je einer links und rechts des Körpers, zwei Reifen unterhalb. Um den Körper herum zeichnete er eine Scheune. Rechts oben in die Ecke, mit etwas Abstand, ein paar Sterne – Leon und Max, die Jugendlichen, die den Brand zuerst gemeldet hatten. Fehlte noch Rößner, der Besitzer der Scheune. Er hatte noch nicht persönlich mit dem Mann gesprochen und ihm fiel kein passendes Symbol ein. Nachdenklich rieb er sich über die Schläfen.

Wer war der Tote? Warum war er in der Scheune gewesen, und wie war er dort hineingekommen? Wie war das Feuer entstanden? Handelte es sich um einen unglücklichen Unfall? Ein Obdachloser, der Schutz vor der Kälte gesucht hatte und eingeschlafen war? So etwas kam immer mal wieder vor. Oder gab es eine weitere Person, die den Brand gelegt hatte? Er hoffte, dass die Aussage von Leon Breitmayr und seinem Freund etwas Licht in die Recherchen bringen würde.

Leon Breitmayr und Maximilian Vöcking erschienen fünf Minuten vor zehn in der Polizeidirektion. Max war ähnlich schmächtig wie Leon und kämpfte mit seinen sechzehn Jahren noch mit Pubertätsakne. Dafür war er von der Erkältung, die Leon erwischt hatte, verschont geblieben. Brander beorderte beide gemeinsam in sein Büro.

»Und? Was könnt ihr mir zu der Nacht, in der ihr das Feuer entdeckt habt, erzählen?« Erwartungsvoll sah er in die Gesichter der Jungen.

Leon und Max tauschten einen Blick miteinander, dann begann Max zu berichten: »Also, wir waren vorgestern abends unterwegs, haben ein bisschen gefeiert bei einem Kumpel, dem seine Eltern waren nicht da. So gegen zwei sind wir da weg.«

»Wie heißt der Kumpel?«, unterbrach Brander den Jungen.

»Raphi.«

»Raphi?«

»Raphael Wenzel.«

»Und wo wohnt dieser Kumpel?«

Leon nannte ihm eine Adresse in der Schwärzlocher Straße.

»Okay, ihr habt also gegen zwei Uhr die Party verlassen?«

»Ja, zwei oder halb drei, genau weiß ich das nicht mehr. Aber wir hatten noch nicht so richtig Bock auf nach Hause gehen«, fuhr Max fort. »Also sind wir 'n bisschen rumgelaufen. War ziemlich klarer Himmel, arschkalt, aber klarer Himmel. Da kann man gut Sterne gucken. Wir interessieren uns da beide für. Astronomie und so. Aber in der Stadt, da siehste ja nix. Zu viele Lichter. Darum sind wir hinten am Bauhof raus und den Weg da an den Schienen lang. Da hat man ein bisschen mehr gesehen. Und dann gab's irgendwie so 'ne Art Knall, nicht so richtig, so dumpf irgendwie, also, ich weiß nicht, wie ich das beschreiben soll. So pfffuuuhhhh.« Er stieß die Luft laut aus den Lungen und breitete zur Untermalung der Lautstärke des Geräusches die Arme aus. »Und dann haben wir das Feuer gesehen. War voll krass, voll die grellen Flammen und so … Wir sind näher ran, und dann haben wir erst erkannt, dass da 'ne Scheune brennt. Wir sind noch 'n Stück ran, und dann …« Max verstummte.

»Und dann …?«, hakte Brander nach.

»Na ja …«, fuhr Leon zögernd fort. »Dann haben wir da einen gesehen. Da stand einer.«

Brander spürte einen kleinen Adrenalinschub in seinen Adern. »Da stand einer«, wiederholte er. »Wer stand da? Ein Mann, eine Frau? Was genau habt ihr gesehen?«

»Weiß nicht, wir waren ja noch gar nicht so nah dran. War wie so 'n Schatten. Einfach eine schwarze Gestalt. Die stand da und hat sich nicht bewegt. Wir wussten nicht so genau, was wir tun sollten. Der stand da vor der brennenden Scheune und hat nix gemacht.«

»Das war echt krass«, meldete sich Max wieder zu Wort. »Da brennt's total und der steht da und bewegt sich nicht. Ich mein, wenn das meine Scheune wär, ich würde da rumspringen und gucken, wo die Feuerwehr bleibt.«

»Ja, und dann haben wir gedacht, der hat vielleicht 'nen Schock und sind zu der Scheune hin. Das hat total gequalmt und geknistert und so. War irre heiß. Und als wir dann da hinkommen, da war der Typ weg.« Leon hob beide Hände, als könnte er es immer noch nicht fassen. »Einfach weg. Wir haben geguckt und gerufen, aber da war keiner mehr. Das war echt tierisch heiß. Wir sind dann ein Stück von der

Scheune wieder weg und haben die Feuerwehr angerufen.«

»Und ihr habt nicht gesehen, in welche Richtung die Person verschwunden ist?«

»Nee, der war einfach weg. Das war voll unheimlich«, antwortete Max.

»Vielleicht ... vielleicht ist der ja in die Scheune rein«, schlug Leon vor. »Sie sagten doch, dass da einer drin war ...?«

»Das müssen wir untersuchen«, entgegnete Brander, obwohl er diese Option für eher unwahrscheinlich hielt. »Okay, Leon, du hast die Feuerwehr gerufen. Das war richtig so. Um wie viel Uhr dein Anruf kam, wissen wir. Wann habt ihr den Brand entdeckt?«, fuhr Brander fort.

»Vielleicht fünf oder zehn Minuten vorher.«

»Habt ihr sonst noch etwas gesehen? Stand da vielleicht irgendwo ein Auto, ein Fahrrad, ein Motorrad ...?«

Die beiden schüttelten die Köpfe.

»Habt ihr irgendetwas gehört? Das Starten eines Motors?«

»Kann mich nicht erinnern. Du?« Leon sah zu Max.

»Nee.«

»Habt ihr Hilferufe gehört?«

Die beiden Jungen beeilten sich, auch diese Frage zu verneinen.

»Und diese Person, die ihr gesehen habt, könnt ihr euch da an etwas erinnern? War die Person groß oder klein? Dick? Dünn?«

»Eher groß. Ein großer schwarzer Schatten«, erklärte Leon mit Bestimmtheit.

»Lange Haare, kurze Haare?«

»Weiß nicht. Ich konnte da echt nix Genaues erkennen. Wir waren zu weit weg.«

»Habt ihr gewartet, bis die Feuerwehr kam?«

»Ja, aber die haben uns weggeschickt. Mir war eh saukalt. Ich war da schon fett erkältet und der scheiß Qualm hat voll in den Augen gebrannt. Ich wollt nach Hause.«

»Habt ihr Fotos gemacht?«

Leon senkte verlegen die Augenlider, während sein Kumpel sein Handy hervorzog. »'n Video. Ist aber nix geworden. Da erkennt man nix.« Er tippte mit dem Finger auf das Display und streckte es dann in Branders Richtung. Brander erkannte einen hellen, flackernden Fleck, hörte Knistern, Schritte auf Asphalt, Ausrufe der Jungen. »Krass, Alter ... ey, guck ma' ... das stürzt gleich ein ...« Nach einer halben Minute stoppte das Bild.

»Wir würden uns das Video gern runterladen. Vielleicht können unsere Techniker da noch mehr rausholen.«

Max nickte. »Okay.«

Brander öffnete seine Schreibtischschublade, zog einen Stadtplan hervor und entfaltete ihn vor den Jungen auf seinem Schreibtisch. »Wo genau habt ihr gestanden, als ihr diese Person bei dem Feuer entdeckt habt?«

Leon studierte die Karte einen Moment lang, dann deutete er mit dem Zeigefinger auf die Stelle. Es war ein Landwirtschaftsweg, der die Alte Ammer kreuzte.

»Da, wir haben da auf der Brücke gestanden.«

»Und die Person stand wo genau?«

»Na ja, da ist die Scheune, und irgendwo links davon, da hat er gestanden.«

»Ist euch vielleicht sonst noch irgendjemand begegnet auf dem Weg zu der Scheune oder später, auf eurem Rückweg?«

»Nee.«

Ein großer schwarzer Schatten. Branders Blick wanderte nachdenklich zwischen den Jungen hin und her. Hatten sie die Person gesehen, die die Scheune in Brand gesteckt hatte?

»Gut, das war es erst einmal. Falls euch noch irgendetwas einfällt, meldet euch bei uns.«

»Wenn die Jungs die Wahrheit gesagt haben, gibt es also eine weitere Person, die den Scheunenbrand zumindest gesehen hat«, stellte Peppi fest, nachdem die beiden wieder gegangen waren.

»Warum sollten sie nicht die Wahrheit sagen?« Brander sah verwundert zu seiner Kollegin.

»Um von sich abzulenken.«

»Die hatten doch schon Gewissensbisse, weil sie nicht umgehend die Feuerwehr angerufen haben, nachdem sie den Brand entdeckt hatten, sondern erst einmal ein Filmchen gedreht haben.«

»Vielleicht hatten sie aus ganz anderen Gründen Gewissensbisse«, beharrte Peppi. »Ist dir aufgefallen, wie schnell sie die Frage verneint hatten, ob sie Hilferufe gehört hatten?«

Brander schüttelte abwägend den Kopf. »Als die Jungs bei der Scheune ankamen, hat sie doch schon lichterloh gebrannt. Da wird der Mann bereits tot gewesen sein.«

»Es sei denn, Leons These stimmt, und diese Person, die sie gesehen haben, ist tatsächlich hineingelaufen.«

»Warum hätte er das tun sollen?«

»Um irgendetwas zu retten«, schlug Peppi vor.

»Was? Ein paar alte Autoreifen?«

»Keine Ahnung.«

Brander skizzierte die Umrisse der Scheune auf einem Zettel, zeichnete ein Strichmännchen hinein. Er hielt das Blatt hoch in Peppis Richtung. »Hier unten ist der Eingang, und die Leiche lag hier oben im hinteren Drittel. Der Mann hätte quer durch die brennende Scheune rennen müssen, und dann hätte er so unglücklich zusammenbrechen müssen, dass er inmitten der Autoreifen landet und Arme und Beine dadurch fast komplett verbrennen.«

»Möglich wäre es.«

Brander hob zweifelnd die Augenbrauen und studierte dann nachdenklich den Stadtplan. »Wenn der Mann geflüchtet ist, muss er Richtung Tübingen gelaufen sein. Andernfalls hätte er den Weg kreuzen müssen, über den die beiden zur Scheune liefen.«

»Er kann ebenso gut querfeldein über den Acker Richtung B 28 gelaufen sein«, warf Peppi ein.

»Ja, auch das wäre möglich. Dann bestünde zumindest theoretisch die Möglichkeit, Fußspuren in der gefrorenen Erde zu finden.«

* * *

Staatsanwalt Marco Schmid erschien wenige Minuten vor der nächsten Besprechung in Branders Büro. Er trug einen gut sitzenden dunkelgrauen Anzug, darunter ein helles Hemd, die dazu passende Krawatte steckte in der Tasche des Jacketts. Brander konnte sich nicht erinnern, den Staatsanwalt je in Jeans und Pulli gesehen zu haben.

»Da lasse ich mal zwei Tage die Tübinger Stadtmauern hinter mir, und schon beschert ihr mir ein Brandopfer. Ich hatte andere Pläne fürs Wochenende.« Beim letzten Satz wanderte sein Blick zu Peppi, die unschuldig die Hände hob.

»Du kannst dir vorstellen, wo das hier enden wird, wenn die Herren da oben die Kripo aus Tübingen abziehen«, prophezeite sie.

»Sodom und Gomorrha.« Schmid wandte sich Brander zu. »Wie ist der Stand der Ermittlungen?«

»Die Identität des Toten konnte noch nicht geklärt werden, ebenso wenig, ob es sich bei dem Brand um einen Unfall oder um Brandstiftung handelt. Wir haben zwei Jugendliche, die behaupten, sie hätten eine Person an der brennenden Scheune stehen sehen, die dann aber verschwunden ist. Sie konnten leider keine näheren Angaben zu dieser Person machen.«

Der Staatsanwalt zog enttäuscht die Mundwinkel nach unten. »Das ist nicht viel.«

»Vielleicht kann Freddy etwas Licht ins Dunkel bringen. Er war bei der Obduktion und wird uns hoffentlich gleich ein paar interessante Details verraten. Kommen Sie mit zur Sitzung?«

Schmid nickte. »Meine Verabredung zum Kaffee ist ja dienstlich verhindert.«

»Der Kaffee der Kriminalinspektion 1 ist fast so gut wie der vom Radetzky«, behauptete Peppi und schob Schmid vor sich zur Tür hinaus.

Die Bilder, die Tropper aus der Rechtsmedizin mitgebracht hatte, ließen die Lust auf Kaffee und Kuchen schwinden: Ein verkohlter Torso, dessen Extremitäten zu großen Teilen fehlten, dazu ein teilweise zertrümmerter Schädel. Auf den ersten Blick ließ sich nicht sagen, ob es ein Mann oder eine Frau war, lediglich die Größe des Oberkörpers zeigte, dass es kein Kind sein konnte.

»Bei unserem Toten handelt es sich um eine männliche Person, Alter unbestimmt, vermutlich aber in den mittleren Jahren, vierzig plus«, begann Manfred Tropper seinen Bericht. »Die Körpergröße schätzen die Rechtsmediziner zwischen einsachtzig und einsneunzig. Genauer lässt sich das leider nicht eingrenzen. Das Wichtigste, was sie feststellen konnten, ist, dass der Mann bereits tot war, bevor sein Körper Opfer des Feuers wurde. Da hatten wir wirklich Glück. Der Oberkörper ist zwar äußerlich stark verkohlt, aber die Organe waren teilweise noch in mehr oder weniger brauchbarem Zustand – zumindest für die rechtsmedizinischen Untersuchungen. Es fanden sich keinerlei Rußpartikel in Lunge oder anderen Organen. Unser Opfer hat kein Kohlenmonoxid eingeatmet.

Der Mann lag höchstwahrscheinlich in Rückenlage in der Scheune. Über dem Körper war eine Decke ausgebreitet worden. Vermutlich hat jemand jeweils einen Autoreifen links und rechts gegen die Arme gelegt und zwei Reifen auf die Beine. Auf den Oberkörper wurde kein Reifen gelegt – warum auch immer.

Es konnten vom Gebiss drei Goldkronen sichergestellt werden, höchstwahrscheinlich handelt es sich hierbei um Backenzähne, zwei aus dem Oberkiefer sowie einer aus dem Unterkiefer. Die Rechtsmediziner versuchen, aus den Überresten das Gebiss des Mannes zu rekonstruieren.«

»Irgendwelche Hinweise auf die Todesursache?«, unterbrach Brander den Vortrag des Kollegen.

»Nein, im Moment noch nicht. Man könnte ihm den Schädel eingeschlagen haben. Das lässt sich leider schwer nachvollziehen, da der Schädelknochen vermutlich durch einen herabgefallenen Holzbalken der Scheune stark beschädigt wurde und Teile des Knochens fehlen.«

»Lässt sich sagen, wie lange der Mann schon tot war, bevor er gefunden wurde?«

»Nur sehr ungenau. Die Mediziner wollten sich nicht festlegen. Vermutlich aber nicht allzu lange, ein paar Stunden vielleicht.«

»Das heißt, Mittwochnacht könnte die Tatnacht gewesen sein.«

»Ja.« Tropper suchte in seinen Unterlagen nach weiteren Informationen. »Nach ersten Analysen ist zu vermuten, dass der Mann alkoholisiert war. Maggie wollte sich da aber noch nicht festlegen. Es könnten auch andere Drogen mit im Spiel gewesen sein. Wir haben eine toxikologische Untersuchung beauftragt. Aber bis wir das Ergebnis bekommen, dauert es leider noch ein bisschen. Gleiches gilt für die DNA-Analyse. Die Proben sind bereits beim LKA, aber die Kollegen in Stuttgart sind bis Ostern ausgelastet.«

»Dann hoffen wir mal, dass wir die Identität des Mannes auf andere Weise klären können«, seufzte Brander. »Was haben wir noch?«

»Frag lieber, was wir nicht haben«, entgegnete Tropper.

»Zeit, Geld und bald auch keine Kripo mehr in Tübingen«, kam es von Peppi.

Tropper schob die Mappe mit den Informationen zur Obduktion zur Seite und nahm eine zweite Mappe hervor. »Unser Opfer trug anscheinend keinerlei Schmuck: keine Kette, keine Uhr, keinen Ehering. Wir haben auch keine angebrannte Brieftasche mit verkohlten Kreditkarten gefunden. Nichts, wodurch man die Identität des Toten feststellen könnte. Da der Torso noch einigermaßen erhalten war, konnten wir zumindest noch ein paar Faserspuren eines Oberteils sichern, vermutlich ein Strickpulli oder so etwas. Genauer lässt sich das im Moment nicht sagen. Aber – und das finde ich einen nicht unwichtigen Aspekt – er trug sehr wahrscheinlich keine Jacke.« Tropper sah in die Runde. »Es war unter null Grad in der Nacht. Wer geht da ohne Jacke aus dem Haus?«

Brander bemerkte, wie der Staatsanwalt grübelnd die Lippen zusammenpresste und zu ihm herübersah.

»Dann sollten wir dringend die Umgebung nach der Jacke absuchen«, entschied Peppi. »Es gibt doch diese Kälteidiotie, wenn die Leute kurz vorm Erfrieren die Wahnvorstellung bekommen, dass es total warm wäre, und sich ausziehen. Wer weiß, wie lange der in der Kälte draußen war. Dazu Alkohol oder Drogen …«

»Das erklärt aber nicht, wie er in die Scheune gekommen ist und wer den Schuppen dann angezündet hat«, warf Hendrik ein.

»Er kann selbst in die Scheune gegangen sein, macht ein Feuer, kuschelt sich in eine Decke und stirbt dummerweise an Herzversagen«, warf Peppi ein. »Das Feuer breitet sich aus …«

Brander bewegte abwägend den Kopf. »Was ist mit den Autoreifen? Hat er sich damit auch zugedeckt?«

»Wer weiß schon, auf was für Ideen die Leute so kommen?«

»Ich denke eher, dass eine zweite Person dort war, die das Feuer gelegt hat.«

»Davon ist auszugehen«, meldete sich Tropper wieder zu Wort. »Wenn ich mich in eine Scheune verziehe und ein kleines Feuer zum Aufwärmen mache, verschütte ich nicht großflächig Benzin.«

»Ihr habt Benzin gefunden?«

»Ich habe die Ergebnisse von den Kollegen noch nicht schriftlich vorliegen, aber nach dem letzten Stand haben sie definitiv Spuren von Brandbeschleuniger entdeckt.«

»Also Vorsatz. Es könnte sich um eine Verdeckungstat handeln. Herr Schmid …«

»Ich weiß schon: Sie brauchen mehr Leute.«

»Exakt. Kollegen, wir sichten noch einmal sämtliche Informationen, die wir bisher haben. Peppi, Hendrik, ihr geht die Vermisstenfälle durch.« Brander wandte sich noch einmal an Tropper. »Die Jungen haben gesagt, sie haben eine Person vor der Scheune stehen sehen. Habt ihr irgendwelche Fußspuren sichern können?«

Der Erkennungsdienstler lachte erheitert auf. »Andi, es waren zwei Löschfahrzeuge vor Ort, dazu ein Abrollbehälter mit siebeneinhalbtausend Litern Wasser, hinzu kommen ein Drehleiterwagen, der Kommandowagen und ein Einsatzleitwagen der Feuerwehr, das Rote Kreuz, einige Polizeiwagen und ich weiß nicht, wie viele Feuerwehrleute, die um die Scheune herumgesprungen sind und das ganze Umfeld in eine Schlammwüste verwandelt haben. Dann kamen noch unsere Kollegen. Was denkst du, wie viele Fußspuren wir da gefunden haben?«

Brander brummte verstimmt. »Vielleicht ist er über den Acker zur B 28 gelaufen«, nahm er Peppis Gedanken auf.

»Ich schau mal auf GoogleEarth. Vielleicht haben die ja heute Nacht ein paar Fotos von der Scheune geschossen.« Tropper räumte kopfschüttelnd seine Unterlagen zusammen.

Es war kurz vor zehn, als Brander das Gebäude der Polizeidirektion verließ. Die kalte Luft schlug ihm unangenehm entgegen.

In seinem Kopf hatte sich ein ordentlicher Knoten festgesetzt. Er hasste es, im Dunkeln zu stochern und auf die Ergebnisse der Kollegen warten zu müssen. Er schob sein Fahrrad aus dem Unterstand und schwang das Bein über den Sattel. Dann radelte er langsam los, doch statt heimwärts zu fahren, schlug er kurzerhand die entgegengesetzte Richtung ein und fuhr in die Katharinenstraße. Er hatte Lust auf einen

Absacker, und den wollte er in Gesellschaft genießen. Er musste zweimal klingeln, bevor der Türsummer betätigt wurde und er die Stufen zu Beckmanns Wohnung hinaufsteigen konnte.

Karsten Beckmann war ein gut aussehender, durchtrainierter Mann. Letzteres ging darauf zurück, dass er ein leidenschaftlicher Läufer und Kampfsportler war. Aber auch die Wahl seiner Kleidung zeigte, dass er sehr viel Wert auf sein Äußeres legte: sportlich und figurbetont. Er hatte ein kantiges, maskulines Gesicht, dichtes dunkles Haar, und Cecilia fand, er habe eine sehr erotische Ausstrahlung. Eine Aussage, die Brander seiner Frau nur zugestand, weil er wusste, dass Beckmann homosexuell war.

»Na, wenn das keine Überraschung ist, mein Lieblingsbulle!«, freute sich Beckmann. Er umarmte Brander und ließ ihn in seine Wohnung.

»Bist du allein?«, erkundigte sich Brander.

»Ja, Manu hat dieses Wochenende zwei Gigs. Er ist gestern Abend schon gefahren.« Beckmann klang ein wenig betrübt. »Manchmal ist es schon blöd, mit einem Musiker befreundet zu sein, der vierhundert Kilometer entfernt lebt.« Seit einem halben Jahr war Beckmann mit dem dreiunddreißigjährigen Manuel Heinrich zusammen. Ein arbeitsloser Musiklehrer aus Erfurt, der von Gelegenheitsjobs und Wochenendauftritten lebte. Beckmann seufzte traurig, dann schob er die Trübsal mit einem Lächeln aus seinem Gesicht. »Schön, dass du da bist. Ich habe gestern noch an dich gedacht, als ich Zeitung gelesen habe. Da kommt ja einiges auf euch zu.«

Brander winkte ab. Er wollte jetzt nicht über die geplante Polizei-Reform sprechen. »Alles ungelegte Eier. Wie sieht's aus, bekomme ich einen Scotch?«

»Klar doch, Süßer.«

Brander hob drohend einen Zeigefinger. Beckmann grinste vergnügt. »Wonach ist dir denn?«

»Auf keinem Fall was Rauchiges.« Nach dem Brand vom Vortag hatte er fürs Erste genug Qualm inhaliert. Brander ließ sich auf das Sofa fallen. Beckmann öffnete eine Schranktür und schob seine Whiskyflaschen hin und her. »Ah, ich glaube, hier habe ich etwas für uns: Einen *Glenmorangie Nectar d'Or,* zwölf Jahre alt, gereift in Bourbon-Fässern, Finish in Sauternes Barriquefässern. Na, wär das was für uns?« Er nahm die Flasche aus dem Fach und hielt sie Brander entgegen.

»Sauternes?«

»Ein französisches Weinbaugebiet, nahe Bordeaux«, dozierte Beckmann. »Das Finish gibt dem Whisky eine leichte Süße.«

»Was du immer alles weißt.«

»Erstaunlich, nicht wahr?« Beckmann setzte sich mit Whisky, Gläsern und selbstgefälligem Grinsen zu Brander. »Meinst du, ich sollte mich mal bei Jauch bewerben?«

»Ja, mach das.« Brander nahm das Glas, das Beckmann ihm hinhielt, und prostete ihm zu. Er genoss die milde süß-fruchtige Note des Malts, ließ den Brand einen Moment im Mund verweilen, bevor er ihn die Kehle hinuntergleiten ließ, weich und wärmend. Beckmann hatte eine ausgezeichnete Wahl getroffen. Der Scotch war ein hervorragendes Pendant zu all den Ungewissheiten, die in seinem Kopf kreisten. Klar, eindeutig, beständig.

Eine Weile saßen sie schweigend nebeneinander, genossen den Whisky und beobachteten die Fische im Aquarium auf der anderen Seite des Raumes. Brander atmete zufrieden auf. Genau das hatte er jetzt gebraucht.

»Manu hat mich gestern gefragt, ob ich mir vorstellen könnte, mit ihm zusammenzuleben«, durchbrach Beckmann unerwartet den entspannten Moment. »Er findet die Fahrerei zwischen Erfurt und Tübingen auf Dauer etwas nervig.«

Mit einem Schlag war Branders Entspannung dahin. Ihm war, als hätte Karsten ihm direkt in den Magen geboxt. Zu unerwartet hatte ihn die Eröffnung getroffen. »Er will, dass du zu ihm nach Erfurt ziehst?«

Beckmann hielt das Glas vor seine Augen, drehte es leicht hin und her und beobachtete die Schlierenbildung, die die goldene Flüssigkeit am Glasrand hinterließ. »Nun ja …«

»Ihr seid doch erst ein halbes Jahr zusammen.«

»Es läuft prima zwischen uns.«

»Und was hast du ihm gesagt?«

»Ich weiß es nicht. Ich muss darüber nachdenken. Ich mag ihn sehr, aber … Wieder mit jemandem zusammenzuleben, wäre auch eine ziemlich große Veränderung. Bin ich dazu schon bereit?« Er sah Brander fragend an.

Eigentlich sollte er sich für seinen Kumpel freuen. Aber irgendwie wollte es ihm nicht gelingen. Gab es zurzeit nicht schon genug Veränderungen und Ungewissheiten in seinem Leben? Die Pflegschaft für Nathalie, die Polizeireorganisation, eine Brandleiche. Und jetzt wollte Karsten sich auch noch auf und davon machen. Brander leerte sein Glas in einem Zug, um das unangenehme Gefühl zu verscheuchen.

4

Samstag

Brander ließ Frau und Pflegekind schlafen, als er sich am nächsten Morgen auf den Weg zum Dienst machte. Die Dämmerung brach gerade an. Durch den trüben Morgendunst linste zu seiner Rechten der Hügel, auf dem er die Wurmlinger Kapelle hätte sehen können, wenn es nicht so diesig gewesen wäre. Auch die Hänge des Schönbuchs auf der anderen Seite waren nur zu erahnen. Der Himmel schien so tief zu hängen, als wollte er sich auf die Erde niederlegen.

Kurz bevor er Tübingen erreichte, bog er rechts ab und hielt an der Stelle, an der die Überreste der abgebrannten Scheune lagen. Der aufgewühlte Boden war angefroren und mit Reif überzogen. Der gesamte Bereich war noch mit rotweißem Band abgesperrt. Er blickte zu der Brücke, an der die Jungen gestanden hatten. Hatten sie tatsächlich in der Nacht auf die Entfernung etwas erkennen können? Wie stark hatte sich das Feuer zu dem Zeitpunkt bereits ausgebreitet? Wie hell war der Ort durch den Brand erleuchtet gewesen? Und wie nah konnte man ungeschützt vor einer brennenden Scheune stehen? Wer war der Tote? Wurde er von jemandem vermisst?

Brander rieb sich grübelnd über die schweißnasse Stirn, betrachtete gedankenverloren die weißen Wölkchen, die sein Atem erzeugte. Der Täter – vielleicht waren es auch mehrere? – hatte die Leiche in die Scheune gelegt und eine Decke über ihr ausgebreitet. Dann hatte er Autoreifen auf Arme und Beine gelegt. Warum nicht auf den Körper? Warum nicht auf den Kopf? Skrupel? Woher hatte der Täter überhaupt gewusst, dass in der Scheune Autoreifen lagen? Brander machte sich gedanklich eine Notiz, diese Punkte in der Sitzung anzusprechen.

Die Personenzahl der neu gebildeten Soko hatte sich zu Branders Erleichterung erhöht. Auch Anne Dobler war zur Besprechung erschienen, obwohl sie erst am Dienstag wieder Dienst hatte. Sie sah immer noch krank aus, und ihrem Gesicht und dem ihres Lebensgefährten nach zu urteilen, hatte ihr Erscheinen an diesem Morgen für eine kurzfristige familiäre Unstimmigkeit gesorgt. Neben seinen eigenen Leuten waren einige Kollegen der anderen Kriminalinspektionen sowie Beamte von der Schutzpolizei anwesend. Magnus Neidhart von der Kriminalinspektion 4 kam als Letzter gemeinsam mit der Kollegin Corinna Tritschler in den Besprechungsraum.

»Guada Morga, Andi, ohne ons gohts net, gell?«, grüßte Neidhart und klopfte Brander freundschaftlich auf die Schulter.

»Nein, ohne euch geht's nicht. Aber ihr habt ja auch sonst nichts zu tun, oder?«, stichelte Brander zurück. Er musterte den großen, breitschultrigen Mann mit der kräftigen Bassstimme. »Hast du abgenommen?«

Neidhart reckte stolz die Brust. »Ha ja, zwölf Kilo in zwölf Wocha. Des isch a Sach, gell?«

»Respekt.«

Brander wartete, bis jeder Kollege einen Platz gefunden hatte und etwas Ruhe eingekehrt war, dann gab er eine knappe Zusammenfassung des Geschehens und zum Brandopfer.

»Da das Opfer bei Entstehung des Feuers bereits verstorben war, liegt der Verdacht nahe, dass es sich um eine Verdeckungstat handelt«, endete Brander mit seinem Bericht.

»Die Art, wie der Mann verbrannt wurde, war auf jeden Fall keine spontane Aktion. Da hat sich jemand Gedanken gemacht, wie er seine Leiche entsorgt«, meldete sich Hendrik Marquardt zu Wort. »Der kannte die Örtlichkeiten und muss gewusst haben, dass in der Scheune Brennholz und Autoreifen lagen.«

»Nein, er muss es nicht gewusst haben«, widersprach Anne. »Vielleicht hat er die Reifen nur benutzt, weil sie dort herumlagen.«

Brander erinnerte sich an seine Gedankengänge vom Morgen. »Wie viele Autoreifen waren überhaupt in der Scheune?«, wandte er sich an Tropper.

»Wir haben nur die vier Reifen gefunden, die bei der Leiche lagen. Das stimmt auch mit den Angaben von Rößner überein. Er sagte, in dem Schuppen hätten vier alte Winterreifen gelegen. Ich habe aber noch ein paar ergänzende Informationen für euch, die Hendriks These bestätigen könnten. Es wurde definitiv Brandbeschleuniger verwendet. Wir fanden Spuren von Superbenzin.«

»Sag ich doch! Die Sache war vorbereitet.« Hendrik warf seiner Lebensgefährtin einen triumphierenden Blick zu.

»Anscheinend wurde die Decke samt Umgebung weitläufig mit Benzin bespritzt«, fuhr Tropper fort. »Ebenso die Autoreifen. Außerdem haben wir Spuren von Grillanzünder gefunden. Laut Aussage von Rößner befand sich definitiv kein Benzinkanister in seiner Scheune. Weder voll noch leer. Genauso wenig wie irgendein Grillanzünder.«

»Vorbereitet.« Hendrik deutete mit dem Zeigefinger auf Anne.

Diese hob kapitulierend beide Arme. »Ist ja gut.« Sie ließ die Arme wieder sinken. »Aber, wissen wir, ob Rößner die Wahrheit sagt?«

»Da gehen wir jetzt erst einmal von aus. Was ist mit dem Schloss, mit dem die Scheune verriegelt war?«, lenkte Brander die Diskussion auf einen anderen Punkt.

»Das ist ebenfalls interessant. Wir haben in den Trümmern weder den Schlüssel noch das Vorhängeschloss gefunden. Beides kann unmöglich komplett verbrannt sein.«

»Willst du damit sagen, dass der Täter das Schloss mitgenommen hat?«, fragte Peppi skeptisch.

»Na ja, entweder das, oder es ist bei den Löscharbeiten irgendwie in die Erde gedrückt worden. Wir suchen nach dem Ding.«

»Danke, Freddy.« Brander quittierte die Ausführungen des Kollegen mit einem anerkennenden Blick. Er wusste, dass Tropper und seine Leute seit Entdeckung der Leiche rund um die Uhr an der Auswertung der Spuren arbeiteten und noch lange kein Ende in Sicht war.

»Die Jungs haben gesagt, die Scheune wäre quasi explodiert«, wandte sich Peppi an Tropper. »Von so ein bisschen Benzin explodiert doch keine Scheune, oder?«

»Das war vermutlich eher eine Verpuffung. Unser Täter hat Benzin ausgeschüttet. Es steigen Gase auf. Diese Gase breiten sich aus. Die sind aber schwerer als Luft und breiten sich daher eher großflächig im unteren Bereich der Scheune aus. Zündet man das an, kommt es – je nach Menge – zu einer Explosion oder Verpuffung und mit einem Schlag steht der ganze Raum in Flammen«, erklärte Tropper.

»Das bedeutet, dass unser Täter die Benzinspur aus der Scheune rausgelegt und von dort angezündet haben muss«, setzte Brander den Gedankengang fort. »Ansonsten hätten wir ihn ebenfalls in der Scheune gefunden, oder?«

»Ja, das wäre sehr wahrscheinlich gewesen. Oder er wäre als brennende Fackel aus der Scheune gerannt, und wir hätten ihn dann irgendwo auf dem nächsten Acker gefunden.«

»Also könnten die Jungs tatsächlich jemanden vor der Scheune stehen gesehen haben.«

»Möglich, ja.«

»Mit den zweien muss ich wohl noch einmal sprechen.« Brander studierte seine Notizen. »Fehlt noch die Identität des Opfers. Peppi, was ist mit den Vermisstenmeldungen?«

»Uns liegt eine Vermisstenmeldung zu einem dreiundvierzigjährigen Mann vor: Friedrich Alexander Hämmerle. Er wird seit Montagabend vermisst. Laut Aussage seiner Ehefrau kam er nicht von der Arbeit nach Hause. Es würde kein Koffer fehlen und auch nichts von seiner Kleidung. Sie hat Freunde und Verwandte abgeklappert, konnte ihn aber nirgends finden. Hämmerle arbeitet beim Daimler in Sindelfingen. Die Ermittlungen der Kollegen haben ergeben, dass er am Montagmittag spontan eine Woche Urlaub beantragt hat. Es kam heraus, dass die Hämmerles gerade in einer Ehekrise stecken, letzten Sonntag gab es einen heftigen Streit.«

»Warum stecken die in einer Ehekrise?«

»Zum einen ging es wohl um Geld. Familie Hämmerle hat gebaut und sich dabei finanziell ein wenig übernommen. Zum anderen ist Frau Hämmerle im dritten Monat schwanger. Allerdings nicht von Herrn Hämmerle.«

»Ha, so ebbes …« Neidhart schnalzte mit der Zunge. »Da wär i au ganga.«

»Wer sagt denn, dass er tatsächlich gegangen ist?«, widersprach Corinna Tritschler, die Augen kritisch auf ihre rot lackierten Fingernägel geheftet. »Sie und ihr Liebhaber bringen ihren Gatten um die Ecke, Frau Hämmerle meldet ihn als vermisst, zwei Tage später finden wir seine verkohlte Leiche.« Sie hob den Blick zu Brander. »Fall gelöst. Können wir jetzt ins Wochenende?«

So verlockend der Gedanke war, Brander schüttelte dennoch den Kopf.

»Haben wir ein Foto von Friedrich Hämmerle?«, erkundigte sich Tropper.

»Ja.« Peppi zeigte das Bild eines Mannes mit lichtem blonden Haar und kräftigem Leibumfang in die Runde und ließ es an den Kollegen weitergeben.

Tropper betrachtete das Foto eine Weile schweigend. »Schwer zu sagen, aber ich glaube nicht, dass das unser Mann ist. Das Opfer schien mir nicht so füllig. Ich werde mal mit Maggie sprechen.«

»Wir sollten auf jeden Fall für einen Abgleich Informationen zu Blutgruppe, Gebiss und so weiter besorgen.« Brander hielt kurz inne. »Ich würde ganz gern mit der Ehefrau sprechen. Peppi, kannst du sie bitte einbestellen?«

»Ja.«

Brander sah erneut auf seine Notizen. »Die Anwohnerbefragungen waren wenig ergiebig. Die meisten Leute sind erst beim Lärm der Feuerwehrsirenen auf den Brand aufmerksam geworden. Ein Taxifahrer hatte zwei Minuten nach dem Anruf von Leon Breitmayr ebenfalls den Brand gemeldet. Mit dem sollten wir noch sprechen. Vielleicht hat der was gesehen.« Ungeduldig klopfte er mit den Fingern auf seine Unterlagen. »Es ist nicht viel, was wir bisher haben. Wo setzen wir an?«

»I könnt meine Dama froga, ob dene an Freier abhandakomma isch«, schlug Neidhart vor. Gemeinsam mit Corinna Tritschler war er in der Kriminalinspektion 4 für den Bereich Prostitutionsüberwachung zuständig.

»Wichtiger wäre mir im Moment, dass die Anwohnerbefragung noch mal intensiviert wird. Hat irgendjemand dort in der Tatnacht oder in den Nächten davor etwas Auffälliges beobachtet? Personen, die sonst nicht dort unterwegs sind, oder auffällig oft in der Nähe der Scheune waren? Befragt auch Spaziergänger, Radfahrer und so weiter.«

»Fangen wir doch gleich mal mit dir an.« Hendrik grinste breit. »Du fährst da doch jeden Tag lang. Ist dir was aufgefallen?«

Brander starrte den Kollegen einen Moment lang baff an. Aber Hendrik hatte recht. Das war sein Radweg, den er täglich entlangfuhr. Morgens hin, abends zurück. Er überlegte eine Weile und schüttelte schließlich den Kopf. »Nein, außer ein paar gefrorenen Pferdeäpfeln mitten auf dem Weg ist mir nichts aufgefallen. Hoffen wir, dass die anderen Leute aufmerksamer sind als ich.«

»Du weißt ja: Falls dir noch was einfällt, was wichtig für unsere Ermittlungen sein könnte …« Hendrik zückte eine Visitenkarte aus seiner Brieftasche und ließ sie über den Tisch in Branders Richtung gleiten.

Als Brander aus der Sitzung in sein Büro zurückkehrte, meldeten ihm sowohl sein Diensttelefon als auch sein Handy mehrere verpasste Anrufe. Cecilia. Brander rief zurück. Seine Frau nahm nach dem ersten Klingeln ab, ihre Stimme klang nervös.

»Ist was passiert?«, erkundigte sich Brander besorgt.

»Hast du Nathalie heute Morgen gesehen, bevor du zur Arbeit gefahren bist?«

»Nein, ich bin um halb sieben aus dem Haus, da wollte ich sie noch nicht wecken.«

»Sie ist nicht da.«

»Was heißt das? War sie die ganze Nacht weg?« Er hatte, als er nachts nach Hause gekommen war, nicht mehr in ihr Zimmer gesehen.

»Ich weiß es nicht … Wir hatten gestern Abend Streit, und ich habe sie auf ihr Zimmer geschickt. Ich bin gegen elf ins Bett gegangen und habe vorher noch mal bei ihr reingeschaut, da hat sie schon geschlafen. Als ich sie heute Morgen zum Frühstück holen wollte, lag sie nicht in ihrem Bett.«

»Euch zwei Frauen kann man auch nicht allein lassen«, seufzte Brander.

»Andi, dumme Sprüche sind das Letzte, was ich jetzt gebrauchen kann.«

»Entschuldige. Hat sie irgendwas mitgenommen? Tasche, Rucksack, Klamotten, Geld …?«

»Nein, ich glaube nicht.«

»Prüf das bitte nach. Hat sie ihr Handy dabei?«

»Ja, aber sie geht nicht ran.«

»Dann versuch ich mal mein Glück.«

»Andi, ich mache mir Sorgen!«

»Ich hab doch gesagt, ich versuche, sie zu erreichen. Du kennst Nathalie, sie wird schon wieder auftauchen. Warum habt ihr euch denn überhaupt schon wieder gestritten?« Brander hatte das Gefühl, dass sich die Differenzen zwischen seiner Frau und ihrem Pflegekind in den letzten Wochen häuften.

»Sie wollte zu einer Party, und ich hab ihr gesagt, sie müsste um zehn wieder zu Hause sein. Das hat ihr nicht gepasst.«

Natürlich hatte ihr das nicht gepasst. Um zehn fingen heutzutage die meisten Partys gerade erst an. Was jedoch nicht legitimierte, dass sich die Fünfzehnjährige bis spät in die Nacht herumtrieb. »Ich guck mal, ob ich sie erreiche.«

»Danke.« Cecilia klang wieder etwas ruhiger.

Er beendete das Gespräch und wählte Nathalies Nummer, aber auch er wurde an die Mailbox verwiesen. Er hinterließ eine kurze Nachricht: »Nathalie, ruf mich bitte auf meinem Handy zurück, oder noch besser: Mach dich umgehend auf den Weg nach Hause.«

»Stress mit eurem kleinen Engel?«, erkundigte sich Peppi.

»Noch nicht. Aber vermutlich heute Abend, wenn sie von mir das Wort zum Sonntag bekommen hat.«

Wahrscheinlich hing Nathalie wieder irgendwo bei irgendwelchen zwielichtigen Freunden herum. Der Gedanke ärgerte ihn. Er hatte eine Soko zu leiten, er hatte eine nicht identifizierte Leiche, er hatte einen unbekannten Täter. Er hatte keine Zeit, jetzt nach der Göre zu suchen.

»Lass uns mal zu dem Landwirt fahren. Ich will wissen, wer alles von den Autoreifen in der Scheune wusste.«

»Ich dachte, wir warten auf den Taxifahrer?«

»Soll Anne mit Cory übernehmen«, bestimmte Brander.

Peppi zog die Stirn in Falten. »Ich weiß nicht, ob die zwei so ein gutes Team sind …«

»Warum das denn nicht?«

»Dir ist wohl entgangen, wie Anne die Kinnlade runtergefallen ist, als die Tritschler hereinkam und Hendrik ihr mit leuchtenden Augen den Stuhl neben sich zurechtgerückt hat?«

Brander stöhnte auf. »Peppi, du kennst doch Hendrik. Wenn der eine Frau sieht, spielt er immer den Don Juan, und die beiden verstehen sich eben gut.«

»Ja, ja … Du weißt aber schon, wer Don Juan war, oder?« Peppi lächelte mokant und nahm ihre Jacke vom Haken. »Wer fährt?«

»Du, wie immer.«

»Es macht eigentlich gar keinen Spaß mehr, seit unser OB überall Tempo dreißig eingeführt hat, und wenn diese blöde Tunnelbaustelle nicht bald verschwindet …«

»Peppi, halt die Klappe und lass uns einfach fahren«, unterbrach Brander die Kollegin.

Tobias Rößner lebte gemeinsam mit seiner Frau auf einem Hof am südlichen Rand von Unterjesingen, nahe der Kreisstraße nach Wurmlingen. Seine Frau Sylke stand mit einem Kind auf dem Arm vor der Haustür, als Peppi den Dienstwagen parkte. Sie war eine kleine, kräftige Frau mit kurzen, drahtigen Haaren und rosigen Wangen. Strickpulli, Latzhose und Gummistiefel waren funktional und passten in das Bild, das sich den Beamten bot.

Brander stellte sich und seine Kollegin vor, während er mit großen Augen von dem kleinen Jungen beobachtet wurde.

»Frau Rößner, wir würden gern noch einmal mit Ihnen und Ihrem Mann über die Scheune sprechen.«

»Mein Mann ist im Stall. Er repariert gerade einen Traktor.« Sie setzte den Jungen ab. »Johann, lauf schon mal zum Papa.« Dann wandte sie sich wieder den Beamten zu. »Es ist so tragisch, was da passiert ist. Ich mag mir gar nicht vorstellen, dass ein Mensch in unserer Scheune verbrannt ist.«

»Wer hatte alles Zugang zu der Scheune?«, erkundigte sich Brander.

»Nur Tobias und ich und unsere Nachbarn, die Hülbers, aber die kommen erst morgen aus dem Urlaub zurück.«

»Und sonst wusste niemand, wo der Schlüssel verwahrt wurde?«

Frau Rößner zuckte die Achseln. »Jedenfalls nicht von uns. Aber so oft waren wir in den letzten Wochen nicht an der Scheune. Es war ja nichts Wichtiges darin gelagert.«

Brander ließ seinen Blick über den Hof gleiten. Das Haus und der Stall waren schon älteren Baujahrs, allerdings schienen zumindest die Fenster im Haus modernisiert worden zu sein.

»Dieses Jahr wollen wir das Dach in Angriff nehmen, dämmen, neu eindecken, und eine Photovoltaik-Anlage soll auch kommen.« Die Rößner war seinem Blick gefolgt.

»Kann man von der Landwirtschaft gut leben?«, erkundigte sich Brander.

»Wir betreiben keine Landwirtschaft. Ich arbeite als Erzieherin im Kindergarten, und Tobias ist Lehrer am EBG in Rottenburg.«

»EBG?«

»Eugen-Bolz-Gymnasium. Wir haben den Hof vor fünf Jahren von einem alten Bauern übernommen. Seine Frau war gestorben, und die Kinder hatten kein Interesse an der Landwirtschaft. Seine Felder hat er an einen anderen Landwirt weitergegeben. Wir haben lediglich den alten Bauernhof gekauft. Die Scheune gehörte dazu. Der Bauer hat sie damals für sein landwirtschaftliches Gerät genutzt. Der Landwirt, der seine Felder übernommen hatte, wollte die alte Scheune aber nicht. Er hat genug eigene Schuppen, die er instandhalten muss.«

Sie hatten den Stall erreicht. Die Tore standen weit offen und gaben die Sicht auf einen kleinen rostiggrünen Traktor frei. Ein Schäferhund kam bellend auf sie zugestürmt.

»Hugo, aus!«, befahl Sylke Rößner. Der Hund verstummte und trabte brav an die Seite seiner Herrin.

»Hugo?«, fragte Peppi amüsiert.

Die Rößner lächelte. »Ja. Tobias, kommst du mal bitte?«

Sie hörten ein »Sofort« aus den Tiefen des Stalles, kurz darauf erschien Tobias Rößner mit ölverschmierter Kleidung vor ihnen. Den großen, kräftigen Mann mit den roten Strubbelhaaren konnte Brander sich nur schwer als Lehrer vor einer Schulklasse vorstellen.

»Sie entschuldigen, wenn ich Ihnen nicht die Hand gebe?«

»Kein Problem. Herr Rößner, ich habe eine Frage bezüglich der Autoreifen«, begann Brander. »Wer wusste davon, dass sich in der Scheune alte Autoreifen befanden?«

»Sie stellen Fragen.« Rößner schnaufte ratlos. »Niemand. Das ist ja nicht so interessant, dass man es abends am Stammtisch erzählt. Die lagen da schon ewig drin. Ich hatte es nur noch nicht geschafft, sie zu entsorgen. Genauso wenig wie den anderen alten Krempel.«

»Das heißt, Sie können uns nicht sagen, wer alles von den Reifen in der Scheune gewusst hat?«

»Beim besten Willen nicht. Die waren ja schon drin, als wir den Schuppen übernommen haben.«

»Gab es vielleicht mal jemanden, der besonderes Interesse an Ihrer Scheune gezeigt hat?«, fragte Peppi.

Tobias Rößner sah grübelnd zu seiner Frau. »Da war mal einer. Erinnerst du dich, als wir am ersten Januar bei der Scheune waren, dieser komische Kauz, der uns angesprochen hat?«

»Ja-a …«

»Wir waren am ersten Januar an der Scheune, um zu schauen, ob alles in Ordnung ist. Man weiß ja nie, auf was für Ideen die Jugend mit den Silvesterböllern so kommt«, erklärte Rößner den Beamten. »Ein Mann kam in die Scheune und fragte, ob wir die Besitzer seien. Er hat sich ein bisschen umgeschaut und erklärte dann, dass er eventuell im Herbst einen Lagerplatz brauchen würde.«

»Wofür?«

Rößner hob ratlos die Schultern. »Ich weiß es nicht.«

»Können Sie uns diesen Mann beschreiben?«

»Das ist schon ein paar Tage her. Er war mittelgroß, nicht dünn, nicht dick, vielleicht Anfang fünfzig.«

»Was war so ›kauzig‹ an dem Mann?«, hakte Brander nach.

»Na ja, er sah gepflegt und gleichzeitig verlebt aus, faltiges Gesicht, Tränensäcke unter den Augen, die Stimme war ziemlich heiser. Er trug einen Anzug, ordentlich, aber alt. Ich weiß nicht, das passte alles nicht so richtig zusammen. Er drückte sich sehr gewählt aus …«

»Ja«, stimmte Sylke Rößner ihrem Mann zu. »Wir haben uns eine Weile mit ihm unterhalten. Er kannte sich gut mit den verschiedenen Getreidesorten aus.«

»Seinen Namen hat er Ihnen nicht zufällig genannt?«, fragte Brander hoffnungsvoll.

»Doch, er hat sich vorgestellt. Aber, der Name ... irgendwas mit B, oder?« Tobias Rößner sah wieder zu seiner Frau.

»Mit B ...« Sie hob den Blick zum Himmel. »Oh, wie hieß der ... ich hab's im Kopf ... warten Sie.« Die Frau schloss die Augen und raufte sich die kurzen Haare. »›Einen schönen Hund haben Sie, gestatten ...‹«, murmelte sie vor sich hin. »Ich hab's gleich.«

»Das kann jetzt den ganzen Tag so weitergehen«, prophezeite Rößner. »Wir können Sie anrufen, wenn uns der Name wieder einfällt.«

»Dafür wären wir Ihnen dankbar.« Brander suchte in seinen Taschen nach einer Visitenkarte.

»Gutbrod«, kam es unvermittelt von Frau Rößner. »Jakob Gutbrod.«

»Ich sag's ja: Was mit B«, freute sich ihr Mann.

»Jakob Gutbrod«, wiederholte Brander. »Sind Sie sicher?«

»Ziemlich, ja. Ich habe ein sehr gutes Namensgedächtnis. Das kommt durch meine Arbeit im Kindergarten, da muss ich ständig neue Namen lernen. Und Jakob – der Name passte zu ihm.«

»Haben Sie Herrn Gutbrod später noch einmal gesehen?«

»Nein, leider nicht. Wir wären ja froh gewesen, wenn er tatsächlich die Scheune angemietet hätte. So stand das Ding einfach nur da und nützte niemandem. Für uns war sie viel zu ungeschickt, weil sie nicht direkt am Hof war.«

»Die alten Reifen, lagen die offen in der Scheune herum?«

»Ja, die waren in einer Ecke aufgestapelt. Hinten rechts. Ist das wichtig?«

»Hat mich nur interessiert«, wiegelte Brander ab.

»Gutbrod. Ob es auch Leute gibt, die Schlechtbrod heißen?«, sinnierte Peppi auf dem Rückweg zur Polizeidirektion.

»Keine Ahnung«, entgegnete Brander gedankenverloren, während er in der Jackentasche nach seinem Handy suchte. Nathalie hatte sich nicht gemeldet. Er hatte auch kaum damit gerechnet. Er rief Cecilia an.

»Ist Nathalie wieder zu Hause?«

»Nein«, kam es knapp von seiner Frau. Er ahnte, dass sie zwischen Wut und Sorge hin- und hergerissen war, und in seinem Hinterkopf meldete sich das schlechte Gewissen, weil er nicht genug Zeit hatte, ihr zu helfen.

»Wir sind gerade unterwegs. Ich fahr mal zwei, drei Plätze ab, an denen sie sich sonst gern rumtreibt.«

Peppi warf ihm einen Seitenblick zu.

»Das brauchst du nicht, da war ich schon.«

»Äh … da warst du schon?«

»Ja, denkst du etwa, ich sitze hier die ganze Zeit tatenlos herum und warte darauf, dass das Fräulein nach Hause kommt?«, entgegnete Cecilia ungewohnt scharf.

»Ceci … ich … ähm …«

»Ich weiß, du musst arbeiten. Wir sprechen uns heute Abend.«

»Cec…« Er hatte den Namen nicht beendet, da hatte seine Frau bereits aufgelegt. Ratlos starrte er auf den Apparat in seiner Hand. »Was ist denn jetzt los?«

»Wohin soll ich fahren?«, erkundigte sich Peppi, nachdem Brander das Handy wieder verstaut hatte.

»Zur Dienststelle.«

* * *

In der Polizeidirektion war es ruhig. Die meisten Kollegen waren zu den Anwohnerbefragungen rausgefahren. Die Techniker des Erkennungsdienstes waren mit der Untersuchung des Spurenmaterials beschäftigt, lediglich Corinna Tritschler saß im Besprechungsraum über diverse Ausdrucke gebeugt.

»Wo ist Anne?«, erkundigte sich Brander.

»Die muss Louis abholen.«

»Habt ihr mit dem Taxifahrer gesprochen?«

»Ja, aber da kam nichts Brauchbares bei rum. Er hatte einen Fahrgast nach Herrenberg gefahren. Auf dem Rückweg hat er die brennende Scheune bemerkt und die Feuerwehr angerufen. Die wussten da schon von dem Brand. Ihm sind weder Personen noch irgendwelche Fahrzeuge aufgefallen.«

»Und was machst du da gerade?«

»Ich sichte die Anrufe aus der Bevölkerung, die aufgrund des Zeitungsberichts hereinkamen.«

»Und?«

Tritschler hob die Faust mit nach unten zeigendem Daumen. Es wäre ja auch zu schön gewesen.

»Kennst du zufällig einen Jakob Gutbrod?«

»Wer soll das sein?«

»Jemand, der am ersten Januar bei der Scheune war.«

»Nein, tut mir leid …«

Brander verzog sich an seinen Schreibtisch und gab eine Personenanfrage ein. Dann nahm er seine Zeichnung aus der Schublade und betrachtete sie eine Weile grübelnd. Jakob Gutbrod. Hatte der Mann irgendetwas mit dem Toten in der Scheune zu tun? Er hatte sich bei den Rößners über die Scheune erkundigt. Dabei war er dort hineingegangen und hätte die Autoreifen und das Holz sehen können. Das Ganze lag gute sechs Wochen zurück. Er hätte also Zeit gehabt, den Schlüssel in dem Blumentopf hinter der Scheune ausfindig zu machen.

Brander öffnete eine Suchmaschine auf seinem Monitor und tippte den Namen in das freie Feld. Über eine Million Einträge. Er ergänzte seine Anfrage mit dem Wort »Tübingen« und reduzierte damit die Anzahl der Treffer um die Hälfte. Anscheinend hatte es 1836 einen Jacob Gutbrod in Tübingen gegeben, der relativ jung verstorben war. Für die Ermittlungen half ihm das allerdings nicht weiter.

Das Klingeln seines Telefons erlöste ihn von der mühsamen Internetrecherche. Der Kollege vom Empfang meldete den Besuch von Christiane Hämmerle an. Brander holte die Frau hinauf in sein Büro.

»Frau Hämmerle, Sie haben Anfang dieser Woche Ihren Mann als vermisst gemeldet?«

»Ja.«

Die Frau ihm gegenüber war vielleicht Ende zwanzig, schätzte Brander. Obwohl sie sich geschminkt hatte, waren in ihrem Gesicht deutlich die Spuren von Sorge und Ungewissheit zu erkennen. Die blondierten Haare waren zu einem kinnlangen Pagenschnitt frisiert und standen in hellem Kontrast zu ihrem dunklen Strickpulli und der schwarzen Stoffhose. Sie hatte die Arme um den fülligen Körper geschlungen, als wäre ihr kalt.

»Ihr Mann hat am Montagnachmittag Urlaub genommen und dann die Firma verlassen. Haben Sie ihn danach noch einmal gesehen?«

»Nein, ich sagte Ihren Kollegen doch schon, dass ich ihn am Montagmorgen zum letzten Mal gesehen habe.«

»War er am Montagnachmittag noch einmal zu Hause?«

Die Frau hob die Schultern. »Das kann ich Ihnen nicht hundertprozentig sagen. Ich war nicht da.«

»Wo waren Sie?«

»Beim Frauenarzt.« Ihre Augen bekamen einen leichten Glanz.

»Und in der Nacht von Mittwoch auf Donnerstag, wo waren Sie da?«

»Mittwochnacht? Warum … Zuhause.«

»Gibt es Zeugen?«

»Wozu denn Zeugen?« Sie schüttelte verwirrt den Kopf. »Ich war zu Hause. Meine Schwester war bei mir und mein Schwager.«

»Die ganze Nacht?«

»Warum wollen Sie das wissen? Was ist denn mit meinem Mann?« Christiane Hämmerles Augen weiteten sich ängstlich.

»Wir haben einen Toten gefunden, den wir bisher noch nicht identifizieren konnten«, versuchte Brander so schonend wie möglich seine Botschaft zu überbringen.

»Um Gottes willen!« Christiane Hämmerle schlug sich die Hände vor das Gesicht. »Hat er … hat er sich etwas angetan?«

»Es muss nicht Ihr Mann sein. Zur Klärung müssen wir jedoch einige Untersuchungen durchführen, und dazu benötigen wir Ihre Hilfe.«

Die Frau hörte ihm gar nicht mehr zu. »Das kann doch nicht … das habe ich nicht gewollt …«, stammelte sie vor sich hin. »Das hab ich nicht … Ich habe ihm doch gesagt, dass ich es wegmachen lasse. Oh Gott, bitte …«

»Es wegmachen?«, wagte Peppi zu fragen.

Frau Hämmerle ließ die Hände sinken. Die Tränen hatten das Make-up verschmiert. Peppi reichte ihr ein Taschentuch.

»Das Baby. Ich … am Dienstag hatte ich einen Termin … für den Eingriff. Aber … dann kam Friedrich nicht nach Hause … und ich konnte nicht in die Klinik … Ich hab nicht mehr viel Zeit … die gesetzlichen Fristen …«

»Frau Hämmerle, der Tote muss nicht Ihr Mann sein. Aber wir müssen das klären. Einer meiner Kollegen wird gleich mit Ihnen nach Hause fahren. Wir brauchen ein paar persönliche Gegenstände von Ihrem Mann, sodass wir ein paar Analysen durchführen können«, erklärte Peppi behutsam.

»Ja«, hauchte die Hämmerle kraftlos. Sie tupfte sich mit dem Taschentuch über die Augenwinkel.

»Was ist mit dem Vater des Kindes?«, schaltete sich Brander wieder ein.

»Was soll mit ihm sein?«

»Weiß er, dass Sie schwanger sind? Und dass Sie einen Abbruch vornehmen lassen wollen?«

»Es war doch seine Idee. Er ist auch verheiratet. Es war nur eine kurze Affäre, da waren wir uns einig. Wäre ich nicht schwanger geworden und hätte diese dumme Arzthelferin am Freitag nicht auf unseren Anrufbeantworter gesprochen, hätte Friedrich niemals etwas davon erfahren.«

Hätte, wäre, wenn. Brander fand die Einstellung der Frau reichlich naiv. Ein Schwangerschaftsabbruch war kein Zahnarzttermin.

»Mittwochnacht, da waren Sie und Ihre Schwägerin …«

»Meine Schwester war bei mir. Sie war die ganze Woche bei mir. Mein Schwager kommt immer nach der Arbeit, aber er fährt nachts nach Hause, weil er ja am nächsten Tag wieder früh raus muss.« Sie sah schuldbewusst auf. »Na ja, und er hält mein Gejammer wohl nicht aus. Ich bin ja selber schuld …«

Man baut gemeinsam ein Haus, und während man von einer gemeinsamen Zukunft träumt, fängt die Partnerin ein Verhältnis mit einem anderen an, aus dem ein gemeinsames Kind hervorgeht. Abtreibung. War das die Lösung? Brander legte seine Notizen zur Seite. Es war nicht an ihm, zu urteilen. Er musste lediglich herausfinden, ob es sich bei dem Toten um Friedrich Hämmerle handelte. Und – wenn dem so war – ob seine Frau kaltblütig genug war, ihn umzubringen und in einer Scheune zu verbrennen. Der erste Eindruck war alles andere als der einer kaltblütigen Mörderin.

Er öffnete seine Mails, überflog die Nachrichten und las den Bericht zu seiner Datenbankabfrage.

»Na, da schau her.«

»Was denn?« Peppi hob neugierig den Kopf.

»Jakob Gutbrod ist kein Unbekannter in unserem Haus. Er saß drei Jahre wegen fahrlässiger Tötung und Körperverletzung in Heilbronn.«

»Ist nicht wahr!«

»Steht hier, schwarze Pixel auf weißem Hintergrund.«

Die Kollegin stand auf und kam an seinen Schreibtisch.

»Na, ganz so einfach liegt der Fall ja auch wieder nicht«, dämpfte sie Branders Worte. Sie strich sich eine Haarsträhne hinters Ohr. »Mit zwei Komma drei Promille einen Unfall zu bauen, bei dem die eigene Frau ums Leben kommt und die zwölfjährige Tochter im Rollstuhl landet, ist vielleicht nicht unbedingt gleichzusetzen mit der Verbrennung einer Leiche. Außerdem ist das jetzt zehn Jahre her.«

»Und seit sieben Jahren ist er wieder draußen. In dieser Zeit gab es zwei Anzeigen wegen Hausfriedensbruch und mehrere Verwarnungen, weil er betrunken in der Öffentlichkeit auffällig geworden ist.«

»Es kann sicher nicht schaden, Herrn Gutbrod mal einen Besuch abzustatten. Wo wohnt er denn?«

»Das ist der nächste interessante Punkt: nicht weit von unserem Leichenfundort entfernt. In der Sindelfinger Straße.«

Die Sindelfinger Straße zog sich durch ein kleines Gewerbegebiet mit einigen mittelständischen Handwerksbetrieben. Ein Hypnosezentrum mit zwei großen steinernen Löwen vor einem orangen Gebäude brachte eine unerwartete Abwechslung. Am Ende der langen Straße befanden sich einige einfache, kleine Häuser der Tübinger Asylunterkünfte, den Abschluss bildete eine Reihe von Mehrfamilienhäusern am Ortsrand.

Jakob Gutbrod bewohnte laut Branders Informationen eine Souterrain-Wohnung in einem Mehrfamilienhaus, dessen beige-grauer Fassade ein Neuanstrich nicht geschadet hätte. Aber zumindest die Fenster schienen neueren Datums zu sein. Aus Gutbrods Briefkasten lugte das Wochenblatt und andere Werbung hervor. Peppi betätigte den Klingelknopf.

»Ausgeflogen«, stellte sie fest, nachdem sich auch nach dem dritten Versuch nichts regte.

»Zu wem wollen Sie denn?«, erklang hinter ihnen eine weibliche Stimme.

Die Kommissare wandten sich um. Hinter ihnen stand eine Frau Mitte fünfzig. Sie trug einen Korb mit Sellerie, Lauch und Kartoffeln bei sich, und unter einer bunten Strickmütze kamen ein paar graue Haarsträhnen zum Vorschein.

»Zu Herrn Gutbrod«, erklärte Brander.

»Den hab ich seit Tagen nimmer gesehen.«

Brander zeigte der Frau seinen Dienstausweis. »Sind Sie seine Nachbarin, Frau …?«

»Maurer. Isabell Maurer. Ich hab die Wohnung über ihm. Hat er was angestellt? Ich wusste ja, dass es mit dem noch mal Ärger gibt.«

»Warum?«

»Na, der hat doch schon mal gesessen, oder? Liest man doch ständig in der Zeitung, wohin …«

»Wann haben Sie Herrn Gutbrod denn das letzte Mal gesehen?«, unterbrach Brander die Frau.

»Dienstag oder Mittwoch. Wahrscheinlich ist er wieder auf Tour.«

»Auf Tour?«

»Manchmal kommt er ein paar Tage nicht heim. Aber ich weiß nicht, wo der sich dann herumtreibt. Soll ich ihm etwas ausrichten?«

»Nein, danke. Wir kommen noch mal wieder.« Brander nickte grüßend und machte sich mit Peppi zurück auf den Weg zu ihrem Wagen.

»Gutbrod? Jakob Gutbrod …« Hendrik Marquardt strich sich grübelnd durch die Haare. »Sagt mir spontan nichts … Freddy, du warst doch damals auch schon hier. Erinnerst du dich an den Fall?«

Brander hatte sein Team noch zu einer späten Soko-Sitzung zusammenkommen lassen, um die neuesten Informationen weiterzugeben.

Tropper nickte stumm vor sich hin, während er den Bericht las, den Brander an die Kollegen verteilt hatte.

»An den Fall kann ich mich noch ganz gut erinnern«, begann er schließlich. »Tragische Geschichte. Jakob Gutbrod muss damals so Ende dreißig gewesen sein. Er hatte schon vor dem Unfall mehrere Anzeigen kassiert, weil er alkoholisiert Auto gefahren war. Zum Zeitpunkt des Unfalls war er nicht einmal im Besitz einer gültigen Fahrerlaubnis. Meines Wissens war er auch vorbestraft wegen Körperverletzung – irgendeine dumme Schlägerei im Suff. Deswegen gab es für ihn damals keine Bewährungsstrafe. Laut seiner Aussage war er mit seiner Frau und seiner Tochter bei dem Fest eines Freundes, oben auf der Weitenburg bei Starzach. Er hatte einige Gläser Wein und wohl auch den einen oder anderen Obstler getrunken. Im Laufe des Abends kam es zu einem heftigen Streit zwischen ihm und seinem Schwiegervater. Gutbrod hatte wütend mit Frau und Kind das Fest verlassen. In der Dunkelheit übersah er eine enge Kurve. Er raste ungebremst hinein, übersteuerte, der Wagen kam ins Schleudern und überschlug sich mehrfach. Es war unglücklicherweise eine recht wenig befahrene Kreisstraße, sodass nicht sofort Hilfe kam. Gutbrod verlor bei dem Unfall das Bewusstsein. Als er wieder zu sich kam, befreite er sich und seine Tochter aus dem Wrack, aber für seine Frau kam die Hilfe zu spät.«

Peppi schauderte. »Gott, ist das schrecklich.«

»Wäre der Idiot nicht besoffen Auto gefahren, wäre das alles gar nicht passiert«, kam es hart von Corinna Tritschler. »Mit Ende dreißig sollte man eigentlich schon ein bisschen Verstand haben!«

»Du woisch, wie's isch. Dr Schwob, der wird erscht mit vierzig gscheit«, kam es von Neidhart.

»Magnus, das ist nicht lustig.« Die Tritschler bedachte ihn mit einem tadelndem Blick.

»Die Staatsanwaltschaft erhob Anklage, der Vater der verstorbenen Frau trat als Nebenkläger auf«, fuhr Tropper fort. »Er beantragte das Sorgerecht für die Tochter, Lea Gutbrod. Meines Wissens hat er das auch bekommen.«

»Zu Hause haben wir Gutbrod nicht angetroffen. Eine Nachbarin sagte, sie hätte ihn am Dienstag oder Mittwoch zum letzten Mal gesehen«, berichtete Brander von der vergeblichen Fahrt zur Wohnung des Mannes. »Wir brauchen eine Liste von Verwandten und Freunden von Gutbrod. Vielleicht finden wir ihn dort.«

»Hältst du ihn für den Brandstifter oder das Opfer?«, fragte Hendrik.

Brander hob unschlüssig die Schultern. »Er könnte auch ein Zeuge sein oder gar nichts mit der Sache zu tun haben.«

Brander machte entgegen seiner Gewohnheit direkt nach der Sitzung Feierabend. Er hatte die Aufgaben an die Kollegen verteilt und sich dann gleich aufs Fahrrad geschwungen, um nach Hause zu fahren. Cecilia war wütend auf ihn, und er konnte es verstehen. Sie hatten gemeinsam beschlossen, die Pflegschaft für Nathalie zu übernehmen, aber sie war diejenige gewesen, die beruflich kürzergetreten war, um Zeit für das Mädchen zu haben. Und jetzt gab es ein Problem, und er ließ sie allein. Wie viel Verständnis für seine Arbeit konnte er von Cecilia verlangen? Er war erstaunt, als er sein Fahrrad in die Garage stellte und kein Auto vorfand.

Er ging ins Haus, schaute in der Küche, ob Cecilia eine Notiz für ihn hinterlassen hatte. Nichts. Er wusch sich, zog frische Kleidung an und wartete mit größer werdender Unruhe. War etwas passiert? Warum hatte Cecilia ihm keine Nachricht hinterlassen? Er versuchte, sie auf ihrem Handy zu erreichen, wurde aber nach dem dritten Klingeln auf die Mailbox umgeleitet. Um halb elf hörte er endlich den Wagen, kurz darauf stand seine Frau vor ihm.

»Ist sie zu Hause?«, fragte sie statt einer Begrüßung.

»Nein. Und wo bist du gewesen?«

»Ich habe sie gesucht.«

»Erzähl mir nicht, dass du allein bei ihren Junkie-Freunden warst«, fragte Brander mit einer Mischung aus Sorge und Verärgerung.

»In der Bücherei werde ich sie wohl kaum finden.«

»Ceci, was soll der Unsinn? Nathalie kommt schon wieder. Es ist doch nicht das erste Mal, dass sie ausgebüchst ist.«

»Aber das erste Mal, seit sie bei uns lebt.«

Auch wenn Cecilia damit Recht hatte, fand er es dennoch unverantwortlich, dass sie sich ohne ihn auf die Suche gemacht hatte.

»Ich möchte nicht, dass du allein zu diesen Typen gehst.«

»Mein Mann hat ja keine Zeit.«

»Ceci, ich habe doch gesagt, ich kümmere mich.« Verständnislos sah er seine Frau an.

»Und wann? Ein einziges Mal hast du angerufen und nach ihr gefragt. Ich sitz hier den ganzen Tag und …«

Das Öffnen der Haustür unterbrach sie. Nathalie machte sich nicht die Mühe, leise zu sein, sondern polterte in die Wohnung. Brander wollte Cecilia zurückhalten, aber da war sie schon im Hausflur.

»Wo bist du gewesen?«, schimpfte sie sofort los.

»Geht dich nix an«, nuschelte das Mädchen. Es war nicht zu überhören, dass sie völlig betrunken war.

»Das geht mich sehr wohl etwas an. Ich habe mir Sorgen gemacht!«

»Scheiß drauf. Ey, man, verpiss dich.«

»Nathal…«

»Ey, fuck, ey!«, schrie Nathalie los. »Zisch ab!«

Brander trat aus der Küche und sah, wie Nathalie Cecilia so heftig vor die Brust stieß, dass diese zurücktaumelte und gegen ihn prallte. Schützend fing er seine Frau auf.

»Sag mal, spinnst du?«, fuhr er das Mädchen an.

»Ey, spinnst du?«, äffte Nathalie ihn nach und stierte ihn dabei feindselig aus glasigen Augen an. »Ist doch scheiße hier. Ihr seid solche verfickten Spießer! Und die da, die hat mir gar nix zu sag'n. Die ist nämlich nicht meine verfickte Mutter!« Die Worte schossen wie spitze Pfeile aus ihrem Mund.

Brander spürte, wie Cecilia zusammenzuckte.

»Geh in dein Zimmer«, forderte er mühsam beherrscht. Einen Moment lang hielt Nathalie seinem drohenden Blick stand, dann wandte sie sich ab und stieg die Treppen hinauf.

»Fuck Bootcamp. Fuck Spießer.« Sie schlug mit der Faust gegen die Wand.

Brander wandte sich Cecilia zu. Sie hielt sich die Hand an die Stelle, an der Nathalie sie gestoßen hatte. Ihr Atem ging schwer, und ihre Augen schimmerten feucht.

»Hat sie dir wehgetan?«

Cecilia hob unbestimmt die Schultern. »Es war mehr der Schreck.«

»Ist sie schon öfter handgreiflich gegen dich geworden?«

»Nein.«

Brander legte zärtlich die Hände auf ihre Wangen, suchte ihre Augen, die unruhig hin- und herhuschten. Er wollte ihr ein wenig Ruhe vermitteln, während in seinen Adern das Blut kochte. Er brauchte einige Atemzüge, um selbst wieder ruhiger zu werden.

»Alles okay?«, fragte er schließlich leise.

»Nein.« Cecilia schluckte hart. »Gar nichts ist okay. Ich brauch deine Hilfe, Andi. Ich weiß nicht, was mit ihr los ist.«

Brander zog sie in seine Arme. »Das kriegen wir schon hin«, murmelte er in ihre Haare.

Sie hörten, wie im Obergeschoss die Tür zum Bad geöffnet wurde und Nathalie sich übergab.

Cecilia löste sich aus seiner Umarmung. »Ich schau mal nach ihr.«

»Nein, lass mich das machen.« Er dirigierte seine Frau in die Küche und stieg die Stufen hinauf.

Nathalie kniete noch immer würgend vor der Toilettenschüssel.

»Brauchst du Hilfe?«

»Beim Kotzen, oder was?«, kam es schwach von der Fünfzehnjährigen. »Lass mich 'n Ruhe.«

Brander nahm ein Handtuch aus dem Regal, tränkte es mit kaltem Wasser und reichte es dem Mädchen. Sie würgte noch ein paar Mal, dann sank sie erschöpft auf den Boden. Brander setzte sich neben sie auf den Badewannenrand. Er nahm ihr das Tuch wieder ab, wischte damit über ihr schweißnasses Gesicht.

»Du gehst jetzt ins Bett und schläfst deinen Rausch aus. Wir reden morgen.«

Er holte einen Eimer aus der Abstellkammer und stellte ihn neben das Bett. Nathalie lag vollständig bekleidet auf der Bettdecke und hatte die Augen geschlossen. Er fühlte ihre Stirn, tastete nach ihrem Puls. Ruhig und gleichmäßig. Er blieb trotzdem noch eine Weile an ihrem Bett sitzen, um sicherzugehen, dass sie sich nicht im Schlaf übergab und womöglich an dem Erbrochenen erstickte.

5

Sonntag

Um ihn herum zischten grelle, heiße Flammen. Er hörte Schreie und Polizeisirenen, sah eine brennende Tür. Ein Arm streckte sich durch den schmalen Spalt. Schwarz, verkohlt. Wieder ein Schrei. »Andi!«

Mit einem Stöhnen erwachte Brander. Er lauschte in die Dunkelheit. Stille. Er hörte nur das harte Hämmern seines Herzens. Seine klammen Finger tasteten über das Laken, bis er die warme Haut seiner Frau spürte. Er stöhnte nochmals leise auf, erleichtert, dass er nur einen hässlichen Albtraum gehabt hatte. Er setzte sich aufrecht hin, horchte auf Cecilias Atem. Es war alles gut. Sie lag neben ihm im Bett. Sie schien endlich eingeschlafen zu sein. Hoffentlich hat sie bessere Träume als ich, dachte Brander bei sich. Noch immer pulsierte das Blut in seinen Adern. An Schlaf war nicht mehr zu denken.

So behutsam wie möglich stand er auf und schlich aus dem Zimmer. Im Bad schüttete er sich etliche Ladungen kaltes Wasser ins Gesicht, schließlich stützte er sich mit beiden Händen auf den Waschbeckenrand und betrachtete sein Spiegelbild.

Kleine rote Äderchen durchzogen das Weiß seiner Augen, die von Krähenfüßen flankiert waren. Auf der Stirn zeichneten sich die Falten ab, ohne dass er die Augenbrauen heben musste. Auch auf seinen Wangen waren die Grübchen tiefer geworden. Bartstoppeln sprossen hervor in einer Mischung aus Braun und Grau, dafür waren die Haare auf seinem Kopf auf einem gnadenlosen Rückmarsch.

»Andi, du siehst alt aus«, sagte er zu seinem Gegenüber mit heiserer Stimme. Sein Hals kratzte, und ein leichter stechender Schmerz machte sich in seinem Kopf bemerkbar. Er rieb sich mit der kühlen Hand über die Stirn. Hatte er Fieber? Das fehlte ihm jetzt noch, dass er krank wurde. Er überlegte, zurück ins Bett zu gehen, entschied sich aber dagegen. Der Albtraum war noch zu präsent.

Stattdessen stieg er die Treppen hinunter. An der Garderobe prüfte er, ob Nathalies Jacke und Schuhe da waren. Es war alles an seinem Platz. Gut. Er schlurfte weiter ins Wohnzimmer, spielte mit dem Gedanken, sich einen Scotch zu gönnen. Nach einem Blick auf die Uhr verwarf er den Gedanken wieder. Es war fünf Uhr morgens. Nicht der richtige Zeitpunkt für hochprozentigen Alkohol, wenn man für den Tag einen klaren Kopf brauchte.

Er goss sich in der Küche ein Glas Orangensaft ein und setzte sich bei Schummerbeleuchtung ins Wohnzimmer. Er machte sich Sorgen um Cecilia. So aufgebracht hatte er sie selten gesehen. Sie war ein emotionaler Typ, ja, aber normalerweise war sie dennoch ausgeglichen und fand in jeder Situation den richtigen Ton. Was war geschehen, dass sie so kopflos reagierte? Er ging gedanklich die letzten Tage durch. Hatte er etwas überhört, was sie versucht hatte, ihm zu sagen? Er war so sehr mit seinen eigenen Sorgen beschäftigt gewesen, dass er die ihren überhaupt nicht wahrgenommen hatte.

Und was war mit Nathalie? Hatten sie sich zu viel zugemutet, als sie die Pflegschaft für das Mädchen übernommen hatten? Sie hatten keine eigenen Kinder. Und auch wenn sie wussten, wie unberechenbar Nathalie sein konnte, so hatten sie nicht geahnt, auf was für eine Aufgabe sie sich einließen. Sie hatten Kurse besucht, die sie theoretisch auf die Praxis vorbereiten sollten. Aber Gefühle folgten nicht immer einer theoretischen Vernunft. Nicht einmal bei einer diplomierten Psychotherapeutin wie Cecilia.

Brander zog eine Decke über die Beine und gähnte herzhaft. Sie würden die Situation schon irgendwie in den Griff kriegen, versuchte er, sich Mut zuzureden und die schlechten Gefühle zu vertreiben.

Er musste über seine Grübeleien doch noch einmal eingeschlafen sein. Cecilia weckte ihn sanft wenige Stunden später.

»Warum liegst du hier auf dem Sofa?«, wunderte sie sich.

»Ich konnte nicht mehr schlafen und da bin ich aufgestanden, damit ich dich nicht störe«, erklärte Brander müde. Er zog sie in seine Arme. »Guten Morgen, Süße. Geht's dir ein bisschen besser?«

»Hm«, gab Cecilia unbestimmt von sich. Sie kuschelte sich eng an ihn. »Ich war nicht allein unterwegs.«

»Was? Wo? Wann?«

»Gestern Abend. Ich hatte Karsten angerufen. Er ist mit mir gekommen.«

Brander atmete auf. Ganz so kopflos hatte Cecilia also doch nicht gehandelt. Er küsste zärtlich ihre Stirn. Karsten. Was war, wenn er nach Erfurt zog? Wen sollte Ceci dann anrufen, wenn er keine Zeit hatte?

»Ich muss leider nachher wieder ins Büro, aber ich frühstücke mit euch. Und vielleicht versucht ihr zwei, euch heute ein bisschen gegenseitig in Ruhe zu lassen«, schlug Brander vor.

»So betrunken, wie Nathalie war, wird sie ohnehin völlig verkatert sein.«

Vielleicht sollte er einfach zu Hause bleiben, sich krank melden, überlegte er. Noch immer war da ein unangenehmes Kratzen in seinem Hals. Aber sein Pflichtgefühl protestierte lautstark: eine nicht identifizierte Leiche, ein unbekannter Brandstifter und dazu ein vermisster Ehemann.

»Ich geh sie mal wecken.«

Cecilia hob stirnrunzelnd den Kopf. »Willst du sie nicht lieber ausschlafen lassen?«

»Nein.« Ein kleines boshaftes Grinsen lag auf seinen Lippen, als er aufstand. Während Cecilia in der Küche das Frühstück vorbereitete, klopfte er laut an Nathalies Zimmer. Er wartete ihre Antwort nicht ab, öffnete die Tür und schaltete die Deckenbeleuchtung ein. Die Luft war zum Davonlaufen.

»Ey, bist du bescheuert?«, raunzte Nathalie ihm schlecht gelaunt entgegen. Sie drehte ihm den Rücken zu und vergrub sich unter der Bettdecke.

Erinnerungen kamen hoch und ließen Brander schmunzeln. Sein Vater hatte solche unliebsamen Weckkommandos gern gemacht, wenn er der Meinung war, dass einer seiner Söhne über die Stränge geschlagen hatte.

»Es ist Viertel acht. Zeit fürs Frühstück.« Er trat in Nathalies Zimmer und öffnete das Fenster, um den Frischluftgehalt zu erhöhen. Den Eimer hatte sie zu seiner Erleichterung in der Nacht anscheinend nicht mehr benötigt.

»Ich kann nichts essen«, kam es unter der Decke hervor.

»Das glaube ich dir gern. Aber du stehst jetzt trotzdem auf.«

»Boah, Scheiße, Mann! Lasst mich doch einfach mal in Ruhe! Heute ist Sonntag.«

Brander bekam Mitleid mit dem Häufchen Elend unter der Bettdecke. Er setzte sich auf die Bettkante.

»Nathalie, wenn du mir kurz zuhörst, dann lasse ich dich in Ruhe. Versprochen.«

Er bekam ein Knurren zur Antwort, das er als Zustimmung interpretierte.

»Ich möchte, dass du mich ansiehst, wenn ich dir etwas zu sagen habe.«

Er musste sich einen Moment lang gedulden. Als Nathalie merkte, dass er nicht ohne Weiteres ihr Zimmer wieder verlassen würde, lugte sie mit verquollenen Augen unter der Bettdecke hervor.

»Was ’n?«

Er sah den kleinen Strubbelkopf an. Müde, verkatert und äußerst übellaunig. Die kurzen dunklen Haare standen in alle Himmelsrichtungen, von den blauen Augen war kaum etwas zu sehen. Die Wut, die ihn am Abend zuvor gepackt hatte, wich einem anderen, liebevolleren Gefühl. Er hatte dieses Mädchen einfach gern. Und Cecilia und er würden sie schon irgendwie auf den richtigen Weg bringen.

»Nathalie, ich weiß nicht, was im Moment mit dir los ist«, begann er schließlich. »Die Aktion gestern war absolut unnötig und, um es in deinen Worten zu sagen: Oberscheiße.«

Er wartete eine Reaktion ab, aber das Mädchen starrte ihn nur aus stumpfen Augen gequält an. Es war wohl besser fortzufahren, bevor sie wieder einschlief.

»Über die Konsequenzen deiner Sauftour werden wir später noch reden, wenn es dir besser geht, aber ich möchte, dass du mir jetzt etwas versprichst.« Sein Blick wurde eindringlicher, sein Ton noch eine Spur ernster. »Du wirst nie wieder deine Hand gegen Cecilia erheben. Hast du gehört? Nie wieder.«

Sie wich ihm aus, aber er meinte, dass ihre Augen etwas größer wurden. War es Wut? Erstaunen? Überraschung? Er konnte es nicht einordnen. Dann folgte ein unbestimmtes »Hmm« aus den Tiefen ihrer verkaterten Kehle.

»Gib mir deine Hand drauf und schau mir ins Gesicht. Du versprichst es mir?«

Zögernd hob Nathalie die Augenlider. Ihre Pupillen wanderten unsicher umher, blieben schließlich an seinen hängen. Sie streckte den Arm unter der Bettdecke hervor, legte ihre Hand in seine. »Versprochen«, murmelte sie.

»Gut.« Brander hatte das Gefühl, dass die Last auf seinen Schultern etwas leichter wurde. Er drückte ihre Hand und erhob sich. »Dann darfst du jetzt weiterschlafen.«

Er verließ das Zimmer und hoffte, dass das Mädchen sein Versprechen hielt.

* * *

»Wow, du siehst ja aus, als hättest du die Nacht mit deinem Becks durchgezecht«, begrüßte ihn Peppi wenige Stunden später frisch und munter in der Dienststelle.

»Schön wär's.« Brander ließ sich auf seinen Stuhl fallen. Zwei Aspirin und die frische Luft beim Radfahren hatten die Kopfschmerzen vertrieben, aber im Hals kratzte es noch immer. Auf seinem Schreibtisch stapelten sich bereits zahllose Berichte, die er mit einem unwilligen Blick zur Seite schob.

Seine Kollegin hatte die Füße auf den Schreibtisch gelegt, balancierte eine Mappe auf den Oberschenkeln und beobachtete ihn. Sie trug dunkle Jeans, dazu ein helles Shirt mit einer legeren Strickjacke darüber, die langen schwarzen Locken fielen weich über ihre Schulter, und ihr Gesicht zierte ein fröhliches Lächeln. Ihre Nacht war offensichtlich wesentlich entspannter gewesen als seine.

»Was gibt es Neues an der Front?«

»Ich war gestern Abend noch ein zweites Mal mit Magnus bei der Wohnung von dem Gutbrod. Wir haben wieder niemanden angetroffen, haben aber noch einmal mit Frau Maurer gesprochen. Sie berichtete uns, dass sie Gutbrod am Dienstagabend nicht nur gesehen, sondern auch gehört hätte. Er kam gegen sieben Uhr nach Hause, da hat sie gerade im Treppenhaus gefegt. Sie war dran mit der Kehrwoche. Er hätte laut vor sich hin geschimpft, während er die Treppe zu seiner Wohnung hinunterstieg. Er wäre wohl ziemlich in Rage gewesen. Danach hat sie ihn nicht mehr gesehen.«

»Hm …« Brander rieb sich über die Stirn, um die Müdigkeit zu vertreiben. »Sonst noch …« Er musste sich räuspern, hustete. Da war zweifellos eine Erkältung im Anmarsch. »Sonst noch was?«

»Behalt deine Viren bitte bei dir.« Peppi verzog tadelnd das Gesicht. »Hendrik und Cory haben mit ersten Nachforschungen zu Gutbrods Umfeld begonnen. Seine Tochter Lea ist zweiundzwanzig Jahre alt und lebt bei ihrem Großvater mütterlicherseits: Kurt Ihringer. Ihringer betreibt eine Obstbrennerei in Wurmlingen. Es ist auch ein Gasthof an die Brennerei angeschlossen, den hat er aber verpachtet.«

»Was ist mit Oma Ihringer?«

»Hedwig Ihringer starb vor fünfzehn Jahren.«

»Unfall?«

Peppi hob ratlos die Hände. *»I don't know.«*

»Machen wir also heute einen Ausflug nach Wurmlingen und sprechen mit Ihringer und Gutbrods Tochter«, beschloss Brander.

»Denkst du, der Gutbrod hat tatsächlich was mit dem Toten in der Scheune zu tun?«

Brander zuckte die Achseln. »Im Moment wissen wir zu wenig, um irgendwelche Rückschlüsse zu ziehen.« Er öffnete eine Schreibtischschublade und suchte erfolglos nach Lutschpastillen.

Der Himmel war grau und bot eine trostlose Kulisse zum tristen Sonntagmittag, als sie über die Hirschauer Straße nach Wurmlingen fuhren. An der Ortseinfahrt bog Peppi in ein Wohngebiet ab und schlängelte sich durch die schmalen Straßen bis zum Ihringerhof. Der Gasthof befand sich am Ortsrand. Hinter dem zweistöckigen, weißgetünchten Gebäude breitete sich die Aussicht bis zum Südhang des Kapellenbergs mit seinen Weinreben und der Wurmlinger Kapelle aus. Zu dieser Jahreszeit befanden sich die Reben jedoch noch im Winterschlaf.

Peppi rangierte den Wagen auf dem Parkplatz vor dem Gasthof zwischen einen roten Polo und einen hellen Kastenwagen. Brander stieg aus und betrachtete einen Moment lang die weiß verputzte Fassade mit den braunen Holzfenstern. Baujahr Mitte des letzten Jahrhunderts, vermutete er. In der unteren Etage des Gebäudes befand sich die Gastronomie, in der oberen Hälfte schienen Wohnräume zu sein.

Sie gingen um das Haus herum, entdeckten dahinter einen länglichen Anbau neueren Datums. Ein paar Meter entfernt stand ein großer Bau, der vielleicht einmal ein Stall gewesen sein konnte. Ein Schild wies das Gebäude als Obstbrennerei Ihringer aus.

Sie schritten zur Haustür des Anbaus, klingelten. Nach kurzem Warten hörten sie schwere, energische Schritte von der anderen Seite. Wenig später stand ein großer, grobschrötiger Mann mit weißem Bart und weißem Haupthaar vor ihnen.

»Herr Ihringer?«, fragte Brander, während er nach seinem Dienstausweis suchte.

»Ja«, entgegnete der Mann mit einer zu seiner Statur passenden dröhnenden Stimme.

»Kriminalpolizei Tübingen, Andreas Brander, meine Kollegin Frau Pachatourides. Wir würden gern mit Ihnen sprechen.«

Die hellen Augenbrauen des Alten zogen sich misstrauisch zusammen. »Worum geht's?«

»Um Herrn Jakob Gutbrod.«

»Kenn ich nicht.« Die Tür flog vor den Beamten ins Schloss.

Verdutzt sah Brander zu seiner Kollegin.

»Dement?«, fragte Peppi mit zweifelndem Blick.

Brander drückte erneut auf den Klingelknopf. Nachdem sich im Inneren nichts tat, hielt Brander den Daumen etwas länger auf den Knopf. Aber auch das veranlasste Kurt Ihringer nicht dazu, die Tür noch einmal zu öffnen. Vermutlich hatte er einfach sein Hörgerät ausgeschaltet, um das penetrante Klingeln nicht zu hören, dachte Brander verstimmt.

»Kriegt er eben eine Vorladung.« Resigniert wandte er sich ab.

»Gehen wir noch einen Kaffee trinken?« Peppi deutete auf das Restaurant vor ihnen.

Sie kehrten an die Vorderseite des Gebäudes zurück und traten in den Schankraum. Im Gegensatz zum Alter des Hauses war die Inneneinrichtung wesentlich jünger und moderner. Tische und Stühle waren aus hellem Holz mit dazu passenden bunten Bezügen. Die Wände waren in einem warmen Beigeton getüncht und mit sommerlichen Bildern geschmückt. An der Theke saßen drei vermutlich ortsansässige Herren beim Frühschoppen, ein Tisch war von zwei Damen älteren Semesters besetzt, die zwei Suppenteller vor sich hatten. Neben dem Eingang standen mehrere leere Fässer, auf denen diverse Obstbrände dekorativ zum Kauf angeboten wurden. Brander suchte sich mit Peppi einen Platz am Fenster. Der Wirt brachte ihnen die Karte mit schwäbischen Traditionsgerichten.

»Wie wäre es mit Maultaschen und Kartoffelsalat«, flachste Peppi, wissend, dass Brander den mit Essig und Öl angemachten schwäbischen Kartoffelsalat standhaft verschmähte.

»Die Rede war von Kaffeetrinken und nicht von Essen. Du willst doch dein Gewicht halten, oder?«, gab Brander zurück. Peppi hatte während einer mehrwöchigen Reha-Kur, die ihr ein Arzt vor einigen Monaten nach einem Überfall verordnet hatte, ein paar ihrer überflüssigen Pfunde verloren, gegen die sie die Jahre zuvor erfolglos angekämpft hatte.

»Es ist gleich zwölf.« Die Kollegin deutete auf eine Wanduhr zu seiner Linken. »Da kann man schon mal ans Mittagessen denken. Weißt du, was dick macht? Unregelmäßiges Essen. Also, ich probier jetzt den Rostbraten mit Spätzle.« Entschlossen klappte sie die Karte wieder zu. Brander fügte sich und bestellte sich ebenfalls eine Portion.

Sie hatten ihre Mahlzeit gerade beendet, als eine Zwischentür geöffnet wurde und kurz darauf eine junge Rollstuhlfahrerin hereinkam. Ein Mann, der wenig älter zu sein schien, folgte ihr.

»Hallo Peter, bekommen wir was zu essen?«, grüßte die Frau den Wirt und lenkte geschickt ihren Rollstuhl an einen freien Tisch nahe der Eingangstür. Ihr Begleiter schob einen Stuhl zur Seite, sodass sie Platz an dem Tisch fand.

Peppi tupfte sich mit der Serviette über die Mundwinkel. »Ich denke, den Espresso nehmen wir dort drüben in neuer Gesellschaft ein, was meinst du?« Sie erhob sich und durchquerte den Raum.

»Frau Lea Gutbrod?«

Die junge Frau sah überrascht zu ihnen auf. »Ja?«

Peppi zeigte ihren Dienstausweis und stellte sich und Brander vor. »Wir hätten ein paar Fragen an Sie. Dürfen wir?« Sie deutete auf die freien Plätze am Tisch.

Lea Gutbrod nickte unsicher.

»Und Sie sind …?«, wandte sich Brander an den Begleiter der jungen Frau.

»Sven Flaig«, antwortete Lea Gutbrod anstelle des Mannes. »Worum geht es denn, bitte?«

»Um Ihren Vater, Jakob Gutbrod«, erklärte Peppi.

Die Augen der jungen Frau verengten sich. »Ja, und?«

»Wir wüssten gern, wo er sich gerade aufhält.«

Der Blick wurde noch eine Spur misstrauischer. »Und warum, wenn ich fragen darf?«

»Wissen Sie, wo wir Ihren Vater finden können?«

Die Gesichtszüge der Frau verhärteten sich. »Hier wird er wohl am allerwenigsten zu finden sein.«

»Das heißt, Sie haben keine Ahnung, wo Ihr Vater sich gerade aufhalten könnte?«

»Er ist mir keine Rechenschaft schuldig.« Obwohl sich ihre Mimik versteinert hatte, verrieten ihre Pupillen die innere Erregung. »Was sollen …«

Flaig legte beschwichtigend eine Hand auf die seiner Gefährtin. »Frau … tut mir leid, ich konnte mir Ihren Namen nicht merken. Ich denke nicht, dass das hier der richtige Ort und der richtige Zeitpunkt für Ihre Fragen sind«, mischte er sich in das Gespräch. »Brauchen Sie dazu nicht eigentlich eine richterliche Genehmigung?«

Peppi atmete hörbar aus und sah den jungen Mann eine Sekunde lang schweigend an. Dann zog sie ihre Visitenkarte aus der Tasche und legte sie vor Flaig auf den Tisch. »Pachatourides. Ist gar nicht so schwer.« Sie wandte sich wieder Lea Gutbrod zu. »Wir möchten Sie bitten, morgen um elf Uhr zur Polizeidirektion nach Tübingen zu kommen. Ist Ihnen das möglich?«

»Ja, ich denke schon …« Sie warf einen unschlüssigen Blick zu ihrem Begleiter.

»Reicht Ihnen diese mündliche Einladung? Oder hätten Sie gern …«

»Nein, nein, das ist so in Ordnung.«

»Gut.« Peppi richtete sich auf. »Peter, würden Sie uns bitte die Rechnung bringen?«

»Richterliche Genehmigung für eine einfache Frage! Geht's noch?«, schimpfte Peppi, nachdem sie zurück in der Dienststelle waren und den Kollegen von ihrem Ausflug berichtet hatten. »Mann, die Leute gucken zu viel Fernsehen.«

»Sobald der Name Jakob Gutbrod fiel, haben die alle gleich dicht gemacht«, stellte Brander fest.

»Was ja nicht ganz verwunderlich ist«, meldete sich Corinna Tritschler zu Wort. Sie stand mit dem Rücken zum Fenster. Ihre langen Beine steckten in Röhrenjeans und hohen Stiefeln, was die einszweiundachtzig große Frau noch größer erscheinen ließ, als sie ohnehin war. »Immerhin ist Gutbrod für den Tod von Ihringers Tochter Leonie und für die Querschnittslähmung von Lea verantwortlich. Die haben ihn vor zehn Jahren aus ihrem Leben gestrichen, und jetzt kommt ihr und stellt Fragen.«

»Dann hätten die doch auch sagen können: Tut mir leid, ich kann Ihnen nicht weiterhelfen. Ich habe Jakob Gutbrod vor zehn Jahren vor Gericht zum letzten Mal gesehen«, widersprach Peppi. »Stattdessen fragt der Heini nach einer richterlichen Genehmigung! Habe ich Fräulein Gutbrod etwa nach einem Alibi für Mittwochnacht gefragt?«

»Warten wir ab, ob sie morgen erscheint und unsere Frage dann beantwortet«, beendete Brander die Diskussion. Die Wirkung der Schmerztabletten, die er am Morgen genommen hatte, ließ nach. Er rieb sich über die Stirn. »Hendrik, Cory, habt ihr sonst etwas über Jakob Gutbrod herausfinden können?«

Hendrik schüttelte bedauernd den Kopf. »Nein, noch nicht.«

»Haben wir irgendetwas, was uns weiterhilft, den Toten zu identifizieren? Freddy, was ist mit dem Hämmerle?«

»Andi«, der Kollege warf Brander einen Blick zu, als wäre er ein schwer verständiger Schüler. »Ich war gestern Nachmittag in Hämmerles Wohnung, um Vergleichsspuren zu sichern. Heute ist Sonntag. Was meinst du wohl, wann die im Labor mit der Auswertung beginnen? Maggie ist sich allerdings ziemlich sicher, dass der Tote nicht Friedrich Hämmerle ist. Der Körperumfang passt nicht.«

»Ach, verflucht. Irgendjemand muss diesen Mann doch vermissen.«

»Nicht unbedingt. Es könnte ein Obdachloser gewesen sein. Die Kumpels laufen nicht zur Polizei und geben eine Vermisstenmeldung auf, wenn mal einer nicht mehr auftaucht«, gab Hendrik zu bedenken.

Brander rieb sich erneut über die Stirn. Er brauchte unbedingt eine Kopfschmerztablette und was zu trinken. Sein Hals fühlte sich an, als wäre er mit Schmirgelpapier ausgelegt. »Okay, Leute, hört euch um. Klappert die Obdachlosenunterkünfte ab, fahrt zur Bahnhofsmission, befragt die Leute von der Wagenburg, vielleicht wissen die was. Geht zu den einschlägigen Treffpunkten. Ich will wissen, wer der Tote ist.«

»Wer nicht«, kam es von der Tritschler. Sie sah zu ihrem Kollegen Magnus Neidhart. »Horch dich doch mal bei den schweren Jungs um, vielleicht gab's ja einen Aussteiger bei den Angels?«

»Isch recht, liebschte Cory«, seufzte Neidhart. Aus seiner Zeit bei der Reutlinger Polizei verfügte er über Kontakte zu einigen Mitgliedern der regionalen Rockerszene.

Branders Augen brannten, der Kopf schmerzte, der Hals kratzte. Er hatte das Gefühl, die Schmerzen würden von Minute zu Minute schlimmer. Entnervt warf er den Bericht, den er gerade gelesen hatte, auf den Schreibtisch. »Hast du zufällig noch eine Aspirin für mich?«

Peppi musterte ihn mitfühlend. »Andi, wenn du krank bist, dann geh nach Hause.« Sie nahm eine Schachtel aus ihrer Schublade und warf sie ihm zu.

»Geht schon.« Er nahm zwei Tabletten, spülte sie mühsam mit einem großen Schluck Wasser hinunter.

»Wem willst du was beweisen? Denen da oben ist es doch scheißegal, ob wir hier Tag und Nacht durcharbeiten, um einen Fall zu lösen. Und die Brandleiche wird nicht an deine Tür klopfen und sagen: ›Finde meinen Mörder‹.«

Unwillkürlich tauchten Bilder seines Albtraums wieder vor Branders Augen auf. Er blinzelte, um die Erinnerung zu verscheuchen. Was war nur mit ihm los? Vielleicht hatte er Fieber? Er tastete über seine Stirn.

»Andi, fahr nach Hause und schlaf dich richtig aus. Das ist das einzige, was bei einem grippalen Infekt hilft.«

Brander haderte mit sich. Normalerweise war er immer einer der Letzten, die das Büro verließen. Jetzt war es nicht einmal fünf Uhr nachmittags. Aber hatte Peppi nicht recht? Irgendwelche Sesselfurzer entschieden darüber, eine gut funktionierende Einheit zu versetzen und auseinanderzureißen, ohne Rücksicht auf gute Ermittlungsergebnisse. Ohne Rücksicht darauf, wie viele informelle Quellen dadurch zunichte gemacht wurden, weil man einfach zu weit weg war. Die interessierte es nicht, ob er gute Arbeit leistete, ganz zu schweigen von den familiären und persönlichen Situationen der Kollegen. Die interessierte nur ihre fadenscheinige Kostenersparnis. Und jetzt saßen sie vermutlich gerade gemütlich mit ihren Familien beim Sonntagskaffee, ohne auch nur einen Gedanken an die Menschen zu verschwenden, die sie auf ihrem Spielfeld hin und her schoben wie Steine auf einem Halmabrett.

Doch es ging ja nicht um das Wohl dieser Zahlenjongleure. Ein Mensch war ermordet worden. War er es nicht ihm und seinen Angehörigen schuldig, alles zu tun, um möglichst schnell Antworten auf die vielen offenen Fragen zu finden?

Er nahm die Akte wieder zur Hand, versuchte, das penetrante Stechen in Stirn und Hals zu ignorieren. Die Buchstaben verschwammen vor seinen Augen.

»Ich hol mir einen Kaffee. Willst du auch einen?«

»Ich will, dass du nach Hause fährst!«, schimpfte Peppi. »Schau mal in den Spiegel. Du siehst aus, als hättest du drei Nächte nicht geschlafen.«

»Aber …«

»Da ist die Tür. Wir sehen uns morgen.« Die Kollegin deutete mit strengem Blick zum Ausgang. Seufzend schob er seine Unterlagen zusammen und fügte sich der weiblichen Befehlsgewalt.

Es war alles still, als er eine Stunde später sein Haus betrat. Das Radfahren hatte ihn angestrengt. Hoffentlich war es nur eine Erkältung und keine Grippe. So lange war er diesen Winter verschont geblieben. Er stieg die Stufen hinauf zu Nathalies Zimmer. Das Mädchen saß auf ihrem Bett, hörte Musik über Kopfhörer und blätterte in einer Teenie-Zeitschrift.

»Hey«, begrüßte er sie.

»Hey.«

»Wie geht's?«

Nathalie verzog das Gesicht zu einer Grimasse. Sie hatte vermutlich ähnlich starke Kopfschmerzen wie er.

»Wo ist Ceci?«

»Bad.«

Er ließ die Fünfzehnjährige wieder allein und klopfte an die Badezimmertür.

»Komm rein«, rief Cecilia ihm zu.

Sie lag in der Badewanne, Kerzen brannten auf der Fensterbank, tauchten den Raum in ein wohltuendes gedämpftes Licht. Brander kam die Erinnerung an einen Vorfall ins Gedächtnis, bei dem im Bad einer Dachgeschosswohnung eine Kerze niedergebrannt war und ein Feuer entfacht hatte, woraufhin einige Spraydosen explodiert waren und einen Teil des Daches quasi weggesprengt hatten. Er durfte nicht vergessen, später die Kerzen zu löschen.

»Ich mache Wellness.«

»Wie ist's mit ihr gelaufen?« Brander deutete mit dem Kopf zur Tür.

»Sie spricht nicht mit mir und hat sich den ganzen Tag in ihrem Zimmer verkrochen. Ich habe ihr gesagt, dass sie die nächsten vierzehn Tage Ausgehverbot hat, und sie ansonsten in Ruhe gelassen. Und du, was machst du schon hier?«

»Kopfschmerzen.« Er sah auf die Badewanne, sah die verschwommenen Umrisse seiner nackten Frau. Wenn er sich nur ein bisschen besser fühlen würde … »Wir können Nathalie ihr Verhalten nicht so ohne Weiteres durchgehen lassen.«

»Ja«, stimmte Cecilia ihm zu. Sie legte den Kopf zurück und schloss die Augen.

Brander verriegelte die Tür. »Ist da noch ein Platz frei?«

»Ich denke, du hast Kopfschmerzen?«

»Ich will nur baden.«

Nathalie lag im Bett, als Brander und Cecilia später in ihr Zimmer kamen.

»Wir würden gern mit dir reden«, begann Brander.

»Ich will schlafen«, murrte Nathalie unwillig, ohne sich zu ihnen umzudrehen.

»Das mag ja sein, aber …«

»Ey, Scheiße, Mann, ich will pennen. Ich schreib morgen Mathe.« Das Mädchen zog sich die Decke über den Kopf.

»Das kann man auch anders sagen«, erwiderte Brander. Sein Körper verlangte nach dem Bad ein Bett. Ihm ging es wie Nathalie. Er wollte einfach nur noch die Augen schließen und sich gesundschlafen. Wie erfolgversprechend war es, jetzt auf einem Gespräch zu bestehen? Er sah fragend zu seiner Frau, die stirnrunzelnd den Kopf schüttelte. Auch sie schien den Zeitpunkt für nicht besonders aussichtsreich zu halten.

»Okay, wir reden morgen Abend, wenn ich von der Arbeit komme«, lenkte er ein. »Geh bitte noch ins Bad und wasch dich.«

Sie erhielten keine Antwort.

6

Montag

Er erwachte, als die Haustür zugezogen wurde, und schielte auf seinen Wecker. Er hatte mehr als zehn Stunden geschlafen. Das Kratzen im Hals war geblieben, aber die Kopfschmerzen schienen sich zumindest auf ein erträgliches Maß zu beschränken. Mit schweren Gliedern stand er auf und schlurfte ins Bad. Er brauchte eine Dusche, um seinen Kreislauf in Schwung zu bringen. In der Küche hatte Cecilia bereits für ihn gedeckt. Statt Kaffee servierte sie ihm einen Pfefferminztee.

»Das ist nicht dein Ernst, oder?«, fragte er mit angewidertem Gesicht.

»Anderen Tee haben wir gerade nicht im Haus. Willst du heute zur Arbeit?«

»Ja.«

Cecilias Blick verriet, dass sie seine Entscheidung nicht guthieß, aber sie kannte ihn lange genug, als dass sie versucht hätte, ihn umzustimmen. »Du kannst das Auto haben, ich habe heute keine Termine«, erklärte sie stattdessen.

»Danke, krieg ich jetzt einen Kaffee?«

»Wenn du unbedingt Kaffee haben willst, koch ihn dir selbst.«

»Aber ich bin krank«, bettelte Brander.

Cecilia lächelte milde. »Dann trink lieber deinen Tee.«

Lea Gutbrod erschien pünktlich um elf Uhr in Begleitung von Sven Flaig in der Polizeidirektion. Brander holte die beiden beim Empfang ab, und sie fuhren mit dem Fahrstuhl in die erste Etage. Hendrik wartete im Flur mit Corinna Tritschler.

»Frau Gutbrod, wir würden gern mit Ihnen allein sprechen«, erklärte Brander mit Reibeisenstimme. Er versuchte, deutlich zu sprechen, während er ein Salbeibonbon lutschte, um die Halsschmerzen einzudämmen.

»Wenn Sie so lange mit uns mitkommen würden«, bat Cory den jungen Mann.

Lea Gutbrod musterte die hoch gewachsene Kripobeamtin, die auch an diesem Tag ihre langen Beine in hautenge Jeans und kniehohe Stiefel gesteckt hatte und deren eng anliegendes Oberteil die üppigen Rundungen nicht verbargen. Flüchtig wanderte Gutbrods Blick zu ihrem Freund, dann wandte sie sich wieder Brander zu. »Wo muss ich hin?«

Er dirigierte sie in sein Büro, ging zu seinem Schreibtisch und schob den Besucherstuhl zur Seite, sodass Lea Gutbrod dort Platz fand.

»Möchten Sie einen Kaffee oder ein Glas Wasser?«, fragte Peppi die junge Frau.

»Nein, danke.« Sie konzentrierte sich auf Branders Schreibtisch, das Gesicht verschlossen, bemüht darum, keinerlei Emotionen zu zeigen.

»Frau Gutbrod, Sie kennen meine Frage schon: Wir suchen Ihren Vater«, begann Brander. Er saß leicht vorgebeugt, hatte die Arme auf den Schreibtisch gelegt und die Finger locker ineinander verschränkt. Er fragte sich, was in der Frau vor sich ging. Warum war sie so angespannt?

»Warum suchen Sie ihn?«

»Das kann ich Ihnen nicht sagen.«

»Hat er etwas verbrochen?«

»Wann haben Sie Ihren Vater zum letzten Mal gesehen?«

Die junge Frau schwieg. Brander musterte sie eine Weile stumm. Ihr Oberkörper war gut trainiert, die Gesichtszüge waren energisch, drückten eine gewisse Willenskraft aus. Mit ihrer aufrechten Haltung strahlte sie Selbstbewusstsein aus, Stärke. Selbst die schlicht frisierten glatten dunkelblonden Haare, die über ihre rechte Schulter fielen, boten den Eindruck, als könnte nicht einmal ein kräftiger Windstoß sie in Unordnung bringen. Um ihren Hals trug sie eine goldene Kette mit einem Kreuz, und Brander fragte sich, ob sie katholisch war. Wurmlingen war ein katholisch geprägter Ort.

»Frau Gutbrod, eine simple Frage, bitte …«, unterbrach er schließlich das Schweigen.

»Bin ich zu einer Aussage verpflichtet? Ich glaube nicht, oder?« Sie sah von Brander zu Peppi, die mit dem Rücken zum Fenster stand.

»Im Moment noch nicht, aber wenn wir Sie richterlich vorladen lassen, dann sind Sie zu einer Aussage verpflichtet«, erklärte Peppi.

»Es geht um meinen Vater. Ich bin eine Angehörige. Da habe ich ein Zeugnisverweigerungsrecht.«

Brander meinte ein triumphierendes Funkeln in den Augen der Frau zu sehen.

»Würden Sie Ihren Vater denn durch Ihre Aussage belasten?«, fragte er.

»Warum suchen Sie ihn?«

Brander lehnte sich seufzend zurück und sah die junge Frau verständnislos an. »Warum sind Sie hergekommen, wenn Sie ohnehin keine Aussage machen möchten?«

»Ich will wissen, warum die Kriminalpolizei nach meinem Vater sucht!«

»Es gab einen Vorfall, über den wir gern mit Ihrem Vater persönlich sprechen würden.«

»Dann wünsche ich Ihnen viel Glück bei der Suche.« Sie löste die Bremsen ihres Rollstuhls.

»Verdammt noch mal, ein Mensch ist tot, und Ihr Vater könnte ein wichtiger Zeuge sein!«, fuhr Peppi die Frau an.

Bei der plötzlichen Lautstärke war Lea Gutbrod zusammengezuckt. »Ich … nein, das glaube ich Ihnen nicht.« Sie starrte die Beamtin zornig an. Die Nasenflügel bebten.

Peppi beugte sich vor, stützte die Hände auf Branders Schreibtisch, während sie jede einzelne Silbe betonte: »Wo finden wir Ihren Vater?«

»Ich weiß es nicht«, entgegnete die Frau im Rollstuhl ebenso hart.

»Wann haben Sie Ihren Vater zum letzten Mal gesehen?«

Der Kiefer von Lea Gutbrod malmte wütend, aber eine Antwort erhielt Peppi nicht.

»Können Sie uns Namen von Freunden Ihres Vaters nennen, bei denen wir ihn antreffen könnten?«, fragte Brander.

Die Frau wandte sich ihm wieder zu, atmete tief durch. »Nein, das kann ich nicht. Im Übrigen finde ich Ihre Behandlung hier ungeheuerlich. Ich werde keine weiteren Fragen beantworten. Ich möchte jetzt nach Hause.«

Brander schnaufte ratlos. Warum war diese Frau derart verschlossen? War es sinnvoll, sie weiter zu befragen? Es gab keinen konkreten Verdacht gegen ihren Vater. Er war lediglich ein einziges Mal bei der Scheune gesehen worden. Machte ihn das zu einem Brandstifter? Womöglich zu einem Mörder? Sie wussten ja nicht einmal, woran der Mann in der Scheune gestorben war.

»Danke, Sie können gehen.« Brander biss sich auf die Lippen. Was für ein Fauxpas!

Lea Gutbrod fletschte die Zähne zu einem zynischen Lächeln. »Schön wär's.«

»Habt ihr was aus dem Flaig herauskriegen können?«, fragte Brander frustriert die beiden Kollegen, nachdem Lea Gutbrod mit ihrem Begleiter wieder gefahren war.

»Ein wenig«, begann Hendrik. »Sven Flaig ist seit fünf Jahren mit Lea Gutbrod befreundet, seit drei Jahren sind sie ein Paar. Die beiden leben gemeinsam mit dem Großvater in dem Anbau von dem Gasthof. Den Anbau hat der Großvater nach dem Unfall bauen lassen, damit Lea bei ihm bleiben konnte.«

»Wir konnten aus ihm herauskitzeln, dass Lea Gutbrod hin und wieder Kontakt zu ihrem Vater hat, wovon Kurt Ihringer jedoch alles andere als begeistert ist«, ergänzte Cory. »Wo Jakob Gutbrod sich gerade aufhält, konnte oder wollte er uns allerdings nicht verraten.«

»Warum machen die so ein Geheimnis daraus?« Brander rieb sich über die Schläfen. Die Kopfschmerzen hatten wieder zugenommen.

»Wir sollten uns vielleicht nicht zu sehr auf Gutbrod fixieren, nur weil er vorbestraft ist«, gab Hendrik zu bedenken.

Corinna Tritschler nickte zustimmend. »Ich tipp ja immer noch auf die Hämmerle mit ihrem Lover.«

»Do halt i drgege«, meldete sich Magnus Neidhart.

»Wenn ich recht habe, holst du mir einen Monat lang jeden Morgen meinen Kaffee.« Die Beamtin streckte ihm ihre Hand entgegen.

»Dito.« Neidhart nickte und schlug ein.

»Sagt mal, Leute! Wir sind doch hier nicht bei ›Wetten dass …‹!«, schimpfte Brander.

Die Tritschler grinste. »Da hast du Recht. Das hier ist wesentlich interessanter.«

Brander betrachtete seine Skizze. Er hatte Symbole für Jakob und Lea Gutbrod eingefügt, in der Hoffnung, dadurch einen Hinweis zu entdecken. Eine Flasche – da Jakob Gutbrod ja anscheinend dem Alkohol recht zugeneigt war – und einen Rollstuhl für Lea. Auch für Rößner hatte er eine Skizze eingefügt: eine Scheune mit einem Traktor links oben in der Ecke des Blattes. Er steckte sich erneut ein Salbeibonbon in den Mund und massierte grübelnd seinen Nacken. Die Schmerzen hatte sich von der Stirn bis dorthin ausgebreitet.

»Jakob Gutbrod erkundigt sich am ersten Januar über die Scheune der Rößners«, murmelte er nachdenklich vor sich hin. »Sechs Wochen später kommt er wütend schimpfend nach Hause. Kaum zwei Tage später entdecken wir eine Leiche in der abgebrannten Scheune der Rößners.«

Peppi sah zu ihm rüber. »Was faselst du da vor dich hin?«

»Da stimmt was nicht.«

»Wo?«

»Wenn ich vorhabe, eine Scheune zur Vertuschung eines Verbrechens abzufackeln, dann stelle ich mich den Besitzern doch vorher nicht namentlich vor.«

»Vielleicht wusste er da noch nicht, dass er einen Mord – oder gehen wir mal von Totschlag aus – zu vertuschen hat.« Peppi blies sich eine Haarsträhne aus der Stirn. »Stellen wir uns vor: Gutbrod trifft sich mit einem Kumpel. Die beiden betrinken sich, geraten aus welchem Grund auch immer in Streit. In Rage erschlägt Gutbrod den Kumpel. Er bekommt Panik, weiß, dass er dafür wieder einfährt. Also will er die Tat vertuschen.«

»Und da fällt ihm die Scheune ein?«, fragte Brander skeptisch.

»Ja, die Scheune ist nicht allzu weit von seiner Wohnung entfernt. Wenn sie bei ihm zu Hause waren, hat er nur einen kurzen Transportweg für die Leiche. Und nachts um zwei, drei Uhr treiben sich da nicht so viele Leute rum. Da gibt's ja nicht einmal Straßenbeleuchtung.«

»Nicht ganz dumm, was du da sagst. Ist aber nur eine Theorie. Was ist mit der Hämmerle?«

Peppi stöhnte genervt auf. »Kann ich mir nicht vorstellen. Du hast die Frau doch gesehen. Wie wäre es mit den Rößners? Die sollten wir mal genauer überprüfen. Die brauchten den Schuppen nicht. Vielleicht haben die das Ding hoch versichert. Dummerweise finden sie ausgerechnet in der Nacht, in der sie die Hütte anzünden wollen, einen toten Penner darin, oder sie haben ihn gar nicht bemerkt …«

Das Klingeln von Branders Telefon unterbrach ihre Hypothesensammlung.

»Hallo Freddy. Was gibt's?«

»Ich bin gerade bei der abgebrannten Scheune und fände es ganz gut, wenn du dazukämst. Ich möchte dir etwas zeigen.«

An der Stelle, an der die Scheune gestanden hatte, war über dem verkohlten Holz ein Pavillon aufgebaut worden. Manfred Tropper stand mit zwei Kollegen daneben und hielt eine große Karte in der Hand. Kleine Atemwölkchen stiegen aus ihren Mündern, und die Ohren waren von der Kälte gerötet.

»Was soll das werden?« Brander deutete auf die weiße Zeltplane.

»Das wirst du gleich sehen. Zeig mir bitte noch mal auf der Karte, wo die Jungs in der Nacht standen, als sie die Person gesehen haben.«

Brander legte seinen Zeigefinger an die entsprechende Stelle. Tropper nickte zufrieden. »Okay, kommt mit.«

Tropper schritt eilig mit ihnen den Weg entlang, bis zu der steinernen Brücke, die über die Ammer führte. Dort blieb er stehen. »Und nun schaut euch um. Was seht ihr?«

Brander blinzelte, weil die Kälte ihm die Tränen in die Augen getrieben hatte. Auch Peppi wischte sich über die Augenwinkel. Dann blickten sie in die angegebene Richtung.

»Graue Felder, Bäume, Büsche, Sträucher, Schrebergärten mit kleinen Hütten, ein paar Scheunen und links davon ein weißes Partyzelt«, zählte Peppi auf.

»Und du, Andi?«

»Hm, dasselbe.« Brander zuckte mit den Achseln. Worauf wollte der Kollege hinaus?

»Ich habe mir von Rößners ein paar Fotos von der Scheune geben lassen, die sie glücklicherweise gemacht hatten.« Tropper zeigte ihnen zwei Abzüge. »Die Scheune war nicht außergewöhnlich groß, knapp fünf mal acht Meter. Sie stand ungefähr da, wo wir den Pavillon aufgebaut haben. Ihr müsst euch das ein bisschen größer vorstellen.«

Brander sah stirnrunzelnd zu seinem Kollegen. »Gut. Und weiter?«

»Selbst wenn es eine sternenklare Nacht war, war es dennoch recht dunkel. Wir hatten abnehmenden Mond, es gibt keine Straßenbeleuchtung, weder hier noch dort drüben, und auch vom Ort her wird nicht zu viel Licht herüberstrahlen, zumal die große Scheune neben dem abgebrannten Schuppen das Licht teilweise verdecken würde. Die beiden Jungs stehen also hier und sehen dort drüben das Feuer.«

»Ja-a …«, bestätigte Brander.

»Und sie sehen eine Person vor der Scheune stehen.«

»Ja«, kam es ungeduldig von Peppi. Sie blies sich warmen Atem in die Hände. »Können wir das hier mal ein bisschen beschleunigen? Mir wird kalt.«

»Schaut doch bitte noch einmal genau dort rüber und stellt euch vor, es wäre dunkel. Das Feuer wirft natürlich etwas Licht in die Umgebung. Wahrscheinlich sieht man die Umrisse der anliegenden Scheune rechts. Und was seht ihr links von der Scheune, da, wo die Person angeblich gestanden hat?«

Brander und Peppi taten wie ihnen geheißen. Dann sahen sie sich an.

»Der Tropper, der ist gar nicht so dumm, wie ich's gern hätte«, lästerte Peppi.

»Hey, das hab ich gehört«, beschwerte dieser sich sogleich. »Wenn die Jungs tatsächlich hier gestanden haben, auf dieser Brücke, konnten sie dort drüben nur einen Teil der brennenden Scheune sehen. Der untere Teil wird durch die Hecke verdeckt. Und die Büsche da vorne verdecken die Sicht auf den Platz links von der Scheune. Wie konnten sie da einen Menschen vor der Scheune stehen sehen? Entweder, sie haben den Mann erst entdeckt, nachdem sie näher rangegangen waren. Dann hätten sie aber mehr als einen großen schwarzen Schatten erkennen müssen. Oder …«

»… da war niemand«, vollendete Brander den Satz.

Ein zufriedenes Grinsen legte sich auf das Gesicht des Erkennungsdienstlers, als er die anerkennenden Blicke seiner Kollegen sah.

»Was ist mit den Fotos von Max' Handy?«, fiel Brander ein.

»Da hat der Junge nicht gelogen. Die Bilder sind schlecht belichtet, du siehst einen hellen Fleck, da, wo die Scheune brennt, und sonst ist nichts zu erkennen.«

»Kein großer schwarzer Schatten?«

»Nein, auch kein großer schwarzer Schatten.«

Brander zog fröstelnd den Kragen seiner Jacke hoch. »Da laden wir die zwei Buben doch noch mal zu einem Plauderstündchen ein.«

Die Dunkelheit hatte sich vor die Fenster gelegt. Branders Hals war so zugeschwollen, dass er kaum noch schlucken konnte. Seine Stirn war schweißnass und eiskalt zugleich. Er ging ein paar Schritte in seinem Büro auf und ab, blieb stehen, nippte an seinem Tee und sah auf Leon Breitmayr herab. Sie hatten beide Jungen dieses Mal einzeln befragt, und beide hatten – abgesehen von geringfügigen Abweichungen in der Wortwahl – haargenau dieselbe Story erzählt wie wenige Tage zuvor.

»An der Stelle, an der ihr gestanden habt, könnt ihr keinen Menschen vor der Scheune gesehen haben«, erklärte Brander zum wiederholten Male. Jedes Wort stach ihm unangenehm in den Hals.

»So war es aber«, beharrte Leon.

»Beschreib mir den Mann, den ihr gesehen habt.«

»Das kann ich nicht. Es war dunkel. Ich hab doch nur die Umrisse gesehen. Er war groß. Vielleicht … vielleicht trug er einen langen Mantel.«

Brander verdrehte genervt die Augen. Ein langer Mantel … Eine Stunde weiter und der Junge würde behaupten, der Mann wäre ein Vampir gewesen, der sich plötzlich in eine Fledermaus verwandelt hätte und davongeflogen wäre.

»Du sagst, ihr habt bei einem Freund gefeiert. Hattet ihr Alkohol getrunken?«

»Ich trinke keinen Alkohol.«

»Habt ihr Drogen genommen? Cannabis, Tabletten, irgendwas?«

»Nein.« Leon hob das Gesicht zu ihm. »Ich fantasier nicht! Da stand einer.«

»Du bleibst also bei deiner Aussage?«

»Soll ich denn lügen, nur weil Sie mir nicht glauben?«

»Nein, das sollst du nicht.« Brander sank auf seinen Stuhl. Er war müde. Vielleicht hatte er Fieber. Er sollte jetzt im Bett liegen und sich gesundschlafen. »Wie lange hast du morgen Schule?«

»Bis um drei.«

»Um vier Uhr holen wir dich zu Hause ab, und dann fahren wir zu der Scheune und unterhalten uns noch einmal.«

»Warum beharren die Jungen darauf, jemanden gesehen zu haben, wenn sie doch eindeutig niemanden gesehen haben können?«, krächzte Brander ratlos, nachdem sie Max und Leon wieder nach Hause geschickt hatten.

»Wenn du so weitermachst, hast du morgen gar keine Stimme mehr«, prophezeite Peppi. »Warst du mal beim Arzt?«

»Ach.« Brander wedelte abwehrend mit der Hand. »Vielleicht waren sie doch näher an der Scheune. Vielleicht haben sie die Person erkannt und Angst, uns genauere Hinweise zu geben.«

»Vielleicht sind die zwei aber auch gar nicht so lieb und brav, wie sie aussehen, und tischen uns hier ein Märchen auf, um von sich abzulenken. Man sieht den Leuten immer nur vor den Kopf.« Peppi hatte ihre Erfahrungen gemacht.

»Wenn wir nur wüssten, wer der Tote ist. Das würde uns schon ein ganzes Stück weiterbringen.« Brander räusperte sich und schluckte schwer.

»Es könnte einfach nur ein Penner gewesen sein, der tot in der Scheune lag, und die Jungs haben sich gedacht, sie probieren mal die Tricks aus, die sie im Fernsehen immer als perfektes Verbrechen vorgespielt bekommen«, schlug Peppi vor.

»Und woher hatten sie das Benzin? Tragen Jugendliche von heute immer einen Kanister mit sich rum?«

»Es gibt dort genug Schrebergärten. Wir sollten prüfen, ob da irgendwo ein Benzinkanister abhanden gekommen ist.«

Brander hob skeptisch die Augenbrauen. »Okay, ich setz es auf die Liste.«

Es war nach neun, als Brander die Wohnungstür aufschloss. Er war froh, dass seine Frau ihm den Wagen überlassen hatte und er nicht mit dem Fahrrad durch die Kälte hatte fahren müssen. Cecilia sah ihn besorgt an, als er ins Wohnzimmer kam.

»Du siehst krank aus«, stellte sie fest.

Brander deutete ein Nicken an. »Holst du Nathalie?«

»Willst du nicht lieber ins Bett?«

»Doch«, flüsterte er mit rauer Stimme. »Aber erst müssen wir die Sache mit Nathalie klären.«

Cecilia konnte ihr Grinsen nicht unterdrücken. »Du hörst dich an wie der Pate. Luigi, es gibt da dieses kleine Problem …«, ahmte sie ihn nach.

Brander verzog gequält das Gesicht. »Haha.«

Sie wollte ihm einen Kuss geben, aber er wehrte ab. Er wollte sie nicht anstecken.

Wenig später saß er mit den Frauen am Küchentisch. Er hatte sich einen Tee gekocht, und die warme Flüssigkeit ließ seine Stimme wieder etwas besser klingen.

»Nathalie, wir müssen über Samstag reden«, begann er. »Warum bist du abgehauen?«

Das Mädchen starrte ihn trotzig an. »Bin ich ja gar nicht.«

»Du warst den ganzen Tag fort und kamst dann auch noch völlig betrunken nach Hause«, erinnerte Cecilia sie an ihr Vergehen.

Nathalie zuckte die Achseln.

»Wo bist du gewesen?«

Erneutes Achselzucken.

»Ceci hat dich was gefragt.«

Sie sah mit ausdruckslosem Gesicht durch ihn hindurch, ohne etwas zu sagen.

»Nathalie, würdest du bitte mit uns reden?«, wurde Cecilia energischer. Brander entging nicht, dass die entspannte

Stimmung, in der er seine Frau vor wenigen Minuten noch angetroffen hatte, vollkommen verflogen war. Die Gereiztheit würde Nathalie nicht kooperativer stimmen. Er versuchte, Cecilia mit einem Seitenblick zu besänftigen, aber sie fuhr ärgerlich fort: »Nur, weil ich dir am Freitagabend nicht erlaubt habe, so lange auszugehen, musst du nicht gleich davonlaufen.«

Cecis Worte entlockten dem Teenager ein genervtes Seufzen, dann ließ sie wortlos den Kopf auf die Tischplatte sinken.

»Du kannst nicht einfach abhauen und dich den ganzen Tag irgendwo mit irgendwelchen Typen herumtreiben und betrinken. Ich habe mir Sorgen gemacht!«

Nathalie reagierte nicht. Brander legte seine Hand auf Cecis Arm. Endlich sah sie zu ihm. Er deutete ein Kopfschütteln an, damit sie sich nicht weiter in Rage redete.

»Setz dich bitte ordentlich hin«, forderte er von seiner Pflegetochter.

Sie richtete sich wieder auf und starrte an ihm vorbei zur Küchentür. Es war eine Frage der Zeit, wie lange sie dieses stoische Schweigen durchhalten würde, bis sie explodierte.

Er nippte an seinem Tee und beobachtete ihr Gesicht. Sie bemerkte es, sah demonstrativ weiterhin in eine andere Richtung. Cecilia fügte sich nur mühsam in die Schweigerunde. Das Ticken der Küchenuhr wurde unnatürlich laut. Der Kühlschrank brummte. Sie schwiegen. Seine Augen fixierten weiter ihr Gesicht. Ihre Kiefermuskulatur spannte sich an. Die Pupillen wurden größer. Es konnte nicht mehr lange dauern.

»Was ’n?«, knurrte sie zwischen zusammengebissenen Zähnen.

Er musterte sie weiter. Irgendwie musste er sie aus der Reserve locken, um sie zum Reden zu bringen. Auch wenn sie zunächst vermutlich nur wild herumschreien und derbe fluchen würde.

Die Reaktion kam. Ihre Fäuste hämmerten mit aller Kraft auf den Tisch.

»Warum steckt ihr mich nich' in 'n verficktes Heim? Ich kann euch doch eh nichts recht machen! Fuck ey, ihr kotzt mich so was von an!« Sie sprang auf und stürmte aus dem Zimmer.

Brander war so baff, dass er ihr nur wortlos hinterhersah. Vielleicht war er auch einfach nur zu erledigt, um reagieren zu können. Er hatte das Gefühl, anstelle eines Gehirns war nur noch eine schwammige Masse in seinem Kopf, die ungut hin und her waberte. Vielleicht wäre es doch besser gewesen, ins Bett zu gehen und das Gespräch zu verschieben. Nun war es zu spät.

»Wie kannst du sie nur so angehen?«, zischte Cecilia wütend in seine Gedanken hinein. Ihre Augen glühten vor Zorn.

»Was? Ich hab doch gar nichts ...«

»Du bist hier nicht in deiner Polizeidirektion! Du hast sie behandelt, als wäre sie eine deiner Delinquenten!«

»Aber ... das ist doch gar nicht ...«

»Wir wollten mit ihr reden und sie nicht auf die Anklagebank setzen!«, fiel Cecilia ihm aufgebracht ins Wort.

»Ach so, und wenn du sie mit Vorwürfen bombardierst, das ist besser, ja?«, schimpfte er zurück.

»Immer noch besser, als deine Vernehmungstaktiken.«

Brander öffnete den Mund, brachte aber nur ein ratloses Seufzen zustande. Sie verstummten beide.

Cecilia vergrub stöhnend das Gesicht in den Händen. »Verdammt, wir sind beide geschult in Gesprächsführung, aber bei Nathalie versagen wir gemeinschaftlich«, stellte sie schließlich resigniert fest. »Sie bringt mich auf die Palme mit ihrem ewigen Trotz und ihren Widersprüchen. Egal, was ich sage, ich bekomme Kontra von ihr, oder sie schaut einfach nur trotzig durch mich hindurch. Du kriegst sie ja nur am Abend mit, aber ich kämpfe den ganzen Tag mit ihr.«

Brander griff versöhnlich nach ihrer Hand. »Dann lass uns zwei nicht auch noch streiten.«

Cecilia hob seine Hand zu ihrem Gesicht und legte ihre Wange hinein. »Einer von uns sollte wohl noch einmal zu ihr gehen.«

»Ja.« Er leerte seine Tasse und stand auf.

Nathalie saß auf ihrem Bett. Sie hatte die Knie zur Brust gezogen und mit den Armen umschlungen und starrte ins Leere.

»Verschwinde«, herrschte sie ihn an, als er die Tür öffnete.

Brander ignorierte ihre Zurückweisung und setzte sich neben sie. Er lehnte sich mit dem Rücken gegen die Wand, versuchte zu schlucken, aber seine Kehle schien komplett zugeschwollen. Wie sollte er da einen klaren Gedanken fassen, geschweige denn, ein klärendes Gespräch führen? Sein Blick glitt durch das Zimmer, das penibel aufgeräumt war. So ungezähmt Nathalie war, ihr Zimmer hielt sie in peinlichster Ordnung. Vielleicht ein Versuch, dem Chaos in ihrem Leben zu entfliehen, überlegte er. Ihr Zimmer war immer ihre Zuflucht gewesen, während ihre Mutter und deren Lebensgefährte sich ihren Alkoholexzessen hingaben und die Wohnung mit leeren Flaschen, dreckigem Geschirr und Abfall vermüllten. Seine Augen blieben bei einem Poster hängen. Kein Teenie-Schwarm hing da an der Wand, sondern das Bild eines großen, amerikanischen Trucks. Nathalies Traum von Freiheit.

»Wir wollen dich nicht in ein Heim stecken«, krächzte er mühsam.

Ihre Antwort war ein gehobener Mittelfinger.

Er übersah großzügig diese unflätige Geste.

»Ich war gerade vielleicht nicht besonders fair, aber wenn du uns nicht sagst, was los ist, dann können wir auch nichts ändern.« Jedes Wort stach mit spitzen Nadeln in seinen Hals. Ob er am nächsten Tag doch mal zum Arzt gehen sollte?

»Lass mich in Ruhe«, kam es störrisch von dem Mädchen.

Brander blieb schweigend neben ihr sitzen. Er schloss die Augen, versuchte, eine Möglichkeit zu finden zu schlucken, ohne dass es wehtat. Sein Kreislauf schaltete runter, und die Müdigkeit wollte ihn übermannen. Er richtete den Oberkörper auf und legte einen Arm um Nathalies Schultern. »Wir haben dich lieb.«

Nathalie wandte ihr Gesicht zu ihm, und er meinte, Zweifel in ihren Augen zu erkennen. Es schmerzte ihn mehr, als das penetrante Hämmern in seinem Schädel.

Sie ließ den Kopf auf ihre Knie sinken. »Ich will jetzt allein sein.«

»Sicher?«

»Ja, Mann«, kam es genervt von ihr.

»Willst du uns nicht …«

»Boah, Mann, ey, ich will einfach nur meine Ruhe. Ich bin müde.«

»Okay.« Er strich ihr über die Haare. Es fiel ihm schwer, aufzustehen und das Zimmer zu verlassen. »Wenn du reden willst, ich bin jederzeit für dich da.«

7

Dienstag

Die Beschwerden wollten einfach nicht besser werden. Er spielte mit dem Gedanken, endlich zum Arzt zu gehen, aber der würde ihn vermutlich krankschreiben, und das wollte er nicht. Also schluckte er zwei Schmerztabletten, redete sich ein, dass er auf dem Weg der Besserung war, und fuhr direkt zur Dienststelle. Seine Laune war nicht die Beste. Er machte sich Sorgen um Nathalie, und der Fall mit dem Brandopfer gestaltete sich so zäh wie ein zu lang gegrilltes Steak. Der Vergleich hätte der Sailer gefallen, dachte er bei sich, während er geduldig mit Tempo dreißig in der Autoschlange über die B 28 kroch. Morgen würde er wieder mit dem Fahrrad fahren, wenn er es irgendwie vor sich verantworten konnte. Verfluchter Hals, verfluchter Verkehr.

Peppi war noch nicht im Büro, so dass er erst einmal in aller Stille vor sich hin bruddeln konnte. Seine Ruhe währte nicht lang. Er hatte sich gerade einen Tee aufgegossen, als ihn der Kollege vom Empfang anrief und mitteilte, dass eine Frau Gutbrod ihn sprechen wollte. Wenig begeistert holte er die junge Frau unten ab und brachte sie in sein Büro.

»Möchten Sie auch einen Tee?«, bemühte er sich um Höflichkeit, während er seinen Teebeutel aus der Tasse nahm. Ein freundliches Lächeln wollte ihm an diesem Morgen nicht gelingen.

»Danke, nein. Sind Sie krank?«

»Erkältet.«

»Das tut mir leid.«

Es klang so aufrichtig, dass Brander irritiert den Blick hob. »Was kann ich für Sie tun, Frau Gutbrod?«

»Ich … ich war gestern vielleicht nicht besonders kooperativ«, begann die junge Frau zögernd, während ihre Hände nervös die Tasche auf ihrem Schoss kneteten.

Brander deutete ein Nicken an. »Nicht besonders« war nett umschrieben. »Überhaupt nicht« wäre wohl der treffendere Ausdruck.

»Ihre Fragen haben mich beunruhigt«, fuhr sie fort. »Ich habe versucht, meinen Vater zu erreichen, weil ich wissen wollte, was los ist. Aber ich erreiche ihn nicht.«

»Ist das so ungewöhnlich?«

»Nein, eigentlich nicht. Aber …« Sie verfiel in Schweigen, malträtierte weiter das Leder zwischen ihren Händen.

»Aber?«

»In den letzten Wochen, da war er so … ich weiß nicht … euphorisch?« Sie seufzte unschlüssig. Die abweisende Haltung vom Vortag war nicht einmal mehr zu erahnen.

Brander trank schlückchenweise von dem heißen Tee, der seinem Hals ein wenig Linderung verschaffte. »Erzählen Sie mir von Ihrem Vater.«

»Er ist nicht so übel, wie alle immer sagen. Natürlich, er ist ein Träumer, und er trinkt hin und wieder zu viel.«

Ein sehr mildes Urteil, dachte Brander, in Anbetracht der Tatsache, dass die junge Frau dieser Trinkerei ein Leben mit Rollstuhl und ohne Mutter zu verdanken hatte.

»Er hat bereut, was damals geschehen ist, und er wollte es wieder gutmachen.« Sie schien seine Gedanken zu erraten und lächelte bitter. »So gut das eben überhaupt möglich ist. Aber es gibt ihm doch niemand eine Chance.« Sie sah ihn an, als müsste er verstehen, was sie ihm gerade berichtete.

»Und das bedeutet?«, fragte Brander, während er versuchte, sein Gehirn zum Mitdenken zu überreden.

»Er wollte etwas aufbauen, für mich … mit mir. Er wollte zeigen, dass er mehr kann als schöne Reden schwingen. Er wollte für mich da sein …«

»Was wollte er denn aufbauen?«

»Eine Whiskybrennerei, zusammen mit einem Freund.«

Brander hob die Augenbrauen. Jetzt wurde die Geschichte interessant.

»Er hatte sich schon bei verschiedenen Brennern in der Gegend informiert. Schwäbischer Whisky. Ich weiß nicht, ob Sie den kennen?«

»Da gibt es mehrere«, deutete er an, dass er nicht ganz unbedarft auf dem Gebiet war.

»Aber er hatte ja kein Geld. Er brauchte Startkapital. Und ich habe ihm … ich habe ihm Geld geliehen.«

So weit, so gut. Brander wartete auf eine Fortsetzung.

»Das war Sonntag vor einer Woche. Da habe ich ihn zum letzten Mal gesehen.«

»Von wie viel Geld sprechen wir?«

»Zwanzigtausend Euro.«

Keine Peanuts, aber damit konnte man sicherlich keine professionelle Whiskybrennerei aufbauen. Vielleicht sollte es als Eigenkapitaleinlage dienen, um bei einer Bank einen Kredit zu bekommen, überlegte er.

»Sie haben ihm das Geld bar gegeben?«

Lea Gutbrod nickte.

Brander strich sich stirnrunzelnd über das Kinn. »Eine Quittung oder einen Schuldschein haben Sie vermutlich nicht bekommen, oder?«

Sie riss erbost die Augen auf. »Nein, was denken Sie! Er hat das Geld nicht unterschlagen. Das … das würde er mir nie antun.«

»Frau Gutbrod, warum kommen Sie damit jetzt zu mir?«

»Ich weiß es nicht.« Sie sah ihn eindringlich an. »Wo ist mein Vater?«

Und da beißt sich die Katze in den Schwanz, dachte Brander seufzend und zückte Block und Bleistift. Vermisstenfälle, bei denen der Verdacht eines Verbrechens bestand, lagen in seinem Ressort.

»Wie heißt der Freund, mit dem Ihr Vater die Whiskybrennerei aufbauen wollte?«

»Enno.«

»Enno und weiter?«

»Ich weiß es nicht.«

»Und dieser Enno, ist der ein Whiskybrenner?«

Sie hob ratlos die Schultern. »Vermutlich.«

»Kommt Enno aus Tübingen?«

»Das weiß ich nicht.«

Wollen Sie mich verarschen?, lag ihm auf der Zunge, aber er konnte sich beherrschen. Da gab diese junge Dame ihrem offensichtlich unzuverlässigen Vater zwanzigtausend Euro, um mit irgendeinem Enno eine Whiskybrennerei aufzubauen. Wie naiv waren die Menschen eigentlich?

»Sie sagen, er hatte Kontakt zu anderen Whiskybrennern. Haben Sie da vielleicht einen Namen?«

»Nein.«

Brander kam der Ammertalwhisky in den Sinn. Die Brennerei lag nicht weit entfernt von Tübingen. »Volker Theurer? Hat Ihr Vater den Namen mal erwähnt?«

»Ach, Sie meinen den Brenner vom Lamm in Unterjesingen?«

»Ja.«

Sie überlegte einen Moment, schüttelte schließlich den Kopf. »Nein, aber ich glaube, er war öfter in Owen. Da gibt es wohl auch mehrere Whiskybrenner.«

Brander erinnerte sich an den *Tecker,* den er vor einigen Monaten mit Tropper verkostet hatte. Ein Schwäbischer Single Malt, malzig mit intensivem Sherryaroma. Die Brennerei hatte ihren Sitz in Owen.

»Können Sie mir andere Namen von Freunden oder Bekannten Ihres Vaters nennen?«

»Nein.«

»Sie wissen nicht viel über Ihren Vater.«

»Mein Großvater hat versucht, jeglichen Kontakt zwischen uns zu unterbinden. Er hat die Polizei gerufen, sobald er den Hof betrat.«

»Und weiß Ihr Großvater von dem Geld?«

»Nein, außer Sven weiß niemand davon. Und er hat auch versucht, es mir auszureden.«

»Woher hatten Sie so viel Geld?«

»Das Geld stammt aus einer Lebensversicherung meiner Mutter. Mein Großvater hat es damals bei der Bank für mich angelegt.«

»Wovon lebt Ihr Vater? Hat er eine geregelte Arbeit?«

»Nein, er hat damals ziemlich lange studiert und direkt danach in der Wirtschaft meines Großvaters mitgearbeitet.« Ihre Augen wanderten zum Fenster. Sie presste die Lippen aufeinander, focht einen inneren Kampf mit sich aus, bevor sie fortfuhr: »Dann musste er ins Gefängnis … Er schlägt sich mit Gelegenheitsjobs durch.«

»Die da wären?«

»Ich weiß es nicht genau … Hilfsarbeiten eben … er … er wollte nie davon erzählen. Es war ihm wohl peinlich.«

Brander überflog seine Notizen. Was sollte er mit diesen Informationen anfangen? Gab es einen Zusammenhang zwischen dem Geld und dem Toten in der abgebrannten Scheune?

»Gibt es sonst noch irgendetwas, was ich vielleicht wissen sollte?«

Sie überlegte einen Augenblick. »Ich weiß nicht, nein.«

»Ich benötige die Telefonnummer Ihres Vaters.«

»Er hat keinen Festnetzanschluss, nur ein Prepaid-Kartentelefon.« Sie diktierte ihm die Nummer. »Aber, wie gesagt, er geht nicht ran.«

Ein Mobiltelefon war gar nicht so schlecht, dachte Brander bei sich. Er könnte eine Handyortung beantragen. »Sie haben Ihren Vater also am Sonntag vor einer Woche zuletzt gesehen?«

»Ja.«

»Wann?«

»Am Vormittag.«

»Und hat er Ihnen gesagt, was er danach vorhatte?«

»Er wollte sich mit einem Freund treffen wegen der Brennerei.«

Brander strich sich nachdenklich über den Nacken. »Eine Brennlizenz hatte er aber nicht, vermute ich?«

»Nein, aber dieser Enno. Der hat wohl einen Hof mit einer Obstbrennerei.«

Das war doch ein Ansatz. So viele obstbrennende Ennos gab es sicher nicht in der Tübinger Region.

»Hat Ihr Vater ein Auto?«

»Er hat ja nicht einmal mehr einen Führerschein.«

»Und Sie haben seit dem Sonntag nichts wieder von ihm gehört?«

»Das sagte ich doch.«

»Hatten Sie irgendetwas verabredet? Gab es regelmäßige Zeiten, an denen Sie Ihren Vater trafen oder mit ihm telefonierten?«

»Nein. Es … es kommt vor, dass ich einige Monate lang nichts von ihm höre.«

Und kaum gibt man ihm zwanzigtausend Euro, wird man nach acht Tagen nervös. »Ihnen fällt wirklich niemand ein, bei dem Ihr Vater gerade sein könnte? Hatte er vielleicht eine Freundin?«

Sie schüttelte den Kopf.

»Sie wissen es nicht, oder er hatte keine Freundin?«

»Ich weiß es nicht, aber er hat nie von einer Freundin erzählt.«

Worüber hatte sie mit ihrem Vater gesprochen, wenn sie ihn traf? Konnte es tatsächlich sein, dass sie so wenig über ihn wusste? »Sie haben nicht zufällig einen Schlüssel von der Wohnung Ihres Vaters?«

»Doch, den hat er mir mal gegeben. Aber ich war nie dort. Souterrain …« Sie deutete auf die Reifen ihres Rollstuhls, dann öffnete sie ihre Tasche und reichte ihm den Schlüssel.

»Den bekommen Sie natürlich wieder. Wir werden uns die Wohnung Ihres Vaters einmal ansehen. Vielleicht finden wir dort einen Hinweis darauf, wo er sein könnte.«

»Danke.«

Er tat es sicher nicht, um der jungen Frau einen Gefallen zu tun, und er war sich jetzt schon sicher, dass das, was er herausfand, ihr nicht gefallen würde. »Sagen Sie, was hat Ihr Vater eigentlich studiert?«

»Er ist Biochemiker.« Ein Lächeln mit einer Mischung aus Stolz und Traurigkeit legte sich auf ihre Lippen und gaben ihrem Gesicht einen unerwartet sanften Ausdruck. »Er hat das Geld nicht unterschlagen. Er wollte etwas für uns aufbauen.«

»Goge und Gelehrte. I könnt mir denke, dass dr Gutbrod beim Ihringer koin leichte Stand gehabt hot«, stellte Magnus Neidhart in der Soko-Sitzung fest.

»Ach komm, wir leben doch nicht mehr im fünfzehnten Jahrhundert«, warf Hendrik ein.

»Entschuldigung, aber …« Staatsanwalt Schmid blickte fragend in die Runde. »Was, bitte schön, sind ›Gagen‹?«

Brander sah überrascht zu Schmid. Er hatte ganz verdrängt, dass auch der Staatsanwalt, so wie er, ein »Reingeschmeckter« war und erst seit knapp zwei Jahren in Tübingen lebte. Er fragte sich, aus welcher Region Schmid kam – er hatte keinen erkennbaren Dialekt. Hannover vielleicht, da sprach man doch Hochdeutsch.

»Goge«, korrigierte Neidhart die Aussprache des Staatsanwalts. »Des sen die Diebinger Woibaure.«

»Ich wusste gar nicht, dass hier Wein angebaut wird.«

»Wird es heute auch kaum noch«, erklärte Peppi. »Der Boden ist nicht gut genug, als dass man hier massenweise hochwertige Weine produzieren könnte.«

»Allemal besser als dr Reitlinger Woi«, kam es bestimmt von Neidhart.

»Früher gab es eine Menge Weinbauern in Tübingen«, wusste Tropper. »Irgendwann … wann war das? Um vierzehnhundertnochwas oder so, da ließ der alte Graf ›Eberhard im Bart‹ die erste Universität in Tübingen errichten, und die Gelehrten hielten Einzug. Ihnen ist vielleicht aufgefallen, dass es eine Ober- und eine Unterstadt in Tübingen gibt. Die Gogen, also die Weinbauern, lebten in der Unterstadt, und in der Oberstadt wohnten die Gelehrten, also die Studenten und Professoren. Und zwischen Gogen und Gelehrten gab es große Differenzen.«

Magnus Neidhart wurde konkreter: »Des war an Kampf zwische de Studierte und de Goge. Da gab's koi Freundschaft.«

»Und was hat das jetzt mit Ihringer und Gutbrod zu tun? Wenn ich mich recht erinnere, ist Ihringer Obstbrenner und nicht Weinbauer, und außerdem lebt er in Wurmlingen«, hakte Schmid nach.

»Obschtbrenner, Woibauer … Kurt Ihringer isch an Arbeiter, der schafft ebbes, und da kommt sei Tochter mit so ma Studierte hoim.«

»Immerhin war er Biochemiker. Der kannte sich doch bestimmt mit der Brennerei aus«, warf Brander ein.

»Aber hot der au ebbes schaffe kenne?«

»Du hast selbst gesagt, dass Lea Gutbrod aussagte, dass ihr Vater lange studiert hätte«, pflichtete Peppi Neidhart bei. »Klingt für mich nicht nach einem Mann, der anpackt und was vorantreibt.«

»Vielleicht musste er beim Ihringer so viel anpacken, dass er gar keine Zeit mehr zum Studieren hatte«, ergriff Brander Partei für Jakob Gutbrod.

Anne Dobler hob bremsend die Hand. »Aber mal abgesehen davon, dass wir hier uralte Differenzen auf den Tisch bringen, die heute gar nicht mehr so relevant sind …«

»Oh, vertu dich da net, Mädle«, unterbrach Neidhart die Kollegin.

»Andi, so, wie du es berichtet hast, war Lea Gutbrod ziemlich unkooperativ in den letzten Tagen. Und heute kommt sie zu dir und tischt dir diese Story von den zwanzigtausend Euro auf«, fuhr Anne unbeirrt fort. »Was steckt dahinter?«

Brander hob die Schultern. »Schauen wir mal, was wir haben: Da ist ein unbekannter Brandstifter, eine nicht identifizierte männliche Leiche, und wir haben zwei Vermisstenfälle, ebenfalls beide männlich. Stellt sich die Frage, ist einer der Vermissten der Tote?«

»Oder der Brandstifter?«, ergänzte Peppi. »Die Aussagen von Leon und Max über den großen Schatten vor der brennenden Scheune sollten wir auch nicht außer Acht lassen.«

»Hmm«, gab Brander grübelnd von sich. »Hendrik, Cory, sprecht bitte noch mal mit Frau Hämmerle und auch mit ihrer Schwester und ihrem Schwager. Ich will wissen, ob die Jakob Gutbrod kannten.«

Hendrik sah zweifelnd zu seinem Ermittlungsleiter. »Denkst du, die Hämmerle hat ihn als Auftragskiller angeheuert? Der bringt ihren Mann um die Ecke und setzt sich dann mit dem Kopfgeld und den zwanzigtausend von seiner Tochter nach Kuba ab?«

»Irgendwo müssen wir ansetzen, und vielleicht ist es kein Zufall, dass all diese Ereignisse in einem relativ engen Zeitraum zusammenfallen.« Er studierte seine Notizen. »Magnus, Anne, checkt bitte die Schrebergartenanlagen im Umkreis der abgebrannten Scheune, ob da jemandem ein Benzinkanister gestohlen wurde.«

»Und womit vertreiben wir zwei uns die Zeit?«, erkundigte sich Peppi.

»Wir fahren zu Gutbrods Wohnung.«

Wenig später parkte Peppi den Wagen vor dem Häuserblock in der Sindelfinger Straße. Der Briefkasten des Vermissten quoll mittlerweile über mit Werbezeitungen und Wochenblatt. Nachdem auf ihr Klingeln hin wieder niemand öffnete, schloss Brander mit einem der Schlüssel, die er am Morgen von Lea Gutbrod erhalten hatte, die Haustür auf und trat in einen schummrigen Flur. Das matte Tageslicht brachte nur wenig Helligkeit ins Treppenhaus. Eine Mischung aus scharfem Putzmittel und verschiedenen Essensdüften strömte ihnen in die Nase. Sie stiegen die wenigen Stufen zu der Souterrain-Wohnung hinab. Ein Aufkleber mit einem Namen war über dem Klingelschalter angebracht und verriet ihnen, dass sie vor der richtigen Wohnung standen. Sie klingelten erneut und lauschten. Hinter der Tür blieb alles still. Als auch nach dem zweiten Klingeln niemand reagierte, ließen sie sich selbst hinein.

»Herr Gutbrod?«, rief Brander ins Innere der Wohnung. Er drückte auf den Lichtschalter, um etwas Helligkeit in die kalte, abgestandene Luft zu bringen. Nach und nach öffneten sie sämtliche Türen. Zu ihrer Linken ging es in eine winzige Küche, die dem Anschein nach aus Sperrmüllbeständen zusammengezimmert worden war. Am Ende des kleinen Flurs war das Bad. Rechts davon befand sich ein schmales, in die Länge gezogenes Wohnzimmer, daneben das Schlafzimmer.

»Scheint schon länger niemand mehr hier gewesen zu sein«, resümierte Brander nach dem ersten Rundgang.

Peppi schüttelte mitleidig den Kopf. »Was für ein trostloses Loch.«

Während die Kollegin die Küche inspizierte, blieb Brander an der Tür zum Schlafzimmer stehen. Das Bett war lediglich aufgeschlagen, aber der Schläfer hatte sich nicht die Mühe gemacht, das Laken auf der Matratze glattzuziehen. Kleidung ergoss sich unordentlich über einen Stuhl bis auf den Boden. Statt eines Kleiderschranks gab es lediglich ein einfaches Holzregal mit einer Kleiderstange, auf der fein säuberlich zwei nicht mehr ganz neue Anzüge und zwei Jeanshosen hingen. Auf die Bretter waren ein paar Hemden und T-Shirts ohne erkennbare Ordnung hingelegt worden. Im unteren Bereich standen einige Kartons. Die Wände des Zimmers waren kahl, aber neben dem Bett entdeckte Brander ein Foto in einem Bilderrahmen. Er trat näher und hob das Bild ins Licht. Das Foto war bereits etwas verblichen. Die drei abgebildeten Personen lachten fröhlich in die Kamera: Jakob, Lea und Leonie Gutbrod. Er sah sympathisch aus, stellte Brander fest. Sportlich schlanke Figur, offenes Gesicht mit schelmischem Grinsen. Leonie Gutbrod war etwas kleiner als ihr Mann, ein ländlicher Typ, mit großem Busen und herzförmigem Gesicht. Lea war zu dem Zeitpunkt, als die Aufnahme gemacht wurde, noch ein junges Mädchen und stand auf zwei Beinen. Er verglich das Gesicht des Mädchens mit dem der Frau, die am Morgen in seinem Büro gewesen war. Als diese Aufnahme gemacht wurde, hatte keiner geahnt, welches Schicksal das Leben für sie bereithielt.

Er stellte das Foto zurück an seinen Platz und ging in das angrenzende Wohnzimmer. Ein Tisch, ein altes Sofa, eine Regalwand. Alles Möbelstücke, die ihre besten Zeiten schon lange hinter sich hatten. Auch hier hing kein einziges Bild an den Wänden. Die Farben variierten vom dunklen Braun der Möbel zum tristen Grau des Teppichs. Zwei rot-weiße Kissen und eine grüne Wolldecke brachten ein paar unharmonische Farbkleckse in den Raum. Bemerkenswert war nur der große Flachbildschirmfernseher, der auf einem schmalen Unterschrank stand. Das Gerät war definitiv neueren Datums und keine Billigmarke.

Auf dem Tisch entdeckte Brander ein Glas nebst einer angebrochenen Flasche Whisky und einer Flasche stilles Wasser. Dazu mehrere Zettel, auf denen in unleserlicher Schrift Stichpunkte gekritzelt waren. Das Glas schien unbenutzt. Brander wandte sich der Regalwand zu, studierte ihren Inhalt etwas genauer.

»Mein lieber Schwan«, raunte er und pfiff leise durch die Zähne.

Peppi kam aus der Küche zu ihm herüber. »Na, das nenn ich eine Sammlung.«

In der Regalwand standen zahllose hochprozentige Spirituosen: diverse Obstbrände, Wodka, Korn, Schnaps, Gin, Ouzo, Kognak und eine ganze Reihe unterschiedlicher Whiskys. Keine der Flaschen war noch jungfräulich.

»Zu Studienzwecken oder zum Saufen?« Brander deutete auf die alkoholische Armada.

»In manchen Flaschen ist nur noch ein kleiner Rest enthalten. Die wird er dann wohl besonders intensiv studiert haben.«

Brander nahm ein Buch zur Hand, das aufgeschlagen zwischen all den Flaschen lag. Ein altes Exemplar eines Handbuchs über Spirituosen-Technologie, die Blätter waren vergilbt. Er ließ die Seiten durch die Finger flippen, entdeckte hier und da Markierungen oder Randnotizen. »Er hat sich auf jeden Fall mit dem Thema Brennerei befasst.«

»Sein Labor ist in der Küche.«

»Sein Labor?«

»Ja, komm mal mit.« Peppi ging Brander voraus in den gegenüberliegenden Raum und öffnete einen Küchenunterschrank.

»Na, was haben wir denn hier?« Brander betrachtete das Gebilde, das aus mehreren kupfernen Behältern bestand, genauer. »Sieht ja aus wie eine ...« Er ging in die Hocke. »Das ist eine Mini-Destille. Edles Teil. Könnte mir auch gefallen.«

Peppi kniete sich neben ihn. »Eine Mini-Destille?«

»Schau, hier in den kleinen Kessel füllst du die Maische. Darunter hast du einen Spiritusbrenner, mit dem du die Maische erhitzt. Der Alkohol steigt hoch, kühlt aus und läuft durch dieses kleine Geistrohr in den Auffangbehälter.«

»Was es nicht alles gibt.«

»Ob ich mir so was von Ceci mal zum Geburtstag wünsche?« Brander grinste. »Dann brenne ich mir meinen eigenen Whisky.«

»Branders Brand. Na, das kann ja was werden.« Peppi richtete sich wieder auf. »Dem Geschirr in der Spüle nach zu urteilen, war schon länger niemand mehr in der Wohnung. Das Gemüse und der Joghurt im Kühlschrank haben ihr Verfallsdatum auch bereits überschritten.«

»Der übervolle Briefkasten spricht ohnehin für sich.« Nur schwer konnte Brander sich vom Anblick der Mini-Destille losreißen. Was so etwas wohl kostete? Er erhob sich, ging zurück in den Flur und ins Wohnzimmer.

»Was suchst du?«, rief Peppi ihm hinterher.

»Ich weiß nicht. Ich frage mich, was für ein Mensch hier lebt.«

»Alkohol scheint trotz des Unfalls noch immer eine wesentliche Rolle in seinem Leben zu spielen.«

»Mhm …«

Aus Peppis Jackentasche erklang die Melodie ihres Handys. Sie nahm das Gespräch entgegen. »Ja? Okay …« Sie lauschte nickend ins Telefon. »Wir kommen vorbei.« Sie verstaute den Apparat wieder in der Jackentasche. »Aus der Traum von Branders Brand. Das war Maggie. Sie hat Neuigkeiten für uns.«

»Warum ruft sie uns an und nicht Freddy?«

»Weil Freddy gerade keine Zeit hat.«

»Aber wir haben Zeit.« Brander verzog unwillig das Gesicht. »Ich will nicht in die Rechtsmedizin.«

»Müssen wir auch nicht. Wir fahren zu ihr ins Büro.«

Das Büro der Rechtsmedizinerin befand sich in der Nägelestraße, nicht weit entfernt von der Gemeinschaftspraxis, in der Cecilia stundenweise als Psychotherapeutin arbeitete. Brander fragte sich, ob sie in der Praxis war, während Peppi den Wagen auf einem der markierten Plätze vor dem Institut parkte. Er folgte seiner Kollegin die Stufen zum Eingang hinauf. Kurz darauf standen sie vor Margarete Sailers Schreibtisch.

»Na, da schau her! Der Herr Kriminalhauptkommissar Andreas Brander persönlich! Welch seltener Besuch in meinem bescheidenen Reich«, begrüßte die Sailer ihn gut gelaunt. Sie stand auf und reichte den Kommissaren die Hand. »Kann ich euch was anbieten? Kaffee, Wasser?«

Der schnelle Wechsel vom Kalten ins Warme verursachte Brander einen heftigen Hustenreiz. Er musste sich räuspern, bevor seine Stimme wieder gehorchte. »Kann man den Kaffee hier trinken?«, fragte er skeptisch.

»Du hörst dich gar nicht gut an«, stellte die Sailer fest.

»Ach, nur ’n bisschen Husten.«

»Viel trinken, wenig reden. Und hier …« Sie öffnete eine Schublade und warf ihm eine Schachtel zu.

»Islandmoos?«

»Lutschen und schweigen. Und vor allem nicht räuspern. Das ist gar nicht gut für die Stimmbänder. Dann hol ich uns mal einen Kaffee«, fügte sie an Peppi gewandt zu. Wenig später genossen die beiden Frauen ihr frisch gebrühtes Bohnengetränk, während er mit einem Kräutertee abgespeist wurde.

»Wir haben das Ergebnis der toxikologischen Untersuchung«, begann die Rechtsmedizinerin und reichte Brander eine Mappe. »Wie wir schon vermutet hatten: Larry war zum Zeitpunkt seines Todes stark alkoholisiert.«

»Larry?« Brander bedachte sein Gegenüber mit einem Stirnrunzeln. Er ahnte, dass »Larry« nur ein Platzhaltername für das unbekannte Opfer war, genauso, wie sie die weiblichen nicht identifizierten Leichen »Linda« nannte.

Die Rechtsmedizinerin quittierte seinen Blick mit einem Achselzucken und fuhr fort: »Er hatte drei Komma vier Promille im Blut.«

Peppi pfiff erstaunt.

»Ja, nicht gerade wenig, und manch einen Gelegenheitstrinker kann das auf die Notfallstation ins Krankenhaus bringen. Leber und Nieren zeigen allerdings an, dass der Mann dem Alkohol generell nicht abgeneigt war. Es war aber nicht allein die Menge des Alkohols, die ihn umgebracht hat.«

Brander wurde hellhörig. »Was dann?«

»Die Art des Alkohols.« Sie machte eine bedeutungsvolle Pause. »Er starb sehr wahrscheinlich an einer Methanolvergiftung.«

Brander stieß die Luft aus seinen Lungen, was umgehend einen erneuten Hustenanfall zur Folge hatte. Methanolvergiftung. So oft hatte er davon schon in der Zeitung gelesen. Jugendliche, die in der Türkei gepanschten Alkohol getrunken hatten und gestorben waren. Verdünnter Billigschnaps, der in Tschechien zig Menschen das Leben oder zumindest die Gesundheit gekostet hatte. Nun also ein toter Mann in Tübingen.

»Was heißt ›sehr wahrscheinlich‹?«, hakte Brander nach, als sich der Husten wieder gelegt hatte.

»Hundertprozentig sagen kann ich es nicht. Eine Methanolvergiftung durchläuft verschiedene Stadien. Das heißt, der Mensch stirbt nicht unbedingt von einer Sekunde auf die nächste. Zunächst sind die Anzeichen wie bei einer gewöhnlichen Alkoholvergiftung: Dir wird schlecht, dein Sichtfeld schränkt sich ein, Magenkrämpfe ... Im Normalfall würde die Leber die Giftstoffe abbauen. Bei einer Methanolvergiftung wird durch die Metabolisierung in der Leber jedoch Formaldehyd und Ameisensäure produziert. Beides ist nicht sehr verträglich für den menschlichen Organismus, wie ihr sicher wisst.«

Die beiden Polizisten nickten.

»Je nach Schweregrad der Vergiftung können zunächst lokale Effekte auftreten, zum Beispiel Schädigung von Organen, Sehnerv oder Zentralem Nervensystem. Dies alles muss aber nicht unbedingt tödlich sein, wenn es rechtzeitig behandelt wird. Es schränkt die Lebensqualität ein, kann zum Beispiel zu Erblindung führen. Bei sehr massiver Aufnahme von Methanol kann die Vergiftung allerdings auch durch die narkotische Wirkung zum direkten Tode führen. Herzstillstand.« Die Sailer trank von ihrem Kaffee. »Könnt ihr mir noch folgen?«

»Ja, schon ... aber ...«, Brander zog grübelnd die Stirn in Falten. »Hast du meine Frage schon beantwortet?«

»Die Einschränkung, dass die Methanolvergiftung sehr wahrscheinlich zum Tode geführt hat, mache ich, weil wir im Moment nicht ausschließen können, dass unser Larry tatsächlich daran gestorben ist.«

»Wie viel hätte er denn trinken müssen, damit es tödlich wirkt?«, hakte Peppi nach.

»Das lässt sich pauschal nicht beantworten. Es hängt von Gewicht und Konstitution der Person ab. Als Daumenregel könnte man sagen, dass ein Gramm pro Kilogramm Körpergewicht lebensgefährlich sind. Aber schon geringere Mengen reichen aus, um schwere Schäden anzurichten, und können unbehandelt über kurz oder lang ebenfalls zum Tod führen.«

Das Klingeln ihres Telefons unterbrach ihre Ausführungen. Sie warf einen Blick auf das Display. »Die kann ich später zurückrufen. Ähm, wo waren wir stehengeblieben? … Ach ja, die Wahrscheinlichkeit: Angenommen, die Menge, die Larry getrunken hat, war nicht sofort tödlich, so könnte der Täter ihm zur Beschleunigung seiner Jenseitsreise den Schädel eingeschlagen haben. Das können wir zum gegenwärtigen Zeitpunkt nicht hundertprozentig ausschließen, da uns leider nur Teile des Schädelknochens vorliegen.« Sie öffnete ein Fenster auf ihrem Monitor und drehte ihn in Richtung der Kommissare.

Brander stöhnte bei dem unerwarteten Anblick auf. »Maggie, muss das sein?«

»Jetzt stell dich nicht so an. Das ist nur ein Foto. Hier seht ihr den Torso, den wir bergen konnten. Und hier oben, da sollte eigentlich der Schädelknochen sein. Es fehlt aber ein Teil. Hier.« Sie zog mit dem Mauszeiger einen Kreis. »Daher könnte also eine zusätzliche Gewalteinwirkung stattgefunden haben, die wir anhand des vorliegenden Körpers jedoch nicht nachvollziehen können.«

»Aber du sagst, ihr habt eine relativ hohe Konzentration Methanol gefunden?«

»Ja.«

Brander rieb sich nachdenklich über das Kinn. »Ein Gramm pro Kilogramm … merkt man das denn nicht, wenn der Alkohol stark gepanscht ist? Das muss doch anders riechen, anders schmecken?«

»Nein, wenn ein starker Obstbrand oder Schnaps mit Methanol verschnitten wurde, das merkst du nicht unbedingt.«

»Okay, Methanol …« Brander trank von seinem Kräutertee. Er hatte das Gefühl, dass die Halsschmerzen etwas nachließen, und fragte sich kurz, was die Rechtsmedizinerin ihm sonst noch in sein Heißgetränk gemixt hatte.

»Wie kommt man an Methanol?«, überlegte Peppi laut.

»Jetzt im Winter? Versuch's mal mit Frostschutzmittel«, schlug Margarete Sailer vor.

Brander zuckte ein Gedanke durch den Kopf. »Oder zum Beispiel der Vorlauf beim Brennen.«

»Das stimmt. Methanol ist ein Nebenprodukt, das beim Brennen entsteht«, pflichtete die Sailer ihm bei. »Es hat einen geringeren Siedepunkt als Trinkalkohol. Während Methanol bei knapp fünfundsechzig Grad verdampft, hat Ethanol, also Trinkalkohol, seinen Siedepunkt bei gut achtundsiebzig Grad. Methanol setzt sich bei der Destillation also als Erstes ab. Daher muss man den ersten Teil beim Brennen sorgfältig vom Rest trennen.«

»Lass mich raten: Diesen Teil nennt man Vorlauf«, erkannte Peppi.

»Exakt«, bestätigte Brander.

Die beiden sahen sich an. Gutbrod hatte eine Mini-Destille in seiner Küche. Konnte das ein Zufall sein? Oder gab es tatsächlich einen Zusammenhang zwischen Jakob Gutbrods Verschwinden und dem Toten in der Scheune?

»Lass uns noch mal zu Gutbrods Wohnung fahren.«

Peppi tippte auf ihre Armbanduhr. »In einer Stunde haben wir den Termin mit Leon und Max, und ich würde vorher gern noch eine Kleinigkeit essen.«

Nachdem sie in einer Bäckerei mit belegten Brötchen ihren Hunger gestillt hatten, holten sie Leon und Max zu Hause ab und fuhren mit ihnen zu der abgebrannten Scheune. Manfred Tropper erwartete sie bereits mit seinen Kollegen. Die hellgraue dichte Wolkendecke über ihnen ließ einen erneuten Wintereinbruch befürchten. Brander zog die Schultern hoch und ärgerte sich, dass er seine Strickmütze vergessen hatte. Die Luft schwirrte ihm kalt um den Kopf.

»Hier, wo der Pavillon aufgebaut ist, stand die Scheune«, erklärte Tropper den Jungen. »Und jetzt führt uns bitte einmal genau dort hin, wo ihr in der Nacht gestanden habt, als ihr die Person gesehen habt.«

Zögernd setzten sich die beiden in Bewegung. Sie liefen die schmale Straße entlang bis zu der steinernen Brücke. Ein Graureiher, der im Bach gestanden hatte, flog aufgeschreckt davon, als die Gruppe die Brücke betrat. Die Jungen blieben stehen und drehten sich um.

»Hier?«, fragte Brander.

»Ja, hier haben wir gestanden«, bestätigte Leon.

»Okay, ihr habt also hier gestanden, und was genau habt ihr gesehen?«

»Na ja, da, wo der Pavillon ist, da stand die brennende Scheune«, antwortete Max zögernd.

»Und wo habt ihr eine Person stehen sehen?«

»Da links von dem Pavillon. Aber wir konnten den nicht genau erkennen.«

»Links von dem Pavillon?«, wiederholte Brander. »Schaut bitte noch mal ganz genau in die Richtung. Ihr seht die weiße Plane. Und was ist links davon zu sehen?«

»Ein ziemlich breiter Strauch«, gab Max kleinlaut von sich.

»Und kannst du durch den Strauch hindurchsehen?«

Max schüttelte den Kopf.

»Dann hat der eben noch weiter links gestanden, weiter von der Scheune weg«, brauste Leon auf. »Ey, ich hab mir das doch nicht eingebildet. Da war einer!«

»Und du hast ihn von hier aus gesehen?«

»Ja.«

»Oder habt ihr die Person erst gesehen, als ihr schon näher an der Scheune wart? Habt ihr die Person vielleicht erkannt?«

»Nein. Das haben wir doch schon gesagt. Der war dann weg, als wir bei der Scheune ankamen.«

»Beschreib mir noch einmal, wie die Person aussah.«

Leon verdrehte die Augen zum Himmel und schnaufte genervt. »Wir haben doch gar nicht viel erkannt. Da stand einer und hat regungslos auf die Scheune geguckt. Das Feuer hat geflackert, da konnte man echt nur schemenhaft was erkennen.«

»Und wo ist dieser Mensch dann hin?«

»Das weiß ich doch nicht!«

»Seid ihr schon mal in der Scheune drin gewesen?«, fragte Peppi unvermittelt.

»Was? Nee.« Zwei irritierte Augenpaare starrten sie an.

»Auch nicht in der Nacht, als das Feuer ausbrach?«

Leon stieß empört die Luft aus. »Ey, hallo? Wir haben die Feuerwehr gerufen! Der Schuppen hat voll gebrannt, als wir das entdeckt haben.«

»Es war ja nur eine Frage«, beschwichtigte Peppi den aufgebrachten Jungen.

Brander putzte sich die Nase. Die Kälte griff ihn von allen Seiten an, kroch durch sein lichtes Haar und fand ihren Weg durch die Schuhsohlen in seinen Körper. Es wurde Zeit, dass er in wärmere Gefilde kam. Sein Bett wäre sicher der richtige Ort. »Leon, Max, bitte überlegt euch noch einmal ganz genau, was oder wen ihr in der Nacht gesehen habt. Wenn ihr den Brandstifter gesehen habt, müsst ihr uns das sagen. Und wenn ihr nichts gesehen habt, solltet ihr uns das auch sagen. Bedenkt bitte, dass ihr euch mit einer Falschaussage strafbar machen könnt. Ist das bei euch angekommen?«, Brander warf Leon einen eindringlichen Blick zu, der wütend in eine andere Richtung starrte.

Sie waren wieder zurück zur Dienststelle gefahren und hatten sich zur Soko-Sitzung mit den anderen Kollegen des Ermittlungsteams versammelt. Brander trank bereits die zweite Tasse Tee, um wieder etwas Wärme in seinen Körper zu bekommen.

»Warum beharrt Leon so darauf, dass er eine Person vor der Scheune gesehen hat?«, überlegte er laut.

»Wenn man fest davon überzeugt ist, etwas gesehen zu haben, warum sollte man das dann revidieren?« Hendrik hatte den Stuhl zurückgeschoben und die Füße weit von sich gestreckt.

Corinna Tritschler, die neben ihm saß, nickte zustimmend. »Weißt du, wenn es nur darum ging, ein Feuer zu legen, dann könnte man vermuten, die Jungen hätten das getan und wollten mit dieser Aussage von sich ablenken. Aber hier wurde doch anscheinend ganz bewusst ein Mensch verbrannt. Traust du das den zweien zu?«

»Es gibt Jugendliche, die prügeln auf ihr wehrloses Opfer ein und nehmen dabei billigend in Kauf, dass es stirbt«, gab Peppi zu bedenken.

»Aber die zwei Bubis? Die sind doch noch nicht trocken hinter den Ohren.«

»Dass sie so lieb aussehen, bedeutet nicht, dass sie auch so harmlos sind.«

»Und woher hatten die Jungs das Methanol?«, warf Hendrik ein.

»Vielleicht war der Mann ja schon tot, als sie ihn entdeckt haben.«

»Leute, wir drehen uns hier im Kreis«, unterbrach Brander die Diskussion. »Was ist mit Gutbrod? Er kennt die Scheune. Er weiß, dass darin Autoreifen und altes Holz gelagert wurden. Er hat die Möglichkeit, Methanol herzustellen. Vielleicht war es ein …«

Das Öffnen der Tür ließ ihn verstummen, kurz darauf stand Magnus Neidhart im Raum.

»I han a guade ond a schlechte Nachricht.«

»Die gute zuerst«, bestimmte Peppi.

»Der Hämmerle, der vermisste Ehemann, der isch wieder drhoim. War a Woch zum Angle in Schweden.« Er grinste Corinna Tritschler breit an. »Mit Milch, ohne Zucker.«

Sie formte die Lippen zu einem tonlosen »Shit«.

»Und was ist die schlechte Nachricht?«, erkundigte sich Brander.

»Na, der Dode kann net dr vermisste Hämmerle sei. Mir wisset immer no net, wer des Opfer isch.«

»Ist es sicher, dass Hämmerle in Schweden war?«

»I denk scho. Aber die Cory, die isch sicher ganz narret drauf des zom überprüfe.« Neidhart lachte hämisch auf.

»Ja, macht das bitte. Nicht dass wir hier irgendetwas übersehen.« Brander schloss die Augen, um seine Gedanken zu sortieren. Wenn er doch diese verfluchte Erkältung nicht hätte. Sie machte sein Gehirn so träge, als hätte er nächtelang durchgefeiert.

»Was hat die Befragung der Obdachlosen ergeben? Wird da jemand vermisst?«, sprang Peppi ein.

Er öffnete die Augen wieder und warf der Kollegin einen dankbaren Blick zu.

»Fehlanzeige«, berichtete Corinna Tritschler. »Da wird im Moment niemand vermisst. Oder sagen wir mal, zumindest niemand, der nicht nach ein oder zwei Tagen wieder aufgetaucht wäre. Magnus, was sagen deine schweren Jungs?«

»Die sage, se hen nix drmit zum schaffe. Wenn die des doa hättet, hätte mir koi Leich meh gfonde.«

»Na, da wäre ich mir nicht so sicher«, stieß Peppi aus. »Gibt ja nicht nur gewiefte Superhirne bei denen.«

»Wir schauen uns noch mal Gutbrods Wohnung an und …« Brander sah zu Marco Schmid, der der Sitzung bisher schweigend beigewohnt hatte. »Ich möchte, dass unsere Techniker die Wohnung untersuchen. Vielleicht finden sich tatsächlich Spuren, die einen Zusammenhang zwischen Gutbrod und dem Scheunenbrand aufzeigen.«

»In Ordnung, ich beantrage das«, stimmte der Staatsanwalt zu.

»Inklusive DNA-Analyse.«

»Ist das zum gegenwärtigen Zeitpunkt tatsächlich notwendig?«

»Würde ich sonst danach fragen?«

»Soll ich das in die Kostenbegründung schreiben?«

»Marco, wir haben mehrere Berührungspunkte zwischen beiden Fällen. Jakob Gutbrod hat sich im Vorfeld über die Scheune informiert, er hat die Möglichkeit, Methanol herzustellen, und er ist seit dem Auffinden der Leiche verschwunden und auch nicht über sein Handy zu erreichen. Jetzt hör auf mit dieser Korinthenkackerei! Wie soll man denn so arbeiten?« Solche direkten Worte konnte sich nur Peppi ungestraft beim Staatsanwalt erlauben.

Schmid hob kapitulierend die Hände. »Man wird doch wohl mal etwas hinterfragen dürfen.«

»Ich denke, damit hätten wir diesen Punkt geklärt, oder?« Brander schob seine Unterlagen zusammen. »Wir machen morgen weiter. Peppi, wir sollten auch noch mit dem Ihringer sprechen und mit dem Freund von Lea Gutbrod. Wie hieß der?«

»Sven Flaig.«

Cecilia saß im Wohnzimmer und blätterte in einem alten Fotoalbum, als er nach Hause kam. Brander streifte die Schuhe von den Füßen und setzte sich zu ihr.

»Was machst du da?« Er deutete auf das Album, das vor ihr auf dem Couchtisch lag. Bilder aus ihrer Jugend.

»Nichts, ich …« Cecilia seufzte schwer. »Ich hab mich gefragt, was meine Eltern mir raten würden. Nathalie war heute wieder grauenvoll. Sie spricht nicht mit mir, und wenn, dann ist sie so unsäglich bockig. Manchmal möchte ich sie nehmen und so lange schütteln, bis endlich ein paar vernünftige Worte aus ihr herauspurzeln.«

Brander betrachtete die Fotos auf der aufgeschlagenen Seite, die Cecilia mit ihren Eltern und ihrem fünf Jahre jüngeren Bruder zeigten. Es war jetzt mehr als zwanzig Jahre her, dass sie ihre Familie verloren hatte. Damals hatte er seine Frau noch nicht gekannt. Cecilia war Studentin und absolvierte ein Auslandssemester in den Staaten. Ihre Eltern und ihr Bruder waren in den Winterurlaub gefahren. Alle drei waren erfahrene Schneetourenläufer gewesen, und dennoch waren sie bei einer Tour vom Weg abgekommen und von einer Lawine verschüttet worden. Es hatte Tage gedauert, bis die Leichen gefunden wurden und geborgen werden konnten. Wäre Ceci nicht im Ausland gewesen, wäre sie bei der Tour mitgelaufen.

»Vielleicht hat sie gerade einen hormonellen Schub oder so was?«, überlegte Brander.

»Nein, da steckt mehr dahinter. Irgendetwas belastet sie, aber sie ist nicht bereit, mit uns darüber zu sprechen. Jedenfalls nicht mit mir.« Sie strich zärtlich mit den Fingern über ein Foto. »Ich habe gedacht, ich wäre stärker. Ich meine, ich habe doch schon einiges mitgemacht. Aber die Situation bringt mich gerade komplett aus dem Gleichgewicht.«

Brander legte den Arm um Cecis Schultern und zog sie an sich. »Wir kriegen das hin, Süße.«

Ceci kuschelte sich an ihn. »Du bist krank. Du gehörst ins Bett.«

»Ja, kommst du mit und reibst mir die Brust ein?«

»Mach ich.« Sie stand auf und zog ihn vom Sofa hoch. »Wenigstens einer, der widerspruchslos tut, was ich ihm sage.«

»Du kleiner Diktator.« Er stupste seine Frau auf die Nase.

»Ja, einer, der dir die Brust einreibt und dir die Wäsche wäscht.«

»Sobald ich bei der Arbeit wieder mehr Luft habe, pack ich auch wieder mehr zu Hause an«, versprach Brander schuldbewusst.

8

Mittwoch

Brander weckte Nathalie am nächsten Morgen und bereitete das Frühstück. Die Halsschmerzen schienen etwas nachzulassen, und Brander hoffte, dass er das Schlimmste hinter sich hatte.

»Wo is 'n Cecilia?«

»Sie schläft noch.«

»Warum darf die noch pennen und ich nicht?«

»Was heißt denn hier ›die‹?« Brander gefiel der respektlose Ton des Mädchens überhaupt nicht. »Im Übrigen musst du zur Schule und sie nicht.«

»Fuck Schule.«

»Nathalie!«

Das Mädchen zog grimmig die Augenbrauen zusammen und aß schweigend weiter.

»Warum bist du so wütend?«

»Bin ich nicht.«

»Was dann?«

»Boah nee … hab ich echt keinen Bock drauf.« Sie wischte sich mit dem Handrücken über den Mund und stand auf.

»Ich kann dich gleich mitnehmen«, bot Brander an.

»Nee, lass mal.« Sie ließ ihn allein am Tisch sitzen.

Was sollte er tun? Ihr nachgehen und ein Gespräch erzwingen? Oder sollte er ihr Zeit geben, bis sie selbst bereit war, mit ihm oder Cecilia zu reden? Während er noch ratlos am Tisch saß, hörte er, wie die Haustür ins Schloss fiel.

»Super, Andi, das hast du ja perfekt gemeistert«, lobte er seine schwache Leistung.

Manfred Tropper war mit den Kollegen bereits bei der Arbeit, als Brander und Peppi in Gutbrods Wohnung eintrafen.

»Habt ihr schon was Interessantes gefunden?«, erkundigte sich Brander.

»Wie man's nimmt. Im Schlafzimmer hat er zwei Kartons voll mit Briefen aufbewahrt.«

»Liebesbriefe?« Sofort legte sich ein romantisch verklärter Blick auf Peppis Gesicht.

»Schaut's euch an.« Tropper ließ sie an sich vorbei ins Schlafzimmer und deutete auf die Schachteln. »Die Briefe sind ungeöffnet und allesamt adressiert an Lea Gutbrod. Ein Großteil hat den Vermerk ›Annahme verweigert‹, einige sind anscheinend gar nicht erst abgeschickt worden. Dem Poststempel nach zu urteilen, muss er ihr die Briefe geschrieben haben, als er im Gefängnis saß.«

»Sie hat gesagt, ihr Großvater hat versucht, jeglichen Kontakt zu ihm zu unterbinden«, erinnerte sich Brander.

»Aber ganz ist ihm das nicht gelungen.« Peppi hielt einen Umschlag gegen das Licht, in der Hoffnung ein paar Zeilen lesen zu können. Vergebens. »Schließlich hat sie ihrem Vater ja zwanzigtausend Euro geliehen.«

»Habt ihr das Geld gefunden?«

»Außer ein paar Cent in einer Tasse in der Küche gibt's hier nichts zu holen. Weder eine Brieftasche oder ein Sparschwein noch ein Bündel frisch gedruckter Scheine.«

»Freddy!«, rief einer der Kollegen aus dem Wohnzimmer. Kurz darauf erschien der Mann im Türrahmen. Er hielt einen durchsichtigen Asservatenbeutel vor sich. »Wir haben ein Mobiltelefon gefunden. Lag unter einem Stapel alter Zeitungen. Der Akku ist allerdings leer.«

Tropper betrachtete das Gerät. »Wow, das Ding ist ja schon fast antik. Das hat noch richtige Tasten. Na, das kriegen wir schon wieder zum Laufen. Sucht mal nach einem Ladekabel.«

»Das erspart uns zumindest mal die Handyortung«, stellte Brander fest.

»Warum hat er sein Handy nicht mitgenommen?«

»Um Roaminggebühren zu sparen, wenn er in der Karibik am Strand liegt«, schlug Peppi vor.

»Ja, das wird's wohl sein. Was ist mit dem Alkohol?«, erkundigte sich Brander. »Ist da eine Flasche mit Methanol dabei?«

»Andi, du bringst mich immer wieder zum Lachen. Hast du irgendeine Flasche gesehen, auf der in großen Lettern ›METHANOL‹ draufgeschrieben steht? Wir werden das Zeug komplett analysieren müssen.« Tropper schüttelte nachsichtig den Kopf. »Die Mini-Destille ist allerdings ein edles Gerät. Das finde ich ziemlich bemerkenswert in Anbetracht der übrigen Wohnungseinrichtung.«

»Vielleicht hat er dafür die zwanzigtausend Euro gebraucht?«, überlegte Peppi.

»Das glaube ich nicht, das Ding ist zwar edel, aber nicht aus purem Gold. So was kostet nicht mehr als ein paar hundert Euro.«

»Ach?«, kam es interessiert von Brander.

»Der Fernseher ist auch nicht aus dem Supermarkt«, beharrte Peppi. »Woher hatte er das Geld? Er war Hartz-IV-Empfänger.«

Brander zuckte die Achseln. »Vielleicht ein Geschenk von seiner Tochter. Irgendwelche Hinweise auf Bekannte, Freunde? Auf diesen Enno?«

»Bis jetzt nicht. Hier liegen allerdings in der ganzen Wohnung verteilt Notizzettel herum. Nicht auszuschließen, dass sich da irgendwelche Namen und Telefonnummern verbergen.«

»Halt mich auf dem Laufenden. Wir müssen los, der Flaig kommt gleich. Ach, und schau mal, ob du ein brauchbares Foto von Gutbrod findest, für die Befragungen.«

»Verschwenden Sie nicht Ihre Zeit«, empfahl Sven Flaig, als er wenig später in Branders Büro den Beamten gegenübersaß. »Ich will Lea ja nicht in den Rücken fallen, aber … es ist doch offensichtlich. Sie gibt ihm die zwanzigtausend Euro, und seitdem ist er weg. Sie glauben doch nicht wirklich, dass er das Geld in irgendeine Brennerei stecken wollte? Whisky brennen? Er hat doch kaum Ahnung davon. Und überlegen Sie mal, wie viele Jahre er erst einmal überbrücken müsste, bis da überhaupt das erste Fass soweit ist, aus dem die erste Flasche abgefüllt werden kann. Mit Engelszungen habe ich auf Lea eingeredet. Aber sie muss ja ihren Dickkopf durchsetzen. Das Geld war für sie! Wir wissen doch gar nicht, was auf Lea noch alles zukommt.«

Flaig kam ins Reden. Plapperte er so viel, weil er nervös war, oder war er einfach nur froh, endlich einmal offen jemandem all seine Sorgen mitteilen zu können? Brander unterbrach den Redefluss seines Gegenübers nicht, deutete lediglich hier und da ein zuhörendes Nicken an.

»Lea wird in die Brennerei ihres Großvaters niemals richtig einsteigen können. Und so groß ist die Brennerei nicht, dass man da auf eine Arbeitskraft verzichten könnte. Was ist, wenn Kurt nicht mehr kann? Ich bin kein Obstbrenner, und ich will es auch nicht sein. Und sie gibt diesem Kerl einfach zwanzigtausend Euro! Es gäbe weitaus bessere Möglichkeiten, das Geld zu investieren.« Flaig hielt unerwartet inne, als bemerke er plötzlich, dass er zu viel redete.

»Was denn für Möglichkeiten?«, schob Brander nun doch eine Frage ein.

Flaig hob unbeholfen die Schultern. »Alles wäre besser gewesen.«

»Arbeitet Ihre Freundin eigentlich?«

»Lea? Ja, natürlich. Sie macht die Buchhaltung für die Brennerei und den Gasthof und kümmert sich um den ganzen Papierkram. Sie versucht auch, in der Brennerei mit anzupacken, das ist allerdings nicht so einfach. Es müsste einiges umgebaut werden, aber sie wirft ihr Geld ja lieber ihrem Vater in den Rachen.« Er schüttelte verständnislos den Kopf.

»Wie lange kennen Sie sich schon?«

»Gut fünfeinhalb Jahre.«

»Wo haben Sie sich kennengelernt?«

»Im Krankenhaus. Ich war Zivi – das gab's damals noch. Nach dem Abi war ich erst eine Weile im Ausland, als ich zurückkam, habe ich meinen Zivildienst in der Klinik gemacht, bevor ich die Ausbildung zum Physiotherapeuten begann. Lea wurde mit einer Lungenentzündung eingeliefert. Ich hab mich damals gleich in sie verliebt. Sie war so kämpferisch, wollte sich nie helfen lassen. Das hat mir imponiert. Dieser Lebensmut.«

»Aber ein Paar wurden Sie erst später?«

Auf Flaigs Gesicht deutete sich ein Lächeln an. »Lea hat mir meine Gefühle nicht geglaubt, und sie war unsicher, weil ich sechs Jahre älter bin als sie. Damals war sie ja erst sechzehn, da kam ich ihr mit meinen zweiundzwanzig Jahren ein bisschen zu alt vor. Als sie aus der Klinik entlassen wurde, habe ich sie besucht, hab Ausflüge mit ihr gemacht. Irgendwann hat sie gemerkt, dass es mir ernst ist.«

»Und was sagt Kurt Ihringer dazu?«

Das Lächeln verschwand. »Ich bin sicher nicht seine erste Wahl. Er hält nichts von Gefühlsduselei. Aber ich bin Physiotherapeut, und das ist wohl ein Punkt, den er für seine Enkelin ganz nützlich findet. Obwohl er mir auch immer mal wieder gern zu verstehen gibt, dass ich seiner Meinung nach nicht der richtige Mann für Lea bin.«

»So?«

»Wenn ich wenigstens Arzt oder Chirurg wäre und einen Haufen Kohle verdienen würde, aber ich bin ja nur Physiotherapeut. Am liebsten wäre ihm natürlich, ich wäre Obstbauer oder Brenner.« Flaig lachte bitter auf. »Ich mag Schnaps noch nicht einmal.«

»Aber Sie verstehen ein bisschen was von der Brennerei?«

»Nein, eigentlich nicht. Lea hat mal versucht, mir das alles zu erklären, aber … ist einfach nicht mein Ding.«

»Kommen wir noch einmal auf Jakob Gutbrod zu sprechen. Wie haben Sie ihn kennengelernt?«

»Das war auch im Krankenhaus. Sie sollten vielleicht wissen, dass Lea bis dahin seit dem Unfall keinen Kontakt mehr zu ihrem Vater hatte. Er hatte ihr zwar aus dem Gefängnis geschrieben, aber Kurt hat die Briefe anscheinend abgefangen, sodass Lea nichts davon wusste.«

»Und woher wissen Sie davon?«

»Die Sache ist im Nachhinein rausgekommen, nachdem Lea und ihr Vater wieder Kontakt hatten. Jedenfalls, nachdem Jakob entlassen worden war, hat er mehrfach versucht, Lea zu besuchen. Aber Kurt hat ihn jedes Mal vom Hof gejagt. Er hat ihn sogar mal angezeigt. Aber dann kam Lea ins Krankenhaus. Das war Jakobs Chance. Wir wussten ja von nichts und haben ihn vorgelassen. Da ging es rund. Halleluja. Lea hat getobt. Fünf Jahre hatte sie kein einziges Wort von ihm gehört und dann stand er plötzlich vor ihr. Es war ein Schock und überhaupt nicht gut in ihrem Zustand. Wir mussten ihn natürlich wegschicken. Zwei Tage später kam er wieder mit einem Brief und einem Strauß Blumen. Er bat eine Schwester, die Sachen Lea zu geben. Und, um das hier abzukürzen, seitdem hat sie wieder Kontakt zu ihm. Was schwierig genug ist, weil Kurt mit allen Mitteln versucht, es zu verhindern. Und ehrlich gesagt, ich kann ihn irgendwo auch ganz gut verstehen.«

»Warum? Was stört Sie an Herrn Gutbrod?«, hakte Brander nach.

»Ach, er … er erzählt Lea weiß Gott was für Geschichten. Aber das sind Träume, Luftschlösser. Er hat Ideen, nein, das sind Visionen, die mit der Realität absolut nichts zu tun haben. Natürlich hat jeder seine Träume. Ich träume auch von einer eigenen Praxis. Aber ich weiß, dass ich dafür erst einmal hart arbeiten muss. Und wenn ich eine Idee verwirklichen will, dann muss ich das planen. Welche Schritte sind notwendig, um dahin zu kommen? Welche Vorbildung brauche ich? Welche finanziellen Mittel? Aber Jakob, der sieht sich schon mit prämierten Whiskyflaschen in seiner Villa sitzen, obwohl er noch nicht einen Handschlag dafür getan hat. Und Lea … sie ist eigentlich ein ganz rational denkender Mensch. Aber wenn es um ihren Vater geht …« Der Physiotherapeut seufzte ratlos. »Ich will nicht so schlecht von Jakob reden … Er bemüht sich um Lea. Er bringt sie zum Lachen, und ich glaube, dass er sie wirklich liebt. Aber … er ist einfach nicht zuverlässig.« Flaig warf einen Blick auf seine Armbanduhr. »Oh, ist das schon spät … Haben Sie noch Fragen? Ich müsste gleich zur Arbeit.«

»Kennen Sie irgendwelche Personen, bei denen wir nach Jakob Gutbrod suchen könnten? Kennen Sie Orte, an denen er sich mal aufgehalten hat?«

»Puh … in Owen, da war er hin und wieder, da gibt's ein paar Whiskybrenner. Und dann hat er diesen Kumpel, Enno … ich kenne seinen Nachnamen nicht. Der wohnt irgendwo in Unterjesingen. Aber sonst … ich habe ja so gut wie nie mit ihm gesprochen.«

»Also dafür, dass er beim letzten Mal nach einer richterlichen Verfügung gefragt hatte, war er heute ja sehr geschwätzig«, stellte Peppi fest, nachdem Sven Flaig gegangen war.

»Allerdings.« Brander überflog noch einmal die Stichpunkte, die er im Laufe des Gesprächs notiert hatte. »Fragt sich noch, wie wir Kurt Ihringer überreden können, so schön mit uns zu plaudern.« Obwohl ihm ebenfalls eine polizeiliche Vorladung zugegangen war, war Ihringer nicht in der Polizeidirektion erschienen.

»Wir könnten Marco um eine richterliche Vorladung bitten, dann muss er kommen«, schlug Peppi vor.

»Einen Versuch ist es wert.« Brander holte seine Skizze hervor. »Wo führt uns das hin? Ist Gutbrod nur ein Vermisster? Oder hat er mit unserem Toten in der Scheune zu tun?« Ratlos sah er auf seine Zeichnungen. Welches Symbol sollte er für Sven Flaig einfügen? Physiotherapeut. Vielleicht eine Massagebank. Automatisch griff er sich in den Nacken. Eine Massage könnte er auch gut gebrauchen. Seine Muskeln fühlten sich völlig verspannt an.

»Du willst vermutlich als Nächstes nach Owen fahren und die Brennereien besuchen, oder?«, drängte sich Peppi wieder in seine Gedanken. Sie tippte mit dem Kuli auf ihren

Monitor. »Ich hätte für dich die Spirituosen-Manufaktur Gruel, den Berghof Rabel und die Bellerhof Brennerei im Angebot.«

»Das wäre mal ein netter Ausflug.« Branders Mundwinkel hoben sich zu einem Lächeln. Drei auf einen Schlag. Er könnte von jeder Brennerei ein Fläschchen mitnehmen und eine kleine private Verkostung mit Tropper und Beckmann veranstalten. Automatisch erinnerte er sich an das letzte Gespräch mit Beckmann. Hoffentlich würde das kein Abschiedsfest werden. »Wir sollten aber vorher abklären, ob die Brenner da sind.«

»Mach ich.« Peppi griff zum Telefon, als sich gleichzeitig Branders Apparat meldete.

»Ja?«

»Hier ist ein Herr Beckmann, der möchte zu dir«, erfuhr er von dem Kollegen von der Pforte.

So was. Gerade hatte er an seinen Kumpel gedacht, und da stand er schon vor der Eingangstür. Brander schaute auf seine Uhr. Halb eins. Waren sie zum Essen verabredet? »Ich komm runter.«

Brander war überrascht, als er neben Karsten Beckmann sein fünfzehnjähriges Pflegekind entdeckte. Sollte sie nicht in der Schule sein?

»Hallo Andi. Diese junge Dame möchte gern eine Selbstanzeige machen«, begrüßte Beckmann ihn und deutete auf Nathalie. Brander war sich sicher, wenn Blicke tatsächlich hätten töten können, wäre sein Kumpel auf der Stelle tot umgefallen. Was hatte sie verbrochen? Dass sie die Schule geschwänzt hatte, war offensichtlich. Aber es musste mehr dahinter stecken – Karsten schien mächtig geladen zu sein.

»Dann kommt mal mit.«

Er führte die beiden hinauf in sein Büro. Peppi sah überrascht auf, als die drei hereinspazierten.

»Könntest du uns bitte kurz allein lassen?«

»Ja, sicher.« Sie nahm ein paar Unterlagen samt Kaffeetasse und verließ das Büro.

Brander schob Peppis Stuhl neben den Besucherstuhl und deutete den beiden an, sich zu setzen.

»Dann leg mal los.« Erwartungsvoll sah er in das Gesicht des Mädchens.

Sie warf erneut einen wütenden Seitenblick auf den Mann neben ihr, dann senkte sie die Augenlider wieder. »Ich hab Schule geschwänzt.«

»Das habe ich mir schon gedacht.«

»Und …«, forderte Beckmann streng eine Fortsetzung.

»Ich war am Anlagensee und hab mich mit Matze getroffen.«

Matze. Brander stöhnte innerlich auf. Er hatte gedacht, das Kapitel mit dem Zwanzigjährigen sei längst abgehakt.

»Und …«, kam es wieder von Beckmann.

»Wir haben was getrunken.«

Brander wollte etwas sagen, aber Beckmann schüttelte entschieden den Kopf. »Und …« Seine Stimme schien mit jedem »und« bedrohlicher zu werden.

Nathalie zögerte. »Karsten hat mich gesehen und 'n Aufstand gemacht. Da hab ich ihn 'ne schwule Sau genannt. Und so …« Sie sah zu Beckmann. »Scheiße Mann, ich hab mich doch entschuldigt.«

»Was heißt denn ›und so‹?«, wollte Brander wissen. Karsten war kein Sensibelchen, der sich von der Beleidigung einer pubertären Göre aus der Ruhe bringen ließ. Dass er Nathalie hier vorführte, musste einen weitaus stärkeren Grund haben. Da das Mädchen es vorzog, zu schweigen, blickte Brander fragend zu Beckmann.

»Ich hab sie am Anlagensee mit diesem Typen rumstehen sehen, obwohl sie ja vermutlich in der Schule hätte sein müssen. Ich habe keinen Aufstand gemacht. Ich bin lediglich zu ihr gegangen und habe sie gebeten, mit mir zu kommen, damit ich sie nach Hause bringen kann, woraufhin ich mir einige sehr vulgäre Sprüche anhören durfte, die ich nicht wiederholen möchte. Irgendwann ist es mir zu bunt geworden, ich hab sie am Arm gepackt – das war vielleicht nicht ganz korrekt – und gesagt, dass es jetzt genug sei und ich sie mitnehmen würde.« Beckmann schnaufte zornig. »Daraufhin hat sie diesen Matze aufgefordert, mir ein paar aufs Maul zu hauen.«

»Du hast was?«, stieß Brander fassungslos aus.

Nathalie starrte auf ihre Stiefelspitzen.

»Er hat es tatsächlich versucht«, fuhr Beckmann fort. »Ich konnte ihn aber durch eine gezielte Abwehr davon überzeugen, dass er es besser bleiben lässt.«

Beckmanns Kiefermuskulatur malmte wütend, und Brander ahnte, dass das Adrenalin in seinen Adern noch nicht vollständig abgebaut war.

»Möchtest du Anzeige erstatten? Sie ist fünfzehn. Sie könnte verurteilt werden.«

Das Mädchen riss entsetzt die Augen auf.

»Was könnte dabei herauskommen?«

»Zwanzig, dreißig Sozialstunden wären sicher drin«, improvisierte Brander.

»Ey, spinnt ihr? Ich hab mich doch entschuldigt!«

»Ach ja? Du denkst, damit kommst du durch? ›Sorry, Mann.‹ Und alles ist gut?« Beckmann schüttelte den Kopf. »Irrtum, Mädchen, das, was du dir heute geleistet hast, ist nicht mit einem ›Sorry, Mann‹ erledigt.«

»Ey, ich hab keinen Bock mehr. Ihr seid solche verfickten Spieß...«

»Stopp!«, fuhr Brander dem Mädchen über den Mund. »Nicht in dem Ton, Fräulein!«

Nathalie verzog beleidigt den Mund und schnaufte wütend.

»Was denkst du dir eigentlich?«, donnerte er los. »Du hast einen Freund beleidigt und in Gefahr gebracht! Das hätte ganz anders ausgehen können.«

»Der ist nicht mein Freund.«

»Nein, natürlich nicht. Nachhilfe in Englisch darf Karsten dir geben, ja. Deinen Computer reparieren, wenn du dir mal wieder einen Virus eingefangen hast, ja, das darf er auch. Aber wenn du Schule schwänzt und dich stattdessen lieber besäufst, da soll er sich bitte raushalten, ja? Verdammt noch mal, Nathalie, schalt mal dein Gehirn ein!« Er ahnte, dass die Kollegen in den Nachbarbüros die Ohren spitzten. Es war ihm egal. Er konnte nicht glauben, was Nathalie getan hatte. Erst die Sache mit Cecilia und jetzt das. Was war nur mit dem Mädchen los?

Nathalie begann mit den Füßen zu wippen und starrte trotzig zum Fenster. Brander sah zu seinem Kumpel. Ärger und Enttäuschung waren deutlich in seinen Augen zu lesen.

»Ich schau mal, ob mir deine nette Kollegin einen Kaffee ausgibt.«

Beckmann verließ das Büro.

»Nathalie, was ist los?«, bemühte sich Brander, das Gespräch wieder etwas ruhiger fortzusetzen.

»Nichts.«

»So geht es nicht weiter. Du mauerst total und baust einen Bockmist nach dem anderen. Was ist verdammt noch mal mit dir los?«

»Klar, ich hab wieder alles falsch gemacht. Ey, ich hab keinen Bock mehr! Ist doch scheißegal, was ich mach! Ich kann es doch eh nie jemandem recht machen. Ich erstick hier!« Sie beugte sich vor und raufte sich wild durch die dunklen Haare.

Brander starrte ratlos auf den Teenager. »Und was machen wir jetzt?«

»Klatsch mir doch eine«, schlug Nathalie vor.

»So einen Schwachsinn will ich nicht noch einmal von dir hören.« Frustriert nahm Brander Jacke und Autoschlüssel. Er wusste einfach nicht mehr weiter. »Steh auf, ich bring dich nach Hause.« Sie jetzt noch für die letzten ein oder zwei Stunden in die Schule zu bringen, war wenig erfolgversprechend, wenn er nicht die Zeit hatte, sich vor die Klassentür zu setzen und Wache zu halten, damit sie nicht gleich wieder abzischte.

Widerwillig erhob sich Nathalie und trottete hinter ihm her.

»Vielleicht kann ich Karsten überzeugen, von einer Anzeige abzusehen. Aber du wirst dir überlegen müssen, wie du die Sache wiedergutmachen kannst.« An der Tür blieb er noch einmal stehen. »Du weißt hoffentlich, dass du nicht nur Karsten mit deinem schäbigen Verhalten enttäuscht hast.«

Nathalie verschanzte sich weiter hinter ihrer trotzigen Maske.

Zu seiner Überraschung fand er Karsten Beckmann tatsächlich mit Peppi in der Kaffee-Ecke. Die beiden waren nicht die besten Freunde, Brander hatte aber noch nicht herausfinden können, warum Peppi so schlecht auf seinen Kumpel zu sprechen war. Jetzt schien sie jedoch ihre Ablehnung gegen Beckmann für den Moment zur Seite gelegt zu haben.

»Ich hab den Kaffee bei dir eingetragen.« Peppi deutete auf die Liste neben dem Automaten.

»Ist okay. Ich bring Nathalie nach Hause. Kann ein bisschen dauern, bis ich wieder da bin.« Er wandte sich an Beckmann. »Was ist mit der Anzeige?«

»Das bespreche ich mit deiner Kollegin«, wich er einer konkreten Antwort aus.

Er hatte Nathalie auf ihr Zimmer verbannt, was dem Teenager vermutlich nicht einmal unrecht war. Cecilia war, wie Brander erwartet hatte, schockiert über das Geschehene. Gemeinsam hatten sie überlegt, was zu tun sei, und waren zu keiner Lösung gekommen. Sie könnten das Jugendamt um Hilfe bitten. Die würden sich ohnehin melden, wenn Karsten den Vorfall zur Anzeige brachte. Aber gab es nicht noch einen anderen Weg, wieder Zugang zu dem Mädchen zu bekommen? Was war nur vorgefallen, dass die Anstrengungen der letzten Monate, in denen sie mühsam das Vertrauen von Nathalie aufgebaut hatten, mit einem Mal völlig zerstört waren? Sie versuchten noch einmal, mit ihr zu reden, stießen aber nur auf eine zornige Mauer des Schweigens.

Erst am späten Nachmittag machte sich Brander – nicht ohne schlechtes Gewissen – zurück auf den Weg zur Dienststelle.

»Hey«, grüßte er seine Kollegin, während er träge auf seinen Schreibtischstuhl sank. »Und?«

»Karsten hat keine Anzeige erstattet, bat aber darum, dass du heute Abend noch mal bei ihm vorbeischaust. Egal, wie spät es wird.«

»Hmm.«

»Es gibt neue Gerüchte zur Polizeireform. Man überlegt jetzt, den Kriminaldauerdienst in Nürtingen einzurichten und nicht in Tübingen. Aber vielleicht gibt es demnächst auch einen KDD sowohl in Tübingen als auch in Nürtingen, und wir dürfen alle wieder Schichtdienst schieben.« Sie hielt inne und lächelte ihn aufmunternd an. »Und jetzt die gute Nachricht: Morgen Vormittag fahren wir nach Owen und besichtigen die drei Destillerien.«

Das war eigentlich wirklich eine verlockende Aussicht, noch vor ein paar Stunden hätte er sich darüber gefreut. Doch jetzt zeigte Brander keinerlei Regung.

»Hey, jetzt schau nicht so betrübt. Ihr kriegt das schon hin mit der Göre.«

»Hab immer noch Halsweh«, versuchte er, seine Leidensmiene zu erklären. Die Schmerzen waren durch das viele Reden wieder schlimmer geworden.

»Ich hol dir einen Tee.«

Brander sah der Kollegin hinterher und seufzte abgrundtief. Jetzt reiß dich mal zusammen, ermahnte er sich. Er durfte sich von seinen privaten Sorgen nicht so runterziehen lassen. Peppi hatte Recht, sie würden es schon irgendwie wieder hinkriegen. Als seine Kollegin ihm fürsorglich den heißen Tee vor die Nase stellte, fühlte er sich schon ein klein wenig besser.

»Wir konnten Jakob Gutbrods Handy ein paar Informationen entlocken«, berichtete Tropper in der abendlichen Soko-Sitzung. »Im Adressbuch waren zwar nicht besonders viele Telefonnummern hinterlegt, aber doch ein paar. Die Kollegen sind dabei, die zugehörigen Teilnehmer herauszusuchen. Und es waren einige Anrufe auf der Mailbox.« Tropper ließ die Nachrichten für alle hörbar abspielen.

Der erste Anruf war am Dienstag vor einer Woche um neunzehn Uhr einundzwanzig getätigt worden: »Jacky, alter Gauner, wo bist 'n? Wir waren vor zwanzig Minuten verabredet. Waren wir doch, oder? Ey, Jack?«, erklang eine unbekannte männliche Stimme, die sich nicht so ganz entscheiden konnte zwischen jugendlichem Tenor und Altmännerbass.

Der nächste Anruf erfolgte knapp fünf Stunden später. Es war dieselbe kauzige Stimme, nur mittlerweile stark angetrunken. »Scheiße, kann man sich nicht verlassen auf Leute wie dich. Jack? … Meld dich, du Arsch.«

Der dritte Anruf erfolgte am Mittwochmorgen vier Minuten vor zehn: »Jacky, man, was soll 'n der Scheiß? Stand voll blöd da gestern. Ich dreh dir den Hals um, wenn du heute Abend nicht komms'!«

»Hör gut zu, Jakob«, erklang als nächstes eine andere männliche Stimme. »Lass dich nie wieder hier blicken. Seh ich dich noch einmal in Leas Nähe, sorge ich dafür, dass du da landest, wo du hingehörst.« Erst jetzt konnte Brander die kräftige Stimme zuordnen: Kurt Ihringer.

»Von wann war der Anruf?«, wandte Brander sich eilig an Tropper.

»Letzte Woche Mittwoch, dreizehn Uhr zwölf.«

Die nächsten Nachrichten stammten allesamt von Lea Gutbrod:

»Papa? Meld dich mal.« Freitagmorgen.

»Ich bin 's noch mal. Ruf mich an, ja?« Samstagnachmittag.

»Papa, die Polizei war hier. Was ist los?« Sonntagnachmittag, wenige Stunden, nachdem Brander mit Peppi sie im Wirtshaus angesprochen hatten.

Der letzte Anruf von Lea erfolgte am Montagabend: »Ich war mit Sven bei der Polizei. Die suchen dich. Was hast du gemacht? Bitte melde dich.«

Acht Anrufe. Vier von Lea. Einer von Ihringer. Und drei von …?

»Die ersten drei Anrufe, das könnte dieser Enno gewesen sein, oder?«, überlegte Brander laut.

»Genau«, bestätigte Tropper. »Die Nummer gehört einem Enno Tumolo, wohnhaft in Unterjesingen.«

»Liegt uns irgendwas über Enno Tumolo vor?«

»Ein paar kleinere Delikte: mehrfach geblitzt, einmal Erregung öffentlichen Ärgernisses, weil er gegen ein öffentliches Gebäude gepinkelt hat. Liegt aber alles schon eine ganze Weile zurück.«

»Okay, mit diesem Tumolo müssen wir sprechen. Das versuchen wir vielleicht heute noch.«

»Was ist mit der Drohung von dem Ihringer? Marco«, Peppi klimperte mit den Augenlidern in Richtung des Staatsanwalts, »das sollte doch nun endlich für eine richterliche Vorladung für eine Befragung reichen, oder?«

Schmid nickte ergeben.

Brander legte die Hände in seinen Nacken und massierte die verhärtete Muskulatur. »Kannst du die Nachrichten noch einmal abspielen, Freddy?«

»Nee, das geht nur einmal. Danach zerstören die sich von allein«, flachste Tropper und ließ den Mitschnitt ein zweites Mal laufen.

Brander schloss die Augen, lauschte auf die Stimmen. Enno Tumolo drohte. Kurt Ihringer drohte. Sven Flaig war bei dem Gespräch vom Vormittag auch nicht besonders angetan von Jakob Gutbrod. Es war nur ein grobes Gerüst, das sich da um Gutbrod spann, aber es öffnete Branders Blick in eine andere Richtung.

»Wir haben einen Vermissten, der sich vor wenigen Wochen die Scheune der Rößners angesehen hat«, grübelte Brander. »Bisher bin ich immer irgendwie davon ausgegangen, dass Jakob Gutbrod derjenige sein könnte, der den Mann getötet und die Scheune in Brand gesetzt hat. Aber er könnte genauso gut unsere verkohlte Leiche sein. Freddy, wir brauchen ganz dringend einen DNA-Abgleich.«

Enno Tumolo bewohnte ein heruntergewirtschaftetes altes Bauernhaus in Unterjesingen. Zwischen den restaurierten Fachwerkhäusern, die es umgaben, machte es einen recht vernachlässigten Eindruck. Der kleine gepflasterte Platz vor dem Haus war so wellig, dass man seekrank werden konnte, wenn man mit dem Auto darüberfuhr. Ein alter Holztisch, Plastikkanister, Blumentöpfe und anderes Gerät standen ohne erkennbare Ordnung entlang der Hauswand aufgereiht. Die Fensterläden hingen, teilweise nur noch mühsam von einem einzelnen Scharnier gehalten, in den Angeln. Eine Scheibe war zerbrochen und das Loch leidlich mit Holzbrettern zugenagelt worden. Die Scheune, die direkt an das Bauernhaus grenzte, machte nicht den Anschein, als würde sie den nächsten Sturm heil überstehen. Alles in allem bestand hier dringender Sanierungsbedarf, dachte Brander bei sich, während er aus dem Wagen stieg. Eine grau getigerte Katze, die auf einer Fensterbank gesessen hatte, ergriff umgehend die Flucht und vervollständigte den Eindruck, dass Fremde hier nicht besonders willkommen waren.

»Kaum zu glauben, dass in der Bruchbude noch jemand wohnt«, stellte Peppi fest, die ebenso skeptisch wie er den Bau betrachtete.

Sie schritten über den Platz, und Brander drückte auf den Klingelknopf, der so wie das Haus aus den frühen Dreißigern zu stammen schien. Immerhin hatten Haus und Hof offensichtlich einen Krieg überstanden. Nach einer Weile erklang ein Schlurfen aus dem Inneren, dann wurde die Tür einen Spalt breit geöffnet.

»Ja?«, fragte eine dünne Stimme.

Brander konnte das Gesicht, das zu ihm sprach, in der Dämmerung kaum erkennen.

»Kripo Tübingen. Andreas Brander. Sind Sie Herr Enno Tumolo?«

»Was wollen Sie?« Die Stimme schwankte, so wie die Stimme auf Gutbrods Mailbox.

»Mit Ihnen reden. Würde es Ihnen etwas ausmachen, uns hereinzulassen?«

»Ja. Warten Sie.« Die Tür wurde geschlossen.

»Ich will da gar nicht rein«, wisperte Peppi in Branders Richtung. Ihr Blick ging die Hauswand entlang hinauf zum Dach, als befürchtete sie, jeden Moment könnte sich einer der alten Ziegel lösen und auf ihren Kopf fallen.

Die Tür wurde wieder geöffnet, und der Mann, dessen Stimme sie gehört hatten, trat zu Ihnen heraus. Er hatte einen dicken, grauen Mantel übergezogen, der einen ähnlich alten und verrotteten Eindruck machte wie das Haus. Darunter lugten braune Cordhosen und Gummistiefel hervor. Der Kopf wirkte zu klein zum ausladenden Mantel. Tumolos Gesicht erinnerte Brander an das einer Spitzmaus. Über dem kleinen runden Mund saß eine schmale spitz zulaufende Nase, rechts und links davon runde, grau-gelbe Augen. Ein muffig-rauchiger Geruch ging von dem Mann aus, der wesentlich älter aussah, als er war. Einundsechzig Jahre, hatte in Branders Unterlagen gestanden.

»Worum geht's?« Er zündete sich eine selbstgedrehte Zigarette an.

»Sie kennen Jakob Gutbrod?«

»Nein.«

Nicht schon wieder, stöhnte Brander innerlich auf. »Dafür, dass Sie ihn nicht kennen, haben Sie ihn letzte Woche aber relativ häufig angerufen.«

»Wie war noch ma' Ihre Frage?«

»Wir möchten wissen, wie gut Sie Jakob Gutbrod kennen?«

Die faltigen Wangen hoben die Mundwinkel zu einem schmalen Grinsen. »Ach, meinen Sie den Jacky? Ja, ja, den kenn ich.«

»Sie waren letzte Woche mit ihm verabredet?«

»Mit wem?«

»Jakob Gutbrod«, wiederholte Brander. Wollte der Kerl ihn auf den Arm nehmen oder hatte er ein Gedächtnisproblem?

»Der Jacky. Ist nicht gekommen, der Jacky.«

»Warum wollten Sie sich mit ihm treffen?«

Die Augen des Mannes wurden zu schmalen Schlitzen. Er musterte Brander misstrauisch, während die Glut seiner Zigarette hell aufleuchtete. »Geht Sie das was an?«

»Vielleicht.«

»Was?« Tumolo zog die runzlige Stirn in Falten und schaute von Brander zu Peppi, als wüsste er nicht, wo die beiden mit einem Mal hergekommen waren.

»Warum wollten Sie sich mit Jakob Gutbrod treffen?«

»Is' nicht gekommen.« Tumolo warf den mickrigen Rest seiner Kippe in den Dreck und wandte sich wieder zur Haustür. »Hab keine Zeit.«

Die Tür flog hinter ihm wieder ins Schloss.

»Warum werden die Leute immer gleich so unkooperativ, sobald man den Namen Jakob Gutbrod erwähnt?« Peppi sah auf die verschlossene Tür. »Vorladung?«

»Vorladung«, bestätigte Brander und stapfte über den Hof zurück zum Auto.

»Hallo Andi.« Karstens Freund, Manuel Heinrich, öffnete Brander die Tür und wich zur Seite, um ihn hereinzulassen. Er trug eine dunkle Sweathose, dazu ein helles Shirt mit weitem Halsausschnitt. Auf seinem Engelsgesicht lag ein besorgter Ausdruck. »Das ist ja eine ganz hässliche Geschichte, was da heute passiert ist. Karsten ist noch immer ganz aufgewühlt. Gib her.« Er nahm Branders Jacke, hängte sie an die Garderobe und schickte ihn ins Wohnzimmer.

Karsten stand vor seinem Aquarium und fischte ein paar Pflanzenreste heraus. Als er Brander hereinkommen sah, trocknete er den Arm mit einem Handtuch und umarmte ihn zur Begrüßung. Es war nur eine kurze Berührung, aber Brander spürte die Anspannung, die noch immer in Beckmann steckte.

»Danke, dass du gekommen bist. Kann ich dir was anbieten?«

»Saftschorle wäre prima.« Ein Whisky wäre ihm zwar lieber gewesen, da er jedoch wieder mit dem Auto unterwegs war, verbot er sich den Genuss. Unschlüssig blieb er im Raum stehen. Er wusste nicht, was Karsten mit ihm besprechen wollte, und war sich unsicher, ob er auch wütend auf ihn war. Indirekt hatte er ja ihm diesen ganzen Schlamassel zu verdanken.

»Du kriegst keinen Saft, du bist erkältet. Du kriegst einen Tee. Manu, setz mal bitte Wasser auf«, rief er Richtung Flur.

»Aber bitte nicht diesen bitteren …«

»Oh doch, genau den.« Flüchtig huschte ein verschmitztes Lächeln über das kantige Gesicht, das aber sogleich wieder verschwand. Er wandte sich seiner Minibar zu, öffnete die Flasche eines fünfzehnjährigen *Bowmore Darkest*. »Den habe ich heute Mittag ausgewählt, als ich nach Hause kam. Du bist mit dem Auto hier?«

Brander nickte bedauernd. Eine leichte Rauchnote stieg ihm in die Nase, als Beckmann den Whisky in sein Glas füllte und damit an ihm vorbeiging. »Setz dich doch.« Beckmann ließ sich auf dem Sofa nieder, schnupperte an dem Glas und trank einen kleinen Schluck. »Torfrauch, kratzige Eiche, süßes Karamell. Fünfzehn Jahre. Passt zu eurer Kleinen.«

Brander räusperte sich, erinnerte sich an die Mahnung von der Sailer und wandelte das Räuspern in ein kurzes Husten. »Danke, dass du keine Anzeige erstattet hast.«

»Ich will nicht derjenige sein, der dem Mädchen die Zukunft verbaut.«

»Oh, ich glaube, das kriegt sie schon selbst ganz gut hin.«

Beckmann stieß ein trockenes Lachen aus, während er das Glas zwischen seinen Händen drehte.

»Einmal Artemisia für den Herrn Kommissar«, trällerte Manuel aus dem Flur und stellte kurz darauf eine Tasse des bitteren, dampfenden Tees vor Brander auf den Tisch. Dann setzte er sich zu Beckmann aufs Sofa. Er nahm ihm das Glas aus der Hand, schnupperte an der rotgoldenen Flüssigkeit und verzog das Gesicht. »Also, ich weiß nicht, aus mir wird wohl nie ein Whiskytrinker werden.«

»Das ist gut so. Dann haben wir immer einen Chauffeur.« Beckmann gab ihm einen Kuss.

»Und … hast du schon …?« Manuel deutete mit den Augen auf Brander.

»Nein.« Beckmann wandte sich seinem Gast wieder zu. Er beugte sich vor, stützte die Unterarme auf seine Oberschenkel und verschränkte die Finger, die dennoch nicht stillhalten wollten. Seine innere Unruhe war unübersehbar. »Ich habe dir heute Mittag nicht alles gesagt.« Er löste die Hände wieder und schob die Tageszeitung auf dem Tisch zur Seite. Ein Tütchen mit kleinen bunten Tabletten kam zum Vorschein. Er reichte es Brander.

»Was ist das?«

»Vermutlich keine Smarties.«

Brander studierte den Inhalt genauer. Er kannte diese Art von Pillen, oft genug hatte er so etwas in seiner beruflichen Laufbahn bereits gesehen. Das Blut pumpte schneller durch seine Adern. »Woher hast du die?«

»Die sind dem Typen aus der Jacke gefallen, als ich ihn zu Boden geworfen hab.«

»Also nicht von Nathalie«, stellte Brander mit fadenscheiniger Erleichterung fest. »Warum hast du mir die nicht vorhin schon gegeben?«

»Ts«, stieß Beckmann aus. »Meinst du, ich schlepp das Zeug zu euch in die Polizeidirektion? Und zufällig steht da gerade Lassie von der Drogenfahndung und springt mich an.« Er schüttelte den Kopf, seine Stimme wurde lauter, als er fortfuhr: »Andi, ich habe wegen Körperverletzung und Drogen im Knast gesessen. Wer weiß, was Nathalie sich für eine tolle Geschichte ausgedacht hätte. Verdammt, ich kann mir so etwas einfach nicht leisten!« Beckmann hatte die Hände zu Fäusten geballt. Sein ganzer Körper schien unter Spannung zu stehen. Er sprang auf, begann im Zimmer umherzugehen.

»Becky …«, kam es zaghaft von Manuel.

»Ach, nichts Becky«, fuhr Beckmann seinen Freund ungewohnt hart an. »Ich stand da heute Mittag und alles eskaliert … und … und … und die ganze Scheiße kommt wieder hoch, alles war wie damals, als stünde ich wieder in Dortmund an der …« Er brach ab, wandte sein Gesicht zur Wand. Sein Blick blieb an einem Foto hängen, das im Regal auf Augenhöhe stand: er und seine große Liebe Pierre. Die Schultern hoben sich, als er tief durchatmete. »Ich habe mein Leben im Griff«, flüsterte er kaum hörbar. Es verstrich eine weitere Minute, bis er sich wieder in der Gewalt hatte und sich den beiden Männern zuwandte.

»Ich wollte dich nicht anschreien«, entschuldigte er sich bei Manuel. »Andi, ich hoffe, du verstehst das. Ich will da in nichts mit reingezogen werden.« Beckmann setzte sich zurück auf das Sofa.

Brander musterte sein Gegenüber. Er hatte Beckmann erst ein einziges Mal so aufgewühlt erlebt. Damals kannten sie sich kaum, und er hatte befürchtet, von dem kampfsporterprobten Mann niedergeschlagen zu werden. »Du hast den Kerl also nur zu Boden geworfen?«

»Ich habe ihm ins Gesicht geschlagen, 'ne simple Backpfeife, und dann zu Boden geworfen. Er hat eine aufgeplatzte Lippe.« Beckmann massierte sich die Handfläche und fügte mit beschämter Stimme hinzu: »Und ich hab ihm gedroht, dass er sich im Krankenhaus wiederfindet, wenn ich ihn noch einmal in Nathalies Nähe sehe.«

Manuel warf Brander einen ängstlichen Blick zu, als erwartete er, dieser würde seinen Freund auf der Stelle verhaften. Die Drohung war sicher nicht korrekt gewesen, doch Brander konnte Beckmanns unbeherrschte Reaktion gut verstehen. »Erklär ihm das nächste Mal, dass er sich im Gefängnis wiederfindet, okay?«, erwiderte er stattdessen.

»Ich hoffe, es gibt kein nächstes Mal.« Beckmann rieb sich über die Schläfen. »Ich steh gerade ziemlich unter Stress, und dann passiert so was …«

Brander hob fragend die Augenbrauen, aber Beckmann schüttelte nur den Kopf. »Andi, pass auf das Mädchen auf. Ich weiß nicht, ob sie schon etwas nimmt, aber … Du weißt es genauso gut wie ich: Dieses Zeug macht ihr Leben kaputt.«

Brander starrte auf die Tüte in seinen Händen und hoffte, dass sich seine Befürchtungen nicht bewahrheiten würden.

9

Donnerstag

Als Brander nach Hause gekommen war, hatten Nathalie und Cecilia bereits geschlafen. Er fand keine Ruhe und nahm sich im Wohnzimmer einen Whisky aus seinem kleinen Barschrank. Seine Wahl war auf den *Ardmore Traditional Cask* gefallen, ein Single Malt mit einer für einen Highland-Whisky ungewöhnlichen, leicht rauchigen Note. Er setzte sich auf das Sofa und ließ die goldene Flüssigkeit langsam die Kehle hinuntergleiten. Der erste Schluck stach ein wenig in seinem wunden Hals, aber der zweite verbreitete eine angenehme Wärme. Im Nachklang schmeckte er das dezente Aroma von leichtem Torfrauch und ahnte einen Hauch Vanille. Die Erkältung trübte zu seinem Bedauern seinen Geschmackssinn. Dennoch genoss er einen Moment lang den Whisky und schloss entspannt die Augen, dann kehrten seine Gedanken wieder in die Realität zurück. Und die gefiel ihm ganz und gar nicht.

Die Ermittlungen liefen viel zu zäh. Ein Vermisster, ein Toter – Spuren, die einen Zusammenhang erkennen ließen und doch in eine völlig falsche Richtung führen konnten. Er bekam einfach kein Gespür für diesen Fall, für den toten Mann in der Scheune, und diese verfluchte Erkältung trug nicht dazu bei, dass er klarer denken konnte. Dazu noch die Probleme mit Nathalie. Hatte sie tatsächlich angefangen, Drogen zu nehmen? Das wäre zumindest eine Erklärung, warum sie sich in den letzten Wochen so verändert hatte. Er spielte mit dem Gedanken, so lange Whisky zu trinken, bis er in den Schlaf fiel. Aber dann verbot er sich nach dem ersten Glas ein weiteres. Alkohol war ganz bestimmt nicht der richtige Weg, um abzuschalten und mit der Situation und seinen Sorgen umzugehen. Stattdessen schaltete er den Fernseher ein und ließ sich so lange berieseln, bis die Müdigkeit ihn übermannte. Am Morgen stand er zu spät auf, sodass er nicht mehr mit Nathalie vor der Schule sprechen konnte. Wenigstens die Halsschmerzen schienen endlich ein wenig besser zu werden. Hatte der fürchterliche Tee von Karsten tatsächlich geholfen?

Peppi war bereits im Büro, als Brander um halb neun dort eintraf.

»Du bist spät dran«, begrüßte sie ihn.

»Und du früh. Wie kommt's?«

»Wir haben in einer Stunde einen Termin mit Herrn Gruel in Owen.«

»Oh.« Das hatte er völlig verdrängt. Innerlich verpasste er sich einen Einlauf. Natürlich waren seine Sorgen um Nathalie groß. Aber er durfte doch seinen Job dabei nicht vernachlässigen, schließlich war er Leiter einer Mordermittlung.

»Ach, Andi.« Peppi klopfte ihm freundschaftlich auf die Schulter. »Es tut mir gut zu sehen, dass nicht nur ich hin und wieder mal völlig neben mir stehe.«

Peppi fuhr über die B 28 Richtung Reutlingen, auf der sich der Berufsverkehr zum Glück bereits gelichtet hatte. Brander starrte aus dem Fenster auf die vorbeiziehende Landschaft. Der Himmel war bedeckt und tauchte alles in Tristesse: grau, braun, mit viel Fantasie ein matschig-mattes Grün auf den Wiesen. Wann hatte er das letzte Mal die Sonne gesehen? Es wurde Zeit, dass der Frühling kam, er hatte dieses Schmuddelwetter so satt. Brander drehte die Sitzlehne ein Stück zurück und schloss die Augen, während Peppi den Wagen sportlich über die Bundesstraße lenkte.

»Machen wir auf dem Rückweg in Metzingen halt? Ich könnte ein Paar neue Schuhe gebrauchen«, drang irgendwann ihre Stimme in seine Trägheit.

»Was?« Brander öffnete die Augen. Sie hatten den Ort gerade hinter sich gelassen und schlängelten sich über eine ansteigende Landstraße Richtung Neuffen.

»Neue Schuhe. Wenn wir doch schon mal in der Gegend sind …«

»So weit kommt es noch, dass ich mit dir shoppen gehe.«

»Hey, das ist Outletcity. Ein Eldorado für jeden Schwaben und Schnäppchenjäger.«

»Ich bin weder Schwabe noch Schnäppchenjäger.«

»Da finden wir bestimmt auch was Schönes für dich«, fuhr Peppi unbeirrt fort. »Wir könnten dir einen schicken Anzug verpassen.«

»Das kannste mit Herrn Schmid machen.«

»Marco hat schon genug Anzüge.«

»Gefall ich dir nicht mehr?«

Peppi grinste. »Andi-Darling, *mir* musst du nicht gefallen.«

Netter Versuch. »Oh nein, da fall ich nicht drauf rein. Ceci steht nämlich gar nicht auf Schlipsträger. Und außerdem habe ich einen Anzug.«

»Wie alt ist der?«

»Drei Jahre. Den habe ich extra zu Julians Konfirmation gekauft.« Genau genommen war sein Neffe vor vier Jahren konfirmiert worden, aber das musste Peppi ja nicht so genau wissen.

»Wenn ich das deinem Becks stecken würde, der würde dich sofort zum nächsten Herrenausstatter schleppen.«

»Aber zum Glück gehört Karsten ja nicht zu deinen besten Freunden.« Brander richtete seine Rücklehne wieder auf und sah Peppi neugierig an. »Du hast mir immer noch nicht verraten, warum du seit Jahren so schlecht auf ihn zu sprechen bist.«

»Das geht dich auch nichts an.«

»Aber …«

»Konzentrieren wir uns auf die drei Brenner. Was wollen wir denn wissen?«

Peppi hatte zwar seine Neugier nicht befriedigt, aber wenigstens war das Thema Einkaufen beendet.

Die Spirituosen-Manufaktur Gruel befand sich in der Neuen Straße, nur wenige Meter vom Bahnhof entfernt. Wäre es nicht so diesig gewesen, hätte man eine schöne Sicht auf die Burg Teck haben können, die auf dem Teckberg thronte, an dessen Fuß sich der kleine Ort befand. Aber die Wolken hingen zu tief, als dass man auch nur ansatzweise hätte etwas erahnen können.

Sie parkten den Wagen vor dem Gebäude der Brennerei, und ein junger Mann mit sportlich schlanker Figur begrüßte sie an der hölzernen Eingangstür. Durch das Fenster neben der Tür konnte Brander bereits einen ersten Blick auf den Brennapparat erhaschen. Er stellte sich und Peppi vor.

»Dann haben wir miteinander telefoniert. Immanuel Gruel.« Der Mann reichte Peppi die Hand.

»Sind Sie der Sohn des Brenners?«, erkundigte sich Brander.

Gruel grinste und streckte ihm ebenfalls seine Hand entgegen. »Ich bin der Brenner.«

»Ach was?«, entfuhr es Brander überrascht. Der Bursche war doch noch keine dreißig Jahre alt. »Da haben Sie aber früh angefangen?«

»Mit vierzehn. Kommen Sie rein, ist so ungemütlich hier draußen.« Er führte sie in einen länglichen Raum, dessen linke Seite von einem modernen Brennapparat ausgefüllt war.

»Wir haben gerade neue Maische angesetzt, deswegen riecht's ein wenig streng.« Gruel zeigte entschuldigend auf einen großen Edelmetallkessel im hinteren Teil des Raums.

»Stimmt.« Peppi kräuselte die Nase.

Brander betrachtete die Gerätschaften eingehend. »Sie brennen im Kolonnenverfahren?«

»Mein Kollege ist ein kleiner Whiskyfan«, erklärte Peppi.

»Prima.« Immanuel Gruel lächelte erfreut. »Soll ich Ihnen ein bisschen was dazu erzählen?«

Noch bevor Peppi protestieren konnte, nickte Brander begeistert und ließ sich in die Geheimnisse der Schwäbischen Whiskybrennerei einführen. Er warf einen Blick in die kupferne Rohbrandblase, von der das Destillat über die fünf Böden der Kolonne zum Feinbrand wurde und schließlich am Ende des Vorgangs das Herzstück von Vor- und Nachlauf getrennt in die Fässer gelangte. Nach der Erläuterung der technischen Details des Brennvorgangs führte Gruel sie in einen großen unbeheizten Raum.

»Unser Temperaturvarianzlager.« Gruel deutete auf die Regalwände, die mit zahlreichen Holzfässern belegt waren, und fügte augenzwinkernd hinzu: »Manche sagen allerdings auch Wellblechhütte dazu. Weil das Lager weder isoliert noch geheizt ist, haben wir hier zum Teil große Temperaturschwankungen. Dadurch arbeitet das Holz der Fässer sehr stark, dehnt sich aus, zieht sich zusammen, was einerseits gut für die Reifung des Destillats ist, andererseits leider dazu führt, dass viel verdunstet.«

»Da freuen sich die Engel über Owen«, kommentierte Brander.

Die Schotten hatten den Begriff »Angel's Share« – Engelsanteil – eigens für den jährlich verdunstenden Alkoholanteil aus ihren Whiskyfässern geschaffen. Der Lagerraum gefiel Brander. Drei Lagen hoch stapelte sich kostbares Lebenswasser in Eichen-, Sherry- und Bourbonfässern.

»Seit wann brennen Sie Whisky?«

»Mein Großvater hat 1988 damit begonnen. Er war der erste Schwabe, der im Ländle Whisky gebrannt hat.«

»Ähm, wenn ich kurz an unser dienstliches Anliegen erinnern dürfte?«, meldete sich Peppi zu Wort. »Wir haben gleich noch zwei Termine bei Ihren Kollegen und deswegen …« Sie tippte auf ihre Armbanduhr.

»Stimmt, Sie sind ja nicht zur Brennereiführung gekommen. Was kann ich denn für Sie tun?«

»Es geht um einen Herrn Jakob Gutbrod.«

»Gutbrod? Hm …« Etwas ratlos sah der junge Brenner in die Gesichter der Beamten.

»Vielleicht kennen Sie ihn unter dem Namen Jacky? Er lebt in Tübingen«, ergänzte Brander. Er erinnerte sich, dass er ein Foto des Vermissten bei sich hatte, und zeigte es Gruel.

Der Brenner nickte erkennend. »Ja, natürlich. Ich kenne ihn allerdings nur mit dem Namen Jacky.«

»Woher kennen Sie ihn?«

»Er hat vor zwei oder drei Jahren an einer Brennereiführung teilgenommen. Und seither kommt er alle paar Monate mal vorbei.«

»Allein, oder ist jemand bei ihm?«

»Der ist immer allein unterwegs.«

»Wann haben Sie ihn zum letzten Mal gesehen?«

»Das ist jetzt schon eine Weile her. Vielleicht im Dezember? Tut mir leid, genau weiß ich es nicht mehr.«

»Wissen Sie, dass er mit dem Gedanken spielt, ebenfalls Whisky zu brennen?«

»Er hat mal so etwas angedeutet. Gefragt hat er immer sehr viel, und ich glaube, dass er sich ganz gut mit der Brennerei auskennt, nicht nur Whisky, auch andere Edelbrände. Aber der Whisky hat ihn immer ganz besonders interessiert.« Gruel überlegte. »Vor ein paar Monaten, da war er mal hier und hat davon gesprochen, dass er einen Kompagnon hätte, mit dem er vielleicht gemeinsam etwas aufbauen will.«

»Hat er einen Namen genannt?«

»Das kann sein, aber ich hab es mir nicht gemerkt.«

»Jakob Gutbrod wurde vermisst gemeldet. Sind Sie sicher, dass Sie ihn in den letzten zehn Tagen nicht gesehen haben?«

Gruel überlegte, schließlich nickte er entschlossen. »Ganz sicher.«

»Können Sie uns ein bisschen was über Herrn Gutbrod sagen?«, fragte Peppi. »Was ist er für ein Mensch?«

»Ich weiß nur, dass er sich sehr für unseren Whisky interessiert. Für die Herstellung, die Lagerung … Über Privates habe ich nie mit ihm gesprochen. Er hat mal erzählt, dass er in Tübingen lebt und ab und zu hier in der Gegend zu tun hätte. Die Termine nutzt er dann für einen Abstecher nach Owen. Aber sonst …«

»Und was er hier zu tun hat, hat er Ihnen nicht verraten?«

»Nein, tut mir leid.« Immanuel Gruel schüttelte bedauernd den Kopf.

»Wenn Sie etwas von ihm hören, dann wären wir Ihnen dankbar, wenn Sie sich bei uns melden.« Brander reichte ihm seine Karte.

»Ja, natürlich.«

»So jung und schon ein richtiger Brenner, nicht schlecht.« Brander drehte sich noch einmal um und sah zur Destille zurück, während Peppi Gas gab, damit sie nicht mit noch größerer Verspätung zu ihrem nächsten Termin kamen. Vielleicht sollte er sich wirklich mal so eine kleine Mini-Destille anschaffen. Im Keller könnte er sich ein wenig Platz schaffen und seinen eigenen Whisky brennen.

»Wir machen jetzt aber nicht in jeder Brennerei eine Besichtigung.«

»Warum nicht? Sind doch nur noch zwei.«

Peppi warf ihrem Beifahrer einen drohenden Seitenblick zu. »Wir haben aber auch noch ein bisschen was anderes zu tun.«

»So dienstbeflissen kenne ich dich ja gar nicht. Vorhin wolltest du noch shoppen gehen. Ist das etwa der gute Einfluss von Herrn Schmid?«

»Noch so ein Spruch, und ich feiere meine Überstunden ab.«

»Das müsste ich erst einmal genehmigen«, feixte Brander und erhielt sogleich von Peppi einen Hieb gegen die Schulter. Der Ausflug begann, ihm Spaß zu machen.

Peppi lenkte den Wagen zurück über die schmale Landstraße, über die sie gekommen waren, bis ein Schild sie auf die zwei Brennereien zu ihrer Linken hinwies. Sie bog ab und parkte wenig später den Wagen vor einem hellen Gebäude.

»Zwei Brennereien so dicht nebeneinander. Ob die sich vertragen?«, wunderte sich Brander.

»Kannst Herrn Dannenmann ja gleich mal fragen«, schlug Peppi vor. Sie wollte gerade die Tür öffnen, als ein großer, langhaariger Hund aus einer Scheune gerannt kam und bellend um das Auto sprang. Peppi zog eilig die Hand vom Türöffner zurück. »Hier steig ich nicht aus.«

»Der will doch nur spielen.«

»Klar«, kam es wenig überzeugt von Peppi. »Weißt du das so genau?«

»Der wedelt mit dem Schwanz. Das machen Hunde, wenn sie sich freuen.« Brander öffnete todesmutig seine Tür und sogleich erschien der braun-schwarze Wuschelkopf neben ihm.

»Hallo, wer bist denn du?«, fragte Brander und hoffte, dass seine Stimme keine Unsicherheit verriet. Ein Mann kam aus der Scheune, Arbeitskleidung, Baskenmütze auf dem Kopf, freundliches Lächeln im Gesicht, vielleicht ein wenig älter als Brander. »Senta, aus«, rief er dem Hund zu, der daraufhin Brander zumindest aus dem Wagen steigen ließ.

»Kommissar Brander«, stellte er sich auf die Entfernung vor. »Sie sind Herr Dannenmann?«

»Ja.« Der Mann kam näher, und das große Tier sprang weiter fröhlich bellend um ihn herum.

»Meine Kollegin«, Brander deutete auf das Wageninnere, »hat gestern mit Ihnen telefoniert. Ist das ein Briard?«

»Eine Mischung, Briard und Altdeutscher Hütehund.«

»Sehr lebendig«, stellte Brander fest und sah sich um. Neben Haus und Hof befand sich zu seiner Linken eine Koppel, auf der sich vier Islandponys mit zotteligem Winterfell die Zeit vertrieben. »Wo haben Sie Ihre Brennerei?«

»Gleich hier vorn, neben Ihrem Wagen.« Er deutete auf ein doppelflügeliges Holztor, hinter der Brander eine Werkstatt oder Garage vermutetet hatte. »Geht es um meine Brennerei?«

»Nicht direkt.« Brander schielte zu Peppi, die noch immer im Auto saß, und nutzte seine Chance. »Ich würde sie mir aber trotzdem gern kurz anschauen, wenn es möglich ist.«

»Ja, das ist möglich.«

Als hätte Peppi Branders Pläne geahnt, wagte sie sich nun doch aus dem Wagen. Argwöhnisch beäugte sie den Hund, der schwanzwedelnd neben ihr stand, während sie dem Brenner die Hand reichte.

»Kommen Sie mit.« Thomas Dannenmann öffnete die Tür zu seiner Brennerei und ließ die Kommissare hinein. Zu Peppis Erleichterung blieb Senta draußen. Der Brennapparat war ähnlich wie der, den sie zuvor bei Immanuel Gruel gesehen hatten. Dannenmann brannte ebenfalls im Kolonnenverfahren, allerdings hatte der Brennkessel keine Kupferummantelung, und eine Verplombung fehlte.

»Sie haben eine Abfindungsbrennerei?«, erkannte Brander.

»Ja.«

»Und was brennen Sie?«

»Obstbrände, Kornbrände, Whiskys.«

»Single Malts?« Branders betrachtete interessiert die Apparaturen.

»Einen Single Malt habe ich jetzt auch im Angebot, aber der *Danne's*, der Whisky, mit dem ich angefangen habe, ist ein Grain-Whisky aus Weizen, Roggen und Gerste.«

»Und wo …«

»Stopp!«, ging Peppi dazwischen. »Andi, wir sind heute dienstlich hier. Wenn du wieder eine Führung haben willst, bin ich sicher, dann kann man hier so etwas buchen.«

Dannenmann grinste. »Ja, das kann man. Warten Sie eine Minute.« Der Brenner ließ die beiden Kommissare allein.

»Du gönnst mir auch gar nichts«, beschwerte sich Brander bei seiner Kollegin.

»Andi, wir sind im Dienst!«

»Diese Informationen könnten durchaus wichtig für unsere Ermittlungen sein.«

»Ganz bestimmt«, erwiderte Peppi mit unverhohlener Ironie in der Stimme. Ein Schatten, der an der Tür vorbeihuschte, ließ sie zusammenzucken. »Ich dachte schon, der Hund kommt rein.«

»Du bist ja ein Schisser«, lachte Brander. Er legte die Hände aneinander und imitierte im Schattenspiel einen bellenden Hund.

»Hör auf mit dem Quatsch. Ich habe lediglich gesunden Respekt vor großen Hunden.«

Brander ließ grinsend die Hände sinken, gleichzeitig zuckte ein Gedanke durch seinen Kopf. Doch bevor er ihn zu fassen bekam, störte Peppi seine Überlegungen. »Was ist denn eine Abfindungsbrennerei?«

»Der Brennapparat ist nicht verplombt, so, wie der von dem Gruel, den wir vorhin angesehen haben.« Brander zeigte auf einige Stellen am Brennapparat. »Das heißt, dass der Herstellungsprozess nicht unter zollamtlichem Verschluss steht. Die Steuer berechnet sich nicht nach dem tatsächlich hergestellten Alkohol, sondern nach dem angemeldeten Material. Also, was weiß ich, dreihundert Liter Maische oder so. Dafür gibt es dann einen Richtwert, wie viel Alkohol daraus gebrannt werden kann, und diese Menge muss dann versteuert werden. Allerdings hat der Brenner ein maximales Alkohol-Kontingent, das er pro Jahr brennen darf. Diese Einschränkung gibt's bei einer Verschlussbrennerei nicht, da wird versteuert, was am Ende tatsächlich als brauchbarer Alkohol rauskommt.«

»Und das ist wichtig für unsere Ermittlungen?« Peppi rieb sich fröstelnd über die Arme. Der Raum war nicht beheizt.

»Wer weiß? Immerhin ist Larry ...« Jetzt fing er auch schon an, dem unbekannten Toten Sailers Spitznamen zu geben. »... also, unser Opfer durch eine Methanolvergiftung gestorben.«

»Und Methanol ist im Vorlauf«, erinnerte sich Peppi.

»Bei Getreidebränden allerdings nur in sehr geringem Maß. Methanol finden Sie eher bei der Vergärung von

Obst«, erklang Dannenmanns Stimme hinter ihnen. Er musste Peppis Worte gehört haben.

»Und was macht man mit dem Vorlauf?«

»Ich sammle den und gebe ihn ans Branntweinmonopol. Die verwenden das dann weiter für Cremes, Kosmetik, Medikamente und so.« Er reichte Brander einen Flyer. »Es gibt einen Schwäbischen Whisky-Walk. Da kommen Sie dann auch bei mir vorbei.«

»Dann sehen wir uns bestimmt bald wieder.« Brander steckte dankend den Flyer in seine Jackentasche und holte gleichzeitig das Foto von Jakob Gutbrod hervor.

»Weswegen wir eigentlich gekommen sind: Kennen Sie diesen Mann?«

Dannenmann betrachtete die Aufnahme einen Augenblick. »Das ist doch der Jacky, oder? Den kennt hier, glaube ich, jeder.«

»Der Mann heißt Jakob Gutbrod. Er wurde vermisst gemeldet. Wann haben Sie ihn das letzte Mal gesehen?«

»Oh, wann war das …?« Dannenmann nahm die Mütze vom Kopf, unter der sich, wie bei Brander, eine lichter werdende Haarpracht verbarg. »Letztes Jahr, Anfang Dezember. Es muss so um Nikolaus rum gewesen sein, wenn ich mich richtig erinnere.«

»Und in den letzten Tagen haben Sie ihn nicht zufällig gesehen?«

»Nein. So oft kommt er auch nicht. Alle paar Monate mal.«

»Was haben Sie für einen Eindruck von Herrn Gutbrod?«

»Na ja, als ich ihn das erste Mal sah …«

»Wann war das?«

Dannenmann musste einen Augenblick überlegen. »Ich glaube, im Frühjahr vor zwei Jahren. Ich hielt ihn damals erst für einen Vertreter. Versicherungen oder so was. Er kam mit Anzug und Tasche daherspaziert. Aber ihn interessierte nur meine Brennerei.«

»Was hatten Sie für einen Eindruck von ihm? Was ist er so für ein Mensch?«

»Schwer zu sagen. Er interessiert sich sehr für die Brennerei. Ich glaube, er hat auch mal gesagt, dass er selber brennen würde, privat, für sich. Aber genau weiß ich das nicht.«

»Hat er mal gesagt, warum er hier in der Gegend war? Hat er vielleicht Freunde besucht?«

»Nein, tut mir leid. Allerdings …«

»Ja?«

Dannenmann suchte nach den richtigen Worten. »Manchmal hatte ich den Eindruck, als wäre er auf der Durchreise und käme nur mal so auf einen Sprung vorbei.«

Auf der Durchreise … Auch Gruel hatte gesagt, dass Gutbrod die Besuche mit einem anderen Termin verband. Wohin konnte er gereist sein?, grübelte Brander.

»Hat er mal etwas getrunken, wenn er bei Ihnen war?«

»Er ist immer zu Fuß unterwegs, da war das ja kein Problem, und da hat er schon mal den einen oder anderen Whisky probiert. Ein-, zweimal habe ich ihn zum Bahnhof gefahren, damit er seinen Zug noch erwischt.«

»Wohin ist er gefahren?«

»Ich vermute nach Tübingen. Da wohnt er irgendwo.«

»Wenn Sie etwas von ihm hören, wären wir Ihnen dankbar, wenn Sie sich bei uns melden.« Er reichte Dannenmann seine Karte.

Obwohl die Brennerei Rabel keine fünfzig Meter vom Bellerhof entfernt war, bestand Peppi darauf, mit dem Wagen dorthin zu fahren. Das rot getünchte Gebäude mit der riesigen Fensterfront gab bereits von draußen einen Blick ins Herz der Edelbranddestillerie frei. Brander sah interessiert zu den hohen Scheiben: Ein glänzender Kupferkessel prangte in der Mitte verbunden mit Kolonnenbrenner und Auffangbehälter.

»Andi, ich lass dich im Auto«, schimpfte Peppi, die seinen Blick bemerkt hatte.

»Ich guck doch nur.«

»Und dann stellst du gleich wieder eine harmlose Frage, und ich kann mir stundenlang das Brennerei-Latein anhören. Nein, nein, nein, Dienst ist Dienst und Schnaps ist Schnaps.«

»Der Spruch kostet dich fünf Euro ins Phrasenschwein.«

Sie fuhren an dem Gebäude vorbei und parkten auf einem kleinen Parkplatz seitlich des Hofes. Auf dem Weg zum Eingang des Hofladens trabte ihnen erneut ein Hund entgegen. Der Australian Shepherd war jedoch zu Peppis Erleichterung kleiner und ruhiger als Senta.

Im Hofladen wurden sie von einer dunkelhaarigen Frau begrüßt, die kurz hinausging, um ihren Mann zu holen. Brander nutzte die Gelegenheit und streifte an den Holzregalen entlang, in denen sich neben den erwarteten Whiskys auch allerlei Obstbrände, Liköre und Brotaufstriche befanden. Er konnte es natürlich nicht lassen, sich die Etiketten der angebotenen Whiskys genauer anzuschauen. Er hatte die Flasche noch in der Hand, als Thomas Rabel den Raum betrat. Der Mann hatte Branders Größe und schien nur unwesentlich älter zu sein als der Kommissar.

»Das ist ein Albdinkel-Whisky«, erklärte der Brenner. »Raue Schale, weicher Kern. Ein echter Schwabe. Möchten Sie ihn mal probieren?«

Peppi warf Brander einen drohenden Blick zu.

»Möchte ich schon, aber leider bin ich im Dienst.« Er stellte die Flasche brav zurück ins Regal. »Wir wüssten gern, ob Sie diesen Mann kennen?« Zum dritten Mal an diesem Vormittag zog er das Foto des Vermissten hervor.

»Ja, das ist der Jacky. Der war schon einige Male hier.«

»Wann haben Sie ihn das letzte Mal gesehen?«

Rabel überlegte eine Weile. »Ist jetzt eine Weile her … Anfang Dezember irgendwann.«

Brander hatte die Antwort fast schon erwartet. »Sie sagten, er war einige Mal hier? Kam er regelmäßig zu Ihnen?«

Der Mann ging hinter den Verkaufstresen und lehnte sich gegen die Kühlung der Käseauslage. »So drei-, viermal im

Jahr. Vor gut zwei Jahren kam er das erste Mal, seither schaut er alle paar Monate mal herein.«

Es waren dieselben Antworten, die ihm schon die beiden anderen Brenner gegeben hatten. Brachte ihn das irgendwie in seinen Ermittlungen weiter? Stellte er die richtigen Fragen? Whiskybrennerei – war das der einzige Grund, warum Jakob Gutbrod nach Owen gekommen war? Das hätte er einfacher haben können. Er hätte sich direkt in Unterjesingen beim Theurer informieren können. Brander selbst hatte schon an einer Führung durch die Brennerei teilgenommen, bei der er im Gewölbekeller die gelagerten Whiskys nicht nur bestaunt, sondern auch probiert hatte.

»Hat er mal gesagt, warum er in der Gegend ist?«, hakte Brander nach.

»Ich dachte, er arbeitet hier irgendwo, in Nürtingen oder Neuffen.«

»Wie kommen Sie darauf?«

»Er hat mal so was gesagt, dass er was ausgeliefert hätte oder so.«

»Was und an wen, dass wissen Sie nicht zufällig noch?«

»Tut mir leid, nein.« Rabel schüttelte bedauernd den Kopf.

»War er mal mit Freunden bei Ihnen oder mit seiner Tochter?«

»Mit seiner Tochter? Ich wusste gar nicht, dass er eine hat. Er hat nie von einer Frau oder einer Tochter erzählt.«

»Seine Frau starb vor einigen Jahren.«

»Oh …« Der Brenner sah Brander betroffen an. »Und seine Tochter hat ihn jetzt vermisst gemeldet?«

»Ja.«

»Ich habe eine Frage zu der Anlage, die Sie da gebaut haben«, mischte sich Peppi ins Gespräch.

»Sie meinen meine Brennerei?«

»Ja. Da kommt ja einiges an Alkohol zusammen. Was machen Sie mit dem Vorlauf?«

»Das ist unterschiedlich, man kann es ans Branntweinmonopol geben, wegschütten, verkaufen …«

»Verkaufen?«

»Ja, manche nehmen es ganz gern zum Einreiben für die Füße oder den Rücken.«

»Das heißt, man kann relativ leicht an Methanol kommen, oder?«

»Ja.«

Peppi sah stirnrunzelnd zu Brander. »Das macht es nicht einfacher.«

»Hat Herr Gutbrod bei Ihnen mal Methanol gekauft?«, fragte Brander.

»Nein, also … spontan kann ich mich nicht erinnern, dass er da mal was mitgenommen hätte.«

Brander zog erneut eine Visitenkarte aus seiner Tasche. »Falls Ihnen noch etwas einfällt oder Herr Gutbrod sich bei Ihnen meldet, dann informieren Sie mich bitte. Peppi, ich mach mal eben Pause.«

»Pause?«

»Dieser Albdinkel, der interessiert mich, da würde ich gern eine Flasche mitnehmen.«

»Sehr gern.«

»Und dann habe ich gesehen, dass Sie auch die Whiskys Ihrer Kollegen im Angebot haben.«

»Ja.«

»Sie leben quasi Tür an Tür mit der Konkurrenz und verkaufen gemeinsam die Produkte?«, wunderte sich Brander.

»Warum nicht? Jeder Whisky schmeckt anders, der eine mag diesen lieber, der andere jenen. Wir drei hier in Owen betrachten uns nicht in erster Linie als Konkurrenten, wir sind Kollegen. Gemeinsam kann man viel mehr erreichen, als wenn jeder nur für sich kämpft.«

»Einen *Danne's* nehme ich dann auch noch mit.« Den *Tecker* hatte Tropper noch im Regal stehen. Da würden sie sich einen schönen schwäbischen Whiskyabend machen.

Peppi verdrehte die Augen. »Oh, nee, Andi! Das glaub ich ja jetzt nicht!«

»Wir haben übrigens auch einen sehr guten Whiskylikör mit einer feinen Honignote«, bot Rabel ihr an.

»Das ist vergebene Mühe. Meine Kollegin trinkt nur griechischen Wein.«

»Stimmt doch gar nicht!«, protestierte diese, ließ sich aber dennoch nicht zum Kauf eines Whiskylikörs überreden.

Der Ausflug nach Owen hatte ihm gutgetan. Wenn Peppi ihn nicht so rigoros gebremst hätte, wäre sicherlich leicht ein Tagesausflug daraus geworden. Gedanklich plante er bereits, Karsten Beckmann mal zu dieser Whisky-Wanderung einzuladen, vielleicht als kleine Entschädigung für die Schwierigkeiten, die Nathalie ihm bereitet hatte. Freddy könnten sie auch mitnehmen, überlegte er. Eine richtig schöne Herrentour.

»Zumindest mal ein paar Menschen, die einem nicht sofort die Tür vor der Nase zuschlagen, sobald man den Namen Jakob Gutbrod erwähnt«, unterbrach Peppi seine Freizeitplanung.

»Apropos Tür zuschlagen. Auf wie viel Uhr haben wir den Ihringer einbestellt?«

»Um vier. Ich hatte ja schon die Ahnung, dass du die Befragungen in Owen unnötig in die Länge ziehen würdest.«

»Ich fand das gar nicht unnötig.« Zufrieden lächelnd betrachtete Brander seine Souvenirs.

»Was hat uns das denn jetzt gebracht?«

»Wir wissen, dass Gutbrod seit zwei Jahren regelmäßig alle paar Monate hier war. Wir wissen, dass er immer allein unterwegs war und dass er eventuell noch irgendetwas anderes in der Gegend zu tun hatte.«

»Ich hoffe nur, dass es sich nicht um den Besuch einer weiteren Destille handelt. Da kannst du dann Hendrik oder Magnus mitnehmen.«

»Freddy wäre da sicher die beste Wahl.«

Der Nächste, den sie zu Jakob Gutbrod befragten, warf umgehend wieder ein anderes Licht auf den Vermissten. Kurt Ihringer war pünktlich um sechzehn Uhr in der Polizeidirektion erschienen. Er zupfte an seiner Stoffhose, als er sich setzte, und sein Gesichtsausdruck verriet eindeutig, was er von der Vorladung hielt: nichts.

»Sie stehlen mir meine Zeit«, brummte er statt einer Begrüßung durch seinen Bart.

»Jakob Gutbrod ist Ihr Schwiegersohn«, begann Brander, wurde aber sogleich jäh unterbrochen: »Er ist der Mörder meiner Tochter, und er hat meine Enkelin zum Krüppel gemacht!«

Peppi zog hörbar die Luft ein und die Augenbrauen in die Höhe.

»Natürlich ist es tragisch, was damals passiert ist, aber er hat dafür seine Strafe …«

»Das, was der Kerl zerstört hat, machen drei Jahre Gefängnis nicht wieder gut«, wurde Brander sofort wieder von dem Mann abgewürgt. »Es gibt nichts, was es wieder gutmachen würde. Also, was wollen Sie von mir?«

»Ich möchte von Ihnen wissen, wann Sie Herrn Gutbrod zum letzten Mal gesehen haben?«

»Letzte Woche Dienstagmittag«, kam die prompte Antwort. »Er wollte zu Lea. Aber Sven hat ihn weggeschickt, bevor ich ihn davonjagen konnte.«

»Sven Flaig?«

»Wer denn sonst?«

Brander und Peppi tauschten einen Blick miteinander. Von der Begegnung hatte Flaig nichts erwähnt.

»Und Herr Flaig weiß, dass Sie nicht gut auf Herrn Gutbrod zu sprechen sind?«, fragte Brander.

»Das weiß jeder, der mich kennt. Ein Taugenichts ist er, ein Säufer. Ich werd nie verstehen, warum meine Leonie diesen Nichtsnutz heiraten musste.«

»Sie haben Herrn Gutbrod letzte Woche Mittwoch angerufen und ihm gedroht?«

»Wer sagt das?«

»Wir wissen es.«

Ihringer richtete seine auch im Sitzen stattliche Größe um weitere Zentimeter auf und funkelte Brander zornig an. »Ja, und?«

»Sie und Herr Flaig sind offensichtlich die letzten, die Jakob Gutbrod gesehen haben. Und Sie haben ihm gedroht …«

Ihringers Augenbrauen zogen sich grimmig zusammen. In der nächsten Sekunde landete seine Faust donnernd auf Branders Schreibtisch. »Was soll das heißen?«

»Würden Sie sich bitte wieder beruhigen?«, entgegnete Brander mit geschulter Gelassenheit. Er ließ sein Gegenüber nicht aus den Augen. Der Ärmel von Ihringers Pullover hatte sich bei der heftigen Bewegung ein Stück weit hochgeschoben, und Brander erkannte deutlich ein paar dicke Kratzer an der Innenseite des Handgelenks. Wo hatte er sich die zugezogen?

»Jakob Gutbrod gilt als vermisst«, fuhr er fort. »Und wir versuchen herauszufinden, wo er sein könnte.«

»Auf meinem Hof hat der Kerl nichts zu suchen. Der Schweinehund, der …« Er verstummte abrupt.

»Ja?«

Brander erhielt keine Antwort. Wenn er den dichten Bart nicht hätte, würde man vermutlich den weißen Schaum vor seinem Mund erkennen, dachte er bei sich. Was für eine unversöhnliche Wut steckte in diesem alten Mann. »Sie können Ihrer Enkelin nicht verbieten, Kontakt zu ihrem Vater zu halten.«

»Und ob ich das kann! Er ist schuld an Leonies Tod. Und ich werde mein Enkelkind mit allen Mitteln vor diesem … vor diesem Dreckskerl schützen. Ihm liegt doch gar nichts an Lea. Er ist nur auf ihr Geld aus! So, wie er auf Leonies Geld aus war, dieser … dieser studierte Hanswurst. Ein Säufer war er, ein elender Taugenichts von einem Säufer.«

War er? Brander wurde hellhörig. Die Faust auf dem Tisch, die Verletzung am Handgelenk, die zornigen Augen. Trotz seiner zweiundsiebzig Jahre war Ihringer sicherlich niemand, mit dem man gern Ärger haben wollte.

»Sie sagen also, letzte Woche Dienstagmittag haben Sie Gutbrod zuletzt gesehen? Um wie viel Uhr war das?«

»Um zwei oder drei vielleicht.«

»Und Herr Flaig hat ihn weggeschickt? Muss er zu der Zeit denn nicht arbeiten?«

»Was weiß denn ich? Fragen Sie ihn doch.«

»Ja, das werden wir. Und danach haben Sie Herrn Gutbrod nicht noch einmal gesehen? Vielleicht am Mittwoch?«

»Was soll die Frage?«

»Routine. Und? Haben Sie ihn am Mittwoch gesehen?«

»Am Dienstag war er auf meinem Hof!«

»Sie betreiben die Obstbrennerei allein?«, wechselte Brander das Thema.

Für eine Sekunde wich die Wut irritiert aus Ihringers Gesicht. »Ja.«

»Ist das denn allein alles zu bewältigen?«

»Zur Erntezeit habe ich ein paar Helfer, und der Peter hilft mir beim Brennen.«

»Peter?«

»Der Pächter meiner Gastwirtschaft.«

»Und Lea?«

»Sie haben doch gesehen, dass das Mädle im Rollstuhl sitzt. Wie soll sie mir denn helfen?« Die Wut kehrte wieder in Ihringers Stimme zurück.

»Ich denke doch, dass es durchaus Möglichkeiten gäbe«, warf Brander ein.

»Natürlich gäbe es Möglichkeiten«, donnerte Ihringer los. »Aber dazu müsste ich alles umbauen lassen. Eine behindertengerechte Obstbrennerei. Wissen Sie, was das kosten würde? Und wer zahlt mir das? Der gute Jakob?«

Brander erwiderte den Blick des Mannes einen Moment lang wortlos, dann blätterte er durch seine Unterlagen. Er fand, was er suchte, ließ aber noch etwas Zeit verstreichen, bevor er aus dem Bericht vorlas: »Seh ich dich noch einmal in Leas Nähe, sorge ich dafür, dass du da landest, wo du hingehörst«, zitierte er aus dem Bericht die Worte von Gutbrods Anrufbeantworter. Er hob die Augen wieder zu seinem Gegenüber. »Was genau meinten Sie damit, dass er da landen würde, wo er hingehört?«

Ihringer starrte den Kommissar feindselig an. »Genau das, was ich gesagt habe.«

»Und wo genau gehört Herr Gutbrod Ihrer Meinung nach hin?«

»Nicht in die Nähe meiner Enkeltochter.« Mit einem Ruck erhob er sich. »Ich habe Besseres zu tun, als Ihre Fragen nach diesem … diesem Mörder zu beantworten. Meinetwegen braucht Jakob Gutbrod nie wieder aufzutauchen.«

»Haben Sie etwas mit seinem Verschwinden zu tun?«, fragte Brander geradeheraus.

Ihringer blähte wutschnaubend die Nasenlöcher.

»Haben Sie etwas mit Herrn Gutbrods Verschwinden zu tun?«, hakte Brander nach.

»So ein Schwachsinn! Der wird auf Sauftour sein. Wär ja nicht das erste Mal.«

Brander hatte seine Skizze vor sich auf den Schreibtisch gelegt und grübelte darüber, welches Symbol für Kurt Ihringer das passende wäre. Ein Baum, kam ihm in den Sinn. Die gute alte deutsche Eiche – obwohl das eigentlich nicht zu einem Obstbauern passte. Aber Apfel-, Birn- oder Kirschbäume schienen ihm viel zu fragil für einen Mann wie Ihringer. Trotz seines Alters war er noch ungemein rüstig und wirkte körperlich sehr fit. Aber er war auch starrsinnig und verbittert. Brander skizzierte einen Baum und gleich daneben eine Faust, direkt unter das Symbol, das er für Lea gewählt hatte.

Dann waren da noch die drei Brenner. Stellvertretend für alle drei zeichnete er die Säule eines Kolonnen-Destillierapparats ins rechte untere Eck des Blattes.

Er betrachtete den Torso im Zentrum seiner Skizzen. Handelte es sich bei dem Toten tatsächlich um Jakob Gutbrod? Wenn er doch schon die Ergebnisse der DNA-Analyse hätte. Aber Tropper hatte ihn auf die nächste Woche vertröstet. So etwas kam dabei heraus, wenn man alles zentralisierte. Wie sollte er die Ermittlungen in die richtige Richtung lenken, wenn er tage-, nein, wochenlang auf Untersuchungsergebnisse warten musste? Mit einem ärgerlichen Seufzer ließ er seinen Bleistift fallen. Er wusste nicht, wer der Tote war. Er wusste nicht, wer den Mann umgebracht hatte. Er wusste nicht, wer ihn in die Scheune gelegt und das Ganze in Brand gesteckt hatte. Gab es irgendetwas, was er definitiv wusste?

»Ich hol mir einen Tee. Willst du auch einen Tee oder Kaffee?«, fragte er Peppi.

»Danke, aber ich geh gleich nach Hause. Solltest du auch tun.« Sie tippte auf ihre Armbanduhr, deren kleiner Zeiger bereits zwischen der zehn und der elf stand.

»Ja.« Er nahm seine Tasse und ging zur Kaffee-Ecke. Als er zurückkehrte, sah er, dass Licht im Büro von Karl-Heinz Borowski und Anne Dobler war. Karl-Heinz war noch bis zum Ende der Woche krankgeschrieben, und Anne sollte eigentlich zu Hause sein. Er klopfte und wurde von einer weiblichen Stimme hereingebeten.

»Was machst du noch hier?«, fragte Brander verwundert.

»Nicht noch, schon wieder.« Auf Annes Schreibtisch stand einer der Kartons aus Gutbrods Wohnung, und sie hielt einen der Briefe in der Hand.

»Und Louis?«

»Hendrik ist bei ihm.«

Brander ließ sich auf Borowskis freien Stuhl nieder. »Hendrik weiß, dass du hier bist?«

»Ja …«

»Anne …«

»Bin ich dir Rechenschaft schuldig?«, fuhr die Kollegin auf und biss sich sogleich auf die Lippe. »Entschuldige.«

Brander winkte kopfschüttelnd ab. »Das ist eine Sache zwischen euch beiden, aber ihr solltet das dringend in den Griff kriegen. Was ist mit deiner Magen-Darm-Geschichte? Ist die wenigstens besser?«

»Geht so.«

»Anne, geh nach Hause, kurier dich aus und sag Hendrik, dass du heute Abend hier warst und nicht beim Yoga oder wo auch immer.« Brander stand auf und warf der jungen Frau einen strengen Blick zu. Vielleicht waren Hendriks Befürchtungen, dass seine Freundin sich mit ihrem Ehrgeiz überforderte, doch nicht so unbegründet. Anne war Perfektionistin. Sie wollte in allen Bereichen top sein und vergaß dabei, dass auch ihr Tag nur vierundzwanzig Stunden hatte, von denen sie wenigstens ein paar für einen erholsamen Schlaf reservieren sollte. Besaß er nicht eine Fürsorgepflicht ihr gegenüber?

»Gutbrod hatte einen Freund im Knast«, entgegnete Anne, statt seinem Rat zu folgen. »Gerome Cordes. Eine nicht unbedeutende Nummer im Rotlichtmilieu. Cordes besaß in Reutlingen und Nürtingen mehrere Spielhallen und illegale Bordelle. Er fuhr ein Jahr nach Gutbrods Verurteilung ein und hatte in der JVA Heilbronn die Zelle neben ihm. Er sitzt noch immer in Heilbronn.«

»Woher weißt du das?«

Anne hob den Brief in ihrer Hand. »Er hat es Lea geschrieben. Er hat in seinen Briefen mehrfach von einem Rocco berichtet. Mit ihm wäre das Leben im Knast wohl etwas erträglicher geworden. Ich hab ein wenig recherchiert: Gutbrods Zellennachbar war Gerome Cordes, von seinen Freunden ›Rocco‹ genannt. Und ich habe noch etwas.«

»Was?«

»Gutbrod hat Cordes nach seiner Entlassung regelmäßig alle drei Monate besucht. Zuletzt Anfang Dezember letzten Jahres.«

»Im Ernst?«

Anne nickte bedeutungsvoll.

»Da sollten wir doch vielleicht mal mit Herrn Cordes sprechen.«

»Ich wäre gern dabei.« Die Kollegin sah entschlossen zu Brander auf.

»Kriegst du das denn zeitlich …?«

»Dann muss Hendrik eben mal ein paar Stunden auf unseren Sohn aufpassen. Ich bin doch nicht alleinerziehend!«

»Okay, dann organisier uns einen Termin in Heilbronn, so, dass es zeitlich für euch passt.«

Anne nickte zufrieden.

»Aber jetzt …« Brander tippte auf seine Uhr. »Es ist schon bald elf. Hendrik und Louis warten sicher auf dich.«

»Ja, auf die karrieregeile, egozentrische Rabenmutter«, kam es verbittert von der Kollegin.

»Du weißt, dass Hendrik das damals nicht so gemeint hat.«

»Und du? Was ist mit deiner Frau und Nathalie? Warten die nicht auf dich?«

Touché.

»Doch.« Er nahm seine Tasse und ging zurück in sein Büro.

10

Freitag

»Wie gehen wir weiter vor?« Brander stand vor seinem Team, die Hände auf den Tisch gestützt, und sah in die Runde. Er hatte seinen Leuten von den Briefen und den Erkenntnissen der Kollegin Dobler berichtet.

»Wenn Jakob Gutbrod mit diesem Gerome Cordes befreundet ist, sollten wir uns auf jeden Fall Cordes' Geschäfte mal genauer anschauen«, überlegte Peppi.

Corinna Tritschler sah skeptisch zu ihrer Kollegin. »Mit Cordes schließt man nicht einfach mal so Freundschaft.«

»Kennst du ihn?«, hakte Brander nach.

»Was heißt kennen? Ich hab die Geschichte damals nur am Rande mitgekriegt. Cordes ist ein ziemlich gewiefter Typ, hatte sich gute Rückversicherungen aufgebaut, als er noch draußen war. Er kennt eine Menge einflussreiche Leute. Es gab Gerüchte, dass einige von denen ihm, sagen wir mal, besonders wohlgesonnen sind. Allerdings nicht, weil er so ein netter Kerl ist, sondern weil sie gute Kunden in seinen Etablissements waren und das anscheinend auch von Cordes mit Fotos belegt werden konnte.«

»Erpressung?«

Tritschler zuckte die Achseln. »Man konnte ihm nichts nachweisen.«

»Weshalb wurde er dann verurteilt?«

»Steuerhinterziehung, illegale Wetten, mehrfache schwere Körperverletzung sowie Anstiftung zu verschiedenen Straftaten. Er war bereits wegen diverser Vergehen vorbestraft. Zudem bestand der Verdacht auf Menschenhandel, dass er junge Mädchen aus dem Osten eingekauft und hier zur Prostitution gezwungen hätte. Er sagte, sie wären freiwillig hier und hätten natürlich nur als Kellnerinnen und Tänzerinnen in seinen Clubs gearbeitet.« Die Beamtin tippte sich mit dem rot lackierten Fingernagel unter das Auge.

»Und man konnte ihm nichts nachweisen?«

»Nicht direkt. Du weißt doch, wie es ist. Leute wie Cordes machen sich selten die Finger selbst schmutzig. Die haben ihre Lakaien.«

»Was könnte das für uns bedeuten? Wie weit ist Cordes noch im Geschäft? Ist Jakob Gutbrod einer von Cordes' Leuten?«

»Du sagst, er hat Cordes alle drei Monate besucht«, meldete sich Hendrik zu Wort. »Er könnte ein Bote gewesen sein, der Cordes auf dem Laufenden hält.«

»Genau, und der gute Rocco hat seine eigenen Leute nicht informiert. Gutbrod war sein kleiner geheimer Spion, damit er auch im Knast die Fäden in der Hand behält«, spann Peppi den Faden weiter. »Dummerweise ist ihm jemand von Roccos Leuten auf die Schliche gekommen, der vielleicht was vor seinem Boss zu verbergen hat. Dieser Jemand lädt Gutbrod zu einem methanolverseuchten Drink ein und entledigt sich seiner Leiche mittels der brennenden Scheune.«

»Und warum dann in Tübingen und nicht in Nürtingen oder Reutlingen?«, wollte Corinna Tritschler wissen.

»Weil ...« Peppi hob den Zeigefinger und machte eine bedeutungsschwangere Pause. »... keine Ahnung. Muss ich den Fall denn im Alleingang lösen?«

»Nein, das musst du nicht, zum Glück hast du ja uns«, erlöste Brander die Kollegin von der Verantwortung. »Hendrik, Cory, könnt ihr mal ein bisschen das Umfeld von Cordes durchleuchten? Welche Beziehungen hat er nach außen? Wer betreibt jetzt seine Geschäfte? Ihr wisst schon ...«

Im Anschluss an die Sitzung machte Brander einen Abstecher zur Kaffee-Ecke. Hendrik folgte ihm.

»Was macht dein Hals?«

»Wird langsam besser.«

»Ähm … Andi …« Hendrik stellte umständlich seine Tasse unter den Automaten. »Anne hat gesagt, du willst mit ihr nach Heilbronn fahren und mit Cordes sprechen?«

Genau genommen hatte Anne ihn darum gebeten, mitfahren zu dürfen, ging es Brander durch den Kopf, aber er wollte nicht kleinlich sein. »Sie hat dir also gesagt, dass sie gestern Abend noch hier war?«

»Nicht, dass ich es nicht geahnt hätte.« Hendrik schien noch etwas sagen zu wollen, entschied sich aber dann dagegen.

»Was?«, hakte Brander nach.

»Ich weiß nicht, ob das so gut ist. Anne hat immer noch Magenprobleme. Warum fährst du nicht mit Peppi?«

»Weil Anne die Spur aufgetan hat. Du arbeitest hier, Anne arbeitet hier. Ich hab wirklich keine Lust auf eure ständigen …«

Hendrik hob abwehrend eine Hand. »Warum bin eigentlich immer ich der Arsch? Ich will ihr doch nichts! Anne hat seit Tagen die Kotzerei. Ich mache mir einfach nur Sorgen.«

»Was sagt denn der Arzt?«

»Pfff, du glaubst doch nicht, dass sie zum Arzt geht? Der könnte sie ja krankschreiben.«

»Ich hab ihr nun mal zugesagt, dass sie bei der Befragung dabei sein kann. Vielleicht kann ich auf der Fahrt mal mit ihr reden«, schlug Brander versöhnlich vor.

Hendrik seufzte frustriert. »Auf dich hört sie vielleicht.«

Sie hatten Enno Tumolo für den Vormittag zur Befragung in die Polizeidirektion geladen. Der Mann sah unwesentlich anders aus als bei ihrer ersten Begegnung. Lediglich das Spitzmaus-Gesicht war dieses Mal rasiert. Die Kleidung, in Grautönen gehalten, verbreitete binnen Sekunden im gesamten Büro einen Geruch nach muffig-feuchter Wolle und kaltem Rauch. Brander bereute, dass er mit Tumolo nicht in ein Vernehmungszimmer gegangen war.

Er lehnte sich dennoch zu seinem Gegenüber, um dem Mann direkt ins Gesicht sehen zu können. »Herr Tumolo, jetzt können wir uns mal ganz in Ruhe über Ihren Freund Jakob Gutbrod unterhalten.«

»Über wen?«

Das ging ja wieder gut los. »Jakob Gutbrod.«

Tumolo gab ein heiseres Husten von sich. »Was ist mit Jacky?«

»Sie wollten gemeinsam Whisky brennen.«

»Ist ja nich' verboten, oder?«

»Das stimmt … Sie wollen die Whiskybrennerei gewerblich betreiben?«

»Will ich das?«

»Das frage ich Sie.«

Verwirrt blinzelte Tumolo mit den kleinen runden Augen. »Was?«

»Ich fragte, ob Sie die Whiskybrennerei gewerblich betreiben wollen?«

»Ach so. Hab 'ne Brennlizenz, wenn's das ist. Geerbt. Landwirtschaftlicher Betrieb und so.«

»Mich interessiert, wann Sie Jakob Gutbrod zuletzt gesehen haben.«

»Weiß nicht. Vor zwei Wochen vielleicht.«

»Geht's ein bisschen genauer?«

Tumolo zog den Rotz in seiner Nase hörbar hoch. »Was denn?«

»Wann genau haben Sie Jakob Gutbrod zuletzt gesehen?«

»Ach so, ja, Samstag vor zwei Wochen. Das war der Samstag nach Fasching. Er war bei mir, wir haben was getrunken und Pläne gemacht.«

»Was für Pläne?«

»Wieso Pläne?«

Geduld, mahnte Brander sich. »Was für Pläne haben Sie mit Herrn Gutbrod gemacht, als Sie ihn am Samstag vor zwei Wochen zuletzt sahen?«

»Ach so, na, für unsere Brennerei.«

»Und was haben Sie gemeinsam getrunken?«

»Nichts.«

»Sie sagten doch gerade, Sie haben mit Herrn Gutbrod etwas getrunken.« Der Typ raubte ihm den letzten Nerv.

»Ach so, an dem Samstag. Weiß nich' mehr. Schnaps, Obstler, was halt da war.«

»Selbstgebrannt?«

»Was 'n sonst?«

»Wie lange war Herr Gutbrod bei Ihnen?«

»An dem Samstag?«

»Ja.«

»Keine Ahnung. Kann mich nich' mehr erinnern.«

»Und danach haben Sie sich nicht wieder getroffen?«

»Mit wem?«

»Mit Herrn Gutbrod«, erklärte Brander mit Engelsgeduld.

»Den hab ich Samstag vor zwei Wochen zuletzt gesehen. Nach Fasching. Wir haben Pläne gemacht und was getrunken.«

»Das sagten Sie bereits. Sie haben Herrn Gutbrod letzte Woche mehrfach angerufen. Warum war ihr Treffen so wichtig?« Brander wartete auf eine Antwort, die nicht kam. Hatte der Mann die Frage nicht verstanden oder wusste er schon wieder nicht, worum es ging? »Nachdem Herr Gutbrod letzte Woche Dienstag nicht zu ihrer Verabredung kam, sind Sie da zu ihm gefahren?«

»Verabredung?« Tumolo zog die Stirn in Falten, kratzte sich am Hinterkopf. »Ach so. Nee, is nich' gekommen, der Jacky.«

»Wofür brauchten Sie das Geld, das Herr Gutbrod besorgen wollte?«

Die kleinen runden Augen wanderten über Branders Gesicht, aber eine Antwort kam nicht über Tumolos Lippen.

»Sie haben letzten Mittwoch kein weiteres Mal angerufen. Heißt das, Herr Gutbrod ist dann doch noch zu Ihnen gekommen?«

»Nee, der is nich gekommen.«

»Warum haben Sie dann nicht noch einmal angerufen?«

»Hab ich nich.«

»Genau, Sie haben ihn nicht noch einmal angerufen. Warum? Haben Sie Herrn Gutbrod doch noch getroffen?«

»Nee, is nich gekommen, der Kerl.«

»Gerome Cordes? Kennen Sie den?«

»Nee.«

»So, wie Sie Herrn Gutbrod auch nicht kannten?«

»Wie hieß der?«

»Gerome Cordes.«

»Kenn ich nich.«

»Vielleicht unter dem Namen Rocco?«

»Rocco?« Enno Tumolo lachte keckernd und entblößte dabei eine Reihe unregelmäßiger, vom vielen Rauchen gelb gefärbter Zähne. »Ist das ein Papagei? Rocco. Rrrrrocco.«

»Nein. Herr Tumolo, womit verdienen Sie eigentlich Ihren Lebensunterhalt?«

»Hä?«

»Wovon leben Sie?«

Tumolos Pupillen gingen unter den gesenkten Augenlidern unruhig hin und her. »Bin Frührentner.«

»Und die Obstbrennerei betreiben Sie noch nebenbei?«

Die Unruhe schien größer zu werden. »Nur ’n kleiner Nebenerwerb.«

»Was hatten Sie mit den zwanzigtausend Euro vor, die Herr Gutbrod besorgt hatte?«

Tumolo hob den Kopf. Einen winzigen Moment lang schien er hellwach. »Was denn für zwanzigtausend Euro?«

»Er hat sich Geld besorgt für die Brennerei. Sie wussten nichts davon?«

»Nee.« Tumolos Nasenflügel zuckten nervös, was den Eindruck eines Mausgesichts noch verstärkte.

»Und Sie wissen auch nicht, wo Jakob Gutbrod sein könnte?«

»Nee. Ich hab ihn Samstag vor zwei Wochen …«

»... zuletzt gesehen, ja, das wissen wir jetzt. Verkaufen Sie Ihren Schnaps auch?«

»Wieso verkaufen?«

»Na, Sie werden das doch nicht alles selber trinken, oder?«

»Verschenk ich an Freunde.«

»Können Sie mir Namen nennen?«

»Nee, die kommen halt vorbei. Was wollen Sie noch von mir?«

»Danke, im Moment nichts weiter. Sie können gehen.«

Peppi riss die Fenster auf, kaum dass der Mann das Zimmer verlassen hatte.

»Ich hab gedacht, ich erstick gleich.«

»War das gerade Show oder war das echt?« Brander stellte sich neben seine Kollegin und sog die frische Luft in seine Lungen.

»Zwischendurch schien er immer mal wieder ganz genau zu wissen, um was es geht.«

Brander nickte nachdenklich. »Hat er was zu verbergen?«

»Er ist ein Brenner. Er hat die Möglichkeit, Methanol herzustellen ...« Peppi hielt inne und stieß Brander gegen den Arm. »Guck mal, was macht der denn da?«

Unter sich sahen sie Enno Tumolo den Bürgersteig entlanggehen. Er lief wenige Schritte in eine Richtung, stoppte, wandte sich abrupt um, ging ein paar Schritte zurück, stoppte erneut, zupfte nervös an seinem Mantel, hob den Kopf, senkte ihn wieder, drehte sich herum und lief weiter. Das Schauspiel wiederholte sich noch zweimal, dann verloren sie den Mann aus den Augen.

»Ich weiß nicht, ich hätte kein so gutes Gefühl, mit so einem schrägen Vogel Geschäfte zu machen. Würdest du dem einfach so mal zwanzigtausend Euro anvertrauen?«

»Die meisten Genies haben doch irgendwie eine Macke, oder? Vielleicht ist er ja ein begnadeter Brenner.«

»Begnadeter Säufer trifft's wohl eher.« Peppi schloss das Fenster wieder. »Ob der tatsächlich nichts von dem Geld wusste?«

»Kann ich mir nicht vorstellen.«

»Wir sollten uns seine Brennerei noch mal genauer anschauen. Aber jetzt brauch ich erst einmal einen Kaffee.«

»Ich auch, aber nicht hier. Lass uns noch mal rausfahren zu Lea Gutbrod und Sven Flaig. Der Herr schuldet uns noch eine Antwort.«

Der Wirt schrieb gerade mit Kreide die Tagesangebote auf einen Aufsteller, der am Eingang seiner Gaststätte stand, als Peppi den Wagen auf dem Gästeparkplatz abstellte.

»Das passt ja«, stellte Peppi fest und marschierte schnurstracks auf den Eingang zu. »Hallo Peter!«

Der Wirt wandte den Kopf in ihre Richtung und sah die Beamtin fragend an.

»Wir waren letzten Sonntag bei Ihnen zum Essen. Persephone Pachatourides, Kriminalpolizei Tübingen.« Peppi zeigte ihren Dienstausweis.

»Ach ja, jetzt erinnere ich mich.« Der Mann deutete ein unsicheres Lächeln an. Er war stämmig, hatte kräftiges dunkelblondes, mit grauen Strähnen durchsetztes Haar und trotz Kneipenjob eine gesunde rosige Gesichtsfarbe. Er mochte Anfang fünfzig sein, schätzte Brander.

»Wollen Sie zu mir?«

»Wenn wir bei Ihnen einen Kaffee bekommen, Herr …?«

»Thiemann. Aber sagen Sie ruhig Peter. Hier spricht mich jeder mit Vornamen an. Kommen Sie herein.« Er deutete mit einer einladenden Geste auf die Eingangstür.

Brander folgte seiner Kollegin. Da die örtliche Thekenmannschaft noch nicht versammelt war, setzten sie sich an den Tresen und bestellten Cappuccino und Espresso.

»Sie sind der Pächter der Wirtschaft?«, fragte Peppi.

»Ja.«

»Schon lange?«

Der Wirt überlegte, während er die Milch aufschäumte. »Im Herbst werden es sechs Jahre. Aber ich habe schon vorher hier gearbeitet, als Kurt den Laden noch geschmissen hat. Also, Herr Ihringer.«

»Dann kennen Sie auch Jakob Gutbrod?«

Thiemann sah mit gerunzelter Stirn über die Schulter zu der Beamtin. Er streute etwas Schokoladenpulver über den Milchschaum, stellte die Tasse vor Peppi ab und flüsterte ihr konspirativ zu: »Ein Name, den Sie hier besser nicht so laut aussprechen.«

»Sie kennen die Geschichte?«

»Ja, ich kenne Lea, da ist sie noch auf Obstbäume geklettert und mit den anderen Kindern um die Wette gerannt.« Ein Anflug von Bitterkeit überzog sein Gesicht.

»Und ihre Mutter? Leonie?«

Der Wirt strich mit den Armen durch den Raum. »Das hier war in meiner Jugend meine Stammkneipe. Am Wochenende hab ich mich mit meinen Kumpels getroffen, wir haben Dart gespielt oder Karten gezockt. Im Nebenraum ist eine Dartscheibe und ein Billardtisch«, erklärte er. »Leonie hat schon, als sie noch zur Schule ging, an den Wochenenden bedient. Jeder hier im Ort kannte sie.« Er schickte die Erinnerung mit einem Seufzer fort. »Warum fragen Sie nach Jakob?«

»Er wird seit gut zehn Tagen vermisst.«

Thiemann hob skeptisch die Augenbrauen. »Von wem?«

»Von Lea.« Peppi löffelte den Milchschaum von ihrem Cappuccino und trank einen Schluck. »Lecker.«

»Danke.«

»Herr Gutbrod soll letzte Woche Dienstag hier gewesen sein«, mischte sich Brander in das Gespräch. »Also, nicht hier in Ihrer Gaststätte, er wollte vermutlich zu seiner Tochter.«

»Das weiß ich nicht.« Thiemann zögerte, bevor er weitersprach. »Ich habe ihn nicht gesehen. Wir sind uns ohnehin aus dem Weg gegangen. Kurt wollte ihn nicht hierhaben, und ich kann ihn sehr gut verstehen. Seine Tochter stirbt durch den Unfall, und die Lebensträume seiner Enkelin wurden durch diesen Kerl für immer zerstört.«

»Was waren denn Leas Lebensträume?«

»Ganz bestimmt nicht ein Leben im Rollstuhl. Sie war sehr sportlich. Leichtathletik hat ihr Spaß gemacht, sie … oh, Sie entschuldigen mich?« Er deutete auf die Tür, durch die gerade eine Gruppe Rentnerinnen fröhlich schwätzend eintrat.

»Grüß Gott Peter, viermal des Damengedeck und oin Wässerle fürs Hildchen«, rief eine der Frauen und drückte dem Wirt zur Begrüßung ein Bussi auf die Wange.

»Ein Wässerle fürs Hildchen«, wisperte Peppi grinsend. »Was ist denn bei Ihnen ein Damengedeck?«, erkundigte sie sich, als Thiemann wieder hinter die Theke trat.

»Kaffee, Kuchen und ein Wässerle.« Er hob eine Flasche Obstbrand hoch.

»Das heißt, das Hildchen kriegt nur einen Obstler?«

»Nein, sie bekommt ein Stilles Wasser, weil sie weder Alkohol noch Kaffee trinken darf.«

»Haben Sie auch Schwäbischen Whisky im Angebot?« Branders Blick schweifte über das Getränkeregal hinter dem Tresen.

Thiemann verzog das Gesicht. »Nein, wenn Sie was Regionales wollen, kann ich Ihnen einen guten Obstbrand anbieten.«

»Nein, danke. Bin im Dienst. Und Herr Ihringer, hat der mal überlegt, Whisky zu brennen?«

»Er hat Streuobstwiesen und keine Getreidefelder. Warum sollte er anfangen, Whisky zu brennen?«

»Aus Experimentierfreude«, schlug Brander vor. Er zahlte die Getränke und sie ließen Peter Thiemann mit seinem Damen-Quintett allein.

Sie gingen um das Wirtsgebäude herum zu dem Anbau und klingelten an der Tür, die ihnen vor wenigen Tagen von Kurt Ihringer vor der Nase zugeschlagen worden war. Dieses Mal mussten sie nicht lange warten. Kurz nach dem Läuten öffnete Lea Gutbrod den Kommissaren die Tür.

»Kommen Sie rein.« Sie wich ein Stück zur Seite. »Geradeaus und zweite Tür links.«

Brander und Peppi betraten den geräumigen Flur und folgten den Richtungsangaben der jungen Frau. Hinter der Tür befand sich ein weitläufiges Wohnzimmer, das hell und modern eingerichtet war. Eine beigefarbene Couchgarnitur war um einen Glastisch aufgestellt. Zeitungen und ein aufgeschlagener historischer Roman lagen auf dem Tisch. An einer Seite des Raums befand sich eine Schrankwand, deren Mitte ein großer Flachbildschirmfernseher ausfüllte. Auf einem Sideboard thronte ein Pokal neben einem frischen Tulpenstrauß – ein erster Frühlingsgruß, vermutlich aus einem Gewächshaus aus den Niederlanden. Darüber hingen einige Bilder an der Wand. Brander trat näher und betrachtete den Pokal und die Fotos. Sie zeigten Lea Gutbrod als Läuferin in Kindertagen und in einer Art Liegerad als junge Erwachsene.

»Haben Sie den Pokal gewonnen?«

»Ja, letztes Jahr.« Die junge Frau strahlte ihn an. »Bei einem Halbmarathon.«

»Ein Halbmarathon?«, fragte Brander irritiert.

»Mit dem Handbike. Das ist wie ein Liegerad, nur, dass ich nicht mit den Füßen die Pedale bediene, sondern mit meinen Armen.« Sie rollte neben den Kommissar und deutete auf eines der Fotos. »Das war in Stuttgart. Ich hab leider nicht gewonnen. Sven hat den Pokal für mich anfertigen lassen. Als Motivation. Er hat mich dazu gebracht, mit diesem Sport zu beginnen.« Für einen Augenblick legte sich ein zärtlicher Ausdruck auf das sonst so beherrschte Gesicht. »Es ist ein guter Ausgleich zum ständigen Stillsitzen.«

»Sie haben vor dem Unfall schon viel Sport getrieben?«

»Ja, Leichtathletik. Laufen, Springen, Werfen. Ich war eine gute Läuferin, sofern sich das sagen lässt. Ich war ja noch sehr jung.«

Brander bewunderte die Leichtigkeit, mit der Lea Gutbrod über ihre Vergangenheit sprach. Hatte sie sich tatsächlich so gut mit ihrem Schicksal arrangiert?

»Was ist das da? Das ist kein Liegerad.« Brander zeigte auf ein Foto, auf dem Lea Gutbrod in ihrem Rollstuhl saß.

Sie hielt eine Art Lenkstange mit Kurbel in der Hand, an deren Ende sich ein weiteres Rad befand.

»Das ist ein Adaptivbike. Das kann ich vor meinen Rollstuhl ankoppeln, die kleinen Räder vorne an meinem Rollstuhl, sehen Sie, da unten, werden einfach nur aufgebockt. Mit dem größeren Vorderrad kann ich leichter Hindernisse überwinden, also zum Beispiel mal über Kopfsteinpflaster oder unwegsames Gelände wie Wald- und Feldwege fahren oder durch die Tübinger Altstadt. Es ist echt keine leichte Aufgabe, mit dem Rollstuhl die Neckargasse rauf zum Marktplatz zu fahren. Mit dem Adaptivbike hab ich ein großes Stück Unabhängigkeit dazugewonnen. Mit den Kurbeln fahre und lenke ich. Ich bin oft im Alltag damit unterwegs. Ich muss trainieren, damit das da nicht mein einziger Pokal bleibt.« Sie klopfte lächelnd auf die Trophäe. »Die Leute gucken allerdings manchmal ziemlich blöd, wenn sie mich sehen, besonders, wenn ich mit dem Handbike unterwegs bin. Die halten das wahrscheinlich für irgendeinen neumodischen Schnickschnack aus den USA.«

»Na ja, so ein Gerät sieht man ja nicht so oft. Aber es erklärt, warum Sie so gut trainiert sind.«

»Danke.« Sie lächelte erfreut über das Kompliment. »Ist leider kein billiger Spaß. Ach, entschuldigen Sie bitte, setzen Sie sich doch. Ich vergesse das immer.« Sie zeigte auf ihren Rollstuhl. »Ich sitz ja schon.«

Brander und Peppi ließen sich auf dem Sofa nieder.

»Frau Gutbrod, Sie sagten, Sie haben Ihren Vater am Sonntag vor zwei Wochen zuletzt gesehen?«

»Ja.« Die Lockerheit wich sofort einer konzentrierten Aufmerksamkeit. Obwohl es nicht die Herzform ihrer Mutter hatte, meinte Brander eine Ähnlichkeit mit dem Gesicht von Leonie Gutbrod auf dem Foto feststellen zu können, das er in Jakob Gutbrods Wohnung gesehen hatte.

»Wie wir gehört haben, war er am Dienstag darauf noch einmal hier.«

»Davon weiß ich nichts. Wann soll denn das gewesen sein?«

»Mittags, gegen zwei oder drei Uhr.«

»Vor gut zehn Tagen ... Dienstag ... da war ich bei einer Freundin. Wer sagt denn, das er hier war?«

»Ihr Großvater.«

»Oh.«

»Er sagt, Herr Flaig hätte Ihren Vater wieder weggeschickt.«

Der entspannte Gesichtsausdruck war völlig verschwunden. »Aber warum soll er denn hier gewesen sein? Wir haben uns nie bei mir getroffen, weil Opa ...« Sie verstummte. Kleine Falten bildeten sich auf ihrer Stirn, während ihre Augen zum Fenster wanderten. »Und Sven hat ihn weggeschickt? Er hat mir gar nichts davon gesagt.«

»Wir würden gern noch einmal mit Herrn Flaig sprechen.«

»Er ist nicht da. Er kommt heute erst gegen neun von der Arbeit.«

»Könnten Sie ihm ausrichten, dass er sich bei uns melden soll?«

»Ja ... ja, natürlich.« Sie blinzelte ein paar Mal und wandte sich wieder den Kommissaren zu. »Das bedeutet, Sie wissen nicht, wo mein Vater steckt, oder?«

»Leider nein. Wir ...« Brander hielt inne. Er wollte ihr von dem Verdacht berichten, dass ihr Vater möglicherweise tot sein könnte, entschied sich aber dagegen. Noch war es nicht sicher. Warum sollte er sie mehr beunruhigen als nötig? »Kennen Sie einen Gerome Cordes? Vielleicht auch nur unter dem Namen Rocco?«

»Nein. Wer ist das?«

»Jemand, den Ihr Vater im Gefängnis kennengelernt hat. Er hat nie von ihm erzählt?«

»Von einem Rocco? Nein, tut mir leid.«

»Ihr Vater hat Ihnen Briefe aus dem Gefängnis geschickt?« Peppi formulierte die Tatsache als Frage, während sie forschend das Gesicht der jungen Frau taxierte.

»Ja, aber ich habe sie nie bekommen. Mein Großvater hat sie alle abgefangen und zurückgehen lassen. Jakob hat mir erzählt, dass er mir geschrieben hat.«

Anscheinend hatte Gutbrod dabei nicht erwähnt, dass er all die Briefe an seine Tochter aufbewahrt hatte. Warum hatte er ihr die Briefe nicht im Nachhinein gegeben?, überlegte Brander. »Sie haben Ihren Vater vor fünf Jahren zum ersten Mal seit dem Unfall wieder gesehen?«, übernahm er wieder das Gespräch.

»Ja, es war ein ziemlich großer Schock. Nach dem Unfall, da war es so, als hätte ich beide verloren. Meine Mutter war tot, und mein Vater wurde verhaftet und verurteilt. Ich wusste ja nicht, dass er mir geschrieben hatte, dass er versucht hatte, mit mir Kontakt zu halten. Opa hat behauptet, er wollte mich nicht sehen. Es hat eine Weile gedauert, bis ich bereit war, mit ihm zu reden … und ihm schlussendlich zu verzeihen.«

»Das war sicherlich kein leichter Schritt«, stellte Brander fest.

»Nein, aber … es war ein Unfall. Er hat es doch nicht gewollt.«

Er hat das Risiko in Kauf genommen, als er sich betrunken hinter das Steuer gesetzt hat, dachte Brander bei sich.

»Puh«, stieß Lea Gutbrod laut aus. Ein angespanntes Lächeln lag auf ihren Lippen. »Haben Sie noch weitere Fragen? Ich … das strengt an. Ich bin ein bisschen müde.«

»Nicht mehr viele … Wir waren in der Wohnung Ihres Vaters.«

Ihr Gesichtsausdruck wurde wieder etwas lebhafter. »Hat er sich schön eingerichtet? Ich habe seine Wohnung nie gesehen. Er hat gesagt, er hätte die Wände bunt gestrichen und ganz viele Bilder aufgehängt.«

»Na ja«, entgegnete Brander vage. »Er hat einen großen neuen Fernseher und auch einen kleinen Destillierapparat in seiner Wohnung. Haben Sie ihm diese Sachen geschenkt?«

»Nein, wie kommen Sie darauf?«

»Von dem Geld, das ihm monatlich zur Verfügung steht, kann er sich das sicherlich nicht leisten.«

»Hmm …« Sie senkte den Blick auf ihre Hände, die unruhig in ihrem Schoß lagen. »Er verdient sich ja manchmal ein bisschen was dazu …«

»Hat er Ihnen mal erzählt, womit er sich Geld dazuverdient?«

»Nein, er wollte darüber nicht reden. Er erzählt kaum von sich, will nicht über die Jahre im Gefängnis sprechen. Er will immer wissen, wie es mir geht, wie ich die Tage verbringe, wie ich die Zeit verbracht habe, als wir keinen Kontakt hatten.« Sie schluckte trocken. »Er möchte so gern wieder gutmachen, was geschehen ist. Jedes Mal, wenn wir uns treffen, bringt er mir etwas mit: Blumen, Schokolade …« Ihr Blick wanderte wieder zum Fenster, verschwand in der Ferne. »Ich bin jetzt wirklich sehr müde.«

Müde. Es war anstrengend, über etwas zu sprechen, was man tagtäglich mühsam zur Seite zu schieben versuchte. Brander räusperte sich und stand auf. »Wir melden uns, sobald wir Neuigkeiten für Sie haben.«

Die Temperaturen waren etwas milder geworden, und es begann zu regnen, als Brander nach der Soko-Sitzung auf sein Fahrrad stieg, um nach Hause zu radeln. Am nächsten Morgen würde er früh in der Dienststelle sein müssen, um mit Anne nach Heilbronn zu fahren. Der Fall war verworren. Oder die Fälle? In seinem Inneren hoffte er, dass der Tote in der Scheune nicht Jakob Gutbrod war und dass er nichts mit dem Brand zu tun hatte, damit die junge Frau im Rollstuhl ihren Vater nicht ein zweites Mal verlieren musste. Auch, wenn sie bei ihren ersten Begegnungen so reserviert gewesen war, schien sie eigentlich eine umgängliche, sympathische junge Frau zu sein. Ihm gefiel ihre starke Haltung, ihre Selbstbeherrschung, die Kraft, mit der sie ihr Leben meisterte. Er hatte das Leuchten in ihren Augen gesehen, als sie ihm von ihrem Sport berichtet hatte und die liebevolle Sehnsucht, wenn sie von ihrem Vater sprach. Sie hatte sich nicht in Verbitterung vom Leben zurückgezogen. Sie hatte ihrem Vater verziehen. Wie viel Kraft mochte es sie kosten, ihm zu verzeihen, wenn alle Menschen um sie herum diesem Mann seine Schuld nicht vergeben konnten?

Cecilia stand im Wohnzimmer vor dem Fernseher und bügelte, als Brander triefnass zu Hause ankam.

»Ich hab gerade gewischt. Bleib, wo du bist«, bremste sie ihn sofort an der Türschwelle.

»Soll ich hier stehen, bis ich trocken bin? Ich bin schon erkältet.«

»Ich hol dir was von oben, warte.«

Wenig später hatte Brander sich gewaschen und einen frischen Jogginganzug angezogen. Cecilia beendete ihre Bügelarbeit und gesellte sich zu ihm in die Küche, während er sich ein paar Brote belegte.

»Du bist früh zu Hause. Es ist nicht einmal neun«, stellte sie fest. »Habt ihr euren Fall gelöst?«

»Davon sind wir weit entfernt.«

»Manchmal wäre es schön, du hättest einen Job mit geregelteren Arbeitszeiten.«

Brander sah prüfend zu seiner Frau. »Hör ich da Kritik?«

»Nein ... ich ... Andi, wir müssen reden.«

»Okay.« Er setzte sich an den Küchentisch, deutete auf den freien Stuhl neben sich und biss in sein Salamibrot.

»Nathalie hat eine Zwei in Mathe.«

»Das ist gut.« Die Sorgen um ihr Pflegekind hatten sämtliche Gespräche der letzten Wochen bestimmt. Aber das war doch endlich mal eine gute Nachricht.

»Und sie will nicht mehr bei uns leben.«

Brander blieb der Bissen im Hals stecken. Mit vollen Backen starrte er seine Frau an, spülte das Essen mühsam mit einem Schluck Saftschorle herunter. »Wie bitte?«

»Sie will nicht mehr bei uns leben.«

»Warum?«

Cecilia hob ratlos die Schultern.

»Gab es Streit?«

»Wie soll ich mit ihr streiten? Sie knallt mir irgendwelche Sachen an den Kopf, verzieht sich in ihr Zimmer und verkriecht sich hinter einer Mauer des Schweigens.«

Brander schlang grübelnd das Brot in sich hinein. »Es fing an, als du ihr letzte Woche Freitag verboten hast, lange auszugehen, oder? Tags drauf ist sie den ganzen Tag weg und kommt abends betrunken nach Hause«, begann er, die Situation zu analysieren. »Sie wird handgreiflich gegen dich. Dann schwänzt sie die Schule, trifft sich wieder mit ihren Junkie-Freunden und verstrickt Karsten in eine Schlägerei. Sie benimmt sich wieder so, wie sie sich benommen hat, als sie noch bei ihrer Mutter gelebt hat.«

»Mit dem Unterschied, dass ich mich um sie kümmere und nicht von morgens bis abends besoffen bin«, erklärte Cecilia bitter.

»Hauch mich mal an.«

»Das ist ein ganz blöder Scherz.«

»'tschuldige.« Brander strich seiner Frau besänftigend über den Arm. »Ich geh gleich mal rauf und rede mit ihr, okay?«

»Andi, ich mache mir Sorgen! Die Sache mit Karsten, die Pillen … Wie können wir nur wieder an sie rankommen?« Sie seufzte hilflos. »Sie muss uns wieder vertrauen. Sie braucht Stabilität, Familie. Wann hast du in den letzten vierzehn Tagen mal etwas zusammen mit uns gemacht? Und sei es nur ein gemeinsames Frühstück.«

»Wir haben doch miteinander geredet.«

»Wir haben Probleme gewälzt. Ich meine aber ganz normales Familienleben. Ein Spiel spielen, einen Ausflug machen. Regelmäßigkeit, Geborgenheit, die wir ihr geben wollten.«

»Ceci, ich leite eine Mordermittlung. Ich habe einen Vermisstenfall. Der komplette Polizeiapparat wird umstrukturiert … Da kann ich im Moment nicht den Familienpapa spielen, der von acht bis fünf im Büro …«

»Du sollst nichts spielen, du sollst jemand sein! Jemand, der da ist. Ich komme an Nathalie nicht ran, aber du … zu dir hatte sie doch schon immer einen besonderen Draht.«

»Und was soll ich deiner Meinung nach jetzt machen?«

»Mit ihr reden.«

»Ähm … Moment mal.« Brander sah seine Frau verwirrt an. »Genau das habe ich doch vor einer Minute gesagt: Ich gehe rauf und rede mit ihr.«

»Hast du?«

»Habe ich.«

»Ja, aber …« Cecilia hielt inne. »Ich weiß auch nicht. Ich bin gerade einfach ein bisschen überfordert.«

Er beugte sich zu ihr und gab ihr einen Kuss. »Lass mich mal mit ihr reden.«

Nathalie saß auf ihrem Bett, hörte Musik und kritzelte auf einem Blatt herum. Der Block verschwand unter dem Kopfkissen, als Brander hereinkam. Statt sich zu ihr aufs Bett zu setzen, nahm er den Schreibtischstuhl und setzte sich ihr gegenüber.

»Nimm mal die Dinger da raus«, bat er.

Widerwillig zog das Mädchen die Stöpsel aus ihren Ohren.

»Ich habe gehört, dass du eine Zwei in Mathe geschrieben hast.«

»Hmm.«

»Das ist toll. Das finde ich wirklich großartig.«

Statt eines Hauchs von Freude legte sich lediglich ein genervter Ausdruck auf ihr Gesicht.

Damit wäre Thema eins wohl abgehakt. »Ceci sagt, du willst nicht mehr bei uns wohnen?«

Nathalie senkte die Augenlider und begann an ihrer Unterlippe zu nagen.

»Warum?«

Die Lippe wurde stumm weiterbearbeitet.

»Wo willst du denn hin?«

Keine Antwort. Von wegen, er hätte einen besonderen Draht zu ihr.

»Nathalie, ich weiß, dass Abhauen zu deinen Stärken zählt. Du bist gern unterwegs und schläfst bei Eiseskälte auf einer Parkbank oder bei Regen in irgendeinem Hausflur. Und wenn es zu heftig wird, na, dann ballerst du dich eben weg. Aber das ist keine Lösung.«

Noch immer starrte Nathalie auf ihren Schoß und malträtierte ihre Unterlippe.

»Manchmal gibt es Probleme zwischen Menschen«, fuhr er fort in der Hoffnung, dass seine Worte sie irgendwie erreichten. »Da tut oder sagt jemand etwas, was dir nicht gefällt, oder vielleicht verletzt es dich sogar. Das muss von dem anderen gar nicht böse gemeint sein. Ein Missverständnis. So etwas passiert. Aber dann haut man nicht gleich ab. Man redet. Man sagt dem anderen, was nicht in Ordnung war. Nur dann hat der andere eine Chance, sein Verhalten zu ändern. So funktioniert Familienleben.«

Brander hatte das Gefühl, mit einer Wand zu reden. »Ich habe im Moment viel zu tun. Ein Mensch wurde umgebracht, und wir müssen herausfinden, wer das getan hat. Aber es kommen auch wieder andere Zeiten, dann habe ich wieder mehr Zeit für euch.«

»Drauf geschissen«, knurrte sie ihn undeutlich an.

»Kannst du das bitte anders ausdrücken?« Er konnte ihr nicht ständig diese unflätige Ausdrucksweise durchgehen lassen. Auch wenn die Zeiten gerade schwierig waren. »Du erinnerst dich vielleicht, dass wir hier Regeln aufgestellt haben: Keine Kraftausdrücke, kein Alkohol, keine Drogen.«

Für einen winzigen Augenblick flatterten ihre Augenlider.

»Nimmst du irgendwelche Drogen?«

Der Kiefer begann wieder zu arbeiten.

»Nathalie, dein Matze hatte Drogen bei sich, und ich will wissen, ob du welche nimmst. Du hast dich verändert in den letzten zwei Wochen.«

Sie begann ihre Finger zu kneten.

»Wir stellen diese Regeln nicht auf, um dich zu schikanieren. Wir haben dich lieb, und wir machen uns Sorgen. Und daran ändert sich auch nichts, wenn du hier den ganzen Tag bockig rumsitzt. Gib uns doch eine Chance. Sag uns, was los ist, dann können wir gemeinsam versuchen, eine Lösung zu finden.«

Er wartete stumm, in der Hoffnung, dass Nathalie doch noch mit ihm sprach, aber sie knetete nur angelegentlich ihre Finger und wagte nicht, ihm in die Augen zu sehen.

»Okay, wenn du meine Frage nicht beantworten willst, dann können wir auch zur Polizeidirektion fahren und einen Drogentest machen lassen.«

Sie stellte ihre Bewegungen ein und hob nun doch das Gesicht zu ihm. »Darfst du das?«

»Ich darf so einiges, wenn es sein muss.«

»Ich nehm keine Drogen.«

»Sicher? Nicht mal zwischendurch ein kleines buntes Pillchen, um besser drauf zu sein?«

Sie schüttelte den Kopf.

»Gut. Das ist gut.« Er wollte nicht an ihrer Antwort zweifeln und hoffte, dass das Mädchen ihn nicht anlog. Diese Chance wollte er ihr geben. »Und verrätst du mir jetzt, was dein Problem ist?«

Wieder schüttelte sie den Kopf.

»Was ist so schwer daran, mit uns zu reden?«

Er erhielt ein Achselzucken zur Antwort.

»So kann ich dir nicht helfen«, erklärte er resigniert. Wie gern hätte er sie jetzt einfach in den Arm genommen, sie fest an sich gedrückt, um ihr zu zeigen, dass er sie gern hatte, um ihr einen Halt zu geben. Aber er hatte das Gefühl, dass sie das nicht wollte, dass er ihr damit jetzt zu nahe treten würde. Er stand auf und strich ihr stattdessen nur sanft durch die kurzen Haare. Sollte er vielleicht sicherheitshalber doch einen Drogentest machen lassen? »Du hast zwar eine Zwei geschrieben, aber der Hausarrest bleibt trotzdem bis auf Weiteres bestehen. Dafür hast du dir einfach zu viel geleistet in den letzten Tagen.«

Er wandte sich ab und war schon an der Tür, als Nathalie sich doch noch entschloss, etwas zu sagen: »Kann ich wieder zu meiner Mutter?«

Brander schloss die Augen, froh darüber, dass er dem Mädchen den Rücken zugewandt hatte und sie sein Gesicht nicht sehen konnte.

»Das weiß ich nicht.« Er brauchte einen Moment, um Kraft zu sammeln und sich zu ihr umzudrehen. »Dazu müssen wir erst mit dem Jugendamt sprechen. Aber ganz ehrlich, Nathalie, ist es wirklich das, was du willst?«

Sie verschanzte sich wieder hinter störrischem Schweigen.

»Himmel, Herrgott! Würdest du verdammt noch mal den Mund aufmachen?«, wurde Brander nun doch lauter. »Nur, weil wir ein paar Regeln aufstellen, die dir nicht in den Kram passen, willst du zu deiner Mutter zurück. Das ist doch Unsinn!«

»Ihr habt mich ihr weggenommen!«, fuhr Nathalie ihn zornig an.

»Wie bitte?«

»Ihr habt dafür gesorgt, dass ich nicht mehr bei meiner Mama leben darf, und jetzt sitz ich hier in diesem scheiß Knast und darf gar nichts mehr!«

Endlich. Sie sprach. Nun ja, sie schrie.

»Das ist nicht wahr«, erwiderte Brander.

»Doch! Wenn ihr nicht gewesen wärt, dann dürfte ich noch bei meiner Mama leben. Aber jetzt …« Die Stimme der Fünfzehnjährigen überschlug sich. Sie sprang auf, die Hände zu Fäusten geballt. »Jetzt will die mich auch nicht mehr!«

»Wer sagt das?«

»Mama.« Wutschnaubend starrte sie Brander an.

»Wann hast du deine Mutter gesehen?«

»Die hat mich wieder weggeschickt. Wegen euch.«

Brander überlegte. Gudrun Böhme lebte zwischenzeitlich in einem Wohnprojekt in Stuttgart. Wann hatte Nathalie ihre Mutter gesehen? Der letzte Samstag kam ihm in den Sinn. Kein Wunder, dass sie das Mädchen in Tübingen nirgends gefunden hatten.

»Nathalie, deine Mutter ist krank, sie ist Alkoholikerin, deswegen lebst du bei uns. Sie kann nicht für dich sorgen. Und du hast doch damals selber …«

»Gar nichts hab ich! Ihr … ihr habt mich manipuliert!« Sie wollte aus dem Zimmer stürmen, aber Brander hielt sie fest.

»Du bleibst hier.«

»Lass mich los!« Ihre zornigen Pupillen waren so groß, dass von der blauen Iris kaum mehr etwas zu erkennen war. Das Mädchen bebte vor Wut, und Brander befürchtete, dass sie versucht hätte, ihn zu schlagen, wenn er ihre Arme nicht gehalten hätte.

»Beruhige dich, Nathalie. Beruhige dich.« Er sah ihr eindringlich in die Augen, hielt sie so lange fest, bis ihre Atmung ruhiger wurde und er sicher war, dass sie sich wieder einigermaßen unter Kontrolle hatte. »Geht's wieder?« Vorsichtig lockerte er seinen Griff.

»Ich hasse dich!«, stieß sie wütend aus. »Ich hasse euch alle.« Sie riss sich los, wandte sich ab und setzte sich demonstrativ mit dem Rücken zu ihm auf das Bett.

Branders Schultern sackten erschöpft herab. Er wusste nicht, wie er weiter vorgehen sollte. Was war der richtige Weg?

»Ich weiß, dass du das nicht so meinst«, sagte er schließlich. »Cecilia und ich sind unten. Wenn du reden willst, dann komm zu uns.«

11

Samstag

Nathalie war nicht mehr zu ihnen gekommen. Bevor Brander sich morgens auf den Weg zur Arbeit machte, schaute er kurz in ihr Zimmer, um sicherzugehen, dass das Mädchen nicht wieder heimlich ausgebüchst war. Zu seiner Erleichterung fand er sie schlafend in ihrem Bett. Sie wirkte so friedlich. Kein Schmollmund, keine Zornesfalten im Gesicht. Vielleicht ein bisschen ernst. Warum wollte das Mädchen nicht mehr bei ihnen leben? Eigentlich hatte er das Gefühl gehabt, dass Nathalie sich gut bei ihnen eingelebt hatte. Woher kam auf einmal diese Ablehnung? Er verstand es nicht.

Anne wartete bereits in der Dienststelle, als Brander mit dem Fahrrad eintraf. Die Erkältung steckte ihm noch in den Knochen, aber er hatte die frische Luft und die Bewegung dennoch genossen. Er wusch sich eilig, wechselte seine Kleidung und saß wenig später hinter dem Steuer des Dienstwagens. Es war ungewohnt. Wenn er mit Peppi unterwegs war, überließ er meistens ihr den Fahrerplatz, und bei einer Fahrt über die Autobahn hätte sie diesen Platz niemals freiwillig hergegeben.

»Hast du den Bericht zu Cordes von Hendrik und Cory noch gelesen?«, erkundigte er sich, während er den Wagen über die B 27 Richtung Autobahn lenkte.

»Hendrik hat mir gestern Abend alles erzählt. Zwei von Cordes' Clubs sowie seine Spielhallen wurden damals geschlossen. Eine Bar in Nürtingen läuft mittlerweile auf den Namen seiner Frau Ilona, und sie betreibt zudem eine Bar und eine Spielothek in Esslingen. Dass er die Mädchen in seinen Clubs damals gezwungen hat, sich für ihn zu prostituieren, konnte man ihm nicht nachweisen. Er hatte gute Verbindungen zu verschiedenen anderen Milieugrößen als auch zu einigen regionalen Politikern und Unternehmern. Seine Frau besucht ihn regelmäßig im Gefängnis, und er scheint sich dort ganz gut zu führen. Im Juli soll er entlassen werden.« Sie beendete ihre Zusammenfassung und holte tief Luft. »Andi, ich möchte gern die Befragung durchführen.«

Brander sah zu seiner Beifahrerin. »Bist du sicher? Ich meine, fühlst du dich fit genug?« Dass sie sich auf die Vernehmung gut vorbereitet hatte, stand außer Frage.

»Ja.«

»Okay.«

Sie verließen die Autobahn an der Ausfahrt Untergruppenbach. Die Landstraße schlängelte sich durch die hügelige Landschaft. Felder, Wiesen und kleine Waldstücke flankierten ihren Weg. Die Weinhänge vor Heilbronn befanden sich noch im Winterschlaf, trostlose grau-braune Hänge, deren Blütezeit noch bevorstand. Da waren die Reklamen eines Porsche-Hauses und des OBI-Gartencenters am Ortseingang schon fast ein willkommener Farbklecks. Ein bisschen Frühling wäre schön, wünschte sich Brander. Etwas grün, ein paar bunte Blumen, blauer Himmel würden seine Stimmung schon heben und vielleicht auch die Müdigkeit aus seinen Knochen vertreiben. Es waren nicht nur die zähen Ermittlungen und seine Erkältung, die ihn nicht zur Ruhe kommen ließen. Nathalies Worte hatten ihn härter getroffen, als er es sich je hätte vorstellen können. War es nicht die Entscheidung des Mädchens gewesen, bei ihnen leben zu wollen? Manipuliert. Sie hatten Nathalie doch nicht manipuliert. Mit einem Seufzen verscheuchte er die schlechten Gedanken. Er wechselte auf die linke Fahrspur, um in die Südstraße einzubiegen, gleich im Anschluss fuhr er rechts in die Steinstraße.

Wenn man nicht genau hinsah, deutete auf den ersten Blick nichts darauf hin, dass hier, mitten zwischen zahlreichen Mehrfamilienhäusern und unweit des Stadtzentrums, eine Justizvollzugsanstalt stand. Es hätte ein Firmenkomplex sein können. Insbesondere, da ein paar Gartenlauben auf dem kleinen Rasen vor den Mauern der Anstalt aufgestellt worden waren. Musterstücke, die in den Betrieben auf der anderen Seite von den Inhaftierten angefertigt wurden. Erst bei näherem Hinsehen fielen der Stacheldraht auf der Mauer und die vergitterten Fenster auf. Ein kleines Schild neben dem Eingang wies dann auch den letzten Ahnungslosen mit schnörkelloser Schrift darauf hin, wo er sich befand.

Brander und Anne Dobler legten dem Wachmann ihre Dienstausweise vor und schlossen die Handys in den Spind ein. Ihre Dienstwaffen hatten sie in Anbetracht des Ziels ihrer Reise gar nicht erst mitgenommen. Ein Vollzugsbeamter holte sie aus dem Vorraum ab.

»Mathias Kreils«, stellte er sich vor. Er war wenig größer als Anne, hatte ein breites Kreuz und schien auch sonst recht gut in Form zu sein. Die dunklen Haare waren kurz geschnitten, und er begrüßte sie mit einem entspannten Lächeln im Gesicht. »Herr Cordes freut sich schon auf seinen unerwarteten Besuch.«

»Was ist er für ein Typ?«, erkundigte sich Brander, während er neben Kreils die breite Treppe in die erste Etage zu den Besuchsräumen hinaufstieg.

»Im Großen und Ganzen ganz umgänglich. Am Anfang hat er ein bisschen für Unruhe gesorgt, aber mittlerweile ist er so lange hier, dass er seinen Platz gefunden hat.«

»Haben Sie damals schon in dieser JVA gearbeitet, als er herkam?«

»Ja, ich bin jetzt seit fünfzehn Jahren hier.«

»Was meinten Sie damit, dass er für Unruhe gesorgt hat?«, wollte Anne wissen.

»Soweit ich weiß, war er draußen eine große Nummer und hat ein recht ausschweifendes Leben geführt. Da war sein Umzug hierher natürlich eine große Umstellung für ihn. Hier muss er sich auf ein paar Quadratmeter beschränken, sich an Tagesabläufe halten …« Kreils schloss eine Tür auf und ließ sie in einen kleinen Raum, der mit ein paar Stühlen, einem Zigaretten- und einem Süßwarenautomaten ausgestattet war. Hinter einer Scheibe saßen zwei weitere Beamte.

»Er musste sich erst einmal in die Gemeinschaft integrieren«, fuhr der Vollzugsbeamte fort. »So gern wir das verhindern würden, aber es gibt leider auch hier unter den Gefangenen Hierarchien und wenn dann ein Neuer dazukommt ...«

Brander nickte verstehend. Ein kleiner Rempler, eine kleine Schlägerei, wenn keiner hinsah. Gemeldet wurde so etwas nicht. Da war man eben in der Dusche ausgerutscht.

»Aber wie gesagt, es läuft gut mit ihm. Er arbeitet in der Schreinerei, treibt ein bisschen Kraftsport und hat immer einen blöden Spruch auf den Lippen.« Kreils öffnete die nächste Tür, die in einen geräumigen Flur führte, an den verschiedene Besuchszimmer und das Dienstzimmer der zwei Beamten angrenzten. Zwei Getränkeautomaten standen an einer Seite. Dort konnten sich Gefangene und Besucher zu den Besuchszeiten Getränke kaufen.

»Kannten Sie auch Jakob Gutbrod?«, erkundigte sich Brander. »Er hat drei Jahre gesessen wegen fahrlässiger Tötung und Körperverletzung.«

»Wann war der hier?«

»Er wurde vor sieben Jahren entlassen. Er war anscheinend ein Zellennachbar von Cordes.«

»Gutbrod ... lassen Sie mich mal nachdenken. Wie sieht der aus?«

»Mittelgroß, schlank.«

»Einseinundachtzig, dunkle Haare«, half Anne weiter. »Kommt alle drei Monate und besucht Cordes.«

»Klar kennst du den«, meldete sich einer der Beamten aus dem Dienstzimmer. »Das hat der Chef genehmigen müssen, weil der Gutbrod doch auch hier inhaftiert war.«

Kreils tippte sich an die Stirn. »Stimmt, danke, Thilo. Jetzt stand ich echt kurz auf 'm Schlauch. Der hat am Anfang keinen leichten Stand gehabt. Hatte Probleme mit einem Russen. Die sind ein paar Mal aneinandergeraten. Als der

Cordes kam, haben sie Gutbrod dann in Ruhe gelassen. Die beiden kamen gut miteinander klar. Aber Sie lernen ihn ja gleich kennen.« Er deutete mit dem Kopf in eines der Besuchszimmer. Die Tür war geschlossen, da aber eine Scheibe ins Holz eingearbeitet war, konnte man direkt in den Raum hineinschauen. An einem einfachen quadratischen Tisch saß ein großer, bulliger Mann, Mitte fünfzig, und sah ihnen neugierig entgegen. Er hatte sicherlich Branders Größe, brachte aber wesentlich mehr Masse auf die Waage. Stiernacken, kräftiger, tätowierter Bizeps, ein Bauchansatz war nicht zu übersehen. Das Kinn war glatt rasiert, die Haare auf sechs Millimeter geschoren. Über der Boxernase lagen zwei stahlblaue, aufmerksame Augen.

Kreils öffnete die Tür und ließ Anne und Brander an sich vorbei in den Raum. »Herr Cordes, Ihr Besuch ist da.«

»Danke, Herr Kreils. Bringen Sie uns Kaffee?«

Der Vollzugsbeamte grinste gelangweilt. »Ich warte draußen.«

»Kriminaloberkommissarin Dobler, mein Kollege Herr Brander«, stellte Anne sich vor und setzte sich Cordes gegenüber.

»Hallo, hallo.« Der Mann strahlte sie an. »Was für ein wunderschöner Tag heute.« Seine Augen glitten interessiert von Annes Gesicht über ihren Körper. Dann sah er zu Brander. »Wollen Sie Ihre reizende Kollegin und mich nicht zu einem Kaffee einladen?«

Brander, der neben Anne Platz genommen hatte, musterte sein Gegenüber abschätzend. Ein Kaffee wäre vielleicht ein guter Anfang.

»Möchtest du einen Kaffee?«, fragte er Anne.

»Nein«, entgegnete diese reserviert.

Er könnte trotzdem Kaffee holen, überlegte er, als Anne jedoch sofort loslegte: »Herr Cordes, Jakob Gutbrod, klingelt da was bei Ihnen?«

Brander biss sich auf die Zunge, um nicht direkt dazwischenzugehen. Die Eröffnung war zu schnell, zu direkt gewesen, ganz abgesehen von der katastrophalen Wortwahl. Die Retourkutsche kam umgehend.

»Wissen Sie, Frau Oberkommissarin, wenn hier unverhofft so eine hübsche Blondine hereinschneit, um mich zu besuchen, da klingelt bei mir ganz was anderes.« Cordes schnalzte mit der Zunge und zwinkerte Anne Dobler zu.

»Jakob Gutbrod war zwei Jahre lang Ihr Zellennachbar, und nach seiner Entlassung hat er Sie regelmäßig besucht«, ignorierte die Beamtin die Anmache. »Laut unseren Informationen sind Sie mit Herrn Gutbrod befreundet.«

Das lief nicht gut. Annes Stimme klang unsicher. Brander überlegte einzuschreiten, wollte die Kollegin aber nicht vor Cordes bloßstellen.

»Bin ich das?« Cordes ließ Anne nicht aus den Augen, lächelte die junge Beamtin an, als säße er in einer Bar und hätte sich hier zu einem kleinen Stelldichein mit ihr getroffen.

»Er darf Sie ›Rocco‹ nennen. So nennen Ihre Freunde Sie doch, oder?«

Cordes grinste breit. »Ja.« Er deutete mit dem Zeigefinger auf Anne. »Und du darfst das jetzt auch.«

»Herr Cordes …«

Der Zeigefinger ging tadelnd hin und her. »Rocco.«

»Lassen Sie …«, setzte Brander an, wurde aber von Anne unterbrochen.

»Herr Cordes, wir sind nicht hier, um mit Ihnen gemütlich Kaffee zu trinken. Wir …« Sie brach ab, schluckte. »Ver...« Sie wandte sich ab, sprang auf. In letzter Sekunde schaffte sie es zu einem Papierkorb in der Ecke und übergab sich.

Cordes schlug sich lachend auf den Oberschenkel. »Das ist jetzt wirklich mal eine Ansage.«

»Anne?« Brander eilte zu seiner Kollegin, die in die Knie gegangen war.

Von der anderen Seite kam Mathias Kreils eilig angelaufen.

»Was ist passiert?«

»Ihr ist schlecht geworden. Können Sie Frau Dobler zu einem Waschraum bringen?«

»Ja, natürlich. Wir haben auch einen Sanitäter im Haus. Warten Sie, ich helfe Ihnen.« Kreils trat neben Anne, griff ihren Arm, um ihr wieder auf die Beine zu helfen. »Wollen Sie hier weitermachen?« Er deutete mit den Augen auf Cordes.

»Ja.«

»Falls Sie etwas brauchen – meine Kollegen sitzen drüben.« Der Vollzugsbeamte führte die Kollegin samt Papierkorb aus dem Besuchszimmer.

Brander wandte sich wieder dem Inhaftierten zu. Cordes hatte aufgehört zu lachen, aber noch immer zierte das Amüsement sein Gesicht.

»Bisschen sensibel, die Lady.« Der Mund verzog sich zu einem anzüglichen Grinsen. »Oder gibt's da kleinen Polizistennachwuchs?«

Brander setzte sich schweigend zurück an den Tisch. Er ließ eine Minute verstreichen, um etwas Distanz zwischen das Geschehen und seine Befragung zu bringen. Dann stand er auf und ging zur Tür. Er wandte sich noch einmal zu Cordes um. »Mit Milch oder Zucker?«

»Sowohl als auch.«

Wenig später stellte Brander zwei Becher mit Automatenkaffee auf den Tisch. »Fangen wir noch einmal von vorn an. Sie kennen Jakob Gutbrod.«

»Der Jacky.« Es klang fast zärtlich, wie der Zwei-Zentner-Mann den Namen aussprach. »Ja.«

»Sie haben sich hier im Gefängnis kennengelernt?«

»Nein, über ein Online-Datingportal. Hab was zum Vögeln gesucht und Frauen lassen die hier nicht rein.«

»Das heißt, Herr Gutbrod war Ihr Geliebter?«

Cordes begann wieder zu lachen. »Sie glauben alles, was ich sage, oder?«

»Warum sollte ich an Ihren Worten zweifeln?«

Der erheiterte Gesichtsausdruck verschwand. »Warum fragen Sie nach Jacky?«

»Jakob Gutbrod war zwei Jahre lang Ihr Zellennachbar. Nach seiner Entlassung hat er Sie regelmäßig alle drei Monate besucht. Warum?«

»Weil ich so ein netter Kerl bin.«

So kam er nicht weiter. Für Gerome Cordes war diese Befragung lediglich eine willkommene Abwechslung in seinem Knastalltag. Annes Einlage hatte nicht dazu beigetragen, den Unterhaltungswert zu mindern.

»Sie mochten Jakob Gutbrod?«

»Wenn Sie denken, dass er seinen Arsch für mich hinhalten musste, als er einsaß, muss ich Sie enttäuschen. Ist nicht mein Ding.«

»Worauf basierte Ihre Freundschaft dann?«

Cordes trank von dem heißen Koffeingetränk, bevor er sich zu einer Antwort entschließen konnte. »Als ich hier reinkam, war so ein kleiner Drecksrusse dabei, Jacky fertigzumachen. Fragen Sie den mal, was der mit ihm gemacht hat. Ich hab Jacky geholfen, er war mir dankbar.«

»Hat der Russe einen Namen?«

»Oleg, Sergej, Pawel. Ich weiß nicht mehr. Aber vermutlich wurde er ohnehin nach seiner Entlassung abgeschoben.«

»Warum haben Sie Gutbrod geholfen?«

»Er tat mir leid.«

Brander hob zweifelnd die Augenbrauen hoch.

»Ist so. Ich hab ein großes Herz.«

Fehlte nur noch, dass er sich theatralisch an die Brust fasste. »Und wie hat Herr Gutbrod Ihnen seine Dankbarkeit gezeigt?«

Cordes kicherte leise. »Sie haben eine schmutzige Fantasie.«

»Sie sollten nicht von sich auf andere schließen.« Brander sah seinem Gegenüber so direkt in die Augen, dass der vergnügte Ausdruck aus dessen Gesicht verschwand.

Schweigend tranken sie eine Weile ihren Kaffee. Vor den zwei Fenstern verdeckten weiße Vorhänge den Blick auf die

Gitterstäbe und den grauen Tag. Hinter sich hörte Brander Schritte über den Flur hallen. Er hoffte, dass Anne es vorzog, nicht noch einmal zur Befragung zurückzukehren.

»Und? Was war mit Jacky?«, beendete Brander das Schweigen, bevor es zu lange dauerte und das Gespräch komplett abbrach. Er wusste, dass er den richtigen Moment erwischt hatte, als er bemerkte, das Cordes die Schultern bewegte und den Rücken aufrichtete.

»Der Jacky, der kann erzählen. Der hat Ideen, Träume, und die braucht man, wenn man jahrelang hier drinnen sitzt. Passiert nicht viel. Jeden Tag dasselbe. Wenn du Glück hast, kriegst du einen Job, ansonsten … Ich arbeite in der Schreinerei. Guter Zeitvertreib, aber schlecht bezahlt. Soll ich Ihnen meinen Stundenlohn verraten?«

»Den kenne ich.«

Cordes nickte. »Stimmt. Jetzt hätte ich fast vergessen, wer Sie sind. Würden Sie für so einen Lohn arbeiten? Draußen würde ich dafür nicht einmal den kleinen Finger bewegen. Aber hier tu ich's, damit ich in dem Kasten nicht bekloppt werde. Der Jacky, der hat mich rausgeholt. Der hat mir erzählt, von Schottland, von Irland, von Spanien. Von Whisky und Wein und schönen Frauen. Ich war noch nie im Ausland. Sie?«

Brander bezweifelte, dass Gutbrod tatsächlich je in diese Länder gereist war. Cordes Frage beantwortete er nicht. »Nach seiner Entlassung hat Herr Gutbrod Sie sehr regelmäßig besucht. Alle drei Monate.«

»Ich mag das. Regelmäßigkeit.«

»Was hat Herr Gutbrod sonst so für Sie getan?«

»Nichts.«

»Und das soll ich Ihnen glauben?«

»Sie glauben doch auch sonst alles, was ich Ihnen sage.«

»Und was sagen Sie, wenn ich Ihnen erzähle, dass Herr Gutbrod vermutlich Opfer eines Verbrechens wurde?«

»Kommt auf das Verbrechen an.«

»Mord.«

Es war nur ein Augenblick, einen Wimpernschlag lang, dass Cordes die Fassung verlor. Dann hatte er sich wieder in der Gewalt. »Wir alle müssen irgendwann einmal sterben.«

»Ja, in diesem Fall hat aber jemand nachgeholfen.«

»Das werde wohl kaum ich gewesen sein.« Cordes zog mit den Armen einen Kreis um sich, um sein Gegenüber daran zu erinnern, wo er sich befand. Brander beschlich jedoch das Gefühl, dass hinter der lockeren Fassade die Gehirnzellen mit einem Mal auf Hochtouren zu arbeiten begannen.

»Ich frage Sie noch einmal: Was hat Jakob Gutbrod für Sie getan, außer, dass er Ihnen alle drei Monate ein paar Geschichten erzählt hat?«

»Nichts.« Cordes beugte sich vor, legte seinen kräftigen Unterarm auf den Tisch zwischen ihnen. Der etwas zu stark aufgetragene Duft eines herben Aftershaves stieg Brander in die Nase.

»Der Jacky, das war ein Träumer. Er konnte Geschichten erzählen. Das hat mir gefallen. Aber was hätte er sonst für mich tun sollen?«

»Hat er Ihnen vielleicht Informationen zugespielt?«

»Was denn für Informationen?«

»Hat er Botengänge für Sie erledigt?«

»Herr Kommissar Brander!« Cordes schüttelte verständnislos den Kopf. »Jetzt reden wir mal ernsthaft miteinander. Denken Sie wirklich, wenn ich Jacky darum gebeten hätte, da draußen irgendwelche Mauscheleien für mich zu erledigen, dass ich ausgerechnet Ihnen das auf die Nase binden würde?«

»Soll es alles schon gegeben haben.«

»Ich verrate Ihnen was: Man muss die Leute nach ihren Fähigkeiten einsetzen. Wenn man sie falsch einsetzt, machen sie keine gute Arbeit. Und das gibt nur Ärger. Und der Jacky, der spielt nicht in meiner Liga. Der Junge hat einfach verdammtes Pech gehabt. Der gehörte hier gar nicht her.«

»Wie läuft es denn in Ihrer Liga?«

Cordes lehnte sich wieder zurück und hob einen Mundwinkel zu einem herablassenden Grinsen. »Herr Brander, ich sitz hier meine Zeit ab. In fünf Monaten komme ich raus, dann war ich zehn Jahre weg. Zehn lange Jahre. Können Sie sich das vorstellen? Nein, können Sie nicht.« Er wandte den Kopf zur Seite und starrte auf die vergitterten Fenster. »Hat sich viel verändert da draußen. Was denken Sie, wie lange man im Spiel bleiben kann, wenn man so lange weggesperrt ist? Ich habe mit meinem Leben vor dem Knast abgeschlossen. Wenn ich rauskomme, fange ich neu an. Ich bin dann vierundfünfzig, mein Sohn wird im Sommer vierzehn. Ich hab die besten Jahre mit ihm verpasst. Jetzt wird er mich vermutlich nur noch in den Arsch treten.« Er drehte sich wieder zu Brander. »Wenn Jacky etwas zugestoßen ist, macht mich das sehr traurig. Aber bei mir klopfen Sie an die falsche Tür.«

Anne saß leichenblass auf dem Beifahrersitz, während Brander den Wagen wieder Richtung Autobahn lenkte. Der Verkehr hielt sich zu seiner Erleichterung an diesem Samstagmittag in Grenzen. Trotz zahlloser Lkws kamen sie gut voran.

»Es tut mir leid«, entschuldigte sich Anne kleinlaut. Sie strich sich über das Gesicht und drehte ihre Haare im Nacken zusammen. »Verdammt, es war so peinlich.«

»Die Nummer heute war allerdings überflüssig. Warum fährst du mit, wenn es dir so schlecht geht?« Nachdem der erste Schreck vorüber war, überwog Branders Ärger über seine Kollegin.

»Ich dachte, ich krieg das hin. Mit meinen paar Stunden in der Woche, da krieg ich immer nur diese Nullachtfünfzehn-Sachen auf den Schreibtisch. Ich will mich doch weiterentwickeln.«

»Wenn das so ist, darf ich dir dann noch etwas zu deiner Vernehmungstaktik sagen?«

»Ja.« Es klang eher nach einem »bitte nicht«, aber er wollte das Geschehene nicht einfach auf sich beruhen lassen.

»Es war eine Anfängernummer. Du hast viel zu offensiv begonnen, dann hast du dich sofort verunsichern lassen und …«

»Der Kerl hat mich doch überhaupt nicht ernst genommen«, fuhr Anne auf. »Der hat mir nur sabbernd auf den Busen gestarrt.«

»Mit deinem unüberlegten Spruch hast du ihm auch eine grandiose Vorlage gegeben. Bei solchen Typen, da darfst du dich nicht von einem anzüglichen Blick gleich aus der Ruhe bringen lassen. Der freute sich doch schon darauf, dich in die Enge zu treiben.«

»Mir ging's einfach nicht gut und …«

»Dann besteh nicht darauf, dass du die Befragung durchführst!«, schimpfte Brander. »Ich weiß doch, dass du gut bist. Du musst mir nichts beweisen.«

»Aber mir! Mir muss ich es beweisen! Ich bin gut, und ich kann diese Arbeit machen. Da lass ich mir von so einer blöden Magengeschi...« Sie presste die Hand auf den Mund, deutete mit der anderen hektisch zur Seite.

Es reichte gerade noch, dass Brander mit Warnblinklicht auf den Pannenstreifen fahren konnte, da riss Anne bereits die Tür auf und erbrach sich erneut.

»Das ist doch keine einfache Magenverstimmung.«

»Es ist nur, wenn ich mich aufrege.«

»Du regst dich aber ziemlich oft auf in letzter Zeit.« Brander zog eine Flasche Mineralwasser vom Rücksitz und reichte sie seiner Kollegin. »Du solltest unbedingt mal zu einem Arzt gehen.«

»Das sind die Nerven, sonst nichts. Ich krieg das in den Griff.«

»Anne, das ist nicht normal. Geh zu einem Arzt, lass das abchecken.«

»Ja, bei Gelegenheit.«

»Am Montag.«

Sie seufzte ergeben und schloss die Autotür. »Ja, am Montag. Wir können weiterfahren. Mir geht's wieder gut.«

»Das halt ich für stark übertrieben.« Brander schaltete das Warnblinklicht aus und fädelte sich wieder in den Verkehr ein.

»Ihr wart lange weg«, beschwerte sich Peppi, als Brander in die Polizeidirektion zurückkehrte. »Wo ist Anne?«

»Ich hab sie direkt nach Hause gebracht. Sie hat immer noch Magenprobleme.«

»Hört sich nicht gut an.« Peppi verzog mitfühlend das Gesicht, begann dann aber gleich darauf wieder zu strahlen, als hätte sie den Hauptpreis auf dem Frühlingsfest gewonnen. »Ich habe gute Neuigkeiten.«

»Raus mit der Sprache.«

»Wir wissen endlich, wer der Tote aus der Scheune ist.«

Brander riss die Augen auf. »Wer?«

»Rate.«

»Peppi!«

»Rate.«

»Raub mir nicht den letzten Nerv.«

»Spielverderber.« Peppi zog einen Flunsch. »Jakob Gutbrod.«

»Ist nicht dein Ernst?«

»Doch.«

»Ob das so gute Nachrichten sind …?« Brander sank auf seinen Schreibtischstuhl.

»Hey, ich dachte, du freust dich.« Die Schmolllippe war wieder verschwunden. »Wir haben das Opfer identifiziert!«

»Sagst du es seiner Tochter?«

Peppi kniff Augen und Kiefer zusammen, als hätte sie plötzlich starke Zahnschmerzen bekommen.

»Woher wissen wir, dass er es ist?«

»Vor einer Stunde kam das Ergebnis der DNA-Analyse aus Stuttgart. Freddy hat die in den letzten Tagen ziemlich genervt, und Marco hat seine Beziehungen spielen lassen. Da haben die halt noch eine zusätzliche Sonderschicht eingeschoben …«

Jakob Gutbrod. Verdammt, er hätte es bei der Befragung von Cordes schon wissen sollen! Dieser winzige Moment des Schreckens im Gesicht des ehemaligen Bordellbesitzers. Hätte er mehr aus ihm rausholen können?

»Ach so, ein Ekkehart Möhrle vom LKA Stuttgart hat für dich angerufen«, ergänzte Peppi ihre Auskünfte.

»Ekki? Was wollte er?« Möhrle war ein Kollege gewesen, als er noch bei der Kripo in Stuttgart gearbeitet hatte.

»Wollte er mir nicht verraten. Er meldet sich wieder.«

»Jakob Gutbrod, neunundvierzig Jahre alt, hat Biochemie studiert, lebte von Hartz IV und Gelegenheitsjobs. Zuletzt lebend gesehen Dienstagabend vor seinem Tod von der Nachbarin Isabell Maurer. Zuvor nachmittags von Kurt Ihringer und mutmaßlich Sven Flaig«, fasste Brander wenig später in der einberufenen Soko-Sitzung zusammen.

»Denkst du, er hat mehr für Gerome Cordes getan, als ihn nur zu unterhalten?«, fragte Hendrik, der seinen Sohn wieder in die Obhut seiner Lebensgefährtin gegeben hatte.

»Natürlich hat er mehr getan!«, kam es entschieden von Corinna Tritschler. »Er hat ihn mit Informationen versorgt, schön in seine kleinen Geschichten verpackt. Der Cordes steigt doch nicht aus, nur weil er ein paar Jahre im Knast sitzt. Guck dir seine Frau doch an, fährt 'nen fetten Cayenne, hat eine nette kleine Stadtvilla in Nürtingen, immer schicke Klamotten. Die hat seine Geschäfte schön brav weitergeführt.«

»Das würde bedeuten, dass Jakob Gutbrod auch Kontakt zu Ilona Cordes hatte«, überlegte Peppi.

»Oder zu einem Mittelsmann«, ergänzte Brander.

Hendrik schüttelte wenig überzeugt den Kopf. »Ilona Cordes hat ihren Mann regelmäßig im Gefängnis besucht. Da kann sie ihm doch genauso gut selbst alles Wichtige mitteilen.«

»Das ist doch viel zu auffällig«, widersprach Corinna Tritschler.

»Als ich Cordes gegenüber erwähnte, dass Gutbrod mutmaßlich tot wäre, hatte ich das Gefühl, dass ihn das kurz aus der Fassung brachte«, erinnerte sich Brander.

»Cordes wird bald entlassen. Ein kleiner Gruß seiner Konkurrenz«, schlug Marco Schmid vor. Der Staatsanwalt hatte auch an diesem Samstagnachmittag nicht auf Anzug und Hemd verzichtet. Trug dieser Mann jemals Bluejeans?

»Revierkämpfe?« Brander zog grübelnd die Stirn in Falten. »Warum dann die Methanolvergiftung? Warum schlagen sie ihm nicht einfach den Schädel ein und verbrennen ihn?«

»Ablenkung oder vielleicht ein Unfall ...«

»Magnus, was ist mit deinen schweren Jungs? Kennen die Cordes?«

»Ha ja, wenn der an Club in Reutlingen g'habt hat, allemal.«

»Versuch mal rauszufinden, ob da irgendwas gärt. Hendrik, wir sprechen mit Ilona Cordes. Ich will wissen, was sie für ein Mensch ist.«

»Was ist mit Tumolo?«, erkundigte sich Peppi. »Ich sag nur: Methanol.«

»Kannst du dir vorstellen, dass er eine Scheune in Brand setzen kann, ohne selbst dabei in Flammen aufzugehen?«

»Vielleicht tut er ja nur so verpeilt.«

»Das tut er aber ziemlich überzeugend.«

»Wir könnten auf jeden Fall mal nach dem Geld bei ihm suchen. Vielleicht finden wir die zwanzigtausend Euro von Lea Gutbrod ja in seiner Kaffeedose.«

»Gutes Stichwort. Zu ihr fahren wir beide jetzt als Erstes.«

»Und was ist mit Tumolo?«, beharrte die Kollegin.

Brander sah zu Schmid. »Bekommen wir einen richterlichen Durchsuchungsbeschluss?«

»Für wen jetzt? Für das Haus von Lea Gutbrod oder Enno Tumolo?«

»Erst einmal Tumolo«, bestimmte Peppi, bevor Brander auch nur die Lippen öffnen konnte. »Oder hegst du irgendeinen Verdacht gegen Gutbrods Tochter?«

»Bis jetzt noch nicht«, entgegnete Brander. Was würde es beweisen, wenn sie die Zwanzigtausend bei dem Brenner fänden? Nun, zumindest wäre dann wenigstens die Frage nach dem Verbleib des Geldes in diesem wirren Fall geklärt.

Am Himmel zeigte sich ein Stück Blau und ein paar Vögel zwitscherten fröhlich in den kargen Hecken, als Brander mit Peppi vor der Obstbrennerei Ihringer aus dem Wagen stieg. Die Luft war milder geworden. Ein paar Meter entfernt spielten zwei Kinder vergnügt mit einem Tretroller. Erst am Vormittag hatte er sich einen Frühlingsgruß gewünscht. Für die Aufgabe, die nun vor ihm lag, erschien es ihm unpassend. Branders Beine waren bleischwer. Er hasste diesen Teil seiner Arbeit. Sein Magen rumorte. Am liebsten hätte er sich jetzt wie Anne einfach neben dem Bordstein übergeben. Brander hoffte, dass Lea Gutbrod nicht allein zu Hause war. Dass irgendjemand bei ihr war, der ihr Trost spenden konnte.

Die Tür wurde ihnen geöffnet, noch bevor sie geklingelt hatten. Sven Flaig sah schuldbewusst in ihre Gesichter. »Lea hat mir gesagt, dass ich mich melden soll. Das wollte ich … aber ich dachte … es ist doch Wochenende … Gleich Montagmorgen hätte ich Sie angerufen, ich wäre direkt zu Ihnen …«

»Es ist gut, Herr Flaig. Deswegen sind wir nicht hier.«

Der Mann atmete erleichtert auf. »Ich hab gerade einen ordentlichen Schreck gekriegt. Sie kamen mit so ernsten Gesichtern über den Hof.«

»Wenn sie dich nicht abführen wollen, dann lass sie doch rein«, drang Lea Gutbrods Stimme gut gelaunt aus dem Inneren. Sie grinste die Beamten vergnügt an, als sie das Wohnzimmer betraten. »Ich habe ihm gesagt, dass Sie ihn jetzt bestimmt verhaften werden. Er wollte schon durch das Fenster im Schlafzimmer flüchten.«

»Nicht wegen so einer Lappalie. Frau Gutbrod …« Branders Blick strich durch den Raum, auf der Suche nach den richtigen Worten, und blieb bei dem Sofa hängen. »Vielleicht … wenn wir uns setzen dürften?«

»Ich hab's schon wieder vergessen! Ja, natürlich. Sven, holst du uns was zu trinken?«

»Das ist nicht …«, wollte Brander abwehren, überlegte es sich anders und unterbrach sich mitten im Satz. »Oder vielleicht, ein Glas Wasser wäre nett.«

Das unbeschwerte Grinsen wich aus Lea Gutbrods Gesicht. Sie musterte Brander argwöhnisch. »Was ist passiert?«

Direkt, ohne Umschweife, so hatte man es ihm beigebracht. Wenn es nur so einfach wäre. »Ähm … wir … Frau Gutbrod, wir müssen Ihnen eine traurige Mitteilung machen.«

Flaig, der gerade das Zimmer verlassen wollte, blieb alarmiert im Türrahmen stehen.

»Ihr …« Branders Nacken hatte sich unwillkürlich verspannt. Er blickte Lea Gutbrod mitfühlend ins Gesicht. »Ihr Vater ist tot.«

»Wa...« Die junge Frau hörte auf zu atmen, starrte Brander mit offenem Mund ungläubig an. Ihre Finger hatten sich um die Armlehnen ihres Rollstuhls verkrampft.

»Lea?« Flaig trat neben sie und berührte ihre Schulter. Sie erwachte aus ihrer Starre, stieß die Hand ihres Freundes rabiat weg.

»Das ist nicht wahr«, rief sie mit Bestimmtheit und dem gleichzeitigen Bewusstsein, dass sie nun auch ihren Vater verloren hatte.

»Es tut mir leid, aber es besteht kein Zweifel«, erklärte Brander so behutsam wie möglich. Den Tod behutsam erklären. Es wurde nicht besser dadurch, dass man es leise sagte.

»Wer …? Nein. Ich will ihn sehen.«

»Das … das geht leider nicht …«

»Warum?«

»Weil …« Brander sah den verkohlten Torso des Toten vor sich. »Ich würde es Ihnen nicht empfehlen.«

»Warum?«, kam es eine Spur schärfer.

Er sammelte seine Kräfte. »Ihr Vater ist verbrannt.«

»Nein. Nein!« Tränen schossen der jungen Frau in die Augen. Sie rieb sie energisch weg, hob den Kopf zu ihrem Freund. »Und du hast ihn weggeschickt! Du hast ihn weggeschickt!« Sie stieß mit den Fäusten nach ihm, packte in die Greifreifen ihres Rollstuhls und floh aus dem Zimmer.

»Es … es tut mir leid. Lea, es tut mir so leid!«, rief Flaig ihr hilflos hinterher, dann erinnerte er sich wieder an die zwei Kripobeamten im Zimmer. »Ich konnte doch nicht wissen … Ich wollte doch nur … Ich … Lea … Was soll ich denn jetzt machen?«

»Sie haben Jakob Gutbrod an jenem Dienstagnachmittag hier gesehen«, stellte Brander fest.

»Ja.«

»Und warum haben Sie uns davon nichts erzählt, als Sie bei uns waren?«

Flaig senkte die Augenlider. »Ich … ich weiß es nicht. Ich wollte niemanden …«

»Sie wollten niemanden – was?«

»Kurt …« Er verstummte und wandte den Kopf zu der Tür, durch die seine Freundin gerade verschwunden war. »Ich muss zu Lea.«

»Was war mit Herrn Ihringer an jenem Dienstagmittag?«

»Nichts … er … Ich muss jetzt nach Lea schauen.«

»Das muss noch eine Sekunde warten«, erwiderte Brander streng. »Was war mit Herrn Ihringer?«

»Er … er war sehr wütend. Er hatte entdeckt, dass Lea ihrem Vater das Geld geliehen hatte.«

»Moment mal.« Brander sah den Mann ungläubig an. Flaig stand so verloren im Raum wie ein vom Fuchs gejagtes Kaninchen mitten auf einem Acker. Auf seinen Wangen zeichneten sich rote Flecken ab.

»Herr Ihringer wusste von dem Geld? Das wird ja immer schöner! Warum haben Sie uns nichts davon erzählt?«

»Ich … warum … ich weiß nicht. Ich hab nicht daran gedacht.«

»Genauso wenig, wie Sie daran gedacht haben, dass Sie Jakob Gutbrod vom Hof gejagt haben?«, fragte Peppi. »Sie haben aber ein ziemlich schlechtes Gedächtnis.«

»Ich habe ihn nicht vom Hof gejagt. Ich habe ihm ganz vernünftig erklärt, dass es kein guter Moment wäre. Kurt stand doch schon mit dem Jagdgewehr im Flur. Und außerdem war Lea gar nicht zu Hause.«

»Mit … mit einem Jagdgewehr?« Peppi rang nach Fassung.

»Es ist alt. Es war nicht geladen.«

»Wissen Sie das so genau?«

Er raufte sich durch die Haare. »Gott, ich weiß im Moment gar nichts mehr. Ich … ich bin völlig durcheinander. Bitte, ich muss mich jetzt um Lea kümmern. Sie haben doch gesehen …«

Brander erhob sich. »Wissen Sie, wo wir Herrn Ihringer jetzt finden?«

»Drüben bei Peter.«

»Ich will, dass Sie sich morgen Vormittag bei mir in der Polizeidirektion melden. Ich habe noch einige Fragen an Sie. Und wenn es der Zustand von Frau Gutbrod erlaubt, müssten wir mit ihr auch noch einmal ganz dringend sprechen.«

»Ja … ja natürlich. Ich komme zu Ihnen.«

»Kommen Sie hier klar?« Peppi deutete mit den Augen Richtung Lea Gutbrods Zimmer. »Wir können einen Arzt rufen.«

»Nein, das ist vermutlich nicht nötig. Lea … Sie ist jetzt aufgebracht, aber das legt sich wieder. Sie hat gelernt, mit Trauer umzugehen.«

Der Gasthof war bereits gut besucht, als Brander und Peppi den Schankraum betraten. Zu ihrer Überraschung fanden sie Kurt Ihringer gemeinsam mit Peter Thiemann hinter der Theke stehen.

»Ich dachte, Sie betreiben nur noch die Obstbrennerei?«, begrüßte Brander den Wirt a.D.

»Hin und wieder helf ich dem Peter aus«, knurrte Ihringer wenig erfreut über die neuen Gäste. »Was wollen Sie?«

»Ich hätte gern ein Damengedeck ohne Wässerle und mit Cappuccino«, bestellte Peppi.

»Für mich nur einen Espresso, bitte.« Brander setzte sich auf einen der Barhocker.

»Werden Sie jetzt meine neuen Stammkunden?«, flachste Thiemann mit berufsbeflissener Freundlichkeit.

»Wie man's nimmt. Eigentlich möchten wir mit Herrn Ihringer sprechen.«

»Na, dann will ich nicht stören.« Thiemann trat hinter der Theke vor, um an den Tischen zu bedienen.

Die Art, wie Kurt Ihringer die Getränke vor ihnen auf die Theke stellte, machte deutlich, dass ihr Besuch alles andere als willkommen war. Vielleicht änderte sich das ja, wenn Ihringer den Grund erfahren hatte, dachte Brander bei sich.

»Könnten wir irgendwo ungestört mit Ihnen reden?«, erkundigte er sich.

»Kommen Sie heute Nacht um eins wieder, dann ist meine Schicht zu Ende.«

»Sie machen doch bestimmt irgendwann einmal Pause«, stellte Peppi fest. »Ist gesetzlich vorgeschrieben. Spätestens nach sechs Stunden steht Ihnen eine Pause zu. Wann hat Ihre Schicht denn begonnen? Ach, könnte ich bitte noch Zucker bekommen?«

Ihringer schnappte zwei kleine Tütchen und legte sie lieblos neben Peppis Tasse. Dann wandte er sich dem Zapfhahn zu, um ein paar Biergläser zu füllen.

»Jakob Gutbrod ist tot«, erklärte Brander.

Der alte Mann bewegte lediglich flüchtig die Pupillen in seine Richtung. »Das wurde auch Zeit.«

»Wie …«

»Bitte, Kurt, kannst du nicht mit den beiden Beamten nach hinten gehen? Die Gäste …«, unterbrach Peter Thiemann den Kommissar. Er ging an ihm vorbei und deutete mit der Hand auf die Tür, durch die vor knapp einer Woche Lea Gutbrod mit ihrem Freund in den Gasthof gekommen war. »Entschuldigen Sie, aber habe ich das gerade richtig gehört? Jakob ist tot?«, wandte er sich dann an Brander.

»Ja.«

»Das … das ist …« Er gab einen Seufzer von sich. »Weiß Lea …?«

Brander nickte. Er meinte einen Anflug von Betroffenheit im Gesicht des Wirts zu sehen.

»Kurt, bitte.« Erneut deutete Thiemann auf die Verbindungstür. »Ich rufe Marlies an, vielleicht kann sie ein paar Stunden hier aushelfen. Nehmen Sie den Cappuccino mit, sonst wird er kalt«, empfahl Thiemann Peppi, während er hinter die Theke trat.

Kurt Ihringer ging ihnen voraus. Durch die Tür traten sie in einen langen, leicht abschüssigen Flur. Rechts von ihnen ging eine Tür ab. Wahrscheinlich der Weg in die Küche, mutmaßte Brander. Am Ende des Flurs befand sich die Verbindungstür zum Anbau. Es gab zwei Oberlichter, durch deren verschmutzte Scheiben trübes Licht an die Wände geworfen wurde. Ihringer blieb in der Mitte des Gangs stehen und wandte sich den Kommissaren zu.

»Ihre Enkelin hat die Nachricht vom Tod ihres Vaters sehr mitgenommen«, berichtete Brander.

»Sie kommt drüber weg.«

Die Kälte, die aus Ihringer sprach, jagte Brander einen Schauer über den Rücken. »Dass Herr Gutbrod tot ist, scheint Sie nicht sonderlich zu überraschen?«

»War doch klar, dass er sich über kurz oder lang totsäuft.«

Mit Methanol geht es etwas schneller, dachte Brander bei sich. »Er wurde höchstwahrscheinlich Opfer eines Verbrechens.«

Ihringer starrte die Kommissare schweigend an. In seinem Gesicht zeigte sich keine Regung, weder Erstaunen noch Genugtuung oder Anteilnahme. Schließlich räusperte er sich. »Ja und? Ich hab mit dem Kerl seit zehn Jahren nichts mehr zu schaffen.«

»Sie wussten, dass Lea ihrem Vater zwanzigtausend Euro geliehen hat.«

»Es ist ihr Geld.«

»Ganz so entspannt haben Sie das vor zehn Tagen aber nicht gesehen.«

»Das geht Sie nichts an.«

»Sie besitzen ein Jagdgewehr?«

Wenn es denn möglich war, so verfinsterte sich der Blick des alten Mannes noch mehr. »Ja.«

»Kann es sein, dass Sie damit an besagtem Dienstag auf Herrn Gutbrod losgehen wollten?«

»Ist er erschossen worden?«

»Dazu kann ich Ihnen nichts sagen.«

Ihringer verfiel wieder in grimmiges Schweigen. Eine Weile war nur das Stimmengewirr aus dem Schankraum zu hören. Peppi leerte ihre Cappuccinotasse. »Wo bewahren Sie Ihr Jagdgewehr auf?«, erkundigte sie sich.

»In einem verschlossenen Schrank. Wie es sich gehört.«

»Können wir uns den mal anschauen?«

»Nein. Ich muss wieder an die Arbeit.«

Ihringer wollte die Kommissare zurück in den Schankraum drängen, aber Brander stellte sich ihm in den Weg. »Sie sind verpflichtet, uns Ihre Waffe zu zeigen.«

Ihringer murrte etwas Unverständliches, dann drehte er sich wieder um und stampfte zu der Verbindungstür. Der Waffenschrank stand ordnungsgemäß verschlossen in einer Abstellkammer. Zwei Jagdgewehre waren darin, beide nicht geladen, beide ziemlich verstaubt.

»Eine Frage hätte ich noch. Wo waren Sie am vorletzten Mittwochabend, sagen wir zwischen zweiundzwanzig Uhr und zwei Uhr morgens?«

»Das weiß ich doch jetzt nicht mehr.«

»Haben Sie keinen Kalender, in dem Sie nachschauen könnten?«

»Sowas brauche ich nicht.« Der Alte schnaufte wütend. »Wo werde ich gewesen sein? Hier, in der Wirtschaft, in meiner Wohnung. So viele Möglichkeiten gibt es da nicht.«

»Danke.« Brander sah dem Mann prüfend in die Augen. Da musste doch irgendwo ein Funken Mitgefühl sein. Wenn nicht für Jakob Gutbrod, dann doch zumindest für Lea.

»Vor zehn Jahren, in der Nacht, als der Unfall geschah, da hatten Sie Streit mit Ihrem Schwiegersohn. Worüber haben Sie gestritten?«

Ihringer starrte ihn feindselig an. »Das geht Sie nichts an.«

Brander sah das anders, aber er wusste zu wenig von dem, was damals vorgefallen war, um Ihringer in die Mangel zu nehmen. Er würde die Akte noch einmal genau lesen. »Vielleicht wäre es ganz gut, wenn Sie mal nach Ihrer Enkelin schauen. Danke, wir finden allein zurück.«

Manfred Tropper saß noch im Büro, als Brander und Peppi in die Polizeidirektion zurückkehrten. In den dunklen Scheiben spiegelte sich das Chaos von seinem Schreibtisch wider. Brander fragte sich, wie es dem Erkennungsdienstler gelang, bei all den Papieren, Mappen, Schreibzeug und sonstigen Utensilien den Überblick zu behalten. Aber seltsamerweise fand Tropper immer mit Leichtigkeit genau das, was er gerade suchte.

»Na, wie ist's gelaufen?«, erkundigte er sich bei den Kollegen.

»Lea war bestürzt, Flaig verwirrt und Ihringer gefühllos und verstockt«, gab Peppi eine knappe Zusammenfassung.

»Und wer von den dreien war es?«

»Der Gärtner.« Sie blieb vor einem Schrank stehen, lehnte sich dagegen und rieb sich müde über die Augen.

»Jens war hier und lässt euch grüßen.«

»Geht's ihm gut?« Brander bedauerte, dass er den Besuch verpasst hatte. Bis vor wenigen Monaten war Jens Schöne Mitarbeiter der Kriminalinspektion 1 gewesen, dann hatten die Kollegen von der Computerforensik ihn abgeworben. Zurzeit besuchte er einige Weiterbildungen. Ob er im Anschluss wieder in die Polizeidirektion nach Tübingen kam, war jedoch aufgrund der geplanten reorganisatorischen Maßnahmen ungewiss.

»Es geht ihm bestens, er hat sogar ein bisschen zugenommen. Er sagt, das käme davon, dass er sich nicht immer mit irgendwelchen Leichenfunden beschäftigen müsste und endlich einmal einigermaßen geregelte Arbeitszeiten hätte.« Tropper grinste. Jens war in der gesamten Polizeidirektion für seinen sensiblen Magen bekannt gewesen und gern und oft damit aufgezogen worden. »Ich glaube aber eher, das kommt davon, dass er jetzt nonstop vor dem Computer sitzt und nur noch die Finger bewegt.« Tropper hob die Hände und bewegte seine Finger in der Luft, als würde er auf einer Tastatur herumtippen.

»Huch«, kam es erschreckt von Peppi.

»Was ist?«

Die Kollegin sah hinter sich, dann auf Troppers Schreibtisch. »Dreh mal die Funzel runter. Du wirfst hier Schatten an die Wand.« Sie lachte über sich. »Hab gedacht, da packt mich einer.«

Brander musterte Peppi besorgt. Sie war nicht immer so schreckhaft gewesen. Das war erst Wochen nach dem Überfall gekommen. Merkte sie es? Der gebrochene Fuß war verheilt, aber wie sah es mit den nicht so offensichtlichen Verletzungen aus?

Tropper machte sich einen Spaß aus seinen Schattenspielen und mimte greifende Hände.

»Hör auf damit«, stoppte Brander den Schabernack. Er drehte den Lampenkopf runter auf den Schreibtisch, verharrte in der Bewegung. Schattenspiele. Er hielt seine Hand unter den Schein, variierte die Größe des Schattens, den seine Hand auf den Schreibtisch warf, indem er sich der Lichtquelle mal näherte und mal davon entfernte.

»Und ich darf nicht«, beschwerte sich Tropper. »Sag mal, wann machen wir eigentlich die angekündigte schwäbische

Whiskyverkostung? Ich würde deine Neuerwerbungen ja gern mal probieren.«

»Wenn der Fall abgeschlossen ist«, entgegnete Brander zerstreut. Er stellte seine Spielereien ein, nahm einen Papierstapel von einem Stuhl und setzte sich. »Eine optische Täuschung, hervorgerufen durch die Dunkelheit, die lodernden Flammen, durch die Büsche und Sträucher.«

»Was faselst du da?«, fragte Peppi verständnislos.

»Die zwei Jungs haben doch behauptet, sie hätten eine Person vor der brennenden Scheune gesehen.«

»Ja.«

»Es könnte einfach nur ein Schatten gewesen sein, eine Art optische Täuschung.«

Tropper deutete ein zustimmendes Nicken an. »Das würde auch erklären, warum die Person, die sie angeblich gesehen haben, sich einfach in Luft aufgelöst hatte, als sie näher herangegangen waren.«

»Manche Sachen sind einfach zu offensichtlich, oder?« Brander schnaufte entnervt. Fast tat es ihm leid, dass er die Jungen so in die Mangel genommen hatte. »Aber wenn es ein Schatten war, was bleibt uns dann?«

»Weniger als vorher«, entgegnete Tropper.

»Es muss nicht bedeuten, dass es so gewesen ist. Vielleicht stand ja tatsächlich jemand dort«, warf Peppi ein.

»Ja.« Doch Brander hegte seine Zweifel. »Sag mal, könnte es sein, dass jemand Gutbrod in den Kopf geschossen hat und der Schädel deshalb teilweise zertrümmert war?«

Tropper sah ihn stirnrunzelnd an. »Ähm, Moment ... Du meinst, unser Täter vergiftet sein Opfer mit Methanol, schießt ihm in den Kopf und verbrennt dann auch noch die Leiche. Das ist schon ein bissle viel, findest du nicht?«

»Na ja, wenn du das so aufzählst, klingt es schon ein bisschen nach Overkill.«

»Womit hätte ihm denn in den Kopf geschossen worden sein sollen?«

»Mit einem Jagdgewehr.«

»’ne Schrotflinte?«

»Ja.«

»Ich werde Maggie mal fragen, aber ich kann mir kaum vorstellen, dass sie bei der Obduktion nicht irgendwelche Spuren gefunden hätten, wenn man Gutbrod mit einer Schrotflinte in den Kopf geschossen hätte. Gerade weil der Schädel zertrümmert war, haben sie sich den ja sehr intensiv angeschaut.«

»Und sonst? Gibt es nicht irgendwelche Spuren, die uns weiterhelfen?«

»Wir haben Überreste eines Benzinkanisters gefunden. Der könnte vom Täter sein. Aber Spuren finden wir auf dem Ding nicht mehr. Bemerkenswert finde ich eigentlich nur das, was wir immer noch nicht gefunden haben: das Schloss.«

»Warum sollte unser Täter das Schloss mitnehmen?«, fragte Peppi.

»Weil seine Fingerabdrücke darauf sein könnten«, schlug Tropper vor.

»Der wird doch Handschuhe getragen haben.«

»Vielleicht ein Fetisch.«

»Ach, Freddy.«

»Vielleicht hat er es beim Öffnen in die Tasche gesteckt und hinterher einfach vergessen.«

»Er kann den Leichnam doch nicht zu Fuß zur Scheune getragen haben«, grübelte Brander. »Keine Reifenspuren?«

»Mehr als genug. Um nicht zu sagen, zu viele, als dass man sie eindeutig zuordnen könnte.«

»Wofür wirst du eigentlich bezahlt? Es muss doch irgendwelche Spuren geben!«, schimpfte Peppi.

»Jetzt mal langsam, Frau Kollegin. Wir haben jeden Millimeter der abgebrannten Scheune untersucht. Wir haben zig Zigarettenkippen gesichert, Scherben, Plastiktüten, alles, was irgendwie ein Spurenträger sein könnte. Aber womit sollen wir es denn vergleichen?«

»Leute, Trouble hab ich genug zu Hause. Könnt ihr euch bitte vertragen?«, bat Brander.

Tropper feixte. »Du kennst uns doch. Wir brauchen das.«

»Aber ich gerade nicht.«

Peppi nestelte in ihrer Tasche und zog einen Plastikbeutel mit zwei kleinen Zuckertütchen hervor. »Da hast du was zum Vergleichen. Auf dem Ding sind meine Fingerabdrücke und die von Kurt Ihringer.«

Brander verfolgte argwöhnisch die Übergabe des Spurenträgers.

»Guck nicht so. Irgendwie müssen wir ja an Vergleichsspuren kommen, oder? Und nachdem der Flaig erzählt hat, dass Ihringer kurz davor gewesen war, Amok zu laufen …«

»Ich sag ja gar nichts.« Brander stand auf, um sich in seinem Büro wieder den zahllosen Ermittlungsprotokollen zu widmen.

* * *

Ein Geräusch riss Brander aus dem Schlaf. Klirren, Scheppern. Schlaftrunken lauschte er in die Dunkelheit. Hatte er nur geträumt? Keine Sekunde später stieß Cecilia ihn an.

»Da ist jemand im Haus«, wisperte sie in sein Ohr.

Kein Traum. Cecis Worte ließen einen heftigen Adrenalinschub durch seine Adern schießen.

»Vielleicht war das draußen?«

»Nein, es kam von unten.«

Er richtete sich auf, merkte eine Bewegung an seiner Seite. »Kein Licht«, stoppte er Ceci. Erneut ein Klirren. Definitiv, die Geräusche kamen aus der unteren Etage. »Du bleibst hier.«

»Was ist mit Nathalie?«

»Ich kümmere mich. Du bleibst hier«, wiederholte er unmissverständlich. Er nahm die Stabtaschenlampe, die neben seinem Bett lag. Barfuß schlich er zur Tür, öffnete sie einen Spalt breit. Der Flur lag dunkel vor ihm. Er blickte zur gegenüberliegenden Seite. Die Tür zu Nathalies Zimmer stand offen. Brander atmete auf. Kein Einbrecher. Nur Nathalie, die nachts was auch immer in der Küche trieb. Erneut drang das Klimpern von Glas zu ihm rauf, gefolgt von einem weiteren Geräusch, das er nicht einordnen konnte.

»Es ist Nathalie«, flüsterte er Cecilia zu. »Ich schau mal nach ihr.« Er zog Hausschuhe an, stieg die Treppe hinunter und öffnete die Küchentür.

Auf der Anrichte neben der Spüle standen diverse Whiskyflaschen. Einen sechzehn Jahre alten Lagavulin hielt das Mädchen gerade kopfüber in den Ausguss.

»Was um alles in der Welt machst du da?«, fragte Brander entgeistert.

»Keinen Alkohol, predigt ihr mir ständig.« Unbeirrt ließ sie den teuren Whisky weiter in die Kanalisation laufen. »Guck dir die Scheiße doch mal an. Wie soll ich das denn kapieren? Ich darf nicht saufen, aber ihr … ihr haut euch alle das Zeug ständig in den Hals!«

»Aber deswegen kannst du doch nicht …« Er zeigte mit den Händen auf die Flaschen. Allesamt leer. Er konnte es nicht fassen. Nathalie hatte bereits einen Großteil seiner Whiskysammlung weggekippt. Zwei Flaschen standen noch jenseits der Spüle: der Edradour Ballechin, den ihm sein Bruder geschenkt hatte, und ein Macallan, zwölf Jahre.

»Wie kommst du an die Flaschen? Der Schrank war abgeschlossen.«

»Pfff, das Schloss knackt ein Fünfjähriger, wenn er sich da einmal mit dem Finger dranhängt.«

»Du hast also den Schrank aufgebrochen?« Das war schwach. Es ging nicht um den aufgebrochenen Schrank. Es ging nicht um den weggekippten Whisky. Hier stand ein ganz anderes Thema zwischen ihnen. Nachts um fünf nach drei. Er hatte nicht die geringste Lust auf die bevorstehende Diskussion.

»Ja, ich hab den Schrank aufgebrochen.« Sie funkelte ihn zornig an und brüllte los: »Geh auf dein Zimmer, zwei Wochen Hausarrest! Verfluchte Kacke! Ich raff's nicht! Ihr sauft alle dieses Scheißzeug, aber ich – ich mach immer alles falsch!« Sie schleuderte eine Flasche mit solcher Kraft zu Boden, dass sie auf den Fliesen in tausend Scherben zersplitterte.

Brander sprang zur Seite. Er starrte auf das zerbrochene Glas, fühlte sich betäubt, machtlos. »Das hätte jetzt wirklich nicht sein müssen«, stellte er matt fest. War er hier in einem schlechten Film? Kam gleich irgendwo die Super-Nanny um die Ecke und erklärte ihm, was *er* alles falsch machte? Nathalie wollte die nächste Flasche greifen.

»Lass das!«, erwachte endlich eine Reaktion in ihm. In zwei Schritten war er bei ihr. Eine Scherbe stach ihm seitlich in den Zeh. Er ignorierte den Schmerz, packte ihre Hände, damit nicht noch eine Flasche zu Bruch ging.

»Ey, fuck, du Ar...«

»Nathalie, hör auf!«, schrie er sie an. Beschwörend sah er ihr ins Gesicht. Er wollte keinen Kampf – nicht jetzt, nicht mit ihr, und schon gar nicht inmitten der Scherben. Ihre Muskeln spannten sich unter seinem Griff an. Ihre Augen glühten vor Wut, wirkten fast ein wenig irr. Das Mädchen kochte, brodelte wie ein Vulkan vor dem Ausbruch.

»Beruhige dich, Nathalie, es ist gut,« versuchte er, sie zu erreichen und sich selbst zu beruhigen.

Er hielt ihre Handgelenke so fest umschlossen, dass er ihr pulsierendes Blut unter seinen Fingern spürte. Vielleicht war es aber auch sein eigener Pulsschlag, der so heftig hämmerte. Sie stand vor ihm, angespannt vom Fuß bis in die Haarspitzen, und sprühte Funken. Er sprach weiter auf sie ein, hoffte, dass er sie irgendwie erreichte. Sekunden verstrichen, die ihm wie zeitlose Ewigkeiten erschienen. Nur langsam ließ die Anspannung in ihren Armen nach, wurde ihr wütendes Schreien leiser.

»Ach, du lieber Himmel«, erklang Cecis erschrockene Stimme hinter ihm. »Bleibt da stehen. Ich hol was zum Auffegen.«

Nathalies Schultern sackten so plötzlich herab, als hätte jemand die Fäden einer Marionette durchschnitten.

»Scheißdreck.« Sie schluckte hart und senkte den Blick. »Du blutest.«

»Ich weiß.«

»Alles scheiße. Fuck, ey.«

Er konnte ihr nur wortlos zustimmen.

»Hast du dich wieder im Griff?«

Sie nickte stumm. Er gab ihre Handgelenke frei. Als Cecilia zu ihnen zurückkehrte, griff das Mädchen nach dem Besen und dem Kehrblech.

»Lass nur, ich ...«, wollte Cecilia Hilfe anbieten, wurde aber mit einem barschen »Nein, ich!« von Nathalie jäh abgewürgt.

Ohne ein weiteres Wort begann sie, die Scherben zusammenzufegen. Brander humpelte ins Bad und begutachtete seine Verletzung. Ein Ritzer an der Außenseite seines rechten großen Zehs. Genau das hatte ihm noch zu seinem Glück gefehlt. Wenigstens war der Schnitt nicht tief. Ein bisschen Jod, ein antiseptisches Pflaster, und in ein paar Tagen war die Sache wieder vergessen.

Aber was sollte er mit Nathalie machen? Wie sollte er ihr erklären, dass es ein Unterschied war, ob man mal in fröhlicher Runde gemütlich ein Glas Whisky trank oder den Alkohol ohne Verstand in sich reinkippte und dazu nutzte, Probleme zu ignorieren oder eine Sucht zu stillen? Was ihm jedoch weitaus mehr Sorgen bereitete, war ihre unbeherrschte Wut. Er hatte deutlich gespürt, wie es in ihr gebrodelt hatte. Es hatte nicht viel gefehlt, und sie hätte wild um sich geschlagen, gegen Schranktüren getreten, und vielleicht wäre sie sogar auf ihn losgegangen. Er konnte damit umgehen. Er hatte gelernt, Situationen zu deeskalieren, und vor allem war er Nathalie körperlich überlegen. Er konnte sich gegen sie wehren. Aber Cecilia war kaum größer und stärker als Nathalie, schon gar nicht, wenn das Mädchen wütend war. Was war, wenn so etwas passierte und sie mit ihr allein war?

12

Sonntag

Sie hatten die Situation in der Nacht nicht klären können. Nathalie war erschöpft gewesen, die Augen waren ihr zugefallen, während Brander und Cecilia versucht hatten, mit ihr zu reden. Es hatte keinen Sinn. Sie gingen zu Bett, suchten nach einer Lösung, bis sie endlich in einen unruhigen Schlaf fielen. Am Morgen fuhr Brander völlig übermüdet zur Arbeit. Wenigstens konnte er trotz des verletzten Zehs Fahrrad fahren. Laufen war schmerzhafter.

Auch Sven Flaig erweckte nicht den Eindruck, als ob er in der vergangenen Nacht viel geschlafen hätte. Dunkle Schatten zeichneten sich unter seinen Augen ab, die Hautfarbe changierte zwischen blass und grau. Seine gesamte Körperhaltung drückte das Unwohlsein so deutlich aus, dass Brander sich fragte, was im Hause Ihringer/Gutbrod noch vorgefallen war, nachdem er und Peppi am Tag zuvor gegangen waren.

»Wie geht es Ihnen?«, erkundigte sich Brander, während er das Diktiergerät aus der Schreibtischschublade zog.

Flaig schüttelte achselzuckend den Kopf. Er war sich wohl selbst nicht sicher.

»Möchten Sie etwas trinken? Wasser, Kaffee?«

Erneut eine Geste der Unentschlossenheit.

»Unser Kaffee ist gar nicht schlecht. Ich hol uns mal einen«, bot Brander an. »Für dich auch?«

»Gern.« Peppi sah zum Fenster. »Ich glaube, so langsam wird es Frühling«, begann sie mit belanglosem Smalltalk.

»Ich konnte Lea nicht mitbringen«, begann Flaig, nachdem Brander mit den Heißgetränken zurückgekehrt war. »Die Sache hat sie doch sehr mitgenommen, und heute Morgen hatte sie einen fürchterlichen Streit mit Kurt. Vielleicht morgen.«

Flaig goss mit steifen Bewegungen etwas Milch in den Kaffee, rührte um und führte die Tasse so mühsam an seine Lippen, als koste jede Bewegung ihn immense Anstrengungen.

»Warum hatten die beiden Streit?«

»Weil er nicht versteht, dass sie um ihren Vater trauert. Sie sagten gestern, er wäre … er wäre verbrannt. Vor gut einer Woche stand etwas von einer abgebrannten Scheune im Tagblatt. War er der Tote, den Sie gefunden haben?«

»Ja.«

Flaig sackte noch mehr in sich zusammen. »Ich … es … es tut mir leid, dass ich Ihnen nicht alles gesagt hatte. Ich wusste einfach nicht …« Auch jetzt wusste er nicht weiter.

»Das können Sie ja jetzt nachholen.« Brander musterte den jungen Mann. Er war etwas kleiner und schmaler als Brander, hatte lange sehnige Finger. Die grauen Augen gingen immer wieder unruhig umher. War es nur Unsicherheit oder war da etwas Linkisches in seinem Blick? Der Versuch, schlechtes Theater zu spielen, um auszumerzen, was er verbockt hatte?

»Ich hatte an dem Dienstag erst am späten Nachmittag Termine in der Praxis. Lea war mittags zu einer Freundin gefahren«, begann Flaig zögernd. »Ich machte ein paar Besorgungen. Kurt war zu Hause, als ich zurückkam. Er kochte vor Wut. Er hatte erfahren, dass Lea sich von ihrem Sparbuch zwanzigtausend Euro auszahlen hatte lassen. Lea und Kurt sind bei derselben Bank, und der Berater hatte sich nichts dabei gedacht, als er Kurt fragte, was für große Investitionen Lea denn tätigen wollte. Die kennen sich schon jahrelang. Wie das eben so ist … Kurt hat mich gefragt, ob ich von dem Geld gewusst habe. Ich wollte ihn nicht anlügen …«

»Sie wussten von dem Geld, und Sie wussten, was Ihre Freundin damit vorhatte?«, hakte Brander nach.

»Ich habe versucht, es ihr auszureden, aber … sie ist genauso stur wie ihr Großvater. Wenn sie sich etwas in den Kopf gesetzt hat, zieht sie es durch.«

»Und wie ging es an dem Dienstagnachmittag weiter?«

»Kurt hatte sich gerade wieder etwas beruhigt, da kam Jakob über den Hof marschiert. Kurt ist aufgesprungen und drohte, sein Jagdgewehr zu holen.«

»Sagten Sie nicht gestern, er hätte damit bereits im Flur gestanden?«

»Nein … Ja … also, ich hab vielleicht ein bisschen übertrieben.«

Brander nickte nachdenklich. Die Gewehre im Schrank waren stark verstaubt gewesen. Also könnte es sein, dass Flaigs Aussage dieses Mal stimmte.

»Er wollte Jakob bestimmt nicht über den Haufen schießen«, fuhr Flaig fort. »Aber … ich habe doch ein bisschen Angst bekommen. Kurt ist schließlich nicht mehr der Jüngste. Er hat sich so aufgeregt. Womöglich hätte er noch einen Herzinfarkt bekommen. Ich habe ihm gesagt, dass ich mit Jakob reden würde.«

»Was haben Sie Herrn Gutbrod gesagt?«

Flaig hob die Schultern, seufzte schwer. »Ich wusste nicht, was ich ihm sagen sollte. Ich meine, der Jakob, der ist eigentlich ein ganz gutmütiger Kerl, wenn er nicht gerade getrunken hat. Ach, selbst dann. Er erzählt Geschichten, manchmal wird er traurig.« Flaigs Blick schweifte zum Fenster. Er schob das Kinn vor und starrte einen Moment lang schweigend in die Ferne.

»Was haben Sie ihm gesagt?«, holte Brander den jungen Mann zurück in sein Büro. Flaig wandte sich ihm wieder zu.

»Er flüchtet sich in eine Traumwelt, das ist sein Problem. Und so einem Mann gibt man nicht einfach zwanzigtausend Euro. Ich hab ihm gesagt, dass Lea nicht da ist und …« Flaig zögerte. »... dass er … dass er …« Er senkte den Kopf und presste die Hände auf das Gesicht. »Ich konnte doch nicht wissen …«

»Was konnten Sie nicht wissen?«

»Dass ihn jemand umbringt.«

»Sie haben mir immer noch nicht verraten, was Sie ihm gesagt haben?«

Der junge Mann hob den Kopf wieder. »Dass er Lea ihr Geld zurückgeben sollte. Nach der Arbeit wollte ich ihn abends treffen, aber er ist nicht gekommen.«

»Wo wollten Sie ihn treffen?«

»In der Nähe von seiner Wohnung. Auf dem kleinen Parkplatz, da wo die Sindelfinger Straße einen Knick macht. Ich …« Er stockte, nahm die Tasse zwischen seine Hände, starrte auf die dunkle Flüssigkeit. »Ich hab eine halbe Stunde gewartet, dann bin ich gefahren.«

»Um wie viel Uhr waren Sie am vereinbarten Treffpunkt?«

»Ich hab bis neun gearbeitet, bis dann alles aufgeräumt ist … vielleicht so gegen drei viertel zehn. Um zehn sollte er kommen.«

»Warum haben Sie nicht bei ihm geklingelt? Sie hätten ja nur ein paar Meter zu dem Häuserblock gehen müssen.«

Flaig zuckte die Achseln.

Er lügt, dachte Brander. Er erzählt gerade mal so viel, wie er meint, preisgeben zu müssen, weil er vermutet, dass wir es ohnehin schon wissen. »Warum erzählen Sie mir nur die halbe Wahrheit?«

»Warum …?« Die Tasse geriet derart in Unruhe, dass ein paar Tropfen auf Flaigs Hose schwappten.

Peppi reichte ihm ein Taschentuch.

»Ich habe Ihnen alles erzählt!«

»Nein, das haben Sie nicht.«

»Was … was wollen Sie denn noch von mir wissen?«

»Sie haben im Auto gesessen und auf Herrn Gutbrod gewartet?«

»Ja.«

»Und als Herr Gutbrod nicht kam, sind Sie einfach wieder gefahren?«

»Ja.«

»Und dann?«

»Wie und dann? Ich bin nach Hause gefahren und habe geschlafen.«

»Und was hat Herr Ihringer gesagt?«

»Ich hab nicht mit ihm gesprochen.«

Lüge! Lüge! Lüge!, stand deutlich auf Flaigs Stirn geschrieben.

»Warum nicht? Hatten Sie Angst vor ihm?«

»Nein … ich …« Wieder hob er ratlos die Schultern.

»Und den Abend darauf? Sind Sie da vielleicht noch einmal zu Herrn Gutbrod gefahren?«

»Was soll das denn jetzt? Was wollen Sie von mir? Sie … Sie reißen mich da in eine Geschichte mit rein …« Er hielt inne. Da war wieder dieser ängstliche Ausdruck auf seinem Gesicht.

»Was für eine Geschichte?« Brander fixierte den jungen Mann mit seinen Augen. Seine Schläfen begannen zu kribbeln. Rede! Rede endlich!

Mit einem Ruck stand Flaig auf. »Ich hab mit der Sache nichts zu tun. Und jetzt … jetzt will ich gehen.«

»Mit welcher Sache haben Sie nichts zu tun?«

»Mit dem, was Jakob passiert ist. Er ist an dem Dienstagabend nicht gekommen. Mehr kann ich Ihnen auch nicht sagen.«

Brander schnaufte verärgert. Flaig wusste etwas, aber er wollte es nicht verraten. Und sie hatten nichts gegen ihn in der Hand. Sie mussten ihn wieder gehen lassen.

Staatsanwalt Marco Schmid gesellte sich mit einer Tüte belegter Brötchen zu einem zweiten Frühstück zu ihnen, nachdem Flaig gegangen war.

»Schade, einen Moment lang habe ich tatsächlich gedacht, wir sind auf der richtigen Fährte«, seufzte Peppi.

»Wer sagt, dass wir es nicht sind?«, widersprach Brander. »Ich bin überzeugt davon, dass er uns nur einen Teil erzählt hat. Er weiß mehr.«

»Vielleicht weiß er es nicht, vielleicht ahnt er nur etwas. Aber er will niemanden reinreißen.«

Brander bewegte abwägend den Kopf. »Ihringer hat eine Mordswut auf seine Enkelin, auf Flaig und vor allem auf Jakob Gutbrod. Flaig will ihm beweisen, dass er nicht der halbe Mann ist, für den sein Schwieger-Großvater in spe ihn hält. Und dann kommt er ohne das Geld zurück?«

»Schwieger-Großvater?«, wiederholte Peppi belustigt.

»Ach …«

»Lea Gutbrod hat das Geld nicht. Sonst wäre sie doch vermutlich gar nicht zu uns gekommen, oder?«, überlegte Schmid.

»Vielleicht haben Ihringer und Flaig das Geld Lea gar nicht wieder zurückgegeben? Wie hätten sie es ihr erklären sollen?« Peppi biss herzhaft in ein Käsebrötchen. »Marco, das ist nicht gut mit den belegten Brötchen. Wie soll ich da meine Figur halten?«

»Deine Figur ist perfekt, so wie sie ist.« Schmid warf ihr einen schmeichelnden Blick zu.

»Hey.« Peppi hob tadelnd den Zeigefinger.

»Ich weiß, wir wollten Dienst und Privatleben strikt voneinander getrennt halten. Zeig mich an wegen sexueller Belästigung am Arbeitsplatz.«

»Würde ich ja, wenn ich nicht wüsste, dass du so gute Beziehungen zu unseren Richtern hast.«

»Tja …« Schmid grinste schelmisch. »Augen auf bei der Partnerwahl.«

»Ich kann mich ja noch mal umsehen.«

»Ich unterbreche ja nur ungern, aber wir sind tatsächlich noch im Dienst«, rief Brander seine Anwesenheit zurück ins Bewusstsein der beiden, auch wenn ihm das lockere Geplänkel gefiel. Wie gern hätte er mit Cecilia wieder einmal so unbeschwert herumgeschäkert. Diese leichten Momente waren in seiner Ehe in letzter Zeit viel zu kurz gekommen. »Flaig ist keine hundert Meter von dem Haus entfernt, in dem Gutbrod lebt, und dann geht er nicht mal eben rüber und klingelt? Warum sollte er nicht wenigstens einmal klingeln?«

»Vielleicht hat er geklingelt, aber Gutbrod war nicht da«, schlug Peppi vor.

»Und warum erzählt er es uns dann nicht?«

»Weil er es nicht für wichtig hält?«

»Peppi! Gutbrod ist tot!«

»Wie gut ist eigentlich die Beziehung zwischen Lea Gutbrod und Sven Flaig?«, fragte Schmid.

»Er scheint sich sehr viel um sie zu kümmern.«

»Angenommen ...« Schmid stand auf und begann im Zimmer auf und ab zu gehen, als hielte er vor laufender Kamera ein Plädoyer. »Nur mal angenommen, er hat Jakob Gutbrod doch an jenem Abend getroffen, und der hat ihm brav das Geld ausgehändigt. Wer weiß davon?«

»Kurt Ihringer.«

»Dem könnte er doch ebenso gut gesagt haben, dass Gutbrod nicht gekommen ist. Einen Tag später ist dieser tot. Niemand weiß, dass Sven Flaig das Geld hat ...« Schmid blieb stehen und wandte sich den beiden Beamten wieder zu.

»Willst du damit sagen, Flaig hat lediglich das Geld unterschlagen, oder denkst du, er hat etwas mit dem Mord zu tun?«

»Ja – und vielleicht. Ich weiß nicht.«

»Aber warum sollte er denn das Geld unterschlagen?«

»Er hat gesagt, er hätte gern eine eigene Physiotherapiepraxis«, fiel Brander ein. »Zwanzigtausend Euro wären zumindest mal ein Anfang. Dafür müsste er sonst eine Menge Leute behandeln.«

Eine Weile herrschte nachdenkliches Schweigen.

»Wir haben seine Fingerabdrücke.« Peppi deutete auf die verwaiste Tasse auf Branders Schreibtisch.

Schmid folgte ihrem Fingerzeig. »Das ist nicht zulässig.«

»Es hilft uns aber vielleicht auf die richtige Fährte, wenn Tropper am Tatort Vergleichsspuren findet.«

Von den Zuckertütchen hatte Peppi ihrem Freund anscheinend noch nichts erzählt.

Ein Klopfen an der Bürotür unterbrach sie.

»Na, so kann man den Sonntagmorgen natürlich auch verbringen.« Tropper sah neidisch in die Runde.

»Gerade haben wir von dir gesprochen«, begrüßte Peppi den Kollegen. »Wir haben Arbeit für dich.«

»Haben wir nicht«, widersprach Schmid rigoros.

»Ihr habt es noch nicht gehört, oder?«, ignorierte Tropper den Disput.

»Was?« Brander wischte sich einen Krümel aus dem Mundwinkel.

»Zwischen Rottenburg und Neustetten wurde heute Nacht eine Scheune abgefackelt.«

»Sag jetzt nicht, die Feuerwehrleute haben da auch eine Leiche gefunden.«

»Bis jetzt nicht. Ich fahre gleich raus und schau mir die Sache an. Will jemand mit?«

Brander sah in seinen Terminkalender. Ilona Cordes war auf halb zwei bestellt. »Das wird mir zu knapp. Halt uns auf dem Laufenden.«

Die Frau von Gerome Cordes erschien pünktlich in der Polizeidirektion. Zur Befragung hatte Hendrik sie in sein Büro gebeten und Brander dazugeholt. Die Cordes war eine große, schlanke Frau mit üppiger Oberweite. Mit ihren siebenunddreißig Jahren war sie um einiges jünger als ihr Mann. Die langen blondierten Haare hatte sie zu einem Pferdeschwanz zusammengebunden. Sie war dezenter geschminkt, als Brander erwartet hatte, und auch das graue Kostüm samt hellrosa Bluse erinnerte eher an eine Unternehmensberaterin als an die Frau eines Bordellbetreibers. Ihre Stirn war unnatürlich glatt, sodass der Botox-Verdacht nahe lag.

»Stört es Sie, wenn ich rauche?« Sie nahm ein silbernes Zigarettenetui aus ihrer Handtasche.

Ihre Stimme hatte einen minimalen fremdländischen Akzent. Osteuropa, tippte Brander, dazu passten die Gesichtszüge. »Tut mir leid, im gesamten Gebäude ist Rauchverbot.«

Mit einem Seufzer steckte sie das Etui zurück in die Tasche. »Ist es üblich, dass Sie die Leute sonntags zum Verhör einladen?«

»Frau Cordes, das ist kein Verhör. Wir haben lediglich einige Fragen an Sie.«

»Und die hatten keine Zeit bis morgen?«

»Leider nicht, und wir sind Ihnen dankbar, dass Sie sich die Zeit genommen haben, zu uns zu kommen.«

»Ich möchte keinen Ärger mit der Polizei. Was kann ich denn nun für die Herren tun?« Ihr Blick wanderte zwischen den Kommissaren hin und her, als hätte sie die beiden einbestellt und nicht umgekehrt.

»Es geht um einen Freund Ihres Mannes, Jakob Gutbrod.«

»Ich dachte es mir schon. Gerome hat mich gestern nach Ihrem Besuch angerufen. Wie geht es Ihrer Kollegin?« Ein boshaftes Lächeln legte sich auf ihre Lippen.

Hendrik sah irritiert zu Brander.

»Dann wissen Sie ja, dass Jakob Gutbrod vermisst wurde«, ignorierte Brander die Frage.

»Wurde? Wird er jetzt nicht mehr vermisst?«

»Er ist tot.«

»Oh …« Das Lächeln wich einem neutralen Gesichtsausdruck. »Mein Mann wird sehr traurig sein.«

»Sie kannten Herrn Gutbrod?«

»Ja, Gerome hatte mich gebeten, mich ein wenig um ihn zu kümmern, nachdem er entlassen worden war.«

»Ach? Wie darf ich mir das denn vorstellen?«, fragte Hendrik ungewohnt ruppig. Normalerweise war er der Charmeur in Person, wenn es darum ging, einer Frau Informationen zu entlocken.

Ilona Cordes ließ sich nicht aus der Ruhe bringen und setzte wieder ihr ironisches Lächeln auf. »Was denken Sie wohl? Ein bisschen Spaß, damit er sich wieder an das Leben in Freiheit gewöhnt.« Die Ironie verschwand aus ihrem Gesicht, und sie begann, mit den Fingern auf die Stuhllehne zu tippen. Sie hätte jetzt offensichtlich gern geraucht. »Ich sollte ihm ein bisschen Geld geben, damit er sich eine Wohnung nehmen und Möbel kaufen kann. Ab und zu kommt ... kam er nach Nürtingen in meine Bar, trank ein paar Biere, einen Schnaps, sah den Mädchen beim Tanzen zu.«

»Und das hat er dann alles von Ihrem Geld bezahlt?«

Wieder ein mildes Lächeln. »Die Getränke gingen aufs Haus, weil er ein Freund von Gerome ist.«

»Und die Mädchen?«

»Sie sind Tänzerinnen und keine Prostituierten.«

»Natürlich.« Hendrik erwiderte den süffisanten Blick. Er hatte sich wieder in der Gewalt. »Und Sie haben nett mit Herrn Gutbrod geplaudert?«

»Wenn es meine Zeit erlaubte.«

»Und worüber haben Sie so geplaudert?«

»Dies und jenes.«

»Worüber? Das Wetter? Die Lottozahlen?«

Sie deutete ein Nicken an, ihr Blick wurde ernster. »Manchmal auch darüber. Manchmal hat er von seiner Tochter erzählt. Er war ein sehr unglücklicher Mann.« Sie setzte das Mitgefühl so gekonnt in ihre Stimme, dass man hätte glauben können, sie meinte es ehrlich. Vielleicht war es tatsächlich so, grübelte Brander.

»Woher kommen Sie?«, fragte er.

»Estland.«

»Und wie sind Sie nach Deutschland gekommen?«

Die Cordes öffnete den Mund, zögerte einen Moment, bevor sie sich zu einer Antwort durchringen konnte. »Eine Reise, ein Flirt, ein Mann, der es gut mit mir meinte.«

Brander ahnte, um was für eine Reise es sich gehandelt hatte. »Gerome Cordes?«

»Ja.«

»Und er hat Sie gleich geheiratet?«

»Ich hatte keine Aufenthaltsgenehmigung, und ich war schwanger. Er wollte, dass sein Sohn in Deutschland aufwächst.«

»Wie heißt Ihr Sohn?«

»Konrad.«

»Sie wussten, dass Jakob Gutbrod Ihren Mann regelmäßig im Gefängnis besuchte?«

»Natürlich. Ich habe ihm die Fahrkarten bezahlt.«

»Sie sind ja sehr großzügig«, stellte Brander fest. »Laufen die Geschäfte so gut?«

»Jakob konnte sich die Fahrkarten nicht leisten, und Gerome wollte ihn sehen.«

»Und hat er vielleicht auch mal etwas für Sie getan? Als kleine Gegenleistung … Botengänge …?«

»Ja.«

Brander hob interessiert die Augenbrauen. »Er hat Botengänge für Sie erledigt?«

»Nein, das nicht. Aber ja, er hat etwas für mich getan. Er hat Gerome besucht. Und dann ging es Gerome gut. Und wenn es Gerome gutgeht, geht es mir auch gut.« Sie musterte Brander abschätzend. »Ich liebe meinen Mann, auch wenn Sie denken, dass er mich nur gekauft hat. Er ist gut zu mir.«

Er scheint ja ein richtig guter Mensch zu sein, dieser Gerome Cordes, ging es Brander durch den Kopf. Wie war es überhaupt dazu gekommen, dass er zehn Jahre ins Gefängnis musste?

»Ihr Mann sagte, dass seine Freunde ihn ›Rocco‹ nennen. Sie nennen ihn Gerome?«

»Ja.« Ihr Blick wurde hart. »Ich bin seine Frau und nicht seine Freundin.«

Oha, war Cordes doch nicht nur so ein Gutmensch?

»Warum wollte Ihr Mann Jakob Gutbrod sehen?«

Frau Cordes zuckte die Achseln. »Ich weiß nicht. Männerfreundschaft. Das kann man nicht erklären, oder?«

»Haben Sie eine Idee, wer einen Grund gehabt haben könnte, Jakob Gutbrod zu töten?«

»Nein.« Sie zögerte erneut, ließ einen winzigen Moment lang ihre stolze Maske fallen. »Jakob war sehr, sehr unglücklich. Der Mann war tot, während er noch lebte. Verstehen Sie, was ich sagen will? Und vielleicht ist es jetzt besser für ihn.«

Ilona Cordes hatte kaum die Tür geschlossen, als Hendrik sofort losschoss: »Was war das vorhin für ein blöder Spruch von dieser Tussi?«

»So nicht!« Brander hob bremsend eine Hand.

Hendrik bemühte sich, seinen Zorn herunterzuschlucken. »Was ist gestern vorgefallen? Anne war superschlecht drauf, als sie nach Hause kam.«

»Sie hat sich übergeben.«

»Ja und? Das ist ja nix Neues. Woher weiß diese …« Er deutete mit dem Kopf zur Tür, als ihm die Antwort selbst bewusst wurde. Die Wut verebbte so plötzlich, wie sie gekommen war. Mit einem erkennenden Seufzen sank er zurück auf seinen Stuhl. »Sie hat sich während der Befragung übergeben?«

»Ja.«

»Das darf nicht wahr sein.«

»Ich hab ihr schon eine Standpauke gehalten. Das musst du nicht auch noch machen.«

Der Kollege hob ratlos den Blick zu Brander. »Diese Übelkeit ist doch nicht normal. Tausend Mal habe ich sie gebeten, zum Arzt zu gehen, aber sie tut es einfach nicht.«

»Sie hat mir versprochen, dass sie am Montag geht.«

»Was ist, wenn es was Ernstes ist? Irgendein böser Virus, Krebs oder was weiß ich?«

»Jetzt mal den Teufel nicht an die Wand«, versuchte Brander den Kollegen zu beruhigen. »Gibt's kleinen Polizistennachwuchs?«, drang Gerome Cordes' belustigte Stimme in seine Gedanken. Konnte da etwas dran sein? »Vielleicht … Könnte es sein, dass Anne schwanger ist?«, fragte er vorsichtig.

»Schwanger? Wovon sollte Anne denn schwanger sein?«

»Ähm …« Brander räusperte sich. »Das solltest du wohl besser wissen als ich.« Hoffte er zumindest.

»Schwanger … du lieber Himmel …« Hendrik raufte sich die dunklen Haare. »Das wäre das Letzte, was wir jetzt gebrauchen könnten. Anne dreht durch. Allerdings, die Übelkeit … Beim letzten Mal hatte sie auch so eine Phase.« Er sah ratlos zu Brander. »Was mach ich denn jetzt?«

»Keine Ahnung. Besorgt euch einen Schwangerschaftstest.«

»Jetzt? Am Sonntag?«

»Apothekennotdienst.«

Hendrik lachte nervös auf. »Schwanger, hm … das wär … Kannst du mich hier entbehren? Das lässt mir jetzt keine Ruhe. Ich … ich muss das jetzt klären.« Er wartete die Antwort nicht ab, stand auf, suchte mit fahrigen Händen seine Autoschlüssel.

Als Brander in sein Büro zurückkehrte, war Peppis Schreibtisch leer. Brander nutzte den ungestörten Moment und wählte Cecilias Nummer.

»Wie ist die Lage an der Front?«

»Sie hat bis zum Mittag geschlafen, dann hat sie gefrühstückt und jetzt ist sie wieder in ihrem Zimmer.«

»Und wie geht's dir?«

»Ich suche eine Lösung …« Es klang nicht sehr optimistisch.

»Ich denke, wir müssen uns morgen mit dem Jugendamt in Verbindung setzen.«

»Andi, bedeutet dir dein Whisky so viel?«

»*Du* bedeutest mir viel.« Der Whisky war Brander letztlich egal. »Es geht mir nicht darum, dass sie meinen Whisky weggekippt hat. Es geht mir darum, dass sie wütend ist und dass sie diese Wut nicht unter Kontrolle hat. Du hättest heute Nacht ihre Augen sehen sollen. Sie hatte sich nicht mehr in der Gewalt!«

Während er sprach, öffnete sich die Tür, und Peppi kehrte ins Büro zurück. Er mäßigte seine Stimme. »Sie ist vor einer Woche auf dich losgegangen. Was ist, wenn sie es wieder tut?«

»Das wird sie nicht.«

»Bist du dir da so sicher?«

»Ja«, kam es wenig überzeugt. »Andi, sie ist durcheinander. Sie braucht jetzt einen Halt und den bekommt sie nicht, wenn das Jugendamt sie uns wegnimmt.«

Brander horchte auf: ... sie uns wegnimmt. War das die Sorge, die Cecilia umtrieb? »Worum geht es dir? Um dich oder um Nathalie?« Er merkte sofort, dass er sich im Ton vergriffen hatte. Zu hart, zu lauernd war die Frage gekommen. Peppi starrte ihn ungläubig an. Am anderen Ende der Leitung war es totenstill. Branders Herzschlag verdoppelte sich.

»Nathalie braucht eine Bezugsperson. Und das sind nun einmal du und ich.« Cecilias Stimme klang angestrengt. »Nur, weil wir im Moment nicht an sie rankommen, willst du sie jetzt fallen lassen?«

»Nein, und so hab ich das auch nicht ... Ceci, lass uns nicht streiten. Wir reden heute Abend in Ruhe.«

»Ja, das werden wir. Ich warte auf dich. Egal, wie spät du heimkommst!«

Das klang ja fast wie eine Drohung. Brander kratzte sich unwohl über den Nacken.

»Was ist denn bei euch los?«, erkundigte sich Peppi, noch immer bestürzt über Branders Bemerkung. Sie kannte Cecilia, und die beiden Frauen verstanden sich gut.

Brander winkte ab. »Das übliche Chaos.«

»Das hörte sich aber ganz anderes an. Los, erzähl«, forderte Peppi.

Brander haderte mit sich. Peppi war nicht so emotional betroffen wie er und Cecilia. Vielleicht wusste sie einen Rat? In knappen Sätzen berichtete er von Nathalies nächtlicher Eskapade.

»Ja, ja, Wasser predigen und Whisky trinken.« Peppi grinste spöttisch. »Andi, man holt sich nicht das Kind einer Alkoholikerin ins Haus und säuft dann munter weiter.«

»Deine blöden Kommentare kannst du dir sparen.«

»Was kostet so eine Flasche Whisky? Dreißig, vierzig Euro?«

»Das sind noch die günstigeren …« Brander sah frustriert zu seiner feixenden Kollegin. Natürlich hatte er mit ihrem Spott rechnen müssen. »Da sind ein paar hundert Euro den Abfluss runtergegangen.«

»Du Edel-Säufer!«

»Sehr witzig. Verrat mir lieber, was wir mit Nathalie machen sollen. Wir kommen einfach nicht mehr an sie ran.«

Peppi blies sich eine Haarsträhne aus der Stirn. »Ich kann es dir nicht sagen. Wenn wir nicht gerade einen Mordfall auf dem Tisch hätten, würde ich sagen: Nimm dir ein paar Tage frei und kümmere dich um deine Familie.«

Natürlich hatte Brander sich nicht frei genommen. Die abendliche Soko-Sitzung fand dennoch nur mit Minimalbesetzung statt. Tropper brachte erste Erkenntnisse vom neuen Scheunenbrand mit.

»Es sieht wieder nach Brandstiftung aus«, berichtete er. »Genaueres kann ich euch leider nicht sagen. Unsere Brandexperten sind noch bei den Untersuchungen, aber es scheint auch hier Brandbeschleuniger im Spiel gewesen zu sein. Es war wieder ein alter Schuppen, zum Glück dieses Mal ohne Leiche, dafür mit einer Menge Stroh darin. Alte Autoreifen haben wir nicht gefunden.«

»Derselbe Täter oder Zufall?« Brander erinnerte sich an eine Brandserie, die die Balinger Kollegen vor einiger Zeit bearbeitet hatten. Damals waren jedoch Schützenhäuser betroffen und keine alten Scheunen.

»Kann ich dir nicht sagen.«

»Wann wurde der Brand gemeldet?«

»Gegen vier Uhr von einem Autofahrer, der das Feuer aus der Ferne entdeckt hatte. Zeugen gibt es bisher keine. Der Brand ist vermutlich gegen drei, halb vier Uhr morgens ausgebrochen. Die Scheune gehörte einem Landwirt aus Neustetten.«

»Könnte er das Feuer gelegt haben?«

»Ich glaube nicht. Der war stinksauer.«

»Das muss nichts heißen.« Brander stand auf und trat an die Umgebungskarte, die an der Wand an der langen Seite des Raums angebracht worden war. Mit dem Finger glitt er über die Karte. »Der erste Brand war nahe Tübingen, der zweite bei Rottenburg. Mehr oder weniger dazwischen liegt Wurmlingen samt Ihringerhof.«

»Denkst du, der Flaig könnte tatsächlich etwas mit Gutbrods Tod zu tun haben?«, fragte Peppi.

»Auf jeden Fall verheimlicht er uns irgendetwas. Wir müssen noch einmal mit neuen Befragungen in dem Wohngebiet in der Sindelfinger Straße starten. Vielleicht hat jemand Jakob Gutbrod an jenem Dienstagabend zusammen mit Sven Flaig gesehen.«

»Wenn wir uns diese Mühe schon machen, dann sollten wir aber auch nach Kurt Ihringer fragen«, verlangte Peppi. »Vielleicht ist er ja doch noch losgezogen, nachdem Flaig ohne das Geld zurückkehrte, und hat sich Gutbrod vorgeknöpft.«

»Was denkst du? Dass er ihm das Methanol mit einem Trichter eingeflößt hat?«

»Zutrauen würde ich es ihm. Und zumindest ist es ein Leichtes für unseren Obstbrenner Ihringer, an Methanol ranzukommen, wenn ich mich richtig an die Ausführungen der Owener Whiskybrenner erinnere.«

»Aber es ist auch für jeden anderen keine große Schwierigkeit.«

»Die ganze Tat sieht doch nach einer kaltblütig geplanten Aktion aus: ihn abfüllen, in die Scheune bringen, abfackeln«, meldete sich Corinna Tritschler zu Wort. »Was ist mit der Cordes? Hältst du die für glaubwürdig?«

Brander hob unentschlossen die Schultern. »Sie ist den Umgang mit der Polizei gewohnt …«

Die Tritschler deutete mit dem Zeigefinger auf die Karte. »Ist dir schon mal aufgefallen, dass Owen relativ nah an Nürtingen liegt?«

»Stimmt.«

»Was haben die Brenner gesagt? Gutbrod kam mehrmals im Jahr vorbei, drei-, viermal ...«

»Ja-a ...«, bestätigte Brander erneut.

»Und Gutbrod hat Cordes alle drei Monate besucht, also vier Mal im Jahr. Wäre doch interessant zu wissen, wann genau er Cordes in Heilbronn besucht hat und wann genau er in Owen war, und ob er dann auch immer auf ein Freibier in einer Bar in Nürtingen war.«

Er verbindet die Abstecher nach Owen mit einem Termin in der Gegend, erinnerte sich Brander an die Aussagen der Brenner. Ein Besuch bei Ilona Cordes. War es Zufall, dass in der Nacht, nachdem Brander mit Gerome Cordes gesprochen hatte, wieder eine Scheune gebrannt hatte?

»Da könnte was dran sein. Wir brauchen mehr Informationen über die Geschäfte von Familie Cordes. Cory, Magnus – Striplokale, Rotlichtmilieu, das ist doch was für euch, oder?«

»Des passt scho. Cory, mir zwoi ganget undercover.« Magnus Neidhart zwinkerte seiner Kollegin gut gelaunt zu.

Statt nach der Sitzung gleich wieder Protokolle zu wälzen und sich in Recherchearbeit zu stürzen, machte Brander sich direkt auf den Heimweg. Er wollte nicht erst wieder um zehn oder elf Uhr nachts nach Hause kommen, wenn Cecilia schon müde und Nathalie bereits im Bett war. Das Problem mit ihrer Pflegetochter musste jetzt endlich geklärt werden.

Er fand seine Frau in der Küche. Zahlreiche Fachbücher lagen auf dem Tisch verteilt. Telefon und Laptop standen daneben.

»Was machst du da?«

»Arbeiten«, war die knappe Antwort.

Sie hob nicht einmal den Kopf. Er hatte geahnt, dass sie noch verärgert über ihn sein würde.

»Ach so.« Brander warf einen genaueren Blick auf die Bücher. »Schulst du gerade um auf Jugend-Psychotherapie?«

»Ja.«

Brander zog einen Stuhl zurück und setzte sich zu seiner Frau.

»Können wir bitte miteinander reden?«

Endlich sah sie von ihren Unterlagen auf. »Du hast mich heute sehr verletzt.«

»Das wollte ich nicht, und es tut mir leid.« Die Worte kamen zu ruppig aus seinem Mund. Er hörte es selbst.

Kleine rote Äderchen durchzogen das Weiß ihrer Augen, die Lider waren geschwollen. Sie hatte geweint.

»Es tut mir leid«, wiederholte er, sanfter dieses Mal, versöhnlich.

Cecilia klappte den Laptop zu und schob die Bücher zur Seite. »Was ist passiert? Bis vor drei Wochen war die Welt noch in Ordnung.«

»Und sie wird bald wieder in Ordnung sein«, versprach Brander. Er ergriff ihre Hand, beugte sich zu ihr und küsste ihre weichen Lippen. »Ist sie in ihrem Zimmer?«

»Ja.«

»Dann lass uns schauen, ob wir nicht heute mal ein vernünftiges Gespräch mit ihr zustande bringen.«

Sie stiegen die Stufen hinauf und klopften an die Zimmertür. Nachdem sie keine Antwort erhielten, öffnete Brander die Tür. Wie gewohnt herrschte peinlichste Ordnung im ganzen Raum. Ihr Rucksack für die Schule stand gepackt neben dem Schreibtisch. Zumindest hoffte Brander, dass sich Schulsachen darin befanden und nicht ein paar Habseligkeiten, mit denen sie sich in der Nacht mal wieder aus dem Staub machen wollte. Nathalie lag im Bett und hatte ihnen den Rücken zugewandt.

»Nathalie, wir möchten mit dir reden«, begann Brander.

»Nein«, kam es störrisch von dem Mädchen. Sie zog sich die Bettdecke über den Kopf.

Brander ging zu ihr und setzte sich auf die Bettkante. »Auch wenn du das jetzt nicht willst, wir müssen miteinander reden.« Er versuchte, die Decke wegzuziehen, aber sie krallte sich daran fest.

»Lasst mich in Ruhe!«

»Nathalie, so geht es doch nicht weiter«, startete Cecilia einen aussichtslosen Versuch.

Sie redeten auf das Mädchen ein, aber sie verkroch sich nur mehr unter ihre Bettdecke und strafte sie mit dickköpfigem Schweigen.

»Okay, es reicht«, beendete Brander schließlich entnervt ihre Versuche. Er erhob sich, atmete tief durch, um die hilflose Wut, die allmählich in ihm aufgestiegen war, herunterzukämpfen. »Drei Wochen machen wir dieses Theater jetzt mit dir mit. Du baust einen Bockmist nach dem anderen, du stößt uns nur vor den Kopf, und du sagst, du willst nicht mehr bei uns leben.«

Cecilia sah alarmiert zu ihm herüber. Brander ließ sich nicht bremsen.

»Wir können dich nicht zwingen, bei uns zu leben. Ich weiß nicht, ob du zurück zu deiner Mutter kannst. Das müssen wir mit dem Jugendamt klären. Aber eins sag ich dir: Das wird kein Jo-Jo-Spiel. Wenn du einmal gegangen bist, werden wir dich nicht wieder bei uns aufnehmen, wenn du es dir nach einer oder zwei Wochen wieder anders überlegt hast. Das hier ist kein Feriencamp.«

»Andi!«

»Du hast bis morgen Abend Zeit, dich zu entscheiden, ob du weiter bei uns leben willst oder nicht«, erklärte Brander scharf. Bevor Cecilia weiter protestieren konnte, schob er sie energisch aus dem Zimmer hinaus. »An diesem Punkt lasse ich nicht mehr mit mir diskutieren.«

Er wusste, dass seine Frau das so auf keinen Fall akzeptieren würde.

13

Montag

Der Schlafmangel war zermürbend. Es hatte lange gedauert, bis Cecilia sich beruhigt hatte. Bittere Vorwürfe hatte er sich anhören dürfen. Der ganze Stress, der Ärger, die Sorgen, alles war hochgekommen. Bis spät in die Nacht hatten sie gestritten, diskutiert, nach einer Lösung gesucht, und waren doch immer wieder zum selben Ergebnis gekommen: Sie mussten mit dem Jugendamt reden, und sie konnten Nathalie nicht zwingen, bei ihnen zu leben. Nur mit Mühe gelang es Brander, sich auf seine Arbeit zu konzentrieren. So hatte er sich das alles nicht vorgestellt. So nicht.

Er las die Protokolle vom Vortag. Cory und Magnus arbeiteten an den Recherchen zu Cordes. Karl-Heinz Borowski, der heute wieder ins Büro gekommen war, sollte gemeinsam mit Hendrik die erneuten Anwohnerbefragungen durchführen, Letzterer war allerdings nicht zur morgendlichen Sitzung erschienen. Brander selbst wollte mit Peppi noch ein weiteres Mal zum Ihringerhof fahren und mit Lea Gutbrod und ihrem Großvater sprechen. Als Brander vor der Abfahrt zur Toilette ging, stieß er im Flur auf Hendrik.

»Wir haben dich heute Morgen vermisst«, begrüßte er den Kollegen.

»Ja, sorry, ich hatte eine harte Nacht.«

»Dito.«

Hendrik stutzte kurz, konnte sein breites Grinsen aber nicht länger zurückhalten. »Deine Vermutung war richtig: Wir bekommen noch ein Baby.«

»Herzlichen Glückwunsch«, gratulierte Brander mit gemischten Gefühlen. Hendrik freute sich offensichtlich über den ungeplanten Nachwuchs, aber Brander befürchtete, dass es Anne nicht ebenso ging.

Der Kollege nickte, als hätte er seine Gedanken gelesen. »Sie hat Angst, wegen damals. Aber wir kriegen das hin«, erklärte er optimistisch.

Brander hoffte, dass er recht behielt.

Der Himmel zeigte sich wieder von seiner trüben Seite, als Brander mit Peppi zum Ihringerhof fuhr. Er gab dem mehr als öden Wetter die Schuld an seiner schlechten Stimmung. Viel zu selten hatte in letzter Zeit die Sonne geschienen. Zu ihrer Überraschung öffnete ihnen wenig später weder Lea Gutbrod noch Kurt Ihringer die Tür, sondern Peter Thiemann.

»Sie wollen vermutlich zu Lea?«, mutmaßte der Wirt.

»Ja, auch. Und Sie sind gerade zu Besuch?«, stellte Brander eine Gegenfrage.

»Ich leiste Lea beim Frühstück Gesellschaft. Kurt macht Besorgungen, Sven ist arbeiten …« Er senkte seine Stimme. »Wir wollten sie nicht allein lassen.«

»Du brauchst nicht zu flüstern«, erklang Lea Gutbrods Stimme aus dem Wohnungsinneren. »Bitte, kommen Sie herein.«

Thiemann wich zur Seite und ließ die Beamten eintreten. »Sie ist in der Küche.«

Der Tisch war mit viel Liebe gedeckt worden: Brötchen, Butter, Wurst, Käse, Tomaten und Gurkenscheiben waren wie ein Mini-Frühstücksbuffet arrangiert. Kaffee dampfte aus einer Tasse. Ein iPad lag neben Lea Gutbrods Teller.

»Möchten Sie auch einen Kaffee?« Ihre Stimme klang sachlich, bemüht um Normalität.

»Danke, nein.«

»Normalerweise frühstücke ich nicht so spät. Aber … ich kam heute einfach nicht aus dem Bett.« Sie biss in ein dick belegtes Wurstbrötchen. Der schwarze Pulli und die schwarze Hose ließen sie schmal aussehen, und in ihrem ungeschminkten Gesicht zeichnete sich deutlich der Kummer der letzten Tage ab.

»Wie geht es Ihnen?«, erkundigte sich Brander. Er setzte sich ungebeten auf einen freien Stuhl. Peppi ließ sich ebenfalls am Tisch nieder.

»Ich will wissen, wer der Mörder meines Vaters ist.«

Thiemann, der an der Türschwelle stehengeblieben war, verzog unangenehm berührt das Gesicht.

Brander sah die junge Frau stirnrunzelnd an. »Wie kommen Sie darauf, dass er ermordet wurde?«

Sie stellte die Tasse, von der sie gerade trinken wollte, wieder zurück auf den Tisch. »Sie sagten zu meinem Großvater, dass Jakob Opfer eines Verbrechens geworden sein könnte. Und Sven hat mir erzählt, dass er der Tote in der Scheune war. Ich sitze zwar im Rollstuhl, aber ich bin nicht dumm. Ich kann eins und eins zusammenzählen!«

»Entschuldigen Sie, ich wollte Ihnen nicht …«

Lea Gutbrod unterbrach ihn mit einer ungeduldigen Handbewegung. »Was wollen Sie von mir?«

»Können Sie sich vielleicht vorstellen, wer ein Interesse daran gehabt haben könnte, Ihrem Vater etwas anzutun?«

Sie kämpfte, bemühte sich weiter, keine Gefühle zuzulassen. Dies war ein sachliches Gespräch. Es ging um Fakten. »Nein, niemand könnte ein Interesse daran gehabt haben.«

»Sind Sie sicher?«

»Was denken Sie? Dass mein Großvater ihn umgebracht hat? So etwas würde er nicht tun. Warum sollte er auch?«

»Immerhin war er ziemlich aufgebracht wegen der zwanzigtausend Euro, die Sie …«

»Wie bitte?« Sie starrte Brander ungläubig an, dann sah sie zu Peter Thiemann. Dieser deutete ein kaum erkennbares Nicken an. Ihre Augen weiteten sich ungläubig. »Er wusste …? Du weißt es?«

Wieder ein ganz leichtes Nicken.

»Aber … aber woher denn?«, fuhr sie Thiemann an.

»Kurt weiß es von der Bank. Er hat es mir erzählt.«

»Und warum habt ihr mir nichts gesagt?«

»Warum hast du uns nichts gesagt?«, wurde nun auch Thiemann lauter.

»Weil ihr nur versucht hättet, es mir auszureden!«

»Aus gutem Grund! Du hättest mit Kurt sprechen müssen, bevor du mal eben dein Konto plünderst.«

»Das geht weder dich noch Kurt etwas an.« Sie schnaubte zornig, starrte ihn mit bebenden Nasenflügeln an. »Ich bin alt genug, um selbständig Entscheidungen zu treffen! Und ihr wart doch alle nur gegen ihn!«

»Aber …«

»Bitte geh jetzt. Ich möchte allein mit den Kommissaren sprechen.«

»Lea …«

»Ich komme allein zurecht!«

Der Blick, den sie ihm zuwarf, ließ ihn kapitulieren. »Sie entschuldigen mich.« Thiemann trat den Rückzug an.

Lea Gutbrod sank in sich zusammen, zupfte nervös ein paar Krümel von ihrem Pulli. »Es gibt keine Vergebung in diesem Haus«, murmelte sie gedankenverloren vor sich hin. Sie stoppte in der Bewegung, schien sich wieder an ihren Besuch zu erinnern und sah zu den Kommissaren. »Es tut mir leid, dass Sie das …« Sie unterbrach sich, atmete tief durch und schob den Teller samt angebissenem Brötchen von sich. Ihre Schultern strafften sich wieder. »Was wollen Sie noch von mir wissen?«

Brander musterte das Gesicht der Frau aufmerksam. Sie versuchte, Haltung zu bewahren, aber unter der Oberfläche war alles in Aufruhr.

»Am Abend des zwanzigsten Februar, wo waren Sie da?«

»Was war das für ein Tag?«

»Ein Mittwoch.«

Sie schluckte trocken. »Ist das der Tag, an dem mein Vater starb?«

»Höchstwahrscheinlich.«

Sie griff nach dem iPad, wischte und tippte mit dem Zeigefinger darauf herum, bis sich ein Terminkalender öffnete.

»Ich war zu Hause. Sven hatte abends Termine und kam erst sehr spät. Ich glaube, ich habe ferngesehen. Aber ich weiß nicht mehr, was. Ich müsste in das Programm schauen. Vermutlich bin ich dann gegen halb elf schlafen gegangen. Ich gehe meistens um die Zeit ins Bett.«

»Und Ihr Großvater hat mit Ihnen ferngesehen?«

»Nein, das macht er selten. Er war sicher drüben bei Peter in der Wirtschaft. Er ist fast jeden Abend dort.« Sie sah Brander unsicher an. »Sie glauben doch nicht wirklich, dass mein Opa etwas mit dem Tod meines Vaters zu tun hat, oder?«

»Im Moment müssen wir einfach ein paar Eckdaten abklären«, wich Brander einer konkreten Antwort aus. »Nachdem Sie Ihrem Vater das Geld gegeben hatten, haben Sie ihn nicht wieder gesehen?«

»Ja.«

»Und Sie haben auch nicht noch mal mit ihm gesprochen?«

»Das sagte ich Ihnen doch schon: Es war das letzte Mal, dass ich ihn sah und dass ich mit ihm sprach.«

»Haben Sie eine Ahnung, warum er an dem Dienstag, nachdem Sie ihm das Geld gegeben hatten, hierherkam? Waren Sie verabredet?«

»Nein. Ich weiß nicht, warum er herkam. Wir haben uns nie hier getroffen. Opa hatte ja schon zwei Mal die Polizei gerufen, als er versucht hatte, mich hier zu besuchen.«

»Wo haben Sie sich denn mit Ihrem Vater normalerweise getroffen?«

»Es gab keinen festen Treffpunkt. Manchmal trafen wir uns im Café Lieb in Tübingen, da am Zinserdreieck. Das ist ebenerdig. Das ist einfacher für mich. Manchmal waren wir im alten Botanischen Garten oder am Neckar, manchmal sind wir nach Reutlingen gefahren und durch die Stadt gebummelt.«

»Gefahren? Mit der Bahn?«

»Ich habe ein Auto.« Sie deutete mit dem Kopf zum Fenster. »Der silberne Fiat. Behindertengerecht umgebaut.«

Brander warf einen flüchtigen Blick in die Richtung. Er erinnerte sich an den Kastenwagen, der im Hof parkte. Er hatte ihn bisher gar nicht beachtet. »Wo haben Sie ihren Vater getroffen, als Sie ihm das Geld gegeben haben?«

»In der Nähe des Hauses, in dem er wohnt.«

»Waren Sie mal in seiner Wohnung?«

»Nein, ich sagte es Ihnen doch schon: Die Treppen …« Sie seufzte kurz auf. »Er wollte wohl auch nicht, dass ich in seine Wohnung kam. Ich glaube, er hat sich geschämt.«

»Sie haben ihm also das Geld gegeben, und dann sind Sie wieder gegangen?«

»Nein. Wir waren spazieren. Er hat mir die Scheune gezeigt, die er gemietet hatte, um seinen Whisky zu lagern.«

Brander und Peppi tauschten einen Blick miteinander. Hatten die Rößners vergessen, ihnen etwas zu sagen, oder gab es noch eine andere Scheune?

»Ihr Vater hatte bereits eine Scheune gemietet?«, hakte Peppi nach.

»Ja, die, die vor ein paar Tagen abgebrannt ist. Ich wusste nicht sofort, um welche Scheune es sich handelte, als ich es in der Zeitung gelesen hatte. Sven hat es mir gesagt.«

»Ihr Freund wusste ebenfalls von der Scheune?« Peppi sah erneut zu Brander.

»Natürlich, ich hatte ihm davon erzählt.«

»Und warum erzählen Sie uns das erst jetzt?«, fragte Brander verärgert. Warum konnten die Menschen in diesem Haus nicht einfach offen und ehrlich mit ihm sprechen?

Sie senkte die Lider. »Ich hatte Angst, dass Jakob die Scheune versehentlich in Brand gesetzt hatte. Ich wollte nicht, dass er Ärger bekommt.«

»Und was hat Herr Flaig dazu gesagt?«

Sie starrte ihn verwirrt an. »Was soll er dazu sagen?«

»Haben Sie ihn gebeten, uns nicht zu erzählen, dass er und Sie von der abgebrannten Scheune wussten?«

»Nein … ich … wir waren uns da einig.«

»Frau Gutbrod, Ihr Vater ist tot. Er wurde Opfer eines Verbrechens, und ich würde es sehr begrüßen, wenn Sie und Ihr Lebensgefährte sich entschließen könnten, uns endlich einmal alles zu sagen, was Sie wissen.«

»Aber … ich habe Ihnen doch alles gesagt.«

»Gab es einen Mietvertrag für die Scheune?«

»Das weiß ich nicht. Ich habe meinen Vater nicht danach gefragt.«

»Wer wusste noch von der Scheune?«

»Niemand, nur Sven und ich.«

»Genauso, wie nur Herr Flaig und Sie von dem Geld wussten?« Brander konnte sich den Anflug von Sarkasmus nicht verkneifen.

Lea Gutbrod verzog trotzig das Gesicht. »Ich habe doch selbst erst vor zehn Minuten erfahren, dass mein Großvater und Peter von dem Geld wussten.«

»Frau Gutbrod, sind Sie sicher, dass Ihr Vater die zwanzigtausend Euro in eine Brennerei investieren wollte?«

»Warum reiten Sie ewig so auf dem Geld herum? Mein Vater wurde umgebracht! Ich will wissen, wer das getan hat … und warum. Papa war vielleicht ein Träumer, aber er war doch kein böser Mensch! Und jetzt … jetzt ist er tot.«

Kurt Ihringer war noch nicht zurückgekehrt, nachdem sie das Gespräch mit Lea Gutbrod beendet hatten. Brander blieb im Hof an ihrem silbernen Fiat stehen.

»Der könnte mal eine Wäsche gebrauchen«, stellte er fest.

»Lohnt sich nicht bei dem Wetter.« Peppi deutete mit dem Kopf Richtung Wirtshaus auf Peter Thiemann, der die Einfahrt kehrte.

»Ein rechter Schwab«, lästerte sie und rief etwas lauter: »Große oder kleine Kehrwoche?«

Thiemann sah auf. »Es soll ja ordentlich aussehen, wenn die Gäste kommen.« Er stützte sich auf seinen Besen. »Ich hoffe, Sie haben das gerade nicht missverstanden.« Seine Augen wanderten kurz zum Anbau des Hauses. »Lea reagiert manchmal sehr emotional, und im Moment ist sie einfach etwas durcheinander. Ich nehme das nicht persönlich.«

Brander und Peppi blieben vor dem Wirt stehen. »Sie kennen die Familie gut?«, erkundigte sich Peppi.

»Ja … wie ich Ihnen schon sagte, ich kannte ihre Mutter, ich kannte Jakob. Ich hab die ganze Geschichte damals mitbekommen.« Er zeigte auf die Wirtschaft hinter sich. »Ich bot Kurt sofort meine Hilfe an, als dieser schreckliche Unfall geschehen war. Er stand ja damals plötzlich mit allem allein da. Hedwig, das war seine Frau, war erst wenige Jahre zuvor an Krebs gestorben. Und dann war plötzlich auch noch seine Tochter tot, Lea im Krankenhaus, Jakob im Gefängnis … Wie hätte er das alles schaffen sollen? Es musste so viel organisiert werden, hinzu kam der Anbau, alles rollstuhlgerecht. Er wollte nicht, das Lea in irgendeinem Behindertenheim untergebracht wird.« Er sah die Kommissare verständnissuchend an. »Nehmen Sie es Kurt nicht krumm, wenn er Jakob keine Träne nachweint.«

Brander meinte aus den Augenwinkeln eine Bewegung hinter einem der Fenster des Anbaus zu sehen. Beobachtete Lea Gutbrod sie?

»Sie helfen Herrn Ihringer auch in der Brennerei?«, erkundigte er sich.

»Ja.«

»Sind Sie Brenner?«

»Ich habe mal einen Lehrgang in Hohenheim gemacht, um die Hintergründe des Brennens ein bisschen besser zu verstehen. Aber das eigentliche Handwerk habe ich von Kurt gelernt. Ich hab mich schon früh für die Brennerei interessiert. Das kam wohl daher, dass ich oft hier war. Ich verstand mich gut mit Leonie und … nun ja, bei mir zu Hause, da war es nicht so gut.«

»Es ist ja nicht ganz ungefährlich, wenn die falschen Stoffe in so einen Obstbrand kommen …«

»Ja, da sollte man sein Geschäft verstehen.«

»Hat Herr Gutbrod was vom Brennen verstanden?«

»Jakob?« Thiemann schüttelte den Kopf. »Er kannte die wissenschaftlichen Aspekte. Er hatte ja irgendwie so was studiert. Aber er hatte kein Gespür.« Der Wirt rieb die Finger aneinander. »Und das ist es, worauf es letztendlich ankommt. Einen Vortrag darüber halten, wie man einen Obstler oder meinetwegen auch einen Whisky brennt, das konnte er sicher. Aber in der Praxis erkennen, was ein guter und was ein schlechter Brand ist, dazu gehört mehr als graue Theorie.«

Brander wandte sich zu dem Tor zu ihrer Rechten, hinter dem sich Ihringers Obstbrennerei verbarg.

»Was machen Sie eigentlich mit dem Rohalkohol, also dem Vorlauf?«, erkundigte er sich.

Thiemann kniff leicht die Augen zusammen, was ihn eine Spur misstrauisch aussehen ließ. »Der wird gesammelt und geht dann ans Branntweinmonopol. Aber wenn es um die Brennerei geht, dann sprechen Sie am besten direkt mit Kurt.«

»Wo ist er denn?«

»Unterwegs … Besorgungen machen.«

»Wann kommt er wieder?«, fragte Peppi.

»Vielleicht gegen zwei, drei Uhr. Genau kann ich es Ihnen nicht sagen.«

Brander sah auf seine Uhr. Halb zwölf. So lange wollte er nicht warten.

»Haben Sie von der Scheune gehört, die heute Nacht abgebrannt ist?«

»Was? Schon wieder?« Thiemann schüttelte den Kopf. »Wo denn?«

»Bei Neustetten.«

»Und wieder Brandstiftung?«

»Das wissen wir noch nicht. Aber wir wollen Sie nicht weiter aufhalten. Sie müssen sicher gleich in Ihre Wirtschaft.«

»Montag ist Ruhetag.«

»Viel Freizeit hat man als Gastwirt nicht, oder?«, stellte Peppi fest.

»Das brauche ich auch nicht. Ich bin gern Wirt. Ich lebe gern hier, ich mag meine Gäste. Die meisten kenne ich seit

Kindertagen. Und mit Kurt und Lea arbeite ich zusammen, als wäre es ein Familienbetrieb.«

»Sie sind nicht verheiratet?«

»Nein.« Nun schlich sich doch etwas Wehmut in die Stimme. »Die Richtige ist noch nicht gekommen.«

»Die Arbeitszeiten sind ja auch nicht besonders familienfreundlich.«

»Ja, man braucht schon jemanden an seiner Seite, der mitzieht, sonst funktioniert's nicht.«

»Herr Thiemann, eine Frage habe ich noch«, fiel Brander ein. »Am Abend des zwanzigsten Februar, wo waren Sie da?«

»Ich?« Thiemann hob überrascht die Augenbrauen.

»Ja.«

»Ich werde wohl hier gewesen sein. Was war das für ein Tag?«

»Ein Mittwoch.«

»Da war ich sicher hier.«

»Gibt es Zeugen?«

»Meine Gäste. Warum fragen Sie danach?«

»Routine. Was ist mit Herrn Ihringer? War der auch hier?«

»Ja-a«, kam es etwas unentschlossen. Flüchtig huschte sein Blick zum Anbau. »Das war der Tag, nachdem Kurt von dem Geld erfahren hatte, nicht wahr?«

»Das wissen Sie vermutlich besser als wir.«

»Ja …« Thiemann kratzte sich hinterm Ohr. »Es war nicht viel los an dem Abend. Wir haben in der Küche gesessen. Marlies, meine Aushilfe, hat bedient. Ich musste mich ein bisschen um Kurt kümmern.«

»Sie waren also zu zweit?«

»Nein, Sven war auch dabei.«

»Musste der nicht arbeiten?«, wunderte sich Peppi.

»Er kam später.«

»Wann war das?«

»Das weiß ich nicht mehr genau. Vielleicht so gegen zehn oder elf?«

»Worüber haben Sie gesprochen an dem Abend?«, hakte Brander nach.

»Über das Geld. Kurt wollte, dass Jakob Lea das Geld zurückgibt.« Er hielt inne, die Zunge fuhr über die trockenen Lippen. »Aber Jakob hatte das Geld anscheinend schon nicht mehr.«

»Wie kommen Sie darauf?«

»Na ja, Sven hatte wohl mit ihm gesprochen …« Thiemann kratzte sich erneut hinterm Ohr und blickte unglücklich in die Gesichter der Kommissare. »Jakob sollte ihm das Geld wiedergeben, aber das hat er eben nicht.«

»Die sind mir alle suspekt«, erklärte Peppi, als sie nach dem Mittagessen wieder in ihrem Büro saßen.

Branders Telefondisplay zeigte einen verpassten Anruf an. Stuttgarter Nummer. Ihm fiel der Anruf von Ekkehart Möhrle ein. Brander notierte die Nummer auf einem Zettel, um den Kollegen bei Gelegenheit zurückzurufen. »Ich dachte, du tendierst eher Richtung Cordes und Co.?«, erkundigte er sich nebenbei.

»Aber welches Motiv hätte Cordes? Beim Ihringerhof-Clan ist es offensichtlich: die ohnehin vorhandene Wut und das Geld. Was hat die Gutbrod gesagt? ›In diesem Haus gibt es keine Vergebung.‹ Das ist doch schon sehr deutlich.«

Brander nickte nachdenklich. »Aber wo ist das Geld? Bei Jakob Gutbrod haben wir definitiv nichts gefunden.«

»Das hat Tumolo.«

»Haben wir schon den Durchsuchungsbeschluss?«

»Ich rufe Marco mal an.« Zwei Minuten später legte sie den Hörer auf die Gabel. »Es war nicht ganz einfach, den Richter von der Dringlichkeit zu überzeugen, aber das Fax sollte demnächst kommen. Dann organisieren wir doch schon mal einen Suchtrupp, oder?«

»Da hab ich ja Lust drauf«, kam es wenig begeistert von Brander, bei der Erinnerung an den verfallenen Hof von Enno Tumolo. Ein Piepsen seines privaten Handys meldete den Eingang einer Kurznachricht. Brander brauchte einen Moment, bis er das Gerät in seiner Radtasche fand. Drei Nachrichten in Abwesenheit verkündete das Display. Die erste war vor gut einer Stunde eingegangen, da waren sie unterwegs gewesen: »Bin am Wehr. Kannst du kommen?« Nathalie. Eigentlich sollte sie in der Schule sein. Auch die nächste SMS war von ihr, vor zwanzig Minuten: »Bitte komm.« Die dritte Meldung war keine Minute alt: »Es tut mir leid.« War das eine ernst gemeinte Entschuldigung? Brander haderte mit sich. Es ärgerte ihn, dass das Mädchen schon wieder die Schule geschwänzt hatte. Andererseits hatte sie ihm drei Nachrichten geschickt. Sollte er ihr diese Chance geben? Oder würde er gleich wieder vor einem trotzig schweigenden Kind stehen? »Diese Göre raubt mir den letzten Nerv«, murmelte er grimmig vor sich hin. Er suchte seine Fahrradschlüssel. »Ich bin mal eine Stunde weg, kümmerst du dich um die Durchsuchung?«

»Was hat sie dieses Mal wieder angestellt?«

»Ich hoffe, nichts.«

»Du hattest doch wohl noch keinen neuen Whisky gekauft, oder?«, feixte die Kollegin.

Mit »Wehr« hatte Nathalie das Wasserkraftwerk am Neckar gemeint. Er kannte die Stelle. Vor etwas mehr als einem Jahr hatte er schon einmal mit ihr dort gestanden und sich gefragt, wie es wäre, wenn er eine Tochter wie Nathalie hätte. Damals schon hatte er die Situation für kompliziert gehalten. Kompliziert war ein viel zu simples Wort.

Er fand das Mädchen auf der Seite zur Bismarckstraße. Sie war die paar Stufen rechts vom Stauwehr hinuntergestiegen, lehnte am grünen Begrenzungsgitter und starrte auf das Wasser, das tosend über die Staustufe hinunterrauschte. Nicht weit von hier hatte sie mit ihrer Mutter gelebt. Nathalie drehte den Kopf kurz zu ihm, als er neben sie trat. Er steckte die Hände in die Jackentaschen. Es war kalt, aber am Himmel war ein Stückchen blau zwischen den Wolken zu erkennen. Ein kleiner Lichtblick. Hoffnung auf Frühling. Ein Schwan trieb einsam in einiger Entfernung auf dem Wasser. Er wünschte sich vermutlich in ein warmes Winterquartier. Schweigend wartete Brander darauf, was seine Pflegetochter ihm zu sagen hatte.

»Ich hab alles verkackt«, begann sie schließlich.

»Warum schwänzt du schon wieder die Schule?«, entgegnete er streng. Mit einer Mitleidstour brauchte sie ihm nicht zu kommen.

»Ich gehör nirgendwo mehr hin. Wenn ich jetzt abhaue, ist es doch eigentlich scheißegal, oder?«

»Nein, ist es nicht.« Sie wollte also mal wieder abhauen. Das war nichts Neues – abgesehen davon, dass sie sich vorher bei ihm gemeldet hatte.

»Mann, ey, das ist alles so …« Sie wandte sich zu ihm, die Augenbrauen grimmig zusammengezogen und wurde lauter. »In meinem Kopf, da ist nur noch Chaos. Alles ist nur noch scheiße! Und ich bin so verflucht wütend.«

»Warum bist du denn so wütend?«

»Das weiß ich nicht!«, schrie sie ihn an. »Das ist in mir drin und will raus und ich …«

»Nathalie, hör auf«, stoppte Brander ihren Wutausbruch. »Wir können in Ruhe miteinander reden, aber ich lasse mich nicht von dir anschreien.«

»Fuck, ey!« Sie trat mit dem Fuß gegen das Metallgeländer, schnaubte aufgebracht, dann lehnte sie sich mit dem Oberkörper darüber und starrte aufs Wasser.

»Wie soll es denn jetzt weitergehen?«, fragte Brander nach einer Weile.

»Ich weiß nicht. Ich weiß gar nichts mehr.«

»Und warum wolltest du, dass ich hierherkomme?«

Sie zuckte die Achseln.

»Ich kann auch wieder gehen.«

Sie biss auf ihre Unterlippe, wippte den Oberkörper leicht vor und zurück. »Hab ich … hab ich Cecilia echt geschlagen?«

»Du hast sie geschubst … ziemlich heftig.«

»Ey, ich kann mich da nicht dran erinnern. Ich war so scheiße zu.«

»Das entschuldigt nichts.« Er stand neben ihr und beobachtete sie. Der Kampf in ihrem Inneren spiegelte sich in ihrem Gesicht wider. Die Pupillen wanderten unruhig hin und her, ihre Kiefermuskeln arbeiteten. War er zu streng? Regeln, das Mädchen braucht klare Regeln, erinnerte er sich an die Worte eines Jugendamtmitarbeiters bei einem der zahlreichen Vorgespräche. Sie musste lernen, dass es Konsequenzen hat, wenn sie sich nicht an vereinbarte Regeln hielt.

»Ich wollte das nicht, Mann.« Sie stieß sich vom Geländer, hob ihren Rucksack aus dem Dreck, öffnete ihn und zog eine Flasche Wodka hervor. Sie reichte Brander die Flasche. »Ich hab nix davon getrunken.«

Kopfschüttelnd nahm er die Flasche entgegen. »Wie kommst du schon wieder an den Alkohol?«

»Geklaut.«

»Das ist nicht dein Ernst?«

»Doch.«

Brander stellte mit missbilligendem Blick die Flasche zur Seite.

»Ich hör auf damit.«

»Womit?«

»Mit dem Saufen.«

Was sollte er dazu sagen? Er glaubte ihr nicht. Schweigend wartete er darauf, ob sie ihm noch mehr zu sagen hatte. Ein Jogger lief über die Brücke, die das Stauwehr überquerte. Hinter sich hörte er einen Hund bellen, ein Auto, dann nur noch das Rauschen des Wassers.

»Warum will meine Mutter mich nicht? Ey, die hat mich nie gewollt. Bin ich so scheiße?«

»Nein, das bist du nicht. Deine Mutter ist krank. Sie hat Probleme. Vermutlich hat sie dich aber auf irgendeine Weise doch lieb.«

»Pfff«, kam es zweifelnd von dem Mädchen. Sie begann, mit dem Fuß Kreise im Dreck zu ziehen, hörte abrupt auf und starrte wieder auf den Fluss. »Soll ich da reinspringen?«

»Bist du bescheuert?«, entfuhr es Brander vor Schreck. Mit Grauen sah er den Strudel, den vermutlich die Turbine in der Mitte des Flusses erzeugte. »Das Wasser ist eiskalt.« Sie wollte ihn provozieren, redete er sich ein. Sie spielte nicht mit dem Gedanken, sich etwas anzutun.

»Aber wo soll ich denn hin?«

»Warum willst du denn nicht mehr bei uns leben? Sind Ceci und ich so schrecklich?«

»Ihr seid so scheiße streng.«

»Es gibt ein paar Regeln, an die wir uns halten müssen. Du bist fünfzehn. Für dich gilt das Jugendschutzgesetz.«

»Und da steht drin, dass ich nachmittags nach der Schule nicht fernsehgucken darf?«

»So in etwa«, flunkerte Brander.

Nathalie drehte ungläubig den Kopf zu ihm. »Du lügst.«

»Da steht zum Beispiel drin, dass du keinen Alkohol trinken und dich nicht nachts allein rumtreiben darfst.«

»Und keine Drogen.«

»Die darfst du auch nicht nehmen, wenn du volljährig bist.«

»Drogen sind scheiße. Verlierst du voll die Kontrolle …«

Brander musterte das Mädchen aufmerksam. »Hast du …«

Sie schüttelte den Kopf. »Hab's bei Ricky gesehen. Der ist immer voll abgedreht. Und Matze ist auch nicht besser. Der will dann immer nur … weißt schon.« Sie machte eine eindeutige Geste.

Ihm wäre lieber, er wüsste es nicht. Nein, ihm wäre lieber, sie wüsste es nicht. Sie hätte diese Erfahrungen so nie gemacht. Es zog ihm das Herz zusammen. Wie konnte er sie nur vor dieser Welt schützen? Sie war noch so jung.

»Nathalie, ich mach dir einen Vorschlag.«

Abwartend sah sie ihn an.

»Du bleibst bei uns, und wir drei – Ceci, du und ich –, wir setzen uns mal zusammen und überlegen uns, welche Regeln wir für unser Zusammenleben brauchen. Regeln, mit denen wir alle gut leben können.«

»Hm …« Sie kniff abschätzend die Augen zusammen und dachte eine Weile über seinen Vorschlag nach. »Ich darf echt mitreden? So richtig – dass ihr mich auch ernst nehmt?«

»Wir nehmen dich immer ernst.«

Wieder verfiel sie in nachdenkliches Schweigen. »Krieg ich vorher dieses Jugendschutzgesetz? Ich muss ja meine Rechte kennen.«

Brander konnte nur mit Mühe ein Schmunzeln unterdrücken. »Das kannst du dir im Internet runterladen.«

Sie zögerte, deutete schließlich ein Nicken an. »Okay, is 'n Deal.«

Ihm war, als hätte er einen kleinen Sieg davon getragen. Er drängte das Gefühl zur Seite. Hier ging es nicht um Sieg oder Niederlage. Hier ging es darum, das Vertrauen eines vernachlässigten Teenagers zurückzugewinnen, sie auf einen Weg ohne Gewalt und Alkohol zu bringen.

Sie begann wieder mit dem Fuß Kreise zu malen.

»Ist noch was?«, hakte Brander nach.

»Ich hab 'ne Menge Mist gebaut in den letzten Wochen.«

»Ja, hast du. Aber nichts, was man nicht wieder geradebiegen kann.«

Sie hob den Kopf, sah ihn mit ihren wasserblauen Augen unsicher an. »Hast du … hast du mich trotzdem noch lieb?«

Was für eine Frage! »Natürlich hab ich dich noch lieb. Hey, komm her.« Er legte einen Arm um ihre Schultern und zog sie an sich. Nathalie klammerte sich an ihn, als hätte er sie tatsächlich gerade nass und halb erfroren aus dem Neckar gefischt. Seine Augen wurden feucht. Jetzt werd mal nicht weich, Andreas Brander, befahl er sich streng und schloss das Mädchen noch ein bisschen fester in seine Arme.

»Wo hast du den Wodka geklaut?«

»Warum?«

»Weil du ihn gleich dorthin zurückbringen wirst. Wenn du Glück hast, kriegst du keine Anzeige. Das kann ich dir aber nicht garantieren.«

Sie löste sich aus der Umarmung. »Nee, ne?«

»Oh, doch.«

Brander war guter Dinge. Er hatte das Gefühl, wieder klarer denken zu können, als hätten sich ein paar Mauern und Zäune in seinem Kopf verflüchtigt und die Sicht wieder freigegeben. Er nahm sich erneut die Protokolle der letzten Tage vor und studierte seine Zeichnung. Gerome und Ilona Cordes fehlten darin. Ein vergittertes Fenster, ein Herz, ein Glas Champagner waren die klischeehaften Symbole, die ihm sofort einfielen. Peter Thiemann fehlte ebenfalls. Er rief sich das Schild der Gaststätte in Erinnerung, skizzierte es grob. Nicht Adler, Löwe oder Rössle hieß die Wirtschaft. Ihringerhof. Es klang eher nach Reiterhof oder Weingut, weniger nach Obstbauer, fand Brander. Auch Tumolo bekam mit seinem verfallenen Hof einen Platz auf der Skizze. Ein alter, verlebter Brenner. Die Leute nach ihren Fähigkeiten einsetzen, kamen Brander Cordes' Worte in den Sinn. Gutbrod kannte die Theorie. Tumolo hatte die Gerätschaften …

»Achtzehntausendneunhundertzwanzig«, platzte Peppi in seine Grübeleien herein.

»Was?«

»Wir haben achtzehntausendneunhundertzwanzig Euro in Tumolos Haus gefunden – versteckt in einer Zigarrenschachtel. Außerdem standen in dem Gewölbekeller unter seiner Scheune zahlreiche Kanister, alle sorgfältig abgefüllt mit hochprozentigem Schnaps. Wir müssen noch prüfen lassen, wie viel davon legal gebrannt wurde. Tumolo wartet im Vernehmungszimmer auf uns.« Mit zufriedenem Lächeln und einladender Geste forderte sie Brander auf, ihr zu folgen.

»Herr Tumolo, Sie wissen, warum Sie hier sind?«, eröffnete Brander wenig später das Gespräch.

»Das ist mein Geld! Das hab ich rechtmäßig verdient!«, schimpfte Tumolo aufgebracht.

»Mit Schwarzbrennerei?«

»Ich habe eine Brennlizenz! Und die Kanister, die stehen schon seit Jahren in dem Keller.«

»Seit wie vielen Jahren?«

Die Nase in dem Spitzmausgesicht zog sich kraus. »Hä?«

»Was ist mit den restlichen tausendachtzig Euro?«

»Ich weiß gar nicht, wovon Sie reden.«

Die Luft in dem kleinen Raum war bereits wieder erfüllt von dem Muff und Zigarettenrauch, den Tumolos Körper absonderte.

»Wann haben Sie Jakob Gutbrod zum letzten Mal gesehen?«

»Na, damals, hab ich doch schon gesagt … ist 'ne Weile her.«

»Und wann hat Herr Gutbrod Ihnen die zwanzigtausend Euro gegeben?«

»Was 'n für zwanzigtausend Euro?«

»Die wir – zumindest teilweise – bei Ihnen gefunden haben«, half Brander seinem Gegenüber auf die Sprünge.

»Das ist mein Geld. Das hab ich selbst verdient.«

»Womit?«

Tumolo starrte ihn verwirrt an. »Womit?«

»Womit haben Sie die neunzehntausend Euro verdient? Sie sind Frührentner, und Ihr Hof macht keinen besonders rentablen Eindruck.«

Der Mann vor Brander brummte etwas unwillig vor sich hin. »Wenn ich es Ihnen sage, kann ich dann wieder gehen?«

»Das kommt darauf an, was Sie mir zu sagen haben.«

»Hm.« Tumolo verfiel in Schweigen.

»Möchten Sie einen Kaffee?«, bot Brander an.

»Darf ich rauchen?«

»Nein.«

»Warum nicht?«

»Weil hier Rauchverbot ist.«

»Hm.«

»Und?«

Wieder dieser verwirrte Gesichtsausdruck. »Hä?«

»Möchten Sie einen Kaffee?«

»Ja, mit viel Zucker.«

Brander verließ mit Peppi den Raum. Die Kollegin atmete auf. »Oh Mann, der stinkt so.«

»Wie kriegen wir den zum Reden?«, grübelte Brander, während er Kaffee in eine Tasse füllte.

»Die schmeißen wir hinterher weg, dass das klar ist.«

»Körpergeruch ist keine ansteckende Krankheit.«

Peppi schnupperte an ihrem Ärmel. »Da wäre ich mir nicht so sicher.«

Sie kehrten ins Vernehmungszimmer zurück. Brander stellte die Tasse vor Tumolo auf den Tisch.

»Dann erzählen Sie uns jetzt mal, wie Sie nebenbei zu ihrer kleinen Rente so viel Geld verdient haben.«

Tumolo nippte an dem Kaffee. »Heiß.«

»Pusten hilft.«

Tumolo blies in seine Tasse. »Hab ab und zu was verkauft. Nur 'n bisschen. Das Geld hab ich gespart. Für eine neue Anlage. Wir wollten da was aufziehen, der Jacky und ich.«

»Eine Whiskybrennerei.«

»Das wollte der Jacky. Obstbrand geht viel besser und schneller.«

»Und darum haben Sie die Zwanzigtausend genommen und Jacky aus dem Weg geräumt.«

»Nein!« Entrüstet stellte Tumolo die Tasse zurück auf den Tisch. Der Kaffee schwappte über. »Der is' doch gar nicht gekommen! Super Anlage, super Preis, aber der Penner kommt nicht. Weiß nicht, wo der ist.«

»Jakob Gutbrod ist tot.«

»Was?« Der Mann riss die Augen auf. »Jacky ist tot?«

Brander nickte.

Tumolo erstarrte, als wäre er vom Blitz getroffen, dann begann er hemmungslos laut zu weinen.

»Aus dem kriegen wir heute nichts mehr raus«, stellte Peppi frustriert fest, als sie wieder in ihrem Büro waren. Sie hatten Tumolo unter der Bedingung, dass er sich zur Verfügung hielt, wieder nach Hause entlassen.

»Er scheint wirklich nicht gewusst zu haben, dass Gutbrod tot ist.«

»Da wäre ich mir nicht so sicher. Vielleicht hat er einfach nur Schiss, weil wir ihn mit dem Geld am Haken haben.«

»Aber wenn es stimmt, was er gesagt hat, dass das Geld aus dem Verkauf des Alkohols stammt, dann fehlen uns immer noch die Zwanzigtausend.«

»Am Haken haben wir ihn trotzdem. Ich wette, der hat schwarz gebrannt und das Zeug verkauft«, befand Peppi, die nicht an Tumolos Unschuld glauben mochte.

»Und an wen hat er das Zeug vertickt?«

»Der wird schon seine Abnehmer gehabt haben.«

Hendrik Marquardt klopfte an die geöffnete Tür und unterbrach damit ihre Grübeleien. Er trug noch seine dicke Winterjacke und Boots an den Füßen und wirkte nicht mehr ganz so schwangerschaftsfröhlich wie am Morgen.

»Uah!« Er schüttelte sich und ließ sich auf dem Besucherstuhl nieder. »Wenn du den ganzen Tag da draußen rumläufst, wird's irgendwann echt kalt. Aber der Frühling kommt. Ich hab heute schon die Sonne gesehen.«

»Prima, sind das die einzigen Neuigkeiten, die du für uns hast?«

»Nein, wir haben einen Zeugen, der behauptet, er hätte Sven Flaig am Mittwochabend vor Gutbrods Haus gesehen.«

Brander schenkte dem Kollegen mehr Aufmerksamkeit. »Erzähl.«

»Der Mann heißt Yuriy Grankin. Er wohnt im selben Haus wie Jakob Gutbrod, kannte ihn aber kaum. Er sagte, Gutbrod wäre ihm aus dem Weg gegangen. Eigentlich ist er allen dort im Haus aus dem Weg gegangen. Grankin hat am Mittwochabend gegen neunzehn Uhr dreißig das Haus verlassen. Er war mit einem Kumpel zum Training verabredet.

Flaig hätte vor der Tür gestanden, er hatte wohl gerade geklingelt. Grankin hat sich nichts weiter dabei gedacht und ist weitergegangen, und Flaig wäre im Haus verschwunden.«

»War er sicher, dass es Sven Flaig war?«

»Ja.«

Brander schlug wütend die flache Hand auf den Tisch. »Warum erzählt der Kerl uns das nicht?«

»Die Leiche von Jakob Gutbrod wurde Mittwochnacht verbrannt«, erinnerte ihn Peppi.

»Schauen wir uns das Ganze noch einmal an.« Brander lehnte sich zurück und verschränkte die Hände hinter dem Kopf. »Flaig hat von dem Geld und von der Scheune gewusst. Er war Dienstagabend mit Gutbrod verabredet, aber eine Geldrückgabe hat angeblich nicht stattgefunden. Lea dachte, er wäre Mittwochabend bei der Arbeit. Haben wir das schon überprüft?«

»Noch nicht.«

»Rößner«, fiel Brander ein. »Wir müssen wissen, ob es tatsächlich bereits einen Mietvertrag zwischen Rößner und Gutbrod gab.«

»Ich ruf die mal an«, erbot sich Hendrik.

»Wenn Gutbrod Tumolo schon das Geld gegeben hatte, konnte er es Flaig nicht wieder zurückgeben«, stellte Peppi fest.

Brander sah zu seiner Kollegin: »Oder andersrum: Wenn Gutbrod Flaig das Geld gegeben hatte, dann konnte er nicht mehr mit Tumolo diese neue Brennanlage kaufen, von der Tumolo erzählt hat.«

»Und wie kommt Tumolo an so viel Geld?«

»Ich weiß es nicht. Was verdient man mit Schwarzbrennerei? Jedenfalls ist es für beide ein Leichtes, an Methanol zu kommen.«

Wenig später präsentierten sie die neuesten Überlegungen dem Soko-Team. Manfred Tropper tippte ungehalten mit den Fingern auf der Tischplatte herum.

»Was ist?«, erkundigte Brander sich bei dem Erkennungsdienstler.

»Hast du meinen Bericht nicht gelesen?«

»Was für einen Bericht?«

»Den ich dir heute Mittag … vergiss es.« Tropper winkte ab. »Wir haben einen Treffer.«

Brander wartete schweigend auf weitere Details.

»Die Fingerabdrücke. Wir haben zwar keine Vergleichsspuren am Tatort gefunden, aber in Gutbrods Wohnung.«

»Und von wessen Fingerabdrücken sprechen wir?«

»Die auf der Tasse.«

»Tasse?«

»Gestern Morgen, Sven Flaig …« Tropper zeigte auf Peppi.

Brander sah zu seiner Kollegin. »Hatte Herr Schmid nicht gesagt, du sollst das nicht tun?«

Peppi hob unschuldig die Schultern. »Das muss ich überhört haben.«

Zum Glück. »Aber was heißt das jetzt für uns? Flaig kann irgendwann in Gutbrods Wohnung gewesen sein. Es beweist nicht …«

»Es beweist, dass Sven Flaig uns eine Menge verheimlicht hat«, fiel Peppi ihm ins Wort.

»Bevor ihr gleich losstürmt und Flaig verhaftet: Es sind ein paar Hinweise zu dem zweiten Scheunenbrand bei den Kollegen in Rottenburg eingegangen«, fuhr Tropper fort. »Ein Zeuge sagt aus, er hätte einen großen, hellen Wagen in der Nacht aus Richtung der Scheune kommen sehen.«

»Groß und hell? Geht das auch konkreter?«, fragte Brander.

Tropper zuckte die Achseln. »Ich hab's nur gehört. Die Berichte müssten auf dem Weg zu dir sein.«

»Okay, danke. Peppi, ich hoffe, du hast heute Abend keine Pläne. Wir fahren noch mal raus zum Ihringerhof und sprechen mit Herrn Flaig.« Brander sah suchend durch den Raum. »Wo sind eigentlich Cory und Magnus?«

»Nürtingen«, wusste Hendrik. »Sie wollten sich mal unter die Gäste in Cordes' Etablissements mischen. Ach, und falls es noch interessiert: Die Rößners hatten die Scheune weder verpachtet noch vermietet. Jakob Gutbrod haben sie nur das eine Mal gesehen, von dem sie dir bereits berichtet hatten.«

Brander hoffte, dass wenigstens Familie Rößner die Wahrheit sagte und keine »Nebensächlichkeiten« vergaß.

* * *

Sie waren allesamt im Wohnzimmer des Anbaus versammelt: Kurt Ihringer, Peter Thiemann, Sven Flaig und Lea Gutbrod. Montagabend – der Ihringerhof hatte Ruhetag.

Es passte Brander gar nicht. Zu viele Ohren.

»Herr Flaig, wir möchten Sie bitten, uns zur Polizeidirektion zu begleiten. Wir haben noch einige Fragen an Sie.«

»Was? Aber … was denn für Fragen?« Flaigs Blick huschte nervös zwischen Brander und seiner Freundin hin und her.

»Ein paar Unklarheiten.«

»Aber …«

»Hat das nicht Zeit bis morgen?«, sprang Thiemann dem jungen Mann zur Seite. »Er kommt gerade von der Arbeit.«

»Und ich bin noch bei der Arbeit«, erwiderte Brander scharf. »Herr Flaig?«

»Ja, ich … kann ich mir eben ein frisches Hemd überziehen?«

Brander begleitete den Physiotherapeuten in den Flur. Kaum hatten sie das Wohnzimmer verlassen, stürmte der Mann kopflos Richtung Haustür. Er kam nicht weit. Nach wenigen Schritten hatte Brander ihn gepackt. Er drehte ihm die Arme auf den Rücken, drückte ihn mit dem Gesicht gegen die Wand. »Ganz ruhig, mein Junge.« Sein verletzter Zeh sendete einen brennenden Schmerz ans Gehirn. Hoffentlich war die Wunde nicht wieder aufgerissen. »Was sollte denn dieses Spielchen?«

»Was … was wollen Sie von mir?«

Peter Thiemann erschien als Erster der Gruppe im Flur. Lea Gutbrod drängte sich an ihm vorbei, starrte sprachlos auf das Geschehen.

»Herr Flaig, Sie sind vorläufig festgenommen.« Peppi legte ihm Handschellen an. »Sie stehen unter dem Verdacht, Jakob Gutbrod …«

»Was? Nein!«, schrie Flaig auf. »Ich hab nichts getan! Das … das ist nicht …«

»Sven, sag nichts«, unterbrach Thiemann ihn. »Wir besorgen dir einen Anwalt. Sag nichts, du bist zu keiner Aussage verpflichtet, hörst du?«

»Wenn Sie erlauben, erklären wir Herrn Flaig seine Rechte.« Brander warf dem Wirt einen ärgerlichen Blick zu, zog Flaig von der Wand weg und dirigierte ihn zur Haustür. Im Hinausgehen wandte er sich noch einmal um. Er war sich nicht sicher, wer schockierter über die Verhaftung war: Sven Flaig oder Lea Gutbrod.

Es war spät. Die Beleuchtung in Branders Büro war zu schwach, um die Müdigkeit aus den Knochen zu vertreiben. Dennoch war es keine gemütliche Helligkeit, die sie umgab. Nachdem die erkennungsdienstliche Erfassung erfolgt war, hatten sie Flaig die Handschellen nicht wieder angelegt. Der Physiotherapeut hockte mit krummem Rücken deprimiert vor ihnen. Gesund war die Körperhaltung nicht.

»Ich habe Jakob nicht umgebracht.« Flehend sah er Brander an. »Ich habe ihn Dienstagmittag zum letzten Mal gesehen. Ich versteh das nicht. Wie kommen Sie nur darauf?« Er schüttelte noch immer fassungslos den Kopf.

»Warum wollten Sie vorhin flüchten?«

»Ich wollte nicht flüchten.«

»Ach so, Sie hatten es nur so eilig, zu unserem Auto zu kommen?«

»Nein, ich weiß auch nicht, das … das war eine Kurzschlussreaktion. Ich hab plötzlich Panik bekommen.«

»Panik? Wovor?«

»Bitte, ich habe Jakob nicht umgebracht.«

»Was für ein Auto fahren Sie?«

»Einen Polo.«

»Farbe?«

»Rot. Warum …?«

»Fahren Sie manchmal mit dem Wagen Ihrer Freundin?«

»Nein, mit dem Ding komme ich nicht klar. Warum fragen Sie mich das alles?«

Die Antworten klangen spontan und ehrlich. Das musste nichts heißen. Brander schlug eine andere Richtung ein. »Sie waren am Dienstagabend, neunzehnter Februar, mit Jakob Gutbrod verabredet, der angeblich nicht gekommen ist.«

»Er ist nicht gekommen!«

»Und dann sind Sie am Mittwoch wieder zu seiner Wohnung gefahren. Warum?«

»Weil … ich … ich hab mir Sorgen gemacht.«

»Sie haben sich Sorgen gemacht? Um Herrn Gutbrod?« Brander runzelte skeptisch die Stirn. »Und was haben Sie dann am Mittwochabend mit ihm besprochen?«

»Nichts. Er war doch nicht da.«

»Das heißt, am Mittwoch haben Sie ihn auch nicht gesehen?«

»Er war nicht da.«

»Und warum haben wir Ihre Fingerabdrücke dann in seiner Wohnung gefunden?«

Flaigs Augen wurden groß. »Sie haben meine …«

»Wenn Herr Gutbrod nicht da war, wie sind Sie in die Wohnung gekommen?« Brander sah sein Gegenüber an, als wüsste er genau Bescheid.

»Ich … ich … ich …«

»Ja?«

Der Mann senkte die Lider. »Lea hat einen Schlüssel.«

»Und sie hat Sie gebeten, nach ihrem Vater zu schauen?«

»Nein, sie weiß nichts davon.«

»So etwas könnte leicht als Einbruch missverstanden werden. Ich vermute mal, Herr Gutbrod hat Sie nicht eingeladen, während seiner Abwesenheit seine Wohnung zu durchsuchen?«

»Ich bin doch nicht eingebrochen! Ich war gar nicht lange drin. Ich dachte nur … Ach, ich weiß nicht, was ich dachte. Aber ich habe ihn nicht umgebracht! Bitte, das müssen Sie mir glauben.«

»Sie wissen ja eine Menge nicht. Sie wissen nicht, warum Sie vorhin vor uns flüchten wollten. Sie wissen nicht, warum Sie in Jakob Gutbrods Wohnung waren. Sie wissen vermutlich auch nicht, warum Sie die ganze Zeit versuchen, uns an der Nase herumzuführen?«

»Das will ich doch gar nicht.«

Brander stützte die Ellenbogen auf den Tisch und verschränkte die Finger ineinander. »Ich helfe Ihnen mal auf die Sprünge: Sie haben in der Wohnung das Geld gesucht.«

»Nein.«

»Was haben Sie dann gesucht?«

»Ich …« Er stockte, schüttelte energisch den Kopf. »Ich habe das Recht auf einen Anwalt. Sie beschuldigen mich, einen Menschen getötet zu haben. Sie dürfen mich nicht einfach so stundenlang verhören!«

»Das ist kein Verhör, sondern eine Vernehmung. Wenn Sie nicht weiter aussagen möchten, müssen Sie das nicht. Welchen Anwalt darf ich für Sie anrufen?« Brander nahm den Telefonhörer.

Flaig starrte auf den Apparat, hob dann den Blick wieder zu dem Kommissar. »Ich kenne keinen Anwalt, verdammt noch mal!«

»Wir können Ihnen einen besorgen.«

»Nein. Ich … darf ich Lea anrufen?«

»Warum?«

»Damit sie sich keine Sorgen macht.«

Brander wählte Lea Gutbrods Telefonnummer. Er ließ es mehrere Male vergeblich klingeln. »Es geht niemand ran«, erklärte er seinem Gegenüber. »Hat sie einen Anrufbeantworter?«

»Nur auf ihrem Handy.« Flaig blinzelte, sein Kiefer zitterte.

»Ich werde später noch einmal versuchen, Ihre Freundin zu erreichen, und ihr mitteilen, dass Sie heute Nacht hierbleiben müssen. Soll ich sie darum bitten, sich um einen Anwalt zu kümmern?«

»Sie … Sie lassen mich nicht wieder gehen?«

»Meine Kollegen werden Sie ins Untersuchungsgefängnis bringen. Morgen wird man Sie dem Haftrichter vorführen, der wird entscheiden, ob Sie weiterhin in Untersuchungshaft bleiben«, erklärte Brander.

Das Untersuchungsgefängnis befand sich in der Doblerstraße und kursierte bei manchen Ex-Insassen auch unter dem Spitznamen »Café Dobler«. Brander indes fiel mit einem Mal die junge Kollegin gleichen Namens ein, die vermutlich gerade zu Hause saß und sich an den Gedanken einer Schwangerschaft gewöhnte. Unweigerlich schob sich Cordes' Gesicht in seine Gedanken. Die zweite Scheune hatte gebrannt, keine vierundzwanzig Stunden, nachdem er Cordes im Gefängnis befragt hatte. Übersah er einen Zusammenhang? Ein großer, heller Wagen war gesehen worden. Ilona Cordes fuhr einen schwarzen Cayenne. Allerdings würde sie sich ganz sicher nicht selbst die Finger schmutzig machen. Groß und hell. Lea Gutbrod fuhr einen silbernen Kastenwagen.

»Herr Flaig, wenn Sie irgendetwas wissen, was Sie entlasten könnte, dann sollten Sie uns das sagen.«

Der junge Mann senkte die Augenlider. »Das … das kann ich nicht.«

Sie hatten nicht viel gegen Sven Flaig in der Hand, aber vielleicht brachte eine Nacht hinter Gittern den jungen Mann dazu, endlich alles auszusagen, was er wusste.

14

Dienstag

Die Nacht war wieder kurz gewesen, dennoch fühlte Brander sich ausgeruhter als an den Tagen zuvor. Er war zeitig im Büro, hatte seine Skizze hervorgezogen und fragte sich, ob sie den richtigen Mann in Haft genommen hatten. Die Berichte der Rottenburger Kollegen hatten sich zu den restlichen Protokollen auf seinem Schreibtisch gesellt. Zwei Zeugen berichteten unabhängig voneinander, sie hätten einen großen, hellen Wagen aus dem Feldweg kommen sehen, der zu der brennenden Scheune führte. Auf ein genaues Fabrikat wollten sie sich jedoch nicht festlegen, und das Nummernschild hatten sie nicht beachtet. Sowohl Feuerwehr als auch Kriminaltechniker gingen von Brandstiftung aus. Offensichtlich war Benzin in der Scheune ausgeschüttet und angezündet worden. Genauso wie bei Rößners Scheune. Handelte es sich tatsächlich um denselben Täter?

Staatsanwalt Marco Schmid störte Branders morgendliche Grübeleien. Peppi hatte er nicht mitgebracht. »Ich glaube nicht, dass der Haftrichter bei der gegenwärtigen Beweislage einen Haftbefehl ausstellen wird«, prophezeite er, nachdem er es sich auf dem Stuhl der Kollegin bequem gemacht hatte.

»Ein Geständnis wäre hilfreich gewesen«, stimmte Brander zu.

»Dass Flaig vor Gutbrods Wohnung gesehen worden ist, heißt nicht, dass er ihn auch angetroffen hat oder gar in seiner Wohnung war. Er könnte behaupten, dass die Fingerabdrücke zu einem früheren Zeitpunkt in die Wohnung gekommen sind. Wir haben keinen Zeugen, der gesehen hat, dass Flaig am Mittwochabend mit Gutbrod gemeinsam die Wohnung verlassen hat.«

»Das muss er auch nicht. Vielleicht ging es ihm nur um das Geld. Gutbrod wurde zuletzt am Dienstagabend gesehen. Vielleicht wusste Flaig, dass er nicht in seiner Wohnung sein würde«, überlegte Brander.

»Woher sollte er das wissen?«

»Keine Ahnung ... weil er ihn tags zuvor irgendwo in einen Keller eingesperrt und gezwungen hat, mit Methanol gepanschten Alkohol zu trinken.«

Schmid verzog zweifelnd das Gesicht. »Das ist ziemlich makaber.«

»Aber möglich. Er hatte ohne Weiteres die Möglichkeit, an das Zeug ranzukommen.«

»Wie viele andere auch. Nein, das ist mir alles zu vage. Wir haben nur simple Vermutungen. Was wir brauchen, sind Beweise!«

»Hilfreich wäre ein Durchsuchungsbeschluss für den Iheringerhof.«

»Ich schau, was sich machen lässt.« Der Staatsanwalt erhob sich. An der Tür blieb er unvermittelt stehen. »Jetzt hätte ich es fast wieder mitgenommen.« Er zog ein kleines Geschenk aus der Aktentasche und stellte es auf Peppis Schreibtisch. Als er Branders interessierten Blick bemerkte, erklärte er: »Eine kleine Überraschung. Peppi hat doch so ein Faible für batteriebetriebenes Spielzeug.«

»Batteriebetriebenes ...« Brander nickte erstaunt mit anzüglichem Grinsen.

Schmids Ohren verfärbten sich. »Nein, also ... Stofftiere ... Hunde, die bellen, und so ...«

»Hunde, die bellen, machen ihr Angst«, entgegnete Brander scheinheilig.

»Sie wissen, was ich meine.«

Brander nickte mit Leidensmiene. Mit Schaudern dachte er an das singende und tanzende Rentier, das alljährlich zur Adventszeit auf Peppis Schreibtisch kitschigen Weihnachtszauber verbreitete. Was für ein Grauen mochte in dieser kleinen Schachtel stecken?

Corinna Tritschler war eine Kollegin, die viel Wert auf ihr Äußeres legte. An diesem Morgen halfen jedoch weder Cremes, Make-up noch ausgefeilte Schminktricks, um zu verbergen, dass sie eine lange Nacht hinter sich hatte. Sie saß müde im Besprechungsraum und ließ eine Schmerztablette in ein Wasserglas fallen. Magnus Neidhart schien die Nacht besser bekommen zu sein. Er beobachtete die Kollegin mit schadenfrohem Grinsen.

»Habt ihr mit Cordes' Kundschaft um die Wette gesoffen oder was?«, erkundigte sich Hendrik. Verstohlen verglich er die blassen Gesichter von Cory und seiner Lebensgefährtin.

»Awa!«, empörte sich Neidhart. »Nur a kloins Schnäpsle zum Feierabend!«

»Kollege, wir waren dienstlich unterwegs«, kam es gequält von Cory. »Die haben kein Rauchverbot in dieser blöden Bar. Ich krieg Migräne von zu viel Zigarettenqualm.«

»Hat sich der Einsatz denn gelohnt?«, fragte Brander.

»Ha ja, mir hen Intressantes erfahra. Die Ilona, die hat mit 'm Jakob Streit ghet.«

»Er war an dem Sonntag, an dem er das Geld von Lea bekommen hat, abends in Cordes' Bar in Nürtingen«, ergänzte Cory. »Zwei Gäste haben ausgesagt, dass Ilona Cordes mit Jakob Gutbrod Streit gehabt hätte. Frau Cordes selbst behauptet, es wäre nur ein kleiner Disput gewesen.«

»Und worum ging es bei dem Streit?«

»Die Cordes behauptet, er hätte sich geärgert, weil sie ihm keinen Drink mehr geben wollte. Einer der Zeugen meint, es wäre um mehr als einen Drink gegangen.«

Brander verschränkte die Finger hinter dem Kopf. »Wie passt das jetzt ins Bild?«

»Vielleicht hat Gutbrod das Geld von seiner Tochter nicht benötigt, um mit Tumolo eine Brennerei aufzubauen, sondern weil er Schulden bei Cordes hatte?«, überlegte Hendrik.

»Von wegen Männerfreundschaft. Er hat für den Kerl gearbeitet!«, kam es entschieden von Anne.

»Was wissen wir über Ilona Cordes?«, hakte Brander nach.

»Laut den Nürtinger und Esslinger Kollegen gab es seit der Verhaftung von Gerome Cordes keine nennenswerten Zwischenfälle mehr«, berichtete Cory. »Die Bordelle wurden geschlossen. Seine Frau scheint die Bars vorbildlich zu führen. Keine Probleme mit illegalen Mitarbeiterinnen oder mit nicht gezahlten Steuern. Selten Schlägereien. Vom Publikum her in Nürtingen eher wohlsituiert, in Esslingen verkehrt mehr gemeines Volk.«

Brander rieb sich nachdenklich über das Kinn, spürte die rauen Stoppeln unter seinen Fingern. »Das erscheint mir alles irgendwie zu glatt.«

»Was für ein Schnäpsle hast du denn gestern getrunken?«, erkundigte sich Peppi bei Neidhart.

»An guade Obschtler.«

»Ein Selbstgebrannter?«

Neidhart hob bedauernd die Schultern. »Des woiß i net.«

Peppi sah triumphierend zu Brander. »Vielleicht haben wir da unseren Abnehmer für Tumolos selbstgebrannten Schnaps.«

»Möglich wär's. Aber das wird die Cordes uns wohl kaum auf die Nase binden.«

»Besorgen wir uns einen Durchsuchungsbeschluss.«

»Nur auf eine blasse Vermutung hin werden wir den garantiert nicht bekommen.« Brander rieb sich grübelnd über den Nacken. »Wir sprechen noch mal mit Tumolo.«

Enno Tumolo saß in einen dicken grau-braunen Bademantel gewickelt auf einem Stuhl vor seinem Haus. An den Füßen nichts als dicke Stricksocken. Das Kinn hing ihm auf der Brust, eine Flasche Schnaps baumelte in seiner Hand. Die Luft hatte sich gerade mal auf schattige sieben Grad erwärmt, aber der Mann schien die Kälte nicht zu spüren.

»Herr Tumolo?«, sprach Brander den Mann an. Als der nicht reagierte, rüttelte er ihn leicht an der Schulter.

Der hagere Mann schrak auf, gab ein paar undeutliche Laute von sich und starrte Brander aus glasigen Augen an. »D' Jacky is tot«, brachte er undeutlich hervor und hob die Flasche an seinen Mund.

»Ich glaube, Sie haben genug intus.« Brander nahm ihm den Schnaps weg.

»He … he … he!«, protestierte dieser. »Ich trin'e auf Jackys Wohl. Gotthabnseelig.« Mit einer unkontrollierten Bewegung versuchte er, Brander die Flasche wieder wegzunehmen.

Peppi hob zweifelnd die Augenbrauen. »Ich glaube, aus dem kriegen wir heute gar nichts raus.«

»Herr Tumolo …« So leicht wollte Brander nicht aufgeben. Er sah sich um, zog sich einen alten, wackeligen Holzstuhl heran und setzte sich zu dem Mann. »Sie hatten große Pläne mit Herrn Gutbrod, oder? Sie wollten die Brennerei wieder aufbauen.«

Tumolo nickte stumm vor sich hin.

»Hatten Sie denn schon einen Abnehmer für Ihren Schnaps?«

Wieder nickte Tumolo. »Der Jacky, der kannte Leute …« Der Mann rülpste, und Brander hielt die Luft an. Peppi wandte ihr Gesicht zum Himmel.

»Kriech ich noch 'n Schluck?«

»Was für Leute kannte der Jacky denn? Waren die mal hier und haben was von Ihrem Schnaps mitgenommen?«

»Der Jacky, der kannte Leute …« Tumolo kicherte traurig und zog den Rotz in der Nase hoch. »Jetzt isser tot. Der arme Jacky …«

»Wissen Sie, an wen er den Schnaps verkauft hat?«

Tumolo hob den Kopf ein Stückchen und kniff die Augen zusammen. »Was?«

»Jakob Gutbrod. Er hat ein paar Flaschen von Ihrem Schnaps verkauft …«

»Kanis'er … immer Kanis'er …«

»Gut, dann hat er also ein paar Kanister mit Schnaps verkauft. Und an wen?«

»Dassis unser Geld. Das ham wir verdient. Ganz rech'lich … Das dürfen Sie nich einfach wegnehmn. Wir hattn nämlich Pläne, der Jacky un ich.«

»An wen haben Sie den Schnaps denn verkauft? Haben Sie die Leute gesehen? Hat Jacky mal Namen genannt?«

»Nee. Kam einer mit 'm Auto, und Jacky hat ihm das gegebn. Wir wolltn was aufbaun, der Jacky un ich, aber is nich gekommen. Der Jacky is tot, wissen Sie das? Der arme Jacky …« Tumolos Augen füllten sich mit Tränen.

»Ja, das wissen wir. Und deswegen sind wir hier. Was für ein Auto kam denn? Ein Mercedes, VW, Fiat …?«

»So einsss …« Er machte eine ausladende Armbewegung. »Ich glaub, 'n Opel war das, oder Renault oder … Weiß nich …« Tumolo verstummte und starrte in die Ferne.

»Herr Tumolo, versuchen Sie, sich zu erinnern. Welche Farbe hatte das Auto?«

In einer unkontrollierten Kopfbewegung wandte der Mann sich Brander zu. »Welches Auto?«

»Das den Schnaps abgeholt hat. Woher kam es? Können Sie sich an das Kennzeichen erinnern?«

»Neinneinneinneinneinein …« Tumolo wedelte mit dem Finger vor Branders Nase. »Und jetz? Mach ich 'n jetz? Ich will noch 'n Schnaps.« Er streckte so schwungvoll den Arm aus, dass er das Gleichgewicht verlor und vornüber vom Stuhl kippte. Brander und Peppi halfen ihm wieder auf die Beine.

Dieses Gespräch brachte sie nicht weiter. Abgesehen davon, dass Tumolo stockbetrunken und völlig unterkühlt war, schien er nicht wirklich etwas über den Käufer zu wissen.

»Ruf mal einen Krankenwagen«, bat Brander seine Kollegin. »Den können wir hier nicht so sitzen lassen.«

»Freddy, habt ihr nicht irgendetwas bei Tumolo oder Gutbrod gefunden, was uns verrät, an wen die den Schnaps verkauft haben?«

Nachdem Tumolo von den Sanitätern versorgt und zur Überwachung ins Krankenhaus gebracht worden war, waren Brander und Peppi wieder in ihr Büro zurückgekehrt.

»Was sollen wir finden? Die Cordes wird denen sicher keine Rechnungen gestellt haben.«

»Was weiß ich? Eine Liste über die gelieferten Brände, über regelmäßige Einnahmen. Irgendeinen dummen Fehler müssen die zwei doch gemacht haben.« Brander starrte frustriert aus dem Fenster. In welche Richtung musste er die Ermittlungen lenken? Lag die Lösung auf dem Ihringerhof oder in Cordes' Milieu? Er strich sich ratlos über den Kopf, wandte sich wieder den Kollegen zu.

»Peppi, wir fahren nach Nürtingen. Ich will mir den Laden von der Cordes mal anschauen.«

»Was hast du vor?«, fragte die Kollegin misstrauisch.

»Nichts … ich verschaffe mir nur einen Überblick.«

Die Bar lag am Ortsrand, und rotblinkende Leuchtreklame vor dem flachen Bau wies darauf hin, dass Gäste willkommen waren. Sie betraten den Laden durch eine Doppeltür und fanden sich in einem schummrig ausgeleuchteten Schankraum wieder, der am frühen Nachmittag nur schwach besucht war. Zwei leicht bekleidete Mädchen bedienten an den Tischen, hinter der Theke stand ein gut trainierter Mittzwanziger und rauchte gelangweilt eine Zigarette. Sie mussten nicht nach Ilona Cordes fragen. Die Frau erschien kurz nach ihrem Eintreten aus einer Zwischentür. Sie trug ein dezentes Kostüm und hob sich damit deutlich als Geschäftsführerin vom üblichen Personal ab.

»Sind Sie dienstlich oder privat hier?«, erkundigte sie sich bei den Beamten.

»Dienstlich.«

»Dann kommen Sie bitte mit.« Sie wandte sich ab und führte Brander und Peppi durch die Zwischentür über einen Flur in ihr Büro. Der Raum war hell ausgeleuchtet, auf dem Schreibtisch stand ein Laptop. Eine Seite war mit Aktenschränken bedeckt, auf der anderen Seite hing eine Tafel mit Dienstplänen. Durch ein vergittertes Fenster hatte sie freie Sicht auf den Parkplatz.

»Setzen Sie sich.« Sie deutete auf die Stühle vor ihrem Schreibtisch und ließ sich selbst dahinter nieder. »Kann ich Ihnen etwas anbieten? Kaffee? Wasser?«

»Kaffee wäre nett«, erklärte Peppi.

Die Cordes musterte sie einen Moment lang abschätzend. »Gern. Für Sie auch?« Sie wandte sich Brander zu.

»Wenn's keine Umstände macht.«

»Nein, macht es nicht.« Sie drückte auf einen Knopf, kurz darauf erschien eine der leicht bekleideten Kellnerinnen. »Charlene, bring uns bitte drei Tassen Kaffee.«

Das Mädchen nickte und verschwand.

»Sie sind aber nicht die Kollegin, die …« Sie vollendete mit einer entsprechenden Handbewegung den Satz und sah zu Brander. »Gerome hatte etwas von einem blonden Püppchen erzählt.«

»So? Hat er das?«, entgegnete Brander mit unbewegter Miene.

Wenn es ihr um Tratsch ging, war sie bei ihm an der falschen Adresse.

Als die Barbesitzerin merkte, dass er ihre Neugier nicht befriedigen würde, wechselte sie von Plauderstündchen zu Geschäftsgespräch. »Muss es wirklich sein, dass Ihre Leute in meine Bars kommen und meine Gäste befragen? Das ist nicht besonders gut fürs Geschäft.«

»Es ist leider unumgänglich für unser Geschäft.«

»So etwas geht aber auch diskreter.«

»Ja, gut möglich«, stimmte Brander, ohne einen Funken des Bedauerns, zu. »Sie hatten am Sonntag vor zweieinhalb Wochen Streit mit Jakob Gutbrod.«

»Nein, hatte ich nicht.«

»Mir liegen andere Aussagen vor.«

Sie hob fragend die Augenbrauen, und tatsächlich entdeckte Brander den Ansatz von zwei kleinen Falten auf der Botox-geglätteten Stirn. Der Kaffee wurde serviert, und er wartete, bis die junge Frau wieder gegangen war, bevor er fortfuhr: »Es gibt Aussagen, dass Sie Streit mit Jakob Gutbrod hatten, und dabei wäre es um Geld gegangen.«

Ilona Cordes schüttete gleichgültig etwas Zucker in ihren Kaffee und zündete sich eine Zigarette an. »Die Leute reden zu viel. Und sie haben zu wenig Fantasie.«

»Aha?«

»Sie denken, wenn zwei Menschen etwas heftiger miteinander diskutieren, streiten sie. Aber das ist einfach meine Art. Ich bin ein sehr lebhafter Mensch.«

»Dann schildern Sie mir doch einmal mit ihrer lebhaften Art, worüber Sie an jenem Sonntagabend mit Jakob Gutbrod in Ihrer Bar diskutiert haben.«

Sie nippte an ihrem Kaffee, musterte ihn, während sie stumm ihre Antwort abwägte. »Er hatte sich Geld von seiner Tochter geliehen. Ich habe ihm gesagt, dass das nicht richtig ist.«

»Warum nicht?«

»Das Mädchen braucht das Geld.«

»Jakob Gutbrod auch.«

»Ja, für diese Whiskybrennerei.« Sie verdrehte die Augen und blies den Zigarettenqualm in die Luft.

»Und das war Ihrer Meinung nach nicht richtig?«

»Gerome fand es nicht richtig. Er hat sich Sorgen gemacht. Jakob ist kein Geschäftsmann.«

Gerome Cordes. Der Mann mit dem großen Herzen.

»Und was wäre seiner Meinung nach richtig gewesen?«

»Jakob sollte warten, bis er entlassen wird.«

»Weil Ihr Mann sich mit Whiskybrennerei so gut auskennt?«

»Nein, er kennt sich mit Geld aus.«

Deswegen sitzt er auch hinter Gittern, ging es Brander durch den Kopf. Was waren noch die Gründe? Steuerhinterziehung, illegale Wetten…

»Wie darf ich das verstehen?«

»Er hätte ihm geholfen.« Sie zog erneut an ihrer Zigarette, blies den Rauch zur Decke. »Aber ich glaube nicht, dass Sie das irgendetwas angeht.«

»Und Herr Gutbrod sagte dann ›okay‹ und ging nach Hause?«

»Nein, er sagte, er wollte noch einmal mit seiner Tochter über alles sprechen.«

»Warum haben Sie das meinen Kollegen nicht schon gestern Abend erzählt?«

Die Bardame lächelte süffisant. »Vielleicht hatte ich die Frage nicht richtig verstanden.«

»Kennen Sie Lea Gutbrod?«, fragte Peppi.

»Jakob hat mir ein Foto von ihr gezeigt. Aber ich kenne sie nicht.«

»Und den Ihringerhof?«

»Er hat davon erzählt.«

»Was hat er erzählt?«

»Wie glücklich er mit seiner Frau und seinem Kind gewesen wäre.« Sie lehnte sich in ihrem Stuhl zurück, nahm wieder einen tiefen Lungenzug. »Aber der Schwiegervater, der war nicht glücklich. Der hätte lieber einen anderen Mann für seine Tochter gesehen.«

»Ach? Gab es da konkrete Anwärter?«

Ilona Cordes zuckte die Achseln. »Er hat nie Namen genannt, und ich habe nicht gefragt. Es machte ihn traurig, darüber zu reden.«

»Gutbrod lebte von Hartz IV«, schaltete sich Brander wieder ein. »Aber in seiner kleinen Wohnung hatte er einen ziemlich teuren neuen Flachbildschirmfernseher …«

»Knapp 1600 Euro.« Wieder legte sich ein schmales Lächeln auf ihre Lippen. »Ein Weihnachtsgeschenk von Gerome. Ich habe eine Rechnung, falls Sie die sehen wollen.«

»Entschuldigung, ich müsste mal kurz wohin …« Peppi stand auf.

»Im Flur rechts den Gang zurück und dann auf der linken Seite.«

»Danke.«

»Ihr Mann ist sehr großzügig. Laufen die Geschäfte so gut?«, fuhr Brander fort, nachdem Peppi das Büro verlassen hatte.

»Ich kann nicht klagen.«

»Da gibt es sicherlich auch einige Neider, oder?«

Die Cordes hob unbestimmt die Schultern.

»Es ist vermutlich nicht einfach, sich als Frau in diesem Business allein zu behaupten.«

»Ich bin nicht allein. Ich habe gute Freunde, und in vier Monaten ist Gerome wieder zurück.«

»Hat Ihr Mann Feinde?«

Ilona Cordes gab einen tiefen Seufzer von sich und drückte den Stummel ihrer Zigarette im Aschenbecher aus. »Herr Brander, ich habe nicht ewig Zeit. Ich verstehe Ihre Fragen nicht. Worauf wollen Sie eigentlich hinaus?«

»Wir suchen den Mörder von Jakob Gutbrod.«

»Und warum kommen Sie damit zu mir?«

»Ich weiß nicht … ich dachte, Sie könnten uns vielleicht helfen. Immerhin kam Herr Gutbrod doch sehr regelmäßig zu Ihnen, und er hatte guten Kontakt zu Ihrem Mann. Vielleicht hat er mal was erzählt? Dass er sich bedroht fühlte?«

Ilona Cordes nickte. »Ja, er fühlte sich bedroht.«

»Von wem?«

Jetzt waren die Fältchen auf ihrer Stirn deutlich zu erkennen. »Von seinem Schwiegervater.«

»Die Tür zum Lager war abgeschlossen«, berichtete Peppi, als sie wieder auf dem Weg zurück nach Tübingen waren.

»Du sollst so was doch nicht machen«, tadelte Brander die Kollegin.

»Frag mich mal, von wem ich das habe.« Peppi überholte einen Lkw, um gleich danach hinter dem nächsten Lastzug zu hängen. »Wir hätten sie bitten sollen, uns einen Blick in die anderen Räume werfen zu lassen.«

»Mit welcher Begründung?«

»Verdacht auf Steuerhinterziehung.«

»Wenn sie tatsächlich Schnaps von Tumolo gekauft hat, wird sie den vermutlich nicht so offen lagern. Und sollte sie tatsächlich in den Mord verstrickt sein, wollte ich sie nicht durch einen Schnellschuss warnen. Könntest du ein bisschen Abstand halten?« Brander deutete auf die Rücklichter vor sich.

»Wo wollen die alle hin? Ist ja fürchterlich! Da reiht sich ein Lkw an den anderen. Hier geht ja gar nichts vorwärts!«

»Entspann dich mal.« Brander sah grübelnd aus dem Fenster. »Peppi, sind wir auf der falschen Fährte? Selbst wenn die Cordes schwarzgebrannten Schnaps von Gutbrod gekauft hat – warum sollte sie ihn umbringen?«

»Sie ist ein ziemlich abgebrühtes Weib, finde ich.«

»Ich weiß nicht ...«

»Ach, Andi«, stöhnte Peppi auf, »du suchst immer das Gute im Menschen.«

»Nenn mir einen Grund, warum sie Gutbrod umbringen sollte – noch dazu mit einer Methanolvergiftung. Das passt nicht zu ihr.«

»Vielleicht hat er ihr schlechten Schnaps verkauft?«

Brander gab ein ablehnendes Brummen von sich.

»Oder ...«, fuhr Peppi fort. »Die Cordes hatte was mit dem Gutbrod, der war ja schließlich nicht hässlich. Ihr Gerome hat's mitgekriegt und seine Leute losgeschickt. Die Tat trägt doch irgendwie eine männliche Handschrift.«

»Ich dachte, vergiften ist eher Frauensache?«

»Unser Täter kann trotzdem ein Mann sein.«

»Oder eine Frau und ein Mann. Muss ja nicht einer allein gewesen sein.«

Als er in die Polizeidirektion zurückkam, fand Brander eine Notiz auf seinem Schreibtisch, dass der Richter Sven Flaig wieder aus der U-Haft entlassen und einen Durchsuchungsbeschluss für den Ihringerhof abgelehnt hatte. Sein Telefon zeigte mehrere entgangene Anrufe, zwei davon von seinem ehemaligen Stuttgarter Kollegen. Brander rief ihn zurück.

»Mensch, Andi, du bist ja schwerer zu erreichen als der Papst!«, hörte er wenig später die bekannte Stimme von Ekkehart Möhrle. »Seit Tagen versuche ich, dich ans Telefon zu kriegen!«

»Viel zu tun. Du weißt ja, wie's ist. Wie geht's dir?«

»Eigentlich ganz gut. Was macht die Soko Schwegbrühl?«

Brander spitzte die Ohren. »Du weißt davon?«

»Zum einen stand es in den Ereignismeldungen, zum anderen gab's vor ein paar Tagen eine Anfrage von deinen Kollegen zu Gerome Cordes, und jetzt wildert ihr in unserem Revier.«

»Was hast du mit Cordes zu tun?«

»Bin seit drei Jahren beim OK.« OK – damit meinte er das Dezernat für Organisierte Kriminalität. Drei Jahre schon. Wann hatten sie das letzte Mal miteinander telefoniert? »Ihr hättet uns ruhig um Amtshilfe bitten können.«

»Ich wusste nicht, dass ihr die Cordes auf dem Kieker habt.«

»Haben wir nicht, aber wir wüssten gern, wenn da irgendwas gärt. Insbesondere wenn der Big Boss in wenigen Monaten entlassen wird.«

»Wenn es da gerade irgendwelche Revierkämpfe gäbe, solltet ihr das doch wohl eher wissen als wir«, stellte Brander fest.

»Uns ist nichts bekannt.«

»Sind ihre Läden tatsächlich so sauber, wie es in den Akten steht?«

»Die Überwachung der Clubs hat nicht mehr oberste Priorität, seit Cordes eingefahren ist, aber soweit ich weiß, arbeiten die Mädels bei ihr mittlerweile alle legal, mit Papieren und Gesundheitszeugnis, und sie zahlt regelmäßig ihre Steuern.«

»Apropos Steuern … sag mal, ihre Getränkeumsätze …«

»Ja?«, kam es aufmerksam vom anderen Ende.

»Unser Toter hat vermutlich mit einem Kumpel schwarzgebrannten Schnaps vertickt.«

»An die Cordes?«

»Das wissen wir nicht.«

»Hm …« Möhrle verfiel kurz in Schweigen. »Das kann ich herausfinden.«

Na also, da musste er Schmid schon mal nicht mehr um einen Durchsuchungsbeschluss bitten. Er hätte seinen Ex-Kollegen schon früher zurückrufen sollen, dachte Brander zufrieden. »Vermutlich haben die das Zeug nicht in Flaschen abgefüllt, sondern in Kanistern geliefert.«

»Na, das hat Stil.«

»Auf jeden Fall unauffälliger in der Auslieferung als kistenweise Flaschen. Sonst hättet ihr ja längst was gemerkt«, stichelte Brander.

»Hey, wir kümmern uns um größere Sachen als ein paar Liter zollfreien Schnaps.«

»Sollte keine Kritik sein«, wehrte Brander ab. »Du hättest das übrigens auch ruhig alles mit meiner Kollegin besprechen können.«

»Diese Pacha-Dingsda?«

»Pachatourides.«

»Hatte eine nette Stimme. Sieht sie gut aus?«

Brander schielte zu seiner Kollegin, die ihn misstrauisch beobachtete. »Ja.«

»Dann sollte ich vielleicht mal persönlich vorbeikommen.«

»Du bist verheiratet.«

»Seit vier Jahren geschieden.«

»Oh, das tut mir leid.« Sie hatten wirklich schon sehr lange nicht mehr miteinander gesprochen.

Die Schreibtischlampe leuchtete mit mattem Licht. Um ihn herum war es ruhig in der Etage. Die meisten Kollegen waren bereits gegangen. Brander saß gedankenverloren vor seinen Notizen und Zeichnungen. Es gab Personen, die er mit großer Wahrscheinlichkeit vom Fall ausschließen konnte: Leon und Max – er trennte die Sterne, die er als Symbol für die beiden Jungen gewählt hatte, mit einem Strich vom Rest seiner Skizze. Ebenso die Rößners und die Whiskybrenner aus Owen. Was blieb? Familie Cordes. Der Ihringerhof. Tumolo. An einen unbekannten Täter wollte er nicht glauben – dazu gab es zu viele Berührungspunkte mit Jakob Gutbrods Leben: der Alkohol, die Scheune, das Geld.

Anne Dobler unterbrach seine Grübeleien. Sie hatte ihren Fahrradhelm in der Hand, als sie sein Büro betrat.

»Kommst du oder gehst du?«, erkundigte sich Brander.

»Ich komm gerade wieder … hab Louis ins Bett gebracht …« Sie ließ sich auf den Besucherstuhl nieder und spielte mit dem Helm zwischen ihren Händen. Brander wartete schweigend, musterte ihr müdes Gesicht, die trüben Augen.

»Ich bin schwanger«, brachte sie schließlich mit Grabesstimme hervor. »Hendrik hat's dir vermutlich schon gesagt.«

»Ja, ich freu mich für euch.«

»Ich nicht.« Sie schluckte trocken.

»Nicht so ein bisschen?« Er hielt Daumen und Zeigefinger einen Zentimeter voneinander entfernt. Wie sehr hätten er und Ceci sich gefreut, wenn sie nur ein einziges Mal das Glück gehabt hätten, ein Kind zu bekommen.

Anne schüttelte den Kopf. »Weißt du, ich wollte immer Kriminalpolizistin werden. LKA, BKA, vielleicht sogar Interpol. Ich war eine der besten meines Jahrgangs. Ich hab so viele Seminare und Fortbildungen besucht, Bücher gelesen, Vorträge gehört …« Sie lachte traurig. »Mit einem Kind, da hätte ich das hingekriegt, aber mit zweien? Und jetzt diese scheiß Reorganisation. Die werden mich doch nur noch auf irgendeinen langweiligen Büroposten setzen, und da kann ich dann bis zu meiner Pensionierung versauern.«

Das war weit vorausgedacht. Anne war dreiunddreißig Jahre alt. Aber was sollte er seiner Kollegin sagen? Er konnte ihre Ängste verstehen. Er beugte sich ein Stück weit vor, suchte nach ein paar aufmunternden Worten. »Ein Kind zu bekommen heißt doch nicht, dass das Leben vorbei ist. Hendrik ist doch auch noch da …«

»Ja …«, kam es zögernd. »Aber mit zwei Kindern wird er erst recht darauf bestehen, dass ich zu Hause bleibe.«

»Ich denke, er hat in den letzten Monaten dazugelernt.«

»Hmm …« Sie deutete mit dem Kinn auf die Papiere vor ihm. »Was machst du da?« Offensichtlich wollte sie nicht weiter über ihre Schwangerschaft reden.

»Ich suche unseren Täter.«

Die Kollegin stand auf und trat neben ihn. Eine Weile betrachtete sie nachdenklich seine Skizzen. »Wenn Tumolos Aussage stimmt, dann wissen wir immer noch nicht, wo das Geld von Lea geblieben ist«, überlegte sie.

»Denkst du, der Schlüssel steckt im Auffinden des Geldes?«

»Nein, ich glaube, es geht um mehr. Es ist etwas Persönliches. Er tötet den Mann und dann verbrennt er ihn.«

»Es könnte auch eine Frau gewesen sein.«

»Auf jeden Fall glaube ich nicht, dass es ein Betriebsunfall war, dass Gutbrod an einer Methanolvergiftung starb.«

»Glauben hilft uns aber nicht weiter.«

»Da sollte etwas ausgelöscht werden …«

Brander dachte an Peppis Verdacht gegen Gerome Cordes. »Eine Freundschaft?«

»Oder eine Feindschaft.«

»Peppi meint, die Tat trägt eine männliche Handschrift.«

Anne nickte grübelnd. »Hmm … Aber ein Mann, der eine direkte Konfrontation scheut. Jemand, der sich hinterher vielleicht sogar für seine Tat schämt.«

»Weil er die Leiche verbrennt?«

»Ja, aber das tut er mit einer gewissen Scheu. Er hat eine Decke über den Leichnam gelegt und Autoreifen. Aber die

Autoreifen hat er nicht auf das Gesicht und den Körper gelegt, sondern eher zaghaft auf Arme und Beine. Da war Wut und Hass im Spiel und gleichzeitig aber auch eine gehörige Portion Angst.«

Brander nickte gähnend und rieb sich müde über die Stirn. »An wen denkst du? Sven Flaig?«

»Ich weiß es nicht. Vielleicht.« Sie strich sich nachdenklich durch die blonden Haare.

»Ich glaub, heute finden wir das nicht mehr raus. Wir sollten uns beide mal langsam auf den Heimweg machen«, stellte Brander nach einem Blick auf die Uhr fest und schob seine Unterlagen zusammen.

15

Mittwoch

Wut, Hass, Angst, Scham. Brander hatte die vier Worte mit einem roten Stift auf ein leeres Blatt geschrieben. Darunter die Namen all der Personen, die auf irgendeine Weise mit diesem Fall in Berührung standen. Er zog Linien und Kreise, bildete Schnittmengen, strich durch, schrieb neu, knüllte das Blatt schließlich zusammen und warf es in den Papierkorb.

»Was ist los, Picasso? Haben wir gerade eine Schaffenskrise?«, spottete Peppi.

»Ja«, knurrte Brander missmutig. »Was übersehen wir, Peppi?«

»Keine Ahnung. Wollen wir es mit logischer Fallanalyse versuchen oder mit Intuition?«

»Meinetwegen können wir auch ein Orakel befragen.«

Peppi lachte auf. »Bist du so verzweifelt?«

»Ich glaube nicht, dass Ilona Cordes etwas mit der Ermordung von Gutbrod zu tun hat.«

»Okay, Ausschlussprinzip. Warum nicht die Cordes?«

»Ich sehe kein Motiv.«

»Geld«, schlug Peppi vor.

»Sven Flaig hat uns mehrfach angelogen. Er weiß etwas. Nach bisherigem Ermittlungsstand gibt es aber keine Berührungspunkte zwischen Cordes und dem Ihringerhof. Anscheinend wusste ja nicht einmal Lea vom Knastkumpel ihres Vaters. Welchen Grund hätte Flaig, uns anzulügen, wenn er nicht sich oder jemand anderes – jemand, der ihm nahesteht – schützen will?«

»An wen denkst du? Lea?«

Brander hob die Hände. »Die Reifen wurden nicht auf Kopf und Körper gelegt. Anne meint, es könnte eine Hemmung gewesen sein. Es wäre aber ebenso möglich, dass unser Täter die Reifen einfach nicht anders positionieren konnte.«

»In diesem Fall unsere Täterin.« Peppi schüttelte unwillig den Kopf. »Nicht das Mädchen. Warum sollte sie so etwas tun?«

Ihm gefiel der Gedanke genauso wenig. Hatte er ihn deswegen bisher völlig außer Acht gelassen? Ihr Zusammenbruch, als sie vom Tod ihres Vaters erfahren hatte – war das alles nur Schauspielerei gewesen? Konnte jemand so gut schauspielern? Oder sahen sie nur, was sie erwartet hatten? »Jeder hat uns bisher nur Halbwahrheiten erzählt. Wer weiß, welchen Teil sie uns verschwiegen hat? Wissen wir, was zwischen ihr und ihrem Vater war? Hatte sie ihm wirklich alles vergeben? Sie ist sehr emotional. Mal aufbrausend, dann abweisend, dann wieder freundlich und kooperativ …«

»Allein hätte sie die Tat aber nicht begehen können.«

»Sie trifft sich mit ihrem Vater. Sie gehen zu der Scheune, dort füllt sie ihn mit dem methanolgepanschten Zeug ab …«, begann Brander ein Szenario zu entwerfen.

»Niemand hat Lea Gutbrod in der Nähe der Wohnung ihres Vaters gesehen.«

»Wissen wir das? Wir haben die Anwohner nicht nach ihr gefragt. Wir haben nur ihre Aussage.«

»Angenommen, sie hätte tatsächlich das Benzin verschüttet – hätte sie dann ohne Hilfe schnell genug von der Scheune wegkommen können, ohne irgendwelche Brandverletzungen davonzutragen? Und hätten die beiden Jungen dann nicht sie oder wenigstens ein Auto …« Peppi hielt inne. »Was für einen Wagen haben die Zeugen beim zweiten Brand gesehen?«

»Einen hellen großen Wagen«, antwortete Brander. Lea Gutbrod fuhr einen silbernen Kastenwagen. »Sie könnte im Auto gesessen haben, während Flaig das Feuer legte. Er sprintet zum Auto, sie fahren weg, und die Jungs sind von der Verpuffung so abgelenkt, dass sie den Wagen überhaupt nicht bemerken.«

»Ach, Andi …« Peppi stützte die Ellenbogen auf den Schreibtisch und vergrub das Gesicht in den Händen. »Das gefällt mir nicht.« Sie hob den Kopf wieder. »Und außerdem: Warum kommt sie dann zu uns und meldet ihren Vater als vermisst?«

»Keine Ahnung. Ein Ablenkungsmanöver? Reue?« Er musste mehr über Lea Gutbrod erfahren. »Ich will noch einmal mit Sven Flaig sprechen.«

»Okay, ich bestell ihn ein.«

»Wenn möglich noch heute Mittag, aber nicht so früh, ich bin gleich zum Essen verabredet.«

Peppi zog einen Flunsch. »Und wer geht mit mir essen? Hendrik hat sich auch abgemeldet. Was ist eigentlich mit dem? Der grinst seit zwei Tagen, als hätte er im Lotto gewonnen.«

»Wie? Gibt es tatsächlich mal eine Neuigkeit, die ich vor dir weiß?«

»Scheint so. Und?«

»Tja, wenn Hendrik nichts gesagt hat, muss ich wohl schweigen.« Er stand auf, nahm Handy und Brieftasche.

»Stopp! Ich will wissen, was los ist.«

Brander stupste seine Kollegin grinsend auf die Nase. »Sagt die Frau, die sich immer darüber aufregt, dass hier im Haus zu viel getratscht wird.«

Karsten Beckmann wartete bereits auf der Neckarbrücke, als Brander mit dem Fahrrad kam.

»Wow, du bist ja fast pünktlich«, begrüßte er ihn.

»Hast du was anderes erwartet? Ich bin Polizist, auf mich kann man sich verlassen.«

»Du bist Polizist und hast ständig irgendwelche unvorhergesehenen Einsätze, so wird ein Schuh draus. La Torre?« Er deutete mit dem Kopf auf das graue Türmchen, in dem sich ein italienisches Restaurant befand. Schon öfter hatten sie sich dort mittags zum Essen getroffen.

»Si.« Brander folgte ihm die schmale Treppe hinab, die neben der Neckarbrücke hinunter zur Stadtmauer führte. Im Restaurant angekommen, fanden sie einen Platz am Fenster und bestellten Pizza, Salat und Getränke.

»Wo ist Manuel?«

»Bei mir. Er schmollt, dass er nicht mitdurfte.«

»Mich hätte es nicht gestört.«

»Mich aber. Ich wollte mal wieder mit dir allein sein.« Beckmann bedachte ihn mit einem zweideutigen Lächeln.

»Wenn du ihm das genau so gesagt hast, kann ich verstehen, warum dein Manuel schmollt.« Brander ließ sich nicht aus der Reserve locken.

Eigentlich war es ihm recht, dass Beckmanns Freund nicht dabei war. Er mochte Manuel, aber es war etwas anderes, ob sie sich zu zweit oder zu dritt trafen. Außerdem plagte ihn das schlechte Gewissen, weil er Nathalie noch nicht dazu gebracht hatte, sich bei Karsten für ihr unmögliches Benehmen angemessen zu entschuldigen. Ein Grund, warum er sich diese Stunde mitten in einer Mordermittlung freigeschaufelt hatte. Sie warteten, bis Pizza und Salat serviert waren und der Kellner sie wieder allein ließ.

»Es tut mir leid, was letzte Woche passiert ist«, begann Brander.

»Du kannst nichts dafür.«

»Es tut mir trotzdem leid. Du hast dich für Nathalie eingesetzt und hattest dadurch diesen Ärger.«

Beckmann musterte Brander ernst. »Hör auf, dich für dein Pflegekind zu entschuldigen. Es ist nicht deine Schuld, und ich bin auch nicht sauer auf dich, sondern auf Nathalie. Sie sollte sich bei mir entschuldigen.«

»Das wird sie«, versprach Brander.

»Wie läuft's denn mit ihr?«

»Sie hat demnächst ihre erste Gerichtsverhandlung.«

Auf Beckmanns Gesicht zeichnete sich nun doch Erstaunen ab. »Aber ich habe sie doch gar nicht angezeigt.«

»Du nicht, aber der Filialleiter des Supermarkts, in dem sie vorgestern eine Flasche Wodka geklaut hat.« Brander berichtete, was sich seit ihrem letzten Treffen ereignet hatte.

»Wenn sie wenigstens einen guten Whisky geklaut hätte.«

»Ich will nicht, dass sie überhaupt irgendetwas klaut.«

»Stimmt auch wieder.« Beckmann schob das letzte Stück Pizza in den Mund und bestellte zwei Espressi. »Hoffentlich kommt sie mit ein paar Sozialstunden davon.«

»Damit rechne ich. Und du? Was gibt's bei dir Neues?«

»Na ja …« Der Kellner servierte die Espressi, und er konzentrierte sich eine Weile darauf, Zucker in seine Tasse zu rühren. »Ich hab zwei lange Wochen hinter mir, musste mir über einiges klar werden.« Er legte den Löffel beiseite, dann hob er den Blick und erklärte: »Ich hab Ja gesagt. Manuel und ich werden zusammenziehen.«

Brander hatte den Gedanken verdrängt, dass Beckmann aus Tübingen wegziehen könnte, und es traf ihn erneut viel zu unvorbereitet, genauso wie vor zwei Wochen, als Karsten berichtet hatte, dass Manuel ihn gefragt hatte. Eigentlich sollte er sich freuen, dass sein Kumpel einen Partner gefunden hatte, mit dem er leben wollte. Stattdessen war da dieses hässliche Gefühl, einen Freund zu verlieren. Brander leerte seine Tasse in einem Zug, verbrannte sich den Gaumen. Egal. Jetzt hatte er einen Grund, das Gesicht zu verziehen. »Heiß.« Er presste die Zunge gegen den Gaumen, spülte mit einem Schluck Wasser nach. »Das … ähm … ja, das finde ich gut«, stammelte er. »Ihr zwei … hey, das freut mich für dich … für euch.« Lächeln, vergiss nicht zu lächeln, befahl er sich. Erfurt. Es war zu weit weg, um sich mittags zum Essen zu treffen, frühmorgens zu joggen oder am Wochenende bei einer Whiskyverkostung im Weinhaus Beck zu versacken.

»Alles okay?«

Seine vorgetäuschte Freude schien nicht ganz überzeugend zu sein. »Ja, der Espresso war zu heiß.«

»Deswegen sollte man vorher pusten. Dein Handy klingelt übrigens.«

»Oh …« Brander suchte in seiner Tasche. Peppi, verriet das Display. Er nahm das Gespräch entgegen. »Ja?«

»Ich hoffe, du hast dein Essen beendet.«

»Mehr oder weniger, warum?«

»Kurt Ihringer ist hier. Er möchte ein Geständnis ablegen.« Sie machte eine kurze Pause, damit die Nachricht ankommen konnte. »Ich denke, du wärst gern dabei?«

Das schlechte Gefühl rückte in den Hintergrund, augenblicklich war er zurück im Dienst. »Bin in zehn Minuten da.«

»Zisch ab, ich zahle«, bot Beckmann an.

»Danke.« Brander sprang auf, hielt dann aber noch einmal inne. »Becks, tut mir leid, dass ich jetzt …«

»Hör auf mit diesem ewigen ›tut mir leid‹.«

»Entschu...« Beckmanns Blick ließ ihn verstummen. Er schüttelte über sich selbst den Kopf. »Lass uns einfach mal wieder zusammen joggen gehen, ja?«

»Du und ich allein im Wald?« Beckmann grinste diabolisch. »Manu wird die Wände hochgehen.«

Kurt Ihringer hatte seinen besten Anzug angezogen, das weiße Haar ordentlich frisiert, den Bart gestutzt. Er saß mit steifem Rücken in dem Vernehmungszimmer, in das Peppi ihn hatte bringen lassen.

Brander setzte sich mit ihr zu ihm und schaltete das Aufnahmegerät ein.

»Herr Ihringer, meine Kollegin sagte, Sie möchten eine Aussage machen?«

»Ja, ich …« Ein minimales Zögern. Er atmete tief durch. »Ich habe Jakob Gutbrod getötet.«

Brander taxierte den Mann vor sich. Ein Geständnis, wie Peppi gesagt hatte. Warum jetzt? Hatte er kalte Füße bekommen? Erst die Verhaftung von Sven Flaig in seinem Haus, dann die erneute Vorladung des jungen Mannes …

»Sie wissen, dass Sie das Recht auf einen Anwalt haben?«

»Ja, man hat mich über meine Rechte informiert. Ich möchte diese Aussage jetzt machen. Mit einem Anwalt kann ich später sprechen.«

Er wollte es hinter sich bringen, bevor ihm jemand sein Vorhaben auszureden versuchte, mutmaßte Brander. »Möchten Sie etwas trinken?«

»Nein.«

Es gab kaum eine Regung im Gesicht des Mannes. Auch der Rest des Körpers verharrte in stiller Position. Die Hände lagen in seinem Schoss, die Augen waren auf das Tischmikrofon gerichtet.

»Sie behaupten also, Sie hätten Jakob Gutbrod umgebracht …«

»Ich war es.«

»Wie hat sich die Tat zugetragen?«

»Es … es war an dem Dienstag. Ich hatte von der Bank erfahren, dass Lea Geld von ihrem Sparbuch abgehoben hatte. Zwanzigtausend Euro. Ich ahnte sofort, dass sie es für Jakob getan hatte. Ich war sehr wütend auf Lea, aber noch mehr auf Jakob, dass er sie dazu gebracht hatte, an ihre Ersparnisse zu gehen. Sven wollte mich beschwichtigen. Er versprach, das Geld wieder zurückzuholen. Aber am Dienstagabend kam er ohne das Geld.« Ihringer hielt inne, richtete seine Augen auf Brander. »Ich war zu aufgebracht, um schlafen zu können. Und dann … fasste ich einen Entschluss. Ich setzte mich in den Wagen und fuhr zu Jakob. Ich musste nicht in seine Wohnung, ich traf ihn auf der Straße. Ich sagte ihm, dass ich mit ihm reden müsste. Ich hätte einen Vorschlag für ihn, dazu müsste er aber mit mir kommen.«

»Sie trafen Jakob Gutbrod auf der Straße?«

»Ja.«

»Wo?«

Ihringer geriet kurz ins Straucheln. »Das weiß ich nicht mehr so genau … In der Sindelfinger Straße, wenige hundert Meter von seiner Wohnung entfernt.«

»Und Jakob Gutbrod stieg dann einfach so zu Ihnen in den Wagen?«, fragte Brander skeptisch.

»Ja.«

Er glaubte dem alten Mann nicht. »Wie ging es weiter?«

»Ich fuhr nicht mit ihm zu mir nach Hause, sondern zu einer meiner Obstwiesen, auf der ich eine kleine Hütte habe.« Ihringers Blick wurde einen Moment lang schwermütig. »Wir haben die Hütte damals für Lea bauen lassen, so konnte ich sie mit rausnehmen, wenn Erntezeit war oder ich die Bäume geschnitten habe. Sie konnte dabeisein und war geschützt, wenn das Wetter mal nicht so gut war.« Er seufzte leise, dann erinnerte er sich wieder an den Grund seines Kommens und fuhr fort. »Jakob trinkt gern, also hatte ich etwas mitgebracht. Wir setzten uns in die Hütte und tranken.«

»Sie beide?«

»Ja, aber für Jakob hatte ich eine spezielle Flasche mitgebracht.«

»Das heißt?«

»Der Obstbrand war mit Methanol verschnitten.«

Nirgendwo war berichtet worden, dass das Brandopfer mit Methanol vergiftet worden war. Brander spürte, wie sich der Adrenalingehalt in seinen Adern erhöhte. Erzählte Ihringer tatsächlich die Wahrheit?

»Wie muss ich mir das vorstellen? Haben Sie zwei verschiedene Flaschen benutzt? Sie werden sich doch nicht auch von dem gepanschten Alkohol eingeschenkt haben?«

Ihringer sah auf seine Hände, brauchte wieder einen Moment, bevor er den Blick hob und erklärte: »Doch, aber ich habe nicht davon getrunken. Kurz dran genippt, dann habe ich Jakob immer nachgeschenkt. Er trank schon immer viel. Er war aufgeregt. Mein Vorschlag gefiel ihm.«

»Was für einen Vorschlag haben Sie ihm denn gemacht?«

»Dass wir gemeinsam seinen Whisky brennen. Er hatte keine Erfahrung mit einer Brennerei. Ich habe die Gerätschaften, ich bin ein guter Brenner …«

»Aber Ihr Vorschlag war nicht ernst gemeint?«

Die Antwort war ein abfälliges Schnaufen. »Ich füllte sein Glas immer wieder nach. Irgendwann wurde ihm schlecht. Er ging vor die Tür und übergab sich. Als er wieder in die

Hütte zurückkam, füllte ich ihm weiter nach, tat so, als würde ich mit ihm trinken. Dann rutschte er vom Stuhl und blieb auf dem Boden liegen.« Ihringer starrte an den Kommissaren vorbei an die Wand.

»War Herr Gutbrod da bereits tot?«

»Nein, ich glaube nicht.« Er richtete seine Aufmerksamkeit wieder auf Brander. »Ich wusste nicht, was ich mit ihm machen sollte. Da hab ich ihn einfach liegen lassen und bin nach Hause gefahren.«

»Wir haben Herrn Gutbrod aber nicht in Ihrer Hütte gefunden.«

»Ich fuhr am nächsten Tag wieder zur Hütte. Er lag noch immer da, rührte sich nicht mehr. Ich wollte nicht, dass er in Leas Hütte gefunden wird. Und da fiel mir die Scheune ein. Sven hatte mir davon erzählt.« Er sah Brander eindringlich in die Augen. »Sven ist ein guter Junge, aber zu naiv.« Ihringer lachte trocken auf. »Wenn Lea mit dem Finger schnippt, springt er. Aber mir soll's recht sein. Er wird sich um sie kümmern.«

Daher wehte also der Wind. Er könnte all die Details von Flaig erfahren haben. »Was haben Sie als Nächstes gemacht?«

»Ich fuhr nachts wieder zur Hütte, wickelte Jakob in eine Decke und brachte ihn zu der Scheune. Ich hab ihn in die Scheune gelegt. Da waren ein paar Autoreifen, die habe ich um ihn herumgelegt. Dann habe ich das Benzin über ihn geleert und in der Scheune verteilt und alles angezündet.«

Brander lehnte sich zurück, verschränkte die Arme und betrachtete sein Gegenüber nachdenklich. Hatte Ihringer die Wahrheit gesagt? Oder wollte er nur seine Enkelin und ihren Freund schützen?

Der alte Mann hatte den Kopf gesenkt und starrte angelegentlich auf seine Hände.

»Was ist mit dem Geld?«

Ihringer zuckte ratlos die Achseln. »Das hat er wohl mit ins Grab genommen.«

»Und warum kommen Sie jetzt mit diesem Geständnis zu uns?«

Der Mann hob den Blick wieder. »Sven ist unschuldig«, erklärte er mit fester Stimme. Dann verschränkte er die Arme vor seiner Brust. »Mehr habe ich nicht zu sagen.«

»Mit welchem Auto haben Sie die Leiche transportiert?« Brander überlegte. Wenn er sich richtig erinnerte, fuhr der Alte einen blauen Golf. Der Wagen war weder groß noch hell, so wie der Wagen, der beim zweiten Scheunenbrand gesehen worden war.

Ihringer schwieg.

»Unsere Kriminaltechniker werden ihr Auto untersuchen. Da werden wir dann ja Spuren finden, die Ihre Aussage belegen.«

Auch das entlockte dem Mann kein weiteres Wort.

»Oder sollten wir vielleicht auch gleich den Wagen Ihrer Enkelin nach Spuren durchsuchen?«

Ihringers Augenbrauen zogen sich grimmig zusammen. »Lassen Sie Lea da raus!«

»Das kann ich nicht.« Brander schaltete das Aufnahmegerät aus und verließ den Raum.

Peppi hatte die Füße auf den Schreibtisch gelegt und zwirbelte eine ihrer dunklen Locken um einen Kuli. »›In diesem Haus gibt es keine Vergebung.‹ Ob Lea wusste, was ihr Großvater getan hat?«

»Wenn er es denn getan hat.« Brander massierte sich so fest die Schläfen, als wollte er die vielen Gedanken in seinem Kopf mit Gewalt in die richtige Richtung drücken. Konnte sich die Tat tatsächlich so zugetragen haben, wie Ihringer behauptet hatte?

Peppi stellte ihre Wickelarbeit ein. »Och nee, Andi. Jetzt sag nicht, du denkst, der Alte hat uns ein Märchen aufgetischt?«

»Ein Märchen vielleicht nicht, aber auch nicht die Wahrheit.«

»Nein. Nein.« Sie schüttelte entschieden den Kopf. »Nein! Jetzt präsentiert sich uns der Täter schon auf einem silbernen Tablett, und du zweifelst! Warum? Er besitzt eindeutig Täterwissen.« Sie tippte der Reihe nach mit dem Kuli auf ihre Finger, während sie aufzählte: »Das Methanol, die Autoreifen, die Decke, das Benzin. Und ein Motiv hat er sowieso.«

Brander nickte nachdenklich. »Das kann ihm aber auch alles der Täter verraten haben.«

»Natürlich. Warum sollte er das bitteschön tun?«

»Um sein Gewissen zu erleichtern? Oder um sich ein Alibi zu besorgen.« Alibi … Brander sah auf die Mappen mit den letzten Gesprächsprotokollen. »Der Thiemann. Was hat er gesagt? Er saß an dem Mittwochabend mit Ihringer zusammen in der Kneipe, und Sven Flaig kam später hinzu. Auf eine genaue Uhrzeit wollte er sich aber nicht festlegen.«

»Also denkst du tatsächlich immer noch Lea und ihr Lover haben die Tat begangen?«

Brander hob unbestimmt die Schultern. Sicher war er sich nicht.

Peppi ließ genervt ihren Kuli auf den Tisch fallen. »Wahrscheinlich waren es alle drei zusammen, und da Kurt Ihringer der Älteste der Truppe ist und nicht mehr viel zu verlieren hat, muss er nun seinen Kopf hinhalten.«

»Sind Tropper und seine Leute schon zu Ihringers Hütte gefahren?«

»Vor knapp zwei Stunden. Hendrik und Magnus sind auch dort.«

»Dann fahren wir noch einmal zu Lea Gutbrod.«

Peppi schnaufte missmutig. »Können wir nicht so tun, als ob wir Ihringer glauben, und uns einfach mal einen schönen Tag machen?« Sie drückte das Ohr des kleinen Hasen, den Schmid ihr geschenkt hatte. Im nächsten Augenblick erscholl eine grauenvolle Melodie, und das Tier begann im Rhythmus die Hüften zu schwingen.

Brander, der schon nach seiner Jacke gegriffen hatte, hielt inne und betrachtete halb amüsiert, halb genervt seine Kollegin, die schmollend dem Hasen zuschaute. Die Chemie zwischen ihnen hatte vom ersten Tag an gestimmt. Er mochte Peppi, ihre direkte Art, ihr Temperament. Ihm gefiel sogar die kindliche Freude, die sie an diesem Plastikkitsch hatte.

»Was guckst du mich so an? Das war ein Spaß.«

»Ich weiß.« Ihn überkam für einen Moment Wehmut bei dem Gedanken, dass in einigen Monaten, wenn die Polizeireform durch war, alles anders sein würde.

Entsetzen zeichnete sich auf Sven Flaigs Gesicht ab, als er Brander und Peppi die Tür öffnete.

»Wir möchten mit Frau Gutbrod sprechen«, erklärte Brander eilig, damit Flaig nicht sofort wieder die Flucht ergriff. Es war ihm anzusehen, dass er am liebsten die Tür umgehend wieder zugeschlagen hätte.

»Lea ist in Trauer. Können Sie uns nicht einfach mal in Ruhe lassen?«

»Nein, das können wir nicht. Wenn wir jetzt bitte mit Ihrer Freundin sprechen dürften?«

Flaig wich unwillig zur Seite. »Sie ist im Wohnzimmer.« Er ließ die Kommissare vor sich durch den Flur gehen.

Lea Gutbrod wirkte erschöpft, fast ein wenig apathisch, als sie den Raum betraten.

»Frau Gutbrod, Sie wissen, dass Ihr Großvater heute Mittag zu uns gekommen ist?«

»Ja, er sagte, er wollte mit Ihnen reden.«

»Er hat ein Geständnis abgelegt.«

»Wie bitte?«

»Das ist nicht Ihr Ernst!«, drang Flaigs erschreckte Stimme von hinten an Branders Ohren. Er schritt durch das Zimmer, bezog Platz an Leas Seite und ergriff ihre Hand. »Was versuchen Sie hier?«

»Wir versuchen gar nichts. Und wir möchten gern allein mit Frau Gutbrod sprechen, wenn das möglich ist, ansonsten …«

»Schon gut«, unterbrach Lea Gutbrod ihn mit ungewohnt zaghafter Stimme. Sie hob den Kopf zu ihrem Lebensgefährten. »Lässt du uns bitte allein?«

»Lea, du musst das …«

»Sven, bitte«, wurde sie nun doch etwas energischer.

Nur widerwillig folgte Flaig ihrer Aufforderung. Sie wartete, bis sie das Schließen der Haustür hörte, dann wandte sie sich wieder an Brander. »Das kann doch nicht sein? Mein Opa kann doch nicht …«

»Er war heute Mittag in der Polizeidirektion und hat gestanden, Ihren Vater getötet zu haben.«

»Das glaube ich nicht. So etwas würde er nicht tun.« Eine Träne lief ihr über die Wange. Sie wischte sie nicht weg. Obwohl sie Brander ansah, ging ihr Blick durch ihn hindurch.

»Es geht um zwei Abende, Frau Gutbrod. Herr Thiemann sagt, ihr Großvater war an dem Mittwochabend, an dem Ihr Vater höchstwahrscheinlich starb, drüben in der Wirtschaft. Wissen Sie, wann er von dort zurückgekommen ist?«

»Wie sollte ich das wissen? Er kommt doch nicht mehr nachts in mein Zimmer und sagt mir Gute Nacht.«

»Haben Sie vielleicht gehört, dass er mit dem Wagen weggefahren ist oder spät in der Nacht wiederkam?«, fragte Peppi.

Die junge Frau schüttelte verzweifelt den Kopf. »Das ist vierzehn Tage her. Hier kommen immer mal nachts Autos oder fahren wieder weg. Das können Gäste sein, Nachbarn, Taxis … Wie soll ich das jetzt noch wissen?«

»Gibt es Zeugen dafür, dass Sie an jenem Dienstag- und Mittwochabend zu Hause waren?«, wechselte Brander den Focus der Befragung.

»Was spielt denn das für eine Rolle?« Sie wischte die Spuren der Träne mit dem Handrücken aus dem Gesicht. »Sven kam nach der Arbeit zu mir. Am Mittwoch kam er ziemlich spät, er war noch drüben bei Peter. Ich hatte schon geschlafen, als er kam. Es tut mir leid, ich kann Ihnen keine Uhrzeit nennen.« Erneut bahnte sich eine Träne den Weg ins Freie. Eine weitere Träne folgte. Sie schlug die Hände vor das Gesicht. Die Schultern begannen zu beben.

Sie warteten, bis Lea Gutbrod sich wieder etwas beruhigt hatte. Schließlich reichte Peppi ihr ein Taschentuch. Sie putzte sich die Nase und hob das gerötete Gesicht zu den Kommissaren. »Entschuldigen Sie.«

»Dafür müssen Sie sich nicht entschuldigen.«

»Bitte glauben Sie mir: Mein Großvater war es nicht. Er hat Jakob zwar nie verziehen, was damals passiert ist, aber er hätte ihn niemals umgebracht. Er ist doch kein Mörder!«

»Und Sie? Sie haben ihrem Vater tatsächlich verziehen?«, fragte Brander behutsam.

»Ja.« Ihr Blick verschwamm wieder. »Natürlich habe ich ihm verziehen! Mein Gott, es ist schrecklich, was damals geschehen ist, aber es wird nicht besser, wenn man nicht lernt zu vergeben. Ich sitze im Rollstuhl, ja. Aber mein Leben ist doch trotzdem lebenswert! Ich habe meinem Vater verziehen. Ich liebe ihn. Er ist ein guter Mensch. Es war damals ein Unfall. Ein schrecklicher, tragischer Unfall!«

»Sie waren an den besagten Abenden dienstags und mittwochs allein zu Hause?«

»Ja.« Wieder füllten sich ihre Augen mit Tränen.

»Sie waren nicht noch einmal abends mit Ihrem Vater verabredet?«

»Nein! Um Gottes willen, warum fragen Sie das? Ich war zu Hause, Opa hat drüben bei Peter geholfen, Sven hat gearbeitet. Bitte … Ich … ich kann nicht …« Sie blickte hilfesuchend zur Decke, rang nach Luft. »Können wir … können wir später …« Sie schluchzte auf, vergrub erneut das Gesicht in den Händen.

Peppi sah stirnrunzelnd zu Brander, der schüttelte stumm den Kopf. Wenn sie die Befragung fortführten, bestand die Gefahr, dass die junge Frau völlig zusammenbrach. Oder war das alles nur Theater?

»Möchten Sie, dass wir einen Arzt rufen?«, erkundigte sich Peppi.

Lea Gutbrod wischte sich mit dem Ärmel über das tränennasse Gesicht, ihr Atem ging stoßweise. »Nein, ich … ich muss mich nur ausruhen.«

Sie fanden Sven Flaig vor dem Haus. Er lehnte an der Mauer, starrte stumm in die Ferne. Die Luft war kühl, und die Dämmerung brach bereits an, ließ den blauen Himmel nur noch ahnen. Am nächsten Tag würde es wieder bedeckt sein. Der Wetterdienst hatte bereits die nächste Kaltfront angesagt.

»Ihrer Freundin geht es ziemlich schlecht«, sprach Brander Flaig an.

Der Mann drehte den Kopf zu ihm. »Ach was?«

»Haben Sie uns vielleicht noch etwas zu sagen?«

»Mein Anwalt hat gesagt, dass ich nicht mit Ihnen reden muss.«

»Hat er das?« Brander musterte sein Gegenüber. »Hat er Ihnen auch gesagt, dass Sie sich strafbar machen, wenn Sie uns Informationen vorenthalten, die zur Aufklärung einer Straftat führen könnten?«

Flaig stieß sich von der Wand ab und bedachte Brander mit einem feindseligen Blick. »Kurt war es nicht.« Er ging zurück ins Haus.

»Huh, eine Nacht im Knast und schon einer von den ganz harten Jungs«, kommentierte Peppi den Abgang. »Nehmen wir ihn noch mal mit?«

»Nein.« Brander sah auf die verschlossene Haustür. »Heute nicht.«

Während Tropper und seine Kollegen noch mit der Spurensicherung in Ihringers Hütte beschäftigt waren, kam Hendrik Marquardt zur späten Soko-Sitzung, um über erste Erkenntnisse zu berichten. Über einen Rechner warf er Bilder von der Hütte und der Obstwiese an die Wand.

»Die Hütte ist knapp neun Quadratmeter groß. Eine Tür, an den Seiten zwei Fenster, die mit Fensterläden von außen verschlossen werden können. Drinnen gibt es einen Schrank mit altem Geschirr, einen kleinen Tisch, zwei Holzstühle. Tatsächlich scheint sich vor Kurzem jemand dort aufgehalten zu haben. Ob es Ihringer und Jakob Gutbrod waren, konnte Freddy noch nicht sagen. Tisch, Stühle und Boden wurden intensiv gereinigt.«

»Spuren von Erbrochenem?«, fragte Brander.

»Gut möglich. Es könnte sich was in den Ritzen zwischen den Steinplatten finden lassen.«

»Und vor der Hütte? Ihringer sagt, Gutbrod hätte sich vor der Hütte übergeben.«

»Auf den ersten Blick war nichts zu entdecken. Außerdem sind seither vierzehn Tage vergangen. Wenn da Erbrochenes war, haben es irgendwelche Tiere vermutlich mittlerweile gefressen.«

»Oh, bitte.« Peppi verzog angewidert das Gesicht.

»Okay …« Brander stand auf und trat ans Fenster. In der Scheibe reflektierte sich schemenhaft der Raum. Grübelnd starrte er durch sein Antlitz hindurch in die Nacht. »Wir werden morgen mit Ihringer zur Hütte fahren. Er soll uns genau zeigen, wo Gutbrod gesessen und gelegen hat, und wo er sich übergeben hat.«

»Du zweifelst also weiterhin an seinem Geständnis?«, resümierte Peppi.

»Ja, irgendetwas stimmt da nicht.«

Brander wälzte sich unruhig in seinem Bett hin und her. Er versuchte abzuschalten, aber es gelang ihm nicht. Er hatte das Gefühl, nur einen Schritt weit von der Lösung des Falls entfernt zu sein, befürchtete aber, dass, wenn er in die falsche Richtung ging, er sich komplett verlaufen würde.

Ihringer. Er war sich sicher, dass der falsche Mann in der Doblerstraße saß. Einen eingeschlagenen Schädel im Affekt, das traute er Kurt Ihringer durchaus zu. Aber diese geplante

Ermordung mit gepanschtem Alkohol? Und danach die Leiche in einer Scheune verbrennen. Nein.

Flaig? Ein hilfloser Versuch, die Information aus Gutbrod herauszupressen, wo das Geld war? Ein Versuch, der gründlich danebengegangen war, weil er nicht einkalkuliert hatte, dass eine Methanolvergiftung zwar behandelt werden konnte, bei zu hoher Dosis oder zu später Hilfe jedoch zum Tode führen würde? Flaig war kein Brenner, sondern Physiotherapeut, und Vergiftungen zählten sicher nicht zum Schwerpunkt der Ausbildung.

Was war mit Lea Gutbrod? Einerseits stark, diszipliniert, andererseits so sensibel. War es die Trauer, die Verwirrung, die ihre Nerven zittern ließen? Die sie heute hatten so zusammenbrechen lassen? Oder waren es Schuldgefühle? Leas Hütte, hatte Ihringer gesagt. Sie könnte sich dort mit ihrem Vater getroffen haben. Aber sie hätte Hilfe benötigt, um ihn dort fortzuschaffen. Damit war er wieder bei Sven Flaig. Wie hatte der Alte gesagt? Ein Fingerschnippen, und Flaig war zur Stelle.

Mitten in seine Grübeleien knipste Cecilia ihre Nachttischlampe an. »Was ist los?«, fragte sie müde.

»Nichts, schlaf weiter.«

»Ich kann nicht. Ich höre dich denken!«

»Dabei habe ich mich so bemüht, leise zu denken.«

»Andi.«

»Karsten zieht mit Manuel zusammen.«

»Oh, das freut mich.« Sie stützte sich auf den Unterarm und sah auf ihn herab. »Und das hält dich wach?«

»Nein, aber über meine Ermittlungen darf ich nicht mit dir reden.«

»Wenn du jetzt nicht schläfst, wirst du morgen keinen klaren Gedanken fassen können«, prophezeite Cecilia. Der Ausschnitt ihres Nachthemdes verrutschte und gab ein Stück ihrer Schulter frei.

Brander strich zärtlich mit den Fingern über die nackte Haut, das Schlüsselbein entlang zu der weichen Kuhle zwischen Hals und Brustbein, verharrte dort in einer zarten Berührung, dann wanderte seine Hand zurück über ihre Schulter zu ihrem Nacken. Er zog sie zu sich, sog ihren vertrauten Duft ein. »Wie soll ich schlafen, wenn so eine aufregende Frau neben mir liegt?« Er küsste ihre warmen Lippen und befreite auch den Rest ihres Körpers von dem Nachthemd.

16

Donnerstag

Die Obstwiese mit Gartenhäuschen befand sich zwischen den zwei Gemeinden Wurmlingen und Hirschau, nur wenige Kilometer vom Ihringerhof entfernt. Sie war kleiner, als Brander erwartet hatte. Acht Reihen Obstbäume zogen sich einen Hang entlang. Tropper und Hendrik Marquardt waren bereits vor Ort, als er mit Peppi dort eintraf. Im Gefolge hatten sie einen Einsatzwagen mit zwei Vollzugsbeamten und Kurt Ihringer. Brander gab Anweisung, dem Mann die Handschließen abzunehmen.

»Von so ein paar Bäumen kann man so viel Schnaps brennen?«, wunderte er sich.

»Ich habe zwei weitere Flecken. Außerdem gibt's noch die Stoffbesitzer, die mir ihr Obst verkaufen.«

»Stoffbesitzer?«, fragte Peppi.

»So nennt man die Obstbauern, die nicht selber brennen«, wusste Tropper.

Brander lotste den Mann zu dem Holzbau. »Haben Sie auf den anderen Wiesen auch eine Hütte stehen?«

»Nein.«

Brander blieb wenige Meter von der Hütte entfernt stehen. »Herr Ihringer, wir wollen mit Ihnen das Geschehen vor Ort rekonstruieren. Sie kamen also Dienstagnacht mit Herrn Gutbrod hier an?«

Ihringer nickte.

»Waren Sie mit Ihrem Wagen unterwegs?«

»Ja.«

War da ein Zögern in der Antwort? Brander sah zu Tropper, aber die Kriminaltechniker waren noch nicht dazu gekommen, Ihringers Wagen zu untersuchen. Er wandte seine Aufmerksamkeit wieder dem mutmaßlichen Täter zu. »Wo haben Sie geparkt?«

»Da, wo ich immer parke, rechts neben der Hütte.«

»Und dann?«

»Dann gingen wir hinein. Ich nahm Gläser aus dem Schrank, und wir tranken.«

Sie gingen ins Innere der Hütte. »Wo haben Sie gesessen?«

»Ich da, Jakob hier.« Er deutete auf die Stühle.

»Gut. Sie tranken also, und irgendwann wurde Herrn Gutbrod schlecht, und er ging hinaus.« Brander wandte sich um und trat wieder vor das Häuschen. »Wo hat er sich übergeben?«

»Das kann ich nicht genau sagen. Ich bin nicht mit rausgegangen. Vielleicht da.« Erneut zeigte Ihringer mit der Hand grob die Stelle an, die er meinte. Tropper, der hinter Ihringer stand, deutete ein Nicken an. Es könnte die richtige Stelle sein. Sie würden den Boden intensiver untersuchen müssen.

Sie gingen wieder in die Hütte hinein.

»Herr Gutbrod übergab sich, dann kehrte er in die Hütte zurück und trank weiter. Saßen Sie auf den gleichen Plätzen?«

»Ja.«

»Und dann rutschte Jakob Gutbrod irgendwann vom Stuhl, und Sie ließen ihn dort liegen?«

»Ja.«

Brander erinnerte sich an die Kopfverletzung des Toten, die die Rechtsmediziner nicht eindeutig zuordnen konnten. »Haben Sie vielleicht noch etwas nachgeholfen?«

»Wie bitte?« Kurz zeichnete sich Verwirrung auf Ihringers Gesicht ab. »Er lag dort und hat sich nicht mehr bewegt.«

Sie würden dennoch die Hütte nach Blutspuren absuchen, machte sich Brander gedanklich eine Notiz. »Wo genau hat Herr Gutbrod gelegen?«

»Da.« Ihringer zeigte eine grobe Linie neben einem der beiden Stühle.

»Und als Sie am nächsten Tag zurückkehrten, hat er genauso dagelegen?«

»Nein. Der Stuhl war umgeworfen. Da vorn hatte er sich noch mal übergeben.«

Das waren alles Informationen, die ihm der wahre Täter hätte sagen können, überlegte Brander. »Er lag aber immer noch auf dem Boden. War er tot?«

»Ich weiß es nicht. Vielleicht.«

»Wann genau waren Sie am Mittwoch hier?«

»Am frühen Abend, um fünf oder sechs Uhr.«

»Und dann haben Sie ihn in die Decke gewickelt …«

Ihringer schüttelte den Kopf. »Ich fuhr wieder weg. Ich musste nachdenken. Die Idee mit der Scheune kam mir erst später. Dann bin ich wieder hergefahren.«

»Und wann war das?«

»Gegen Mitternacht.«

»Was haben Sie mit den Gläsern gemacht?«

»Ich hab alles weggeschmissen, Gläser, Flasche, alles.«

»In den Müll?«

»Nein, in einen Glascontainer.«

Die Antworten kamen klar und deutlich, kaum ein Zögern, kein Grübeln. War es einstudiert, oder wusste er so genau Bescheid, weil er tatsächlich der Täter war?

»Welchen Glascontainer?«

Dieses Mal ließ sich Ihringer Zeit mit einer Antwort. Schließlich schüttelte er den Kopf. »Ich weiß es nicht mehr. Ich habe irgendwo gehalten.«

»So viele Glascontainer liegen ja nicht auf dem Weg.«

»Ich weiß es nicht mehr«, beharrte Ihringer.

»Und Sie bleiben bei der Aussage, dass Sie Jakob Gutbrod getötet haben?«

»Ja.«

»Sie machen sich strafbar, wenn Sie …«

»Ich!«, brüllte der Mann unerwartet los. Er deutete mit den Händen auf seine Brust. »Ich habe es getan! Der Junge hat nichts mit der Sache zu tun.«

Die beiden Vollzugsbeamten wollten eingreifen, aber Brander hob bremsend eine Hand.

»Ist in Ordnung. Sie haben Jakob Gutbrod umgebracht. Setzen Sie sich einen Augenblick.« Brander zeigte auf einen Stuhl und ließ sich selbst auf den anderen nieder. »Freddy, ich brauche ein Blatt und einen Stift.«

»In der Schublade«, brummte Ihringer wieder etwas ruhiger.

Tropper öffnete die Lade. Brander erkannte einen Stapel Papier mit bunten Kinderzeichnungen. Der Kollege suchte, bis er ein leeres Blatt fand, dann reichte er es Brander mit einem Kuli. Brander zeichnete ein längliches Viereck auf das vergilbte Papier.

»Das ist der Grundriss der Scheune, in der wir die Leiche von Jakob Gutbrod gefunden haben. Hier vorn ist das Tor.« Er sah Ihringer eindringlich ins Gesicht. »Wo genau in der Scheune haben Sie die Leiche abgelegt?«

Ihringer betrachtete die Skizze eine Weile mit zusammengepressten Lippen, tippte schließlich an eine Stelle in der Mitte des Vierecks.

Brander malte ein Strichmännchen an die Stelle.

»Und jetzt zeigen Sie mir, wie Sie die Reifen um oder auf die Leiche gelegt haben.«

Wieder ein Zögern, dann zeigte er mit dem Finger vier Punkte auf dem Blatt. Er zitterte leicht. Das musste nichts bedeuten, es konnte mit seinem Alter und der Aufregung zusammenhängen. Brander zeichnete vier Kreise um das Strichmännchen. Es war ungefähr so, wie es die Kollegen und die Rechtsmediziner rekonstruiert hatten. Nachdenklich betrachtete er das Papier. Es gab kleine Ungenauigkeiten, aber größtenteils passte das Gesagte zu ihren Ermittlungsergebnissen. Er hob die Augen wieder zu seinem Gegenüber, musterte ihn prüfend. »Und jetzt verraten Sie mir noch, wo Sie die vier Reifen in der Scheune gefunden haben.«

»Was … was soll das?«, fuhr Ihringer ihn an. »Ich habe doch alles gestanden! Ich …«

»Wo lagen die Reifen in der Scheune?«, wiederholte Brander.

Ihringer packte zornig das Papier und zerriss es.

»Wer denkt schon an solche Nebensächlichkeiten«, sagte Brander leise, mehr zu sich als zu dem alten Mann. Ihringer hatte die Tat nicht begangen, aber er war bereit, die Schuld komplett auf sich zu nehmen. Warum auch immer.

»Sven hat nichts getan«, erklärte Ihringer ungefragt.

»Das mag sein. Aber Sie wissen, wer Jakob Gutbrod getötet hat.«

Die Lippen des Alten verschlossen sich. Er senkte die Augenlider. »Ich habe nichts mehr zu sagen.«

Brander gab den beiden Beamten ein Zeichen, dass sie den Mann wieder mitnehmen sollten.

* * *

»Wen will Ihringer schützen?«, überlegte Brander laut. Er betrachtete zum tausendsten Mal seine Skizze. Die Zahl der Personen war überschaubar. Es galt nur, die richtige herauszupicken.

»Flaig«, bestimmte Peppi. »Er beharrt so vehement darauf, dass Flaig mit der Sache nichts zu tun hat. Womöglich fühlt er sich schuldig, weil er meint, ihn zu dieser Tat getrieben zu haben.«

»Was ist mit seiner Enkelin?«, warf Hendrik ein.

»Ich weiß nicht …« Peppi gefiel der Gedanke absolut nicht.

»Warum nicht? Sie hat ein Auto, sie hat einen geländegängigen Rollstuhl, sie kennt alle Örtlichkeiten, sie hat Zugang zu dem Methanol …«

»Und wie hat sie einen Mann von achtzig Kilogramm von der Hütte auf der Obstwiese in ihr Auto und dann in die Scheune geschleppt?«

»Flaig hat ihr geholfen – oder ihr Großvater, deswegen wusste er auch genau, wo Gutbrod gelegen hat und dass er sich in der Hütte nochmal übergeben hatte.«

»Es gibt noch eine weitere Person«, mischte sich Brander in die Diskussion ein. Hendrik und Peppi sahen ihn fragend an.

»Und an wen denkst du?«, erkundigte sich Peppi.

»Erinnerst du dich: Die Cordes hat gesagt, der Ihringer hätte sich einen anderen Schwiegersohn gewünscht.«

»Willst du jetzt etwa fünfundzwanzig Jahre zurückgehen und alle in Frage kommenden Wurmlinger Männer in Betracht ziehen?«

»Das muss ich nicht.«

Peppi blies sich eine Strähne aus dem Gesicht. »Ich steh gerade irgendwie auf dem Schlauch.«

»Denk doch mal an den Wirt.«

»Der Thiemann?« Sie stieß die Luft aus den Lungen. »Den hatte ich jetzt gar nicht auf der Liste. Wie kommst du auf den?«

»Er kannte Leas Mutter. Er ging anscheinend schon seit seiner Jugend auf dem Ihringerhof ein und aus. Er ist im selben Alter wie Leonie und Jakob Gutbrod, er interessiert sich für die Brennerei, er ist Gastwirt …«

»Ja, aber … wo ist das Motiv?«

»Tja.« Brander hob die leeren Hände.

Brander und Peppi wollten gerade klingeln, als die Tür mit einem heftigen Ruck aufgerissen wurde. »Ich hab das alles so satt!«, schrie Lea Gutbrod in den Flur. Sie wandte sich um und starrte erschreckt in die Gesichter der Kommissare. »Wo kommen Sie denn her?«, fuhr sie die beiden aufgebracht an. Da war nichts mehr von der am Boden zerstörten, weinerlichen Frau vom Vortag. Ihre Augen funkelten ihnen zornig entgegen.

»Wir haben noch ein paar Fragen. Dürften wir hereinkommen?«

»Nein. Ich brauche frische Luft.«

»Es dauert nicht lange.«

Sie schnaufte genervt, wendete und fuhr durch den Flur ins Wohnzimmer.

Sven Flaig stand wie ein geprügelter Hund mitten im Raum.

»Hallo. Ich …«, stammelte er eine Begrüßung. Er sah zu seiner Freundin. »Lea, jetzt beruhig dich doch bitte wieder.«

»Ich will mich nicht beruhigen! Ich will, dass hier jetzt alle verschwinden!«

Peppi lächelte aufmunternd in Flaigs Richtung. »Gehen wir eine Weile in die Küche.« Sie deutete auf die Tür und ließ dem jungen Mann den Vortritt.

Brander setzte sich auf das Sofa. »Warum sind Sie so wütend?«

»Das geht Sie nichts an.«

Brander war da zwar anderer Meinung, beschloss aber, es fürs Erste auf sich beruhen zu lassen. »Wie war die Ehe Ihrer Eltern?«

»Was? Wie kommen Sie denn jetzt darauf?«

»Bitte beantworten Sie meine Frage, sofern Ihnen das möglich ist. Sie waren damals ja noch recht jung.«

Sie antwortete nicht sofort. »Die Ehe war gut. Alles war gut.«

»Aber Ihr Großvater war nicht so begeistert von der Entscheidung Ihrer Mutter, Jakob Gutbrod zu heiraten?«

»Nein …«, bestätigte sie zögernd. »Aber er hat ihn nicht umgebracht.«

»Was hatte Ihr Großvater gegen Ihren Vater?«

Die unbeherrschte Wut in Lea Gutbrod hatte sich wieder ein wenig gelegt. »Er wollte jemanden, der die Brennerei und den Gasthof weiterführt, wenn er mal nicht mehr so konnte. Jakob hatte damals kein großes Interesse daran. Aber das wollte er ja ändern. Nachdem … nachdem wir wieder Kontakt hatten, da hat er sich eingearbeitet, hat Bücher gelesen und sich bei anderen Brennern informiert. Er wollte mir helfen, damit wir den Ihringerhof weiterführen können. Gemeinsam. Papa und ich.«

Brander meinte eine traurige Zärtlichkeit aus den letzten Worten herauszuhören. »Und Herr Thiemann?«

Sie zog irritiert die Stirn in Falten. »Was soll mit Peter sein?«

»Wie lange kennen Sie ihn schon?«

»Seit ich denken kann. Er ging hier schon immer ein und aus, hat Opa viel geholfen. Besonders damals, als das mit dem Unfall passiert war. Opa hatte so viel mit mir zu tun. Er hätte die Wirtschaft unmöglich allein weiterführen können. Peter hat damals seinen Job gekündigt und hier den Laden geschmissen. Ohne ihn gäbe es den Ihringerhof heute vermutlich nicht mehr. Er gehört gewissermaßen zur Familie.«

»Läuft die Wirtschaft gut?«

»Große Sprünge können wir nicht machen, aber wir können davon leben.«

»Wusste Herr Thiemann von Ihren Plänen?«

»Was denn für Pläne?«

»Dass Sie mit Ihrem Vater den Ihringerhof weiterführen wollten.«

»Das war doch überhaupt nicht konkret.« Sie hielt inne. »Ich hab nur mit Sven über meinen Vater geredet. Für Opa und Peter war Jakob ein rotes Tuch. Aber Sven hat ja nichts Besseres zu tun, als meinem Großvater alles brühwarm zu erzählen!« Sie geriet wieder in Rage. »Hinter meinem Rücken. Dabei war er es doch damals, der mich darin bestärkt hatte, meinem Vater eine Chance zu geben! Und dann hintergeht er mich so. Jeder denkt, ich wäre völlig blauäugig, wenn es um meinen Vater geht. Denken Sie, ich weiß nicht, dass er manchmal etwas großspurig war, wenn er von seinen Plänen erzählte? Ich bin nicht mehr das kleine Mädchen, für das der Papa der unfehlbare Übermensch ist. Aber es war ihm ernst mit der Whiskybrennerei. Er hatte sich doch schon um alles gekümmert. Wusste, wo er Fässer und Getreide herbekommt, er hatte einen Brenner mit Lizenz gefunden, eine Scheune gemietet.«

»Nein, er hatte die Scheune noch nicht angemietet«, musste Brander die Illusion der jungen Frau zerstören. »Und der

Brenner …« Brander schüttelte bei der Erinnerung an Enno Tumolo zweifelnd den Kopf.

Lea Gutbrod biss die Zähne zusammen. »Er hätte es geschafft«, entgegnete sie trotzig.

»Warum waren Sie so wütend?«

»Weil Sven mich so hintergangen hat! Jeder hier im Haus denkt zu wissen, was das Beste für mich ist. Aber ich kann doch selbst für mich entscheiden. Mein Kopf funktioniert wunderbar. Ich kann denken!« Sie schlug wütend mit der Faust auf die Armlehne, dann hob sie den Blick wieder zu Brander. »Warum haben Sie nach Peter gefragt?«

»Frau Gutbrod …« Die Frage, die er stellen musste, war heikel. »Ist Ihnen vielleicht bekannt, ob zwischen Ihrer Mutter und Herrn Thiemann irgendwann einmal mehr war als nur Freundschaft?«

»Was?« Die Frau schüttelte ungläubig den Kopf. »Peter und meine Mutter?«

»Vielleicht bevor Ihre Mutter mit Ihrem Vater zusammenkam?«

Der ungläubige Ausdruck wich einem nachdenklichen Gesicht. »Das weiß ich nicht. Da müssen Sie Peter fragen. Aber … was spielt das denn jetzt für eine Rolle?«

Die Antwort konnte Brander ihr nicht geben. Er erhob sich. »Ich möchte noch einmal mit Ihrem Freund sprechen. Bitte warten Sie so lange hier.«

Peppi saß mit Flaig am Küchentisch. Brander blieb im Türrahmen stehen, sodass er sehen konnte, falls Lea Gutbrod ihm folgte. Er wollte nicht, dass sie Zeugin dieses Gesprächs wurde.

»Herr Flaig, haben Sie Herrn Thiemann erzählt, dass Lea Pläne hatte, mit ihrem Vater den Ihringerhof weiterzuführen?«

Der junge Mann strich sich mit der Rechten durch die Haare. »Nein, ich … ich hatte es Kurt erzählt, an dem Tag, als er von dem Geld erfahren hatte.«

Von Kurt Ihringer zu Peter Thiemann war es kein weiter Weg.

»Kurt war so wütend.« Wieder strich er sich durch die Haare.

»Und da haben Sie ihm alles erzählt.«

»Was hätte ich denn tun sollen? Ich habe versucht, ihn zu beruhigen. Aber es half nichts. Und dann taucht Jakob auch noch hier auf! Kurt war so in Rage ... da hab ich ihm versprochen, dass ich mit Jakob rede und das Geld wieder zurückhole.«

»Und wie hätten Sie Lea erklärt, dass ihr Vater ihr das Geld wieder zurückgab?«

Flaig schluckte trocken. »Ich weiß nicht. Aber ich fand es doch auch nicht richtig, dass sie ihm ihre Ersparnisse gegeben hat. Kurt wollte es anlegen. Sie hätte es dann als Erbe bekommen, zuzüglich zu ihrem Pflichtteil und lebenslangem Wohnrecht. Kurt will Peter als Erben für den Ihringerhof einsetzen.«

Das war wieder einmal ein interessanter neuer Aspekt, den Flaig wohlweislich verschwiegen hatte.

»Wusste Ihre Freundin, dass Herr Thiemann den Hof erben sollte?«

»Nein ... also, ich weiß nicht, ich glaube nicht.«

»Wusste sie eigentlich irgendetwas von dem, was hier ablief?«

Der Physiotherapeut schwieg, aber sein schuldbewusster Gesichtsausdruck sprach für sich.

»Und nachdem Sie gescheitert waren, machte sich Peter Thiemann auf den Weg, das Geld zu besorgen?«

Flaig riss überrascht die Augen auf. »Woher ...?«

Brander wusste gar nichts, es war ein Schuss ins Blaue. Was, wenn nicht Ihringer selbst, sondern Thiemann am Dienstagabend nach Dienstschluss noch einmal losgefahren wäre?

»Erzählen Sie mir von Dienstagabend.«

»Das kann ich nicht.«

»Vor Gericht werden Sie unter Eid aussagen müssen«, erklärte Brander ungehalten. »Sie sind kein Verwandter, Sie haben kein Zeugnisverweigerungsrecht. Wenn Sie etwas über die Tat wissen, sind Sie verpflichtet, uns dies mitzuteilen.«

Flaigs Kinn sank auf die Brust. Er raufte sich die Haare. Eine kleine Ewigkeit verging, bevor er sich durchringen konnte, zu sprechen. »Es stimmt. Nachdem ich am Dienstagabend ohne das Geld zurückkam, ist Peter noch einmal los. Er hat Marlies nach Hause geschickt, die Kneipe zugemacht und ist weggefahren. Ich … ich weiß nicht, was zwischen Peter und Jakob passiert ist. Mittwochabend kam ich sehr spät von der Arbeit.«

»Moment, uns liegt eine Aussage vor, dass Sie Mittwochabend gegen halb acht vor Gutbrods Haus gesehen wurden«, unterbrach Brander.

»Ja …« Flaig räusperte sich verlegen. »Ich … ich wollte noch mal mit Jakob reden. Als er auf mein Klingeln nicht reagierte, bin ich einfach in seine Wohnung rein, das stimmt. Ich weiß nicht, warum ich das gemacht hab. Er war jedenfalls nicht da, und das Geld habe ich auch nicht gefunden. Ich bin zurück zu meinem Auto und habe gewartet. Aber er kam nicht. Ich wusste nicht, was ich tun sollte, hab da eine oder zwei Stunden in der Kälte gesessen. Dann bin ich nach Hause gefahren. Kurt und Peter saßen in der Wirtschaft. Die Stimmung war ziemlich gedrückt, aber sie wollten mir nicht sagen, was los war. Ich vermutete, dass Peter auch kein Glück bei Jakob gehabt hatte. Gegen elf hat Peter Feierabend gemacht. Kurt und ich sind rüber in die Wohnung. Ich konnte nicht schlafen und habe Zeitung gelesen. Gegen halb zwölf habe ich ein Auto gehört, das vom Hof fuhr. Es konnte keiner der Gäste gewesen sein, die waren ja schon alle weg, und wenn Kurt gefahren wäre, hätte er an mir vorbeigehen müssen.«

Brander ging die Aussage gedanklich durch. Reichte das, um Peter Thiemann zu beschuldigen? Dass er vom Hof gefahren war, bedeutete nicht, dass er zu der Obstwiese gefahren war, um Gutbrods Leichnam zur Scheune zu bringen und zu verbrennen.

»Haben Sie gehört, wann Herr Thiemann wiederkam?«

Flaig schüttelte den Kopf.

»Warum haben Sie uns all diese Informationen verschwiegen?«

»Weil … weil …« Flaigs Augen flackerten nervös. »Ich sitze hier zwischen allen Stühlen! Ich wusste einfach nicht, was ich tun sollte. Ich liebe Lea, und ich weiß, wie sehr sie an ihrem Großvater hängt, und Peter, der gehört zur Familie. Kurt und Peter, die sind wie … wie Vater und Sohn.« Er schüttelte verzweifelt den Kopf. »Sie glauben nicht, wie sehr ich mir wünsche, ich wäre an dem Dienstagabend zu Jakob gegangen und hätte das Geld von ihm geholt.«

»Warum haben Sie es nicht getan?«

»Lea ging es gut, wenn sie mit ihrem Vater zusammen war. Und schließlich hatte ich sie damals dazu überredet, ihm eine zweite Chance zu geben. Da konnte ich es einfach nicht. Das war alles nicht richtig. Ich wollte mich nicht zwischen die beiden stellen, aber …« Seine Stimme kippte, er wischte sich mit dem Handrücken über die Augenwinkel, konnte die Tränen nicht länger zurückhalten. »Ich konnte doch nicht ahnen, dass das alles so eskaliert.«

»Sie werden noch mal zur Polizeidirektion kommen müssen, damit wir Ihre Aussage zu Protokoll nehmen können.«

Flaig nickte stumm.

»Thiemann. Der nette Wirt von nebenan. Warum haben wir den eigentlich so außer Acht gelassen?«, fragte Peppi, während sie über den Hof zum Vordereingang der Wirtschaft gingen. »Ich sehe allerdings immer noch kein Motiv. Er wusste doch, dass Ihringer ihm den Hof vererben wollte. Warum sollte er Gutbrod dann umbringen?«

»Vielleicht hatte er Angst, dass der Alte es sich anders überlegt, wenn Gutbrod tatsächlich Erfolg gehabt hätte mit seinem Vorhaben?«

»Ich weiß nicht. Uns fehlen außerdem immer noch handfeste Beweise.«

»Ja, leider. Wir benötigen unbedingt einen Durchsuchungsbeschluss für Thiemanns Wohnung.« Brander zog sein Handy aus der Tasche und wählte die Nummer des Staatsanwalts.

»Tumolo, Ihringer und jetzt Thiemann. Wen heben Sie sich für das große Finale auf?« Schmid stöhnte unentschlossen auf. Er war nicht besonders angetan von Branders Anliegen. »Wonach suchen wir?«

»Das Geld, die Kleidung, die er in der Nacht getragen haben könnte, Gutbrods Jacke, das Vorhängeschloss von der Scheune ...«

»Welche Begründung?«

»Verdunklungsgefahr. Er könnte Beweise zur Seite schaffen, wenn er es nicht ohnehin schon getan hat. Zeit genug hatte er ja.« Brander sah zum Wirtshaus. Würden sie tatsächlich noch etwas finden, das Thiemanns Täterschaft untermauern konnte?

»Groß und hell.« Peppi deutete auf Thiemanns Wagen – ein weißer Renault Kastenwagen.

»Sie sind schon vor Ort, oder?«, erkundigte sich Schmid.

»Ja, ich werde mir den Mann gleich mal vornehmen.«

»Ihr Verdacht beruht lediglich auf Vermutungen. Wir haben keinerlei Beweise.«

»Wir haben die Aussage von Flaig.«

»Herr Brander, Sie bewegen sich auf ganz dünnem Eis«, kam es drohend aus der Leitung. »Wenn Sie mir jetzt einen dummen Formfehler machen und die Sache später daran scheitert, trete ich Ihnen persönlich in den Hintern.«

Das waren ja ganz neue Töne beim Herrn Staatsanwalt. Ob das Peppis guter Einfluss war?

»Heißt das, wir bekommen den Durchsuchungsbeschluss?«

»Ich tue mein Bestes. Gruß an die verehrte Kollegin.«

Eine füllige Frau um die fünfzig stand hinter dem Tresen. An einem Tisch am Fenster saßen zwei Handwerker beim Feierabendbier, an einem anderen ein älteres Ehepaar zum frühen Abendessen. Brander stellte sich und Peppi vor und erfuhr, dass die Frau mit den rosigen Wangen Thiemanns Aushilfe Marlies Dreyer war.

»Ist Herr Thiemann nicht da?«, erkundigte sich Brander.

»Er ist in der Küche. Kann ich Ihnen etwas anbieten?«

»Nein, danke.« Er ließ sich auf einem Barhocker nieder. »Arbeiten Sie schon lange für Herrn Thiemann?«

»Seit gut zehn Jahren, gleich nachdem er begonnen hatte, Kurt, also Herrn Ihringer, hier zu unterstützen.«

»Am Dienstag vor zwei Wochen haben Sie auch hier ausgeholfen, oder?«

Die Frau zog grübelnd die Stirn in Falten. »Ja, da ging's dem Kurt nicht so gut. Ich hab an dem Abend hier mehr oder weniger allein bedient. Aber es war zum Glück nicht allzu viel los.«

»Wissen Sie noch, wie lange Sie gearbeitet haben?«

»So um drei viertel elf hat Peter mich heimgeschickt. Ich habe die letzten Gäste abkassiert und bin gegangen.«

»Sagen Sie, wie lange kennen Sie Herrn Thiemann schon?«, mischte sich Peppi in das Gespräch.

»Den Peter?« Marlies Dreyer lächelte. »Seit Kindertagen. Wenn man hier auf dem Dorf aufwächst, da kennt man sich.«

»Dann kannten Sie Leonie Ihringer auch?«

»Ha ja.«

Peppi nickte interessiert und beugte sich vertraulich zur Angestellten Thiemanns vor. »Und der Peter und die Leonie, waren die nicht mal miteinander befreundet?«, hakte sie in bester Kaffeeklatsch-Manier nach.

»Also …« Die Dreyer warf einen Blick zur Küchendurchreiche und senkte ihre Stimme. »Der Peter hat die Leonie schon gemocht, aber die Leonie, die wollte nicht. Vielleicht kannten sie sich einfach zu gut. Peter war ja schon als kleiner Bub mehr beim Kurt in der Brennstube als zu Hause. Aber dann hat die Leonie den Jakob kennengelernt. Peter war damals zur Lehre auf einem Hof unten am Bodensee. Als er zurückkam, war Leonie verheiratet. Aber ehrlich gesagt, mit dem Peter wäre die Leonie schon besser dran gewesen. Der Jakob, der war zwar ein lieber, lustiger Kerl und hübsch anzuschauen, aber was schaffe, des konnt der net.« Sie seufzte teilnahmsvoll. »Aber 's isch schon arg, dass des Mädle jetzt beide Eltern verloren hat.«

»Am Mittwoch vor …« Ein lautes Scheppern und Stimmengewirr aus der Küche ließen Brander verstummen.

»Sag, dass das nicht wahr ist!«, drang Lea Gutbrods aufgebrachte Stimme über die Durchreiche zu ihnen vor.

»Lea, um Gottes willen …« Den Rest von Peter Thiemanns Worten konnten sie nicht verstehen.

Peppi sah aufgeschreckt zu Brander. »Das Jagdgewehr«, stieß sie tonlos hervor.

Das Adrenalin schoss Brander durch die Adern. Lea Gutbrod war emotional, und sie war in keiner guten Verfassung gewesen, als sie gegangen waren. Er zog die Waffe aus dem Halfter. »Wir müssen in die Küche«, erklärte er eilig der erblassten Marlies Dreyer.

»Ja«, hauchte diese. »Durch die Zwischentür, dann rechts.«

»Gehen Sie mit den Gästen bitte in den Nebenraum.«

Die Dreyer nickte hektisch.

Er stellte sich neben die Tür, öffnete sie einen Spaltbreit und spähte in den Flur. Sven Flaig stand mit dem Rücken zu ihnen an der Schwelle zur Küche.

»Was hast du getan? Ich will wissen, was du getan hast!«, schrie Lea Gutbrod den Wirt an.

Brander und Peppi schlüpften durch die Tür, die Waffen vor sich auf den Boden gerichtet schlichen sie näher. Branders Herz pumpte hart. Er spürte den Pulsschlag bis hinauf in den Hals.

Erst als sie kurz vor der Küchentür angekommen waren, bemerkte Flaig sie. Der junge Mann schüttelte ängstlich den Kopf, als er die bewaffneten Beamten sah. Brander legte einen Finger auf seine Lippen.

»Lea, du verstehst das nicht. Jakob hätte …«

»Du hast meinen Vater umgebracht!«

»Bitte, Lea hör mir doch zu.«

Brander war nah genug an der Tür, um in den Raum spähen zu können. Leas Rollstuhl stand in der Mitte, wenige Meter von Thiemann entfernt, der gegen einen Spülstein lehnte. Pfannen standen einsatzbereit auf dem Herd. Auf kleiner Gasflamme köchelte eine Suppe. Messer, Hackbeil und anderes gefährliches Gerät lagen sorgsam geordnet auf einer Arbeitsplatte. Brander meinte, ein unangenehmes Zwicken in der linken Schulter zu spüren. Vor wenigen Jahren war er mit einem Messer attackiert worden. Lea Gutbrod saß mit dem Rücken zu ihm, die Hände waren zu Fäusten geballt. Sie hatte keine Waffe bei sich. Er atmete erleichtert auf, gab Peppi ein Zeichen, dann schob er Flaig ein Stück weiter in die Küche, um selbst eintreten zu können.

»Herr Thiemann, wir hätten noch ein paar Fragen an Sie.« Er verstaute die Waffe wieder im Halfter.

Lea Gutbrod riss den Kopf zu ihm herum. »Er hat meinen Vater umgebracht!«

»Frau Gutbrod, Herr Flaig, wenn Sie uns bitte allein lassen würden?«, bat er die jungen Leute.

»Ja, ja, natürlich«, kam es nervös von Flaig.

Seine Freundin schüttelte energisch den Kopf. »Nein, ich will wissen, warum er es getan hat. Warum hast du mir das angetan?«

»Lea, ich hab deinen Vater nicht …«

Nun war es Flaig, dem die Nerven durchzugehen schienen. »Peter, du willst doch nicht allen Ernstes, dass Kurt für dich …«

»Halt den Mund!«, brüllte Thiemann. Brander trat unwillkürlich einen Schritt vor und stellte sich zwischen die Männer.

»Jetzt mal ganz ruhig, alle miteinander«, versuchte er die Situation zu entschärfen. Verflucht, eine Gasthausküche war nicht der richtige Ort für so eine emotional aufgeladene Situation. Zu seiner Erleichterung griff Thiemann nicht in einer Kurzschlussreaktion nach einem der langen, scharfen Messer. Nachdem keiner der Anwesenden sich regte, forderte Brander Flaig und seine Freundin nochmals auf, den Raum zu verlassen. Sie folgten nur widerwillig. Er wartete, bis die beiden hinter der Tür zum Anbau verschwunden waren.

»So, Herr Thiemann«, wandte er sich dem Wirt zu. »Jetzt unterhalten wir uns einmal.«

Peppi warf ihm einen warnenden Blick zu. »Ganz dünnes Eis«, echoten Schmids Worte in seinem Kopf. Wenn er Thiemann für schuldig hielt, musste er ihm das vor der Befragung sagen, ihm seine Rechte vorlesen.

Der Wirt wandte sich mit gesenktem Kopf zur Spüle. Er nahm einen Lappen und wischte über das Metall.

»Sprechen wir doch noch einmal über den Dienstagabend vor zwei Wochen. Da war Herr Ihringer hier bei Ihnen?«

Thiemann konzentrierte sich darauf, die Armaturen der Spüle zu polieren. »Er kommt fast jeden Abend zu mir, meistens ab sechs, sieben Uhr.«

»Und dann trinkt er ein Bierchen?«

»Nein, er hilft ein bisschen aus. Er unterhält sich mit den Gästen, hilft mal beim Bedienen und hinter der Theke … Er hat sein Leben lang hier gearbeitet, das kann er nicht einfach so loslassen.«

»Ja, das geht einigen so, dass sie einfach nicht loslassen können.« Brander machte eine Pause, beobachtete angespannt die Putztätigkeit des Wirts. »Sie wissen, dass Herr Ihringer gestanden hat, Jakob Gutbrod getötet zu haben?«

»Ja, wir … Er hatte mit mir darüber gesprochen, bevor er zu Ihnen gefahren ist.«

»Sie verstehen sicher, dass wir dieses Geständnis überprüfen müssen.«

»Ja.« Thiemann unterbrach seine Putztätigkeit. Er sah zum Fenster. Erste Schneeflocken trieben in der Dämmerung langsam zu Boden. Vorboten der angekündigten Kaltfront.

»Kurt Ihringer hält große Stücke auf Sie.«

»Wir kennen uns lange, und ich bin ein guter Gastwirt. Hören Sie, was Lea gerade …«

Brander schüttelte den Kopf, als hielte er Leas Beschuldigung nicht für wichtig. »Seine Tochter Leonie kannten Sie auch.«

»Ja.«

»Waren Sie mal mit ihr liiert?«

Thiemanns Lippen blieben verschlossen. Er drückte den Lappen zusammen, ließ ihn in die Spüle fallen.

»Geheiratet hat sie Jakob Gutbrod. Meines Wissens nicht gerade Kurt Ihringers erste Wahl«, fuhr Brander fort.

Zwischen den Augen des Wirts bildete sich eine steile Falte. »Was soll das? Was wollen Sie von mir? Kurt hat doch …«

»Ja, er hat ein Geständnis abgelegt. Aber, wissen Sie, was ich mich frage? Warum will ein Mann wie Kurt Ihringer für eine Tat einstehen, die er nicht begangen hat?«

»Wie kommen Sie darauf, dass er es nicht war?«

»Sie glauben gar nicht, wie oft bei uns jemand in die Polizeidirektion spaziert und sich eines Verbrechens bezichtigt, das er gar nicht begangen hat.«

»Aber Kurt ist doch nicht irgendein Verrückter. Der steht mit beiden Beinen fest im Leben.«

Brander nickte energisch. »Genau das ist der Punkt. Warum tut ein Mann wie Kurt Ihringer so etwas? Wen will er schützen?«

Thiemann sah ihn schweigend an.

»Sie gehen seit Ihrer Jugend hier ein und aus. Sie kennen Herrn Ihringer seit vielen Jahren. Sie stehen abends gemeinsam hinter der Theke. Sie sagten, er und Lea wären so etwas wie ein Teil Ihrer Familie. Und darum frage ich Sie: Wen will er schützen? Lea?«

»Um Gottes willen, hören Sie auf!« Thiemann wurde blass. In seinem Gesicht spiegelten sich Schrecken und Sorge zugleich wieder. »Sie verstehen das nicht. Jemand muss sich doch um den Hof kümmern, um die Brennerei, um Lea …«

»Doch, das verstehe ich. Und Jakob Gut…«

»Sie verstehen gar nichts!«, unterbrach Thiemann ihn aufgebracht. »Jakob war ein Schwätzer und ein Säufer! Er hat Leonie umgebracht. Lea sitzt seinetwegen im Rollstuhl. Er hätte ihr ganzes Geld durchgebracht und den Hof gleich mit. Erst hier und da mal ein paar Euro, jetzt die zwanzigtausend, im nächsten Jahr eine Hypothek auf den Hof. Einer musste dem ein Ende setzen.«

»Es war aber nicht Herr Ihringer.« Brander fixierte den Wirt mit seinen Augen. »Ganz dünnes Eis.« Schmid würde ihm nicht nur in den Hintern treten, er würde ihm den Hals umdrehen. »Denken Sie, Sie können damit leben, dass Lea Gutbrod ihren Großvater für den Mörder ihres Vaters hält?«

Mehrere Polizeiwagen fuhren in den Hof, erhellten die Umgebung mit ihren Scheinwerfern. Tropper und seine Kollegen stiegen aus. Schmid hatte sich offensichtlich mit dem Durchsuchungsbeschluss beeilt.

»Ich liebe Lea, als wäre sie mein eigenes Kind.« Thiemann starrte wehmütig zu der Tür, durch die die junge Frau wieder verschwunden war. »Ich konnte doch nicht zulassen, dass Jakob mir ein zweites Mal mein Leben nimmt.«

Weiter konnte er nicht gehen. Er musste Thiemann seine Rechte vorlesen, ihm erklären, dass er unter Mordverdacht stand, bevor er weitersprach. Brander hoffte, dass die Wohnungsdurchsuchung eindeutige Beweise gegen den Wirt zu Tage brachte. »Herr Thiemann, wir haben einen Durchsuchungsbeschluss für Ihre Wohnung. Sie sind vorläufig festgenommen. Ihnen wird zur Last gelegt, Jakob Gutbrod getötet zu haben.«

Peppi war die Erste, die Brander einen Schlag in den Nacken erteilte, nachdem Thiemann abgeführt worden war. »Du hättest ihm schon viel früher seine Rechte vorlesen müssen. Mensch, Andi!«

»Warum?« Er sah seine Kollegin mit gespielter Verwunderung an. »Ich war mir nicht sicher, ob es nicht vielleicht doch Lea oder der Flaig waren.«

»Es war mehr als grenzwertig.«

»Aber trotzdem«, neckte Brander sie. »Jetzt hoffen wir mal, dass unsere Kriminaltechniker das Geständnis mit ein paar eindeutigen Fakten belegen können.«

17

Montag

Die Kollegen von der Kriminaltechnik waren das ganze Wochenende beschäftigt. Sie fanden in Thiemanns Wagen Spuren, die belegten, dass Jakob Gutbrods Leichnam damit transportiert worden war. Auch bei der Durchsuchung von Thiemanns Wohnung wurden sie fündig. Die Techniker entdeckten Jakob Gutbrods Ehering in einer Schatulle und exakt zwanzigtausend Euro in einem Umschlag der Bank, von der Lea Gutbrod das Geld abgehoben hatte. Peter Thiemann erklärte, dass Kurt Ihringer die Leiche in der Hütte auf der Obstwiese zwar am frühen Mittwochabend entdeckt, ansonsten jedoch nichts weiter mit der Sache zu tun hatte. Auf Anraten seines Anwalts verweigerte er jede weitere Aussage. Brander vermutete, dass der Wirt sich noch in der Dienstagnacht mit Gutbrods Schlüssel Zutritt zu dessen Wohnung verschafft und dort das Geld gefunden hatte. Tropper und seine Leute suchten fieberhaft nach Thiemanns Fingerabdrücken und DNA-Spuren in der Wohnung des Toten. Das Schloss der abgebrannten Scheune sowie Jacke und Schlüsselbund von Jakob Gutbrod blieben verschwunden. Vielleicht vermoderten die Sachen bereits auf einer Müllkippe oder lagen irgendwo in einem Straßengraben. Die Kopfverletzung des Toten konnte noch nicht abschließend geklärt werden. Die Kriminaltechniker tendierten jedoch zu der Vermutung, dass die Verletzung durch den Zusammensturz der Scheune verursacht worden war, da weder in Ihringers Hütte noch in Thiemanns Wagen Blutspuren entdeckt worden waren.

Der zweite Scheunenbrand hatte sich an diesem Morgen als falsche Fährte entpuppt. Der Landwirt, dem die Scheune gehörte, hatte seinen Neffen bei der Rottenburger Polizeiwache abgeliefert, wo dieser aussagte, aus Wut auf den Onkel gemeinsam mit seinem Kumpel die Scheune in Brand gesteckt zu haben. Dass die jungen Männer dabei mit einem weißen Kastenwagen unterwegs gewesen waren, betrachtete Brander als Ironie des Zufalls.

Brander schaltete seinen Rechner aus und schob die Unterlagen zusammen, als das Telefon klingelte. Er wollte nach Hause und überlegte, den Anruf zu ignorieren. Das Display zeigte eine Stuttgarter Nummer. Ekkehart Möhrle.

»Ermittlungen erfolgreich beendet?«, begrüßte Möhrle ihn.

»Ja, wollte gerade nach Hause.«

»Interessiert dich die Cordes trotzdem noch?«

»Klar, erzähl.«

»Du hattest recht, sie hat tatsächlich Schnaps von diesem Tumolo über Gutbrod gekauft. Ein paar Kanister haben wir im Keller ihrer Villa gefunden. Nicht genug, dass wir es als schwerwiegenden Verstoß nehmen können, aber doch zu viel, als dass sie hätte behaupten können, der Schnaps wäre ihr täglicher Schlummertrunk gewesen. Sie sagt, sie hätte Gutbrod den Schnaps abgekauft, damit er nicht das Gefühl hatte, Almosen von ihr zu bekommen. Ihr Mann wollte, dass sie ihm finanziell unter die Arme greift.«

»Dieser Gerome Cordes ist so ein verflucht guter Mensch. Ich werde ihn für sein soziales Engagement für die Ehrenplakette vorschlagen.«

Möhrle lachte auf. »Das wird ihm gefallen.«

»Und wie geht's jetzt weiter?«

»Wir konnten feststellen, dass sie den Schnaps in ihren Bars verkauft hat. Sie hat ihn einfach in Flaschen umgefüllt und ausgeschenkt. Wir leiten das jetzt weiter an Zoll und Steuerfahndung. Dem Brenner wird man wohl seine Lizenz entziehen, und die Cordes wird vermutlich mit einer saftigen Geldstrafe davonkommen. Ich soll dir noch was von ihr ausrichten: Wenn du Gutbrods Mörder gefunden hast, sollst du ihm von ihr persönlich kräftig in den Arsch treten.«

Man sollte wohl besser darauf achten, dass Thiemann nicht in die JVA Heilbronn kam, solange Gerome Cordes dort noch einsaß, dachte Brander bei sich. »Na, dann können wir ja jetzt verdient Feierabend machen.«

»Ja …« Möhrle raschelte im Hintergrund mit Papieren. »Sag mal, ich hab gehört, dass die Polizeireform euch in Tübingen ziemlich hart trifft. Ihr kommt nach Esslingen?«

»Ein Großteil vermutlich.«

»Hmm …«, kam es gedehnt vom anderen Ende der Leitung. »Weißt du, hier wird demnächst eine Stelle frei, und als ich vor ein paar Tagen deinen Namen las, da dachte ich … Wir haben immer gut zusammengearbeitet. Wir brauchen Leute, auf die wir uns verlassen können, die gut im Team arbeiten und eine gute Nase haben.«

Brander sog die Luft tief in seine Lungen. Dezernat für Organisierte Kriminalität, Kripo Stuttgart. Das Angebot kam unerwartet.

»Bist du noch dran?«

»Ja … das ähm … kommt jetzt überraschend.«

»Du musst dich nicht gleich entscheiden. Wir können uns einfach mal treffen, dann erzähl ich dir, was bei uns so läuft. Trinkst du immer noch so gern Whisky?«

»Ja.«

»Ich hab zu Weihnachten einen Balvenie bekommen. Doublewood oder so.«

»Der ist nicht schlecht.« Brander kannte den milden Speyside-Whisky aus Dufftown. Zwölf Jahre in Bourbon- und Olorosso-Fässern gereift. Ein Single Malt mit der für die Region typischen Note von Heidekraut und Honig und einem angenehm süßen Sherryaroma.

»Denk drüber nach und melde dich. Grüß deine Frau … ihr seid doch noch … oder?«

»Ja, wir sind noch.« Ceci. Was würde sie zu dem Angebot sagen?

»Also dann, ich warte auf deinen Anruf.« Möhrle legte auf.

Brander starrte auf den Apparat.

»Was ist los? Haben wir doch den Falschen verhaftet?«, fragte Peppi in seine verwirrten Gedanken.

»Hm? Nein. Es ging um die Cordes. Sie hat tatsächlich Tumolos Schnaps in ihren Bars verkauft.« Er legte den Hörer zurück auf den Apparat. »Ich mach Feierabend.« Er nahm seine Sachen und stand auf.

»Andi?«

»Ja?«

Peppi sah ihm forschend ins Gesicht. »Wir sind ein Team, oder?«

»Ja.«

»Ich wollt's nur wissen.« Sie drückte auf das Ohr des Spielzeug-Hasen, der daraufhin fröhlich seine Hüften schwang.

»Mach nicht mehr so lang.« Brander verließ das Büro.

Epilog

Brander stieg die Stufen zu Nathalies Zimmer hinauf. Karsten Beckmann war vor wenigen Minuten mit Manuel gekommen. In einer halben Stunde wollten sie gemeinsam zu Abend essen. Er klopfte an die Tür. »Kommst du runter?«

Nathalie kam heraus. Sie trug schwarze Leggins und zwei Schlabber-Shirts übereinander und knabberte nervös an ihrer Lippe. Es war das erste Mal, dass sie Karsten Beckmann seit dem Zwischenfall am Anlagensee wieder gegenübertrat. Brander ließ sie vor sich die Treppe hinuntergehen und schob sie ins Wohnzimmer. Das Mädchen blieb im Raum stehen, wagte kaum, Beckmann ins Gesicht zu sehen.

Karsten sah sie abwartend an.

»Ich … ich möchte mich bei dir entschuldigen«, begann sie schließlich stockend. »Ich hab mich richtig scheiße …« Ihre Augen wanderten entschuldigend zu Brander. »... richtig blöd benommen.«

»Scheiße war schon der korrekte Ausdruck«, entgegnete Beckmann.

Nathalie schluckte. »Es tut mir echt leid. Ehrlich. Ich … ähm …« Sie kratzte sich an der Stirn. »Ich mach es wieder gut. Ich kann mal dein Auto waschen oder so.«

Beckmann schüttelte ablehnend den Kopf. Nicht die Spur eines verzeihenden Blickes war in seinem Gesicht zu erkennen.

»Aber … man, ich … ich hab das doch echt nicht so gemeint. Mir tut es leid, ehrlich. Ich war scheiße drauf und … Ich mach so was nie wieder.« Sie sah ihn mit ihren blauen Augen betroffen an.

»Das will ich schwer hoffen.« Beckmann verschränkte die Arme vor der Brust und musterte das Mädchen ernst. »Nathalie, du hast mich gleich zwei Mal enttäuscht. Zum einen die Nummer am Anlagensee, zum anderen, dass du danach nicht den Mumm hattest, zu mir zu kommen, um dich zu entschuldigen.«

»Ja, aber …« Das Mädchen verstummte und schielte hilfesuchend unter den gesenkten Lidern zu Brander. Aber er schwieg. Sie musste lernen, allein für ihr Verhalten einzustehen.

»Komm mal her«, erlöste Beckmann sie und klopfte auf den Platz neben sich auf das Sofa. Sie setzte sich unsicher zu ihm.

»Wenn Manu und ich eine Wohnung gefunden haben und ich umziehe, brauche ich jemanden, der mir hilft. Meine alte Wohnung muss komplett gestrichen werden, der Teppich gereinigt, die Fenster geputzt, das Bad, die Küche … Das wird eine Menge Arbeit.«

»Okay.«

»Was heißt ›okay‹?«

»Na, ich helf dir. Ich pack voll mit an.«

»Und du machst nie wieder so einen Mist wie am See?«

»Ehrlich, nie wieder. Ich schwör. Großes Ehrenwort.« Erleichterung zeichnete sich auf dem jungen Gesicht ab.

Beckmann streckte ihr seine Hand entgegen. Als sie einschlug, zog er sie an sich und strubbelte durch ihre kurzen Haare. »Dann will ich dir dieses Mal ausnahmsweise verzeihen.«

Brander meinte den Stein zu hören, der Nathalie vom Herzen fiel. Sie sah Beckmann dankbar an. »War aber schon ganz schön cool, wie du Matze auf den Boden geworfen hast.«

»Das war nicht cool, das war Technik. Selbstverteidigung. Taekwondo. Komm zu mir ins Dojang, dann bringe ich es dir bei.«

Nathalie bekam leuchtende Augen. »Echt?«

»Klar.«

Brander traute seinen Ohren nicht. »Karsten, kann ich dich mal bitte kurz sprechen?« Er warf Beckmann einen Blick zu, der keinen Aufschub duldete. Er ging ihm voraus in den Flur und schloss die Tür.

»Sag mal, willst du Nathalie jetzt auch noch beibringen, andere Leute gezielt k.o. zu schlagen?«

»Nein, ich will ihr beibringen, mit ihren Aggressionen umzugehen. Du hast doch gesagt, dass sie ihre Wut nicht unter Kontrolle hat. Ich bringe ihr bei, sich in schwierigen Situationen zu beherrschen. Im Dojang lernt sie Disziplin und Respekt. Und außerdem hat sie dann weniger Zeit, irgendwo abzuhängen und sich aus Langeweile zu besaufen.«

Das klang gar nicht mal so unvernünftig, und Karsten war sicherlich kein verantwortungsloser Trainer.

»Und du meinst, du kriegst das hin?«

»Du kennst doch meine Vergangenheit.« Er tippte sich an die Schläfe. »Ich weiß, was da abläuft, und ich weiß, was ich tue.«

»Hm …«

»Du zweifelst doch nicht etwa an deinem Freund?«

»Was ist, wenn du in ein paar Monaten nach Erfurt abschwirrst? Ich vertrau die Kleine dann doch nicht irgendeinem fremden Trainer an.«

Beckmann horchte verdutzt auf, dann legte sich ein amüsiertes Grinsen auf sein Gesicht. »Ich hab nie gesagt, dass ich nach Erfurt ziehe.«

Brander kannte diesen Blick, diese kleine diebische Freude, weil er ihn hinters Licht geführt hatte – wenn auch dieses Mal nicht unbedingt beabsichtigt. »Aber, du hast doch gerade … du und Manuel, ihr sucht doch eine Wohnung?«

»Ja, aber nicht in Erfurt. Sein Klavier passt nicht in meine Bude. Ich brauche ein Büro, er braucht ein Musikzimmer. Im Übrigen bin ich der Hauptverdiener und meine Kunden leben hier im Ländle.«

»Das heißt, ihr bleibt in Tübingen?«

»Also, dafür dass du ein leitender Beamter bei der Kripo bist, bist du manchmal ganz schön langsam.«

Brander schnappte empört nach Luft. »Soll ich dir mal was verraten? Ich hatte einen Mord aufzuklären. Ich habe ein schwer erziehbares Pflegekind, das mir eine Menge schlafloser Nächte bereitet hat. Uns steht eine Polizeireform ins Haus, ich weiß nicht, wie es da weitergeht …«

»Ja, lass es raus.« Beckmann stieß Brander mit der flachen Hand leicht vor die Brust.

»Was soll das denn jetzt?«

»Du hast eine Menge Stress, das muss raus.«

»Leck mich doch am Arsch.«

Beckmann lachte auf. »Hey, was sind denn das für Kraftausdrücke? Hier sind Minderjährige im Haus.«

Kopfschüttelnd hielt Brander inne. »Du bleibst wirklich in Tübingen?«

»Hättest du es gern schriftlich auf Blümchenpapier?«

»Bin ich schwul oder du?«

»Tja …« Beckmann grinste spitzbübisch, als wäre er sich nicht ganz sicher. »Komm mal mit.« Er reichte Brander seine Jacke von der Garderobe, schlüpfte in die Schuhe und marschierte zur Wohnungstür. Sie gingen zu seinem Wagen, stellten sich auf die dem Haus abgewandte Seite. Beckmann zauberte eine Flasche und zwei Gläser vom Rücksitz.

»Da wir bei euch zu Hause ja nichts mehr trinken dürfen, machen wir es eben wie die Teenies.« Er zwinkerte Brander fröhlich zu und öffnete die Flasche eines *Laphroaig Quarter Cask*. »Den hab ich für uns gekauft. Ich glaube, das ist genau der Richtige für uns beide.« Er reichte Brander ein Glas und füllte die goldene Flüssigkeit hinein. Eine fruchtige Süße, gepaart mit dezenter Torfnote, stieg Brander in die Nase. Was für ein Aroma!

Beckmann schnupperte an seinem Glas und seufzte zufrieden. »Der riecht richtig gut, oder?« Er prostete Brander zu.

Sie tranken einen Schluck, genossen den kräftigen, vielschichtigen Geschmack des Single Malts. Da war zunächst eine milde Süße, die würziger wurde und schließlich in einer angenehmen Rauchigkeit lang und anhaltend in Mund und Rachen verweilte. Eine Zeitlang standen sie schweigend nebeneinander, während die kalte Frühlingsluft ihnen unter die Kleidung kroch und der Scotch von innen wärmte.

»Nun sag schon«, durchbrach Beckmann irgendwann die Stille.

»Was?«

»Na, was schon?«

Brander zuckte die Achseln.

»Na, dass du dich freust, dass ich nicht wegziehe.«

»Hmm.«

»Hmm – was?«

Brander warf seinem Kumpel einen Seitenblick zu. »Ich find's gut.«

Beckmann schnaufte einigermaßen zufrieden. »Ja, ich auch.« Er leerte sein Glas. »Ich hab Pfefferminz dabei, damit die da drin nichts merken.«

Brander schmunzelte. Wie die Teenies. Tatsächlich fühlte er sich einen Augenblick in seine Jugend zurückversetzt. Er nahm das Pfefferminzbonbon, das Beckmann ihm hinhielt, obwohl es schade um den guten Geschmack des Scotch war, und gemeinsam kehrten sie zurück ins Haus.

Branders Spirituosen

Folgende Whiskys begleiteten Kriminalhauptkommissar Andreas Brander bei seinem 5. Fall:

Ardmore Traditional Cask
Single Malt Scotch Whisky (Region: Highlands),
keine Altersangabe, 46 Vol.%
Ardmore Destillery, Kennethmont, Aberdeenshire
Bowmore Darkest
Single Malt Scotch Whisky (Region: Islay),
15 Jahre, 43 Vol.%
Bowmore Distillery, Bowmore, Isle of Islay, Argyll
Glenmorangie Nectar d'Or
Single Malt Scotch Whisky (Region: Highlands),
12 Jahre, 46 Vol.%
Glenmorangie plc., Tain, Ross-shire
Laphroaig Quarter Cask
Single Malt Scotch Whisky (Region: Islay),
15 Jahre, 48 Vol.%
The Laphroaig Distillery, Port Ellen, Isle of Islay

Und diese Whiskys gibt es unter anderem beim Schwäbischen Whisky-Walk in Owen:

Danne's Single Grain
Schwäbischer Single Grain Whisky, 8 Jahre, 43 Vol.%
Bellerhof Brennerei Thomas Dannenmann, Owen/Teck
Owen – Albdinkel
Schwäbischer Albdinkel Whisky, 5 Jahre, 43 Vol.%
Brennerei Berghof Thomas Rabel, Owen/Teck
Tecker – Sherry Cask Single Malt
Schwäbischer Single Malt Whisky, 10 Jahre, 43 Vol.%
Spirituosen-Manufaktur und Whisky-Destillerie Immanuel Gruel, Owen/Teck

Danke!

Auch bei Branders fünftem Fall standen mir wieder einige Fachleute zur Seite, die geduldig auch die kleinsten Detailfragen beantwortet haben. Einigen möchte ich an dieser Stelle ganz persönlich noch einmal danken.

Ganz herzlich bedanken möchte ich mich bei Kriminalhauptkommissar Josef Hönes von der – ehemaligen – Polizeidirektion Tübingen, dafür, dass er Brander und mir nun schon so viele Jahre beratend zur Seite steht. Ich hoffe, dass wir auch nach der Polizeireorganisation in Kontakt bleiben können, sodass Brander weiterhin erfolgreich in der Region ermitteln kann. Ebenso danke ich dem Ersten Polizeihauptkommissar Ewald Raidt von der PD Tübingen für kurzfristige Ermittlungshilfe.

Die rechtsmedizinischen Untersuchungen wurden erneut von Dr. Frank Wehner vom Institut für Gerichtliche Medizin der Universität Tübingen begleitet. Herzlichen Dank für informative und immer wieder inspirierende Gespräche.

Bei den Brandermittlungen und Löscharbeiten bekam ich fachkundige Unterstützung von Michael Oser, Kommandant der Tübinger Feuerwehr, wofür ich herzlich danke, ebenso für den unerwarteten Überblick aus schwindelerregender Höhe über Tübingen (ich habe heute noch weiche Knie).

Ein weiterer herzlicher Dank geht an Jochen Stuber von der Justizvollzugsanstalt Heilbronn für umfassende Einblicke hinter die Mauern der JVA und dafür, dass er mir all meine Fragen geduldig beantwortet und mich nach jedem Besuch wieder in die Freiheit entlassen hat.

Für ausführliche und interessante Erläuterungen zur Schwäbischen Whiskybrennerei, und dass ich sie in Branders Ermittlungen mit einbinden durfte, danke ich den drei Owener Brennern Immanuel Gruel, Thomas Dannenmann und Thomas Rabel.

Nach all den Recherchen wurde das geschriebene Wort von einigen Testlesern vorab gelesen. Mein Dank geht an Ulrike Ascheberg und Nadja Gebhardt für hilfreiche Rückmeldungen.

Meinem Mann Frank möchte ich danken für Brainstorming, Testlesen und Rückenfreihalten, wenn ich mal wieder ganz und gar ins Manuskript abgetaucht war.

Zu guter Letzt gilt mein herzlicher Dank dem Team des Silberburg-Verlags für die unkomplizierte und gute Zusammenarbeit.